An fremden Gestaden:

Kleider machen Leute

Ein Fantasy-Roman von
Forrest Johnson

Illustrationenen:
Liz Clarke

Einband:
Tania Kerins

Herausgeber:
Anja Rothe

DANKSAGUNG

Dank an Dorothee-Charlotte Eren und Dieter Manderscheid für ihre Durchsicht des Manuskripts. Dank auch an die Gruppe Wordos für ihre kritischen Anmerkungen. Mein ganz besonderer Dank gilt Liz Clarke, deren vielfältigen Fragen und Anregungen (Heraldik - oh, mein Gott, ich habe die Heraldik komplett vergessen!) mich weiter gebracht haben. Dank auch an Tania Kerins, eine wunderbare junge Künstlerin, sie wählte den Untertitel.

Deutsch Ausgabe, August 2019

ISBN-9781702623728

„Was nützt ein Buch ohne Bilder oder Gespräche?"
- Lewis Carroll, *Alice im Wunderland*

1 : Raisha

Am Tag vor dem Kampf stand Raisha kurz nach Sonnenaufgang auf und packte die Dinge, die sie angesammelt hatte, in ein Bündel: ein paar Münzen, etwas Schmuck, eine Decke, eine mit Wasser gefüllte Feldflasche, Ledersandalen, ein Messer, fünf in ein Tuch gehüllte Brotfladen und ihren größten Schatz: einen Band mit Gedichten.

Die meisten der anderen Frauen lagen noch in ihren Betten und kurierten ihre Kopfschmerzen aus – ihre Glieder taten ihnen noch immer weh von den Festlichkeiten der letzten Nacht. Nur die jüngeren spähten durch die Fenstergitter und beobachteten die Soldaten auf ihren Pferden. Aufgeregt flüsterten sie einander die Namen der Kämpfer zu und konnten sich die ein oder andere bewundernde oder auch anzügliche Bemerkung nicht verkneifen.

Noch vor kurzem war ich genau so wie sie.

Die Schwestern, Tanten und Kusinen, mit denen sie aufgewachsen war, waren ihre einzigen Freunde. Vor wenigen Tagen hatten sie sich noch alle aufgeregt um sie gedrängt, sie umarmt und ihr gesagt, was für ein Glück sie doch habe. Jetzt war Raisha erfüllt von der kalten, tödlichen Gewissheit, dass sie keine von ihnen je wiedersehen würde. Und falls sie eines fernen Tages doch einer von ihnen begegnete, würde sie wahrscheinlich bloß den Blick abwenden.

Raisha war erst sechzehn, aber die Jahre lagen wie eine schwere Last auf ihr, als sie hinunter zu dem Ort ging, den niemand an einem solchen Tag freiwillig aufsuchen würde – die Wäscherei. Es war ein dunkler, übel riechender Raum, der ihr sehr vertraut war. Sie ging durch den Trockenraum, vorbei an den Körben mit der noch nicht sortierten Wäsche, und steuerte einen Haufen schmutziger Kleider an, den man im Trubel der hektischen Vorbereitungen achtlos hier hingeworfen hatte.

Was für stinkende und schlecht sitzende Lumpen ich doch an diesem Tag der Tage tragen muss!

Schließlich suchte sie sich eine schwarze, nicht zu lange Pluderhose, ein schmutziges Hemd aus rauem, braunem Stoff, das ein bisschen zu groß war, und eine alte schäbige, gefütterte Seidenweste aus, die vermutlich einmal einem ihrer Onkel gehört hatte. Im

trüben Wasser eines der Wasser-
bottiche betrachtete sie ihr Spie-
gelbild. So, wie sie jetzt aussah,
würde sie ohne Weiteres als Diener durchgehen, doch es gab noch
ein Problem: ihren langen Zopf,
der ihr bis auf die Hüften hinunter
hing. Sie griff nach ihrem Messer.

Aber nun, da es so weit war,
zögerte sie. Danach würde es kein
Zurück mehr geben, und es schien
unmöglich, diesen Schritt in die
Ungewissheit völlig allein zu
wagen, mit niemandem an ihrer
Seite. Sie würde alles verlieren…
aber was besaß sie denn schon?
Das, was sie in ihrem Bündel mit
sich trug, sprach für sich. Und ihr
Zuhause, ihre Freunde und ihre
Familie würde sie ohnehin nie
mehr wiedersehen…

*Eine zweite Chance werde
ich nie bekommen!*

Sie drückte das Messer in
ihren Zopf, doch der wollte zunächst nicht nachgeben. Fluchend
säbelte sie weiter. Nach dem letzten Hieb bemerkte sie, dass sie
sich verletzt hatte. Blut tröpfelte
ihr von der Hand und rann in die
Haare, die sie seit ihrer Kindheit
hatte wachsen lassen.

Einen Moment lang vergaß
sie das Blut und starrte nur auf
den Zopf, den sie so noch nie
gesehen hatte. Wie ein toter Vogel
lag er in ihrer Hand. Was würde
ihre Mutter dazu sagen? Sie wäre
erschüttert. Für eine Frau, die

acht Kinder geboren hatte und, soweit Raisha es beurteilen konnte, alles daran verabscheute, war sie schnell erschüttert. Sie war ein Stadtmensch und fand alles im Haus Jasmin unsagbar rustikal und barbarisch. Ihre Mutter würde es nicht billigen. Sie billigte niemals irgendetwas.

Was kümmert's mich, was Mutter denkt?

Der Zopf fühlte sich ölig und eklig an. Sie schleuderte ihn in die Ecke wie eine Schlange und besah sich ihre Wunde. Es war bloß ein Kratzer, ein kleiner Schnitt an der Innenseite des Daumens. Mit einem guten, sauberen Verband würde er in ein, zwei Tagen wieder verheilt sein, und Stoff gab es hier genug. Im Handumdrehen hatte sie den Saum eines Hemdes abgerissen und damit die kleine Wunde verbunden.

Nach kurzer Überlegung riss sie das ganze Hemd in Streifen und wickelte sie sich an Stelle einer Kappe um den Kopf, so wie sei es bei den Jungen gesehen hatte.

Wenn ich mich jetzt so sähe, mit einem Korb oder einer Ladung Feuerholz auf dem Kopf, würde ich mir nichts weiter dabei denken.

Jetzt kam der gefährliche Teil. Am Ende des Korridors befand sich eine kleine Tür, die auf den Hof führte. Sie war abgeschlossen, doch Raisha hatte den Schlüssel am Abend zuvor der betrunkenen Haushälterin stibitzt. Auf der anderen Seite der Tür schien ein heilloses Durcheinander zu herrschen. Als sie sich auf die Zehenspitzen stellte, um aus dem schmalen Fenster sehen zu können, bot sich ihr ein merkwürdiges und abstoßendes Bild:

Unzählige Kleinbauern in ihren typischen Kleidern aus rauem weißen Stoff waren im Hof versammelt. Im Minutentakt wurden immer mehr unter den Schreien und Schlägen der Soldaten hereingetrieben. Dann wurden sie von einer weiteren Gruppe Soldaten gepackt, in Fußfesseln gelegt und in die Reihe der bereits aneinander geketteten Männer gestoßen.

So also wird eine Armee aufgestellt!

So begeistert, wie Männer immer über Waffen und Kämpfe redeten, sollte man meinen, sie wären alle Hals über Kopf in den Krieg verliebt. Offensichtlich war das nicht bei allen der Fall.

Aber sie hatte jetzt keine Zeit für Mitleid mit den Bauern. Außerdem waren es sowieso nur Chatmaken, und in diesem Augenblick blockierten sie ihren Weg zum Tor. Wie sollte sie es bloß schaffen, hier rauszukommen?

Minutenlang starrte sie auf die weinenden, stöhnenden, betenden, fluchenden und hin und her wogenden Männer, bis ihr plötzlich klar wurde, dass sie einfach mitten hindurch gehen konnte. Sie entdeckte niemanden, der sie vielleicht hätte erkennen können. Sie sah weder wie ein Bauer noch wie ein Soldat aus, sondern wie ein Diener mit einem Bündel, und das war hier nichts Ungewöhnliches. Niemand würde sie aufhalten. Und falls sie doch jemand fragte, würde sie eben sagen, sie sei auf dem Weg ins Lager, um ihrem Herrn ein paar Sachen zu bringen. Das war durchaus glaubhaft.

Sie schlüpfte zur Tür hinaus und nahm den schwerfälligen Gang eines Dieners an, der eine große Last trägt und einen weiten Weg vor sich hat. Sie vermied es, Blickkontakt aufzubauen, konzentrierte sich auf die Füße, die Schuhe der Bauern und die Stiefel der Soldaten. Wo es nötig war, trat sie zur Seite und wich aus, doch dann wäre sie um ein Haar in ein Paar polierte und kostbare schwarze Stiefel hineingelaufen, die sich ihr quer in den Weg stellten.

Plötzlich starrte sie in ein Gesicht, das sie sehr gut kannte. Es gehörte Husni, dem Kommandanten der Wache, einem großen und einschüchternden Mann, der nun gelangweilt auf sie herabblickte. Sein langer schwarzer Bart reichte bis auf seine schimmernde Rüstung hinunter.

Helft mir, ihr Götter!

„Verzeihung, Efendi", sagte sie demütig und rückte die Last auf ihren Schultern zurecht. Die Zeit schien still zu stehen, als Husni die kleine zerlumpte Gestalt musterte. Schließlich trat er zur Seite und ließ sie passieren.

Und dann war sie draußen – und fühlte sich völlig verloren. Alle ihre Pläne hatten sich auf diesen einen Punkt konzentriert. Wohin aber sollte sie sich nun wenden? Die Straße nach Südosten führte meilenweit durch Ackerland, bevor sie sich schließlich gabelte. Ein Arm bog nach Süden ab, in Richung Kafra.

Der letzte Ort, an dem ich jetzt sein möchte! Dort steht der Palast von Amir Qilij, mit seinen hohen Mauern und Eisengittern! Überall hin, nur nicht dorthin!

Der zweite Weg führte einen Steilhang hinauf, danach ging es mehr als einhundert Meilen durch unbebautes Land, bevor man zu einem einsamen Außenposten gelangte, der Feste von Barbosa.

Ein böses Loch, wo Hexen und Dämonen hausen!

Dorthin konnte sie nicht gehen. Sie würde nicht einmal einen einzigen Schritt in diese Richtung tun können, ohne dass Husni sie bemerken und zurückrufen würde, um eine Erklärung zu verlangen, wohin sie wolle. Der einzig mögliche Weg war der nach Westen, zum Meer, wohin man die armseligen Bauern verschleppte und wohin auch ihr Vater und seine Männer schon vor einiger Zeit aufgebrochen waren.

Unvermittelt kam ihr in den Sinn, dass sie ihren Zopf auf dem Boden der Wäscherei hatte liegen lassen. Ganz sicher würde man ihn dort finden, aber jetzt konnte sie nicht mehr umkehren. Sie musste so viel Abstand wie möglich zwischen sich und das Haus Jasmin legen. So lief sie los, zügig wie ein Diener, der fürchtet, für jedes Bisschen Verspätung ausgepeitscht zu werden.

Der Sommer ging zur Neige, und das dunkle Grün der Landschaft nahm allmählich ein herbstliches Braun an. Raisha durchquerte ein Dorf, dessen Straßen wie ausgestorben dalagen. Nur eine einsame Frau schöpfte Wasser aus einem Brunnen. Die Bauern, die vor der Einberufung geflohen waren, hielten sich versteckt, in der Hoffnung, nicht erwischt zu werden.

Die Eindringlinge hatten wohl absichtlich die Erntezeit für ihre Invasion gewählt. Sie wussten, dass die Bauern sich erbittert einer Aushebung widersetzen würden, und dass es ein Leichtes sein würde, das reife Getreide von den Feldern zu plündern oder direkt zu verbrennen.

Aber erst müssen sie uns besiegen, und das wird vielleicht nicht so einfach.

Allmählich wurde es heiß und ihr kleines Bündel schien ihr unsäglich schwer. Kurz nach Mittag kam sie an eine Brücke. Sie verließ die Straße und kroch darunter, um in ihrem Schatten etwas zu essen.

Plötzlich starrte sie in das Gesicht eines Mannes, seiner Kleidung nach zu urteilen ein chatmakischer Bauer. Er war ein wenig älter als sie und starrte sie mit weit aufgerissenen Augen an.

Er versteckt sich vor den Soldaten. Er sieht, dass ich eine Bandelukin bin, und hat Angst, dass ich ihn verrate.

Ganz langsam öffnete sie ihr Bündel und bot dem Flüchtigen ein Stück Brot an. Vorsichtig nahm er es entgegen und knabberte kurz daran, bevor er herzhaft hineinbiss.

Die Soldaten haben ihn überrumpelt. Doch er konnte wegrennen, als sie einem anderen hinterherjagten, und hat sich im erstbesten Unterschlupf versteckt. Er hat nichts außer den Kleidern am Leib und er hat Hunger.

So saßen sie eine Weile, blickten einander wortlos an und aßen ihr Brot. Von der Brücke über ihnen war das Getrappel vieler Füße zu hören, und von Zeit zu Zeit die Hufe eines Pferdes oder die Räder eines Karrens. Raisha bemerkte, dass ihre Füße schmerzten.

Ich bin es nicht gewohnt, so lange in diesen groben Sandalen zu laufen.

Sie zog ihre Sandalen aus und hielt die Füße in den Bach unter der Brücke. Dann lehnte sie den Kopf an ihr Bündel und blickte zu den rauen Steinen hinauf.

Ich habe nicht besonders sorgfältig geplant. Soll das etwa mein neues Leben sein? Unter Brücken verstecken und mein Brot mit Ausgestoßenen und Flüchtlingen teilen? Ich bin die Tochter von Scheich Mahmud!

Doch gleich darauf dachte sie:

Nein, ich bin nicht Scheich Mahmuds Tochter, ich bin ein Niemand, ich bin weniger als dieser elende Bauer. Er hat irgendwo ein Haus und eine Familie, ich habe nichts und niemanden. Es gibt auf dieser Welt keinen Ort für mich.

Diese Gedanken machten sie nervös. Wenn sie doch irgendwo in dieser Welt einen Platz haben sollte, so war er jedenfalls nicht hier. Vielleicht hatte man im Haus Jasmin ihre Abwesenheit bereits bemerkt und suchte nun nach ihr. Vielleicht erinnerte sich Husni an den merkwürdigen Jungen, dem er am Tor begegnet war. Sie konnte es einfach nicht riskieren, noch länger hier zu bleiben.

Über sich hörte sie Schritte kommen und gehen. Sie wartete eine Pause ab, dann griff sie nach ihrem Bündel und kletterte zurück auf die Straße. Den Bauern ließ sie zurück, der ihr schweigend hinterhersah.

Als sie das Lager erreichte, war es schon fast dunkel. Sie hatte längst die traurigen Bauern, die in endlosen Reihen die Straße entlangschlurften, hinter sich gelassen und sich einer Gruppe Lastträger und Maultiere angeschlossen, die Versorgungsgüter zum Lager schleppten. Niemand hatte sie beachtet.

Das Lager war riesig, wie eine Stadt aus Zelten. Über eintausend Menschen waren hier versammelt, nicht nur die Männer ihres Vaters, sondern auch die aller Landbesitzer des Distrikts, nahezu alle kräftigen Männer, die man mit Befehlen, Überredungskünsten oder Peitschenhieben hatte herschaffen können. Einige Soldaten waren noch mit dem Aufbau von Zelten beschäftigt, aber die meisten saßen einfach nur herum und warteten auf das Abendessen. Auch die ersten Kartenspielrunden waren eröffnet. Eine entfernte Flöte war zu hören. Das Lied kam ihr bekannt vor:

> *Verschickt wurde ich in ein fremdes Land,*
> *Der Schakale Kumpan jetzt bin ich.*
> *Vergiss, was noch niemand verstand,*
> *Und warte nicht auf mich.*

Ein trauriges Lied, ein böses Omen. Plötzlich überkam sie die Angst.

Ihre Füße schmerzten. Sie war hungrig und musste sich unbedingt ausruhen, aber hier konnte sie nicht bleiben. Die Gefahr war zu groß, dass irgendjemand sie erkannte. Sie setzte ihren Weg in die einzig mögliche Richtung fort, gen Westen, von wo sie schon das Rauschen des Meeres hörte.

Die Soldaten waren überall, große, verschwitzte Männer in ihren Rüstungen. Etwa hundert von ihnen waren allein damit beschäftigt, die Pferde zu füttern. Hinter den Dünen stellte eine weitere Einheit Geräte auf, die wie riesige Kessel aussahen. Wieder andere, offenbar Kuriere, ritten auf erschöpften Pferden, denen der Schaum schon vor den Mäulern stand, hin und hier. Offiziere brüllten, einige ließen die Peitschen knallen.

Die Fremden tun mir leid. Wenn sie wüssten, welch riesige Armee sie hier erwartet, wären sie niemals gekommen.

Sie wich den Soldaten aus, als sie in Richtung Dünen eilte, und bevor sie sich's versah, lag das Meer direkt vor ihr. Sie rang nach Atem. Die untergehende Sonne hatte den ganzen Himmel in ein kräftiges Rot getaucht. Die gewaltigen grauen Wolken waren rot gefärbt, und auch die Wellen, die in endlosen Reihen auf sie zurollten, glitzerten rot. Es war, als ströme ihr ein gigantischer Fluss aus Blut entgegen.

Das kann nichts Gutes bedeuten.

Noch ganz gelähmt vor Entsetzen brauchte sie einen Moment, bis sie die schmächtige Gestalt, etwa so groß wie sie, in den Dünen bemerkte. Bevor sie sich verstecken konnte, wandte sich der Fremde ihr zu und im selben Augenblick erkannten sie einander.

„Du!", riefen beide erstaunt und wie aus einem Mund.

Es war ihr Bruder Rajik, ein Jahr jünger als sie. Als Kinder hatten sie miteinander gespielt, aber seit einiger Zeit war es ihm nicht mehr erlaubt, sich im Quartier der Frauen aufzuhalten, so wie sie es nur noch selten verlassen durfte.

Um ihr Erstaunen und ihre Verwirrung zu überspielen, wählte sie den Weg der Konfrontation:

„Rajik, du leichtsinniges Kind, was hast du hier verloren? Vater wird dich auspeitschen lassen, wenn er dich hier findet!"

So würde Mutter mit ihm reden.

Aber Rajik ließ sich nicht einschüchtern. „Das sollte ich lieber dich fragen. Ausgerechnet du solltest nicht hier sein! Das ist ein Ort für Männer, und du riskierst die Ehre der Familie!"

Jetzt klingt er wie sein Vater!

„Ich hab' zuerst gefragt! Antworte!"

„Na schön, ich bin abgehauen, weil ich die Fremden sehen wollte. Jetzt du!"

Es half nichts, Rajik zu belügen. Er war schlau, und wenn er jemandem petzte, dass sie hier war, würde man sie umbringen. Sie musste ihm die Wahrheit sagen.

„Ich stecke in Schwierigkeiten. Und du musst mir helfen. Hier!"

Sie nahm den provisorischen Turban ab und zeigte ihm ihr kurz geschnittenes Haar.

Rajik starrte sie mit offenem Mund an. „Aber… aber warum?"

„Weil es keine andere Möglichkeit gibt. Weil Vater mich mit dem Amir, mit Qilij dem Grausamen, verheiraten will. Nicht einmal ein Hund sollte ein solches Schicksal erleiden."

„Aber Qilij ist ein reicher und mächtiger Mann!"

„Und fünfzig Jahre alt! Er hat bereits zwei Ehefrauen und jede Menge Kinder, die älter sind als ich!"

Rajik sprach langsam und laut wie zu einer Schwachsinnigen oder Schwerhörigen: „Aber er ist ein reicher und mächtiger

Mann!"

„Er hat die Kurtisane Samia getötet, hat sie zu Tode peitschen lassen wegen irgendeiner dämlichen Blume, die ihr ein Soldat geschenkt hat!"

„Es war ein Liebesbeweis! Sie hat ihn betrogen!"

„Und was ist mit Nazif, dem Stallburschen? Er hatte den Sattelgurt des Pferds nicht fest genug gezogen, und der Amir ist mit all seinen feinen Kleidern in den Schlamm gefallen. Mit einem einzigen Hieb hat er den Jungen erschlagen!"

„Er war…er war…" Während er noch nach Worten rang, zog Raisha ihre stärkste Waffe: „Sieh mich an, Bruder! Ich kann nicht mehr zurück! Meine Haare sind abgeschnitten, und das kann ich nicht wieder rückgängig machen!"

„Aber unsere ganze Familie wird zugrunde gehen!"

„Was geschehen ist, ist geschehen! Aber schau mal dorthin!" Sie zeigte nach Westen, wo das letzte Rot am Himmel verglühte. „Die Fremden sind im Anmarsch. Sie werden bald hier sein, und wer weiß, was dann passiert. Vielleicht werden wir alle getötet, sogar der Amir. Vielleicht überrennen die Eindringlinge das ganze Land!"

„Das wird niemals geschehen!"

„Alles kann geschehen, nur eins *niemals*: dass ich Amir Qilij heirate!"

Sie brüllten einander in der Dunkelheit an, bis sie heiser waren, und in der kalten Meeresluft zu zittern begannen. Hungrig und verängstigt suchten sie in den Dünen nach einer geschützten Stelle, aßen ein paar Brotfladen und fielen beinahe augenblicklich in einen tiefen Schlaf.

Raisha wurde als Erste wach. Es war noch nicht hell, aber sie konnte unzählige Füße marschieren und Pferde wiehern hören. Sie rüttelte Rajik wach.

„Wir müssen weg, die Soldaten kommen! Hier werden sie uns finden. Und dann wirst du bestimmt ausgepeitscht und ich umgebracht."

„Was'n los?" Rajik setzte sich auf und rieb sich die Augen. Raisha packte ihn am Handgelenk und zog ihn fort von den bedrohlichen Geräuschen, zum Strand – und dort sah sie etwas, das jenseits ihrer Vorstellungskraft lag.

Zuerst glaubte sie, eine tief liegende Wolkenbank über dem Meer zu sehen. Aber als die Sonne heller schien, erkannte sie, dass es keine Wolken waren, sondern Segel, hunderte und aberhunderte weißer Segel und hier und da ein paar leuchtend bunte Wimpel. Sie erstreckten sich über den ganzen Horizont, so weit das Auge reichte.

„Die Fremden sind hier! Du wolltest doch die Fremden unbedingt sehen – da hast du sie!"

Beide starrten auf die Segel, die in den Strahlen der aufsteigenden Sonne golden leuchteten. Einen Augenblick lang vergaßen sie, wo sie waren, und zunächst hielt Raisha die glühenden, roten Punkte, die plötzlich auftauchten, für weitere Spiegelungen. Doch dann wurden sie größer und rasten immer schneller auf die Küste zu. Ein schwaches Sirren erklang, das rasant zu einem lauten Kreischen anschwoll.

BUMM!

Irgendetwas krachte in eine der Dünen etwa fünfzig Fuß entfernt. Schwefelgestank erfüllte die Luft und machte das Atmen schwer. Sand regnete auf sie herab.

„Was war denn das?", fragte sie.

„Ein Feuerdämon! Sie werfen Feuerdämonen auf uns! Pass auf!"

Raisha hatte gerade noch Zeit, den Kopf zu drehen und einen Feuerball auf sich zurasen zu sehen, eine eigenartige Fratze in der Mitte, die zu keinem menschlichen Wesen gehörte und aus deren geöffnetem Schlund ein lautes, ununterbrochenes Kreischen drang.

Im selben Moment stieß Rajik sie in den Sand hinunter und warf sich über sie.

2: Singer

Sie hatten bereits die halbe Strecke zum Ufer zurück gelegt, als Hauptmann Hinmans Kopf explodierte.

Er hatte sich so hoch wie möglich am Bug aufgestellt, um die Bombardierung der Küste im Auge behalten zu können, und hielt eine seiner Spontanlektionen über Kriegstaktik. Sein Adjutant, Leutnant Singer, der Quartiermeister, Feldwebel Pennesey, der Kaplan Pater Leo und der alte Dr. Murdoch waren die einzigen, die zuhörten. Wenig an militärischem Ruhm interessiert duckten sich alle vier so tief es ging in dem wie verrückt schlingernden Boot, so wie jeder andere, der nicht rudern musste. Alle paar Sekunden sauste einer der Kreischer über sie hinweg, oder ein feindlicher Aufspringer ließ neben ihnen eine riesige Wasserfontäne in die Höhe schießen. All das war Grund genug, sich noch tiefer zu ducken.

Hinman bezeichnete sie zwar nicht als „Feiglinge", doch er grinste überlegen, als er ihnen erklärte, dass sie unmöglich getroffen werden konnten: „Die Kreischer fliegen viel zu weit über unseren Köpfen, sonst würden wir niemals das Ufer erreichen. Und die Waffen unseres Feindes taugen gerade mal zum Fischfang. Da!"

Singer hob den gerade Kopf so weit, dass er über das Seitendeck spähen konnte. Ein Kreischer rauschte knapp zehn Fuß entfernt vorbei, ein Feuerball mitten in der Luft, der wie eine verlorene Seele in der Hölle heulte – und wahrscheinlich genau das war. Schnurgerade flog er auf sein immer noch eine halbe Meile entferntes Ziel zu, die Sanddünen, über denen die rot-silbernen Wimpel der Bandeluken wehten. Dann krachte er auf den Boden und ließ den Sand aufspritzen. Singer kniff gegen das Sonnenlicht die Augen zusammen. Er konnte keine feindlichen Soldaten entdecken. Mit ein bisschen Verstand waren sie hinter den Dünen in Deckung gegangen.

„Was für eine Verschwendung!" Hinman schüttelte den Kopf wie ein Lehrer, der ein stures Kind tadelt. „Wir sind für eine Seeschlacht gerüstet, und jetzt wollen die Bandeluken zu Lande kämpfen. Keiner von uns ist auf eine amphibische Invasion vorbereitet. Nun, falls…"

KAWUMM!

Das Boot geriet in heftiges Schwanken, und Singer starrte verständnislos auf seinen linken Arm, verwirrt, woher plötzlich das viele Blut kam. Aber dann fiel Hinman auf ihn; aus seinen Halsarterien schoss das Blut und besudelte Singers feinen Waffenrock. Hinmans Kopf war nirgends zu sehen.

Er blickte zu Feldwebel Pennesey, einem kleinen, traurig dreinblickenden Mann mit hängendem Schnauzbart, der mindestens genau so verdutzt schien wie Singer. „Siebzehn!", sagte Pennesey, als sei dies eine entscheidende Nachricht, die er unverzüglich zu melden hätte. Dr. Murdoch verzog beim Anblick der Leiche lediglich das Gesicht. Pater Leo schloss die Augen und murmelte ein Gebet.

Die Männer hinter ihnen hatten aufgehört zu rudern und diejenigen unter ihnen, die ihre Ruder nicht vor Schreck hatten fallen lassen, hielten sie fest umklammert. Das Wasser reichte den Männern bereits bis an die Knöchel und stieg rasch immer weiter, als das Boot seitwärts in die Dünungen abdrehte.

Was würde Hinman jetzt tun? Er würde aufstehen, irgend etwas brüllen und uns wieder in Bewegung setzen.

Singer stand auf und brüllte so laut er konnte: „IHR IDIOTEN! WEITERRUDERN! AN DIE KÜSTE!"

Sie waren Soldaten, gewohnt, Befehle zu befolgen, aber sie hatten wenig Erfahrung auf dem Meer, und so dauerte es eine Weile, bis sie sich wieder gefangen hatten und in Richtung Küste ruderten. Denen, die ihr Ruder verloren hatten, befahl Singer, mit den Helmen das Wasser aus dem Boot zu schöpfen.

(Später erfuhr Singer, was genau passiert war: Mit ungewöhnlicher Treffsicherheit, oder vielleicht auch nur durch Zufall, war ein Geschoss mitten in Boot Siebzehn gelandet und hatte Holz, die Überreste von zehn Soldaten und drei Seeleute, sowie Rationen für mehrere Tage in alle Himmelsrichtungen katapultiert. Eins dieser Fragmente war daraufhin mit Hauptmann Hinmans Kopf kollidiert. Um was genau es sich dabei gehandelt hatte, fand Singer nie heraus.)

Nach Hauptmann Hinmans unerwartetem Hinscheiden war außer Singer niemand mehr übrig, der das Kommando hätte übernehmen können, obwohl dieser eher ein besserer Sekretär und Laufbursche war als ein Soldat … aber das war jetzt ohne Bedeutung. Er musste am Leben bleiben, und das hieß, dafür sorgen, dass auch der Rest der Leute an Bord am Leben blieb, und so stand er jetzt am Bug, genau wie Hinman es zuvor getan hatte, bemüht, selbstsicher zu wirken, obwohl er nicht die leiseste Ahnung hatte, was er hier eigentlich tat.

Hinman würde wahrscheinlich in aller Ruhe um sich schauen und die Lage abschätzen.

Also bemühte sich Singer, genau das zu tun... und verdammt noch mal, sie waren schon weit abgeschlagen von den anderen Booten, die bald in Scharen an der Küste landen und verwirrt auf einen Anführer warten würden, der nicht da war.

„SCHNELLER!", schrie Singer, „BEWEGT EUCH! WIR VERRECKEN, WENN WIR DIE KÜSTE NICHT ERREICHEN!"

Als sie endlich an der Küste angelangten, war die Lage fast genauso schlimm, wie er befürchtet hatte. Leutnant Fleming war es gelungen, die meisten seiner einhundert Armbrustschützen um sich zu scharen, und Leutnant Pohler hatte fast alle seine Speerkämpfer aufgereiht, aber sie alle waren mehr als dreihundert Fuß von ihm entfernt, und noch weiter voneinander. Der Großteil der eintausend Mann starken Hallandkompanie war in kleine Gruppen zersprengt oder lief ziellos umher, auf der Suche nach jemandem, der ihm sagte, was zu tun war.

Ein Gutes hatte die Situation: Der Feind hatte noch nicht bemerkt, dass er nicht mehr bombardiert wurde und es sicher genug war, sich hinauszuwagen und die Eindringlinge vom Strand zu vertreiben. Es würde jedoch nicht mehr lange dauern, bis der Groschen fiel.

Singer wühlte in all dem Blut und Dreck auf den Planken des Boots und hoffte inständig, dass das, was er suchte, nicht über Bord gespült worden war: Hauptmann Hinmans schwere goldene Amtskette. Als er sie schließlich fand, hängte er sie sich um den Hals, und ihr Gewicht gab ihm augenblicklich ein ungewohntes Gefühl von Autorität.

„HISST DIE FLAGGEN!"

Die Soldaten beeilten sich, den Fahnenmast, der aus zwei Teilen zu je sechs Fuß bestand, aufzustellen. Bald flatterte die blau-weiße Hallandfahne im Wind, sodass jeder am Ufer sie sehen konnte. Unmittelbar darauf wurde neben ihr auch das schwarz-silberne Banner der Freistaaten hochgezogen.

„BLAST ZUM ANTRETEN!"

Kyle, der Trompeter, blies ein paar Töne. Niemand schien Notiz davon zu nehmen.

„LAUTER!"

Kyle, ein dicklicher Waisenjunge, der mit kräftigen Lungen gesegnet war, blies mit aller Kraft und wiederholte dann das Signal, auch ohne erneuten Befehl.

Dieses Mal bemerkten die Soldaten die Fahnen und setzten sich in Bewegung, die Einheiten von Fleming und Pohler kamen in geordneten Reihen an, der Rest in wildem Durcheinander.

„ANGETRETEN! AUFSTELLUNG IN DREI REIHEN! SPEERTRÄGER VORN!"

Selbst die begriffstutzigsten Soldaten benötigten keine weiteren Anweisungen, und so fand die Horde verwirrter Männer der Hallandkompanie rasch wieder ihre gewohnte Aufstellung: vier Hundertschaften Speerträger, unmittelbar hinter ihnen die Armbrustträger, gefolgt von zweihundert Hellebardieren, aufgeteilt in Gruppen von je vierzig Kämpfern. Es gab Lücken in den Reihen – elf Männer lagen schon auf dem Grund der Masserabucht –, aber sie wurden schnell geschlossen.

Diejenigen, die zu keiner der Formationen gehörten, versammelten sich hinter ihm: hauptsächlich der Hauptquartiersstab, Penneseys Köche und Schreiber, Pater Leo, Dr. Murdoch, Kyle, der Trompeter, und Feldwebel Littleton, der Ingenieur. Littleton war gerade dabei, mit einigen Helfern eine der großen Belagerungsarmbrüste aufzustellen, ein schweres Geschütz auf einem Dreifußgestell, mit dem man Bolzen von drei Fuß Länge und fast eine halbe Meile weit schießen konnte.

„Da oben, Sir!" sagte Kyle.

Zum ersten Mal erhaschte Singer einen flüchtigen Blick auf den Feind. Mit der Sonne im Rücken sah der Mann wie ein zehn Fuß großer, bewaffneter Riese aus. Doch als Singers Augen sich an das grelle Licht gewöhnt hatten, erkannte er, dass er lediglich auf einem Schlachtross saß. Der extravagante Schweif an seinem Helm ließ ihn nur noch größer erscheinen.

Selbstgefällig beobachtete der Bandeluke die Hallandkompanie von seiner Düne aus, in einer sicheren Entfernung von sechshundert Fuß. Dabei strich er sich den Bart, als wäge er eine Reihe attraktiver Methoden ab, wie man den Feind am besten vernichten könnte.

Singer packte den nächsten Armbrustschützen bei den Schultern. Blaine, oder? Ja, ganz sicher war das Blaine. „Hol diesen eingebildeten Gockel von seinem hohen Ross, wenn du kannst."

„Zu Befehl, Sir!"

Blaine (oder war es doch Halverson?) zielte. Die Entfernung war beträchtlich für die leichte Armbrust, aber sie war mit einer Spiralfeder im Lager versehen, sodass sie noch einmal gespannt werden konnte, wenn das Ziel beim ersten Mal verfehlt worden war.

Der erste Schuss traf, prallte aber am Harnisch des Bandeluken ab. Unbeeindruckt winkte er voller Verachtung den Invasoren zu, drehte um und lenkte ohne Eile sein Pferd die Düne herab.

Der zweite Schuss traf ihn in den Rücken, dort, wo die Rüstung dünner war. Er fiel vornüber und umklammerte den Hals seines Pferdes. Das zu Tode erschrockene Pferd rannte los und brachte ihn außer Sichtweite.

„Guter Schuss, Blaine!"

„Eckhard, Sir."

„Ja, guter Schuss, Eckhard, guter Schuss!"

Leutnant Fleming, ein dünner Mann mit Adlernase, drehte sich um, auf der Suche nach dem Schützen. Als sein Blick auf Hinmans goldene Amtskette auf Singers Brust fiel, grinste er und öffnete den Mund … doch dann überlegte er es sich anders.

Plötzlich traf ein greller Lichtstrahl auf die zahllosen glänzenden Helme. Oben auf den Dünen, wo eben noch der Bandelukenoffizier auf seinem Pferd gesessen hatte, erschienen nun Hunderte von Lanzenreitern. Sie verharrten nur einen Moment, bevor sie hinter der nächstvorderen Dünenkette verschwanden, um augenblicklich durch eine neue Formation Lanzenreiter ersetzt zu werden.

„Oh ihr Götter", murmelte Singer. „MACHT EUCH BEREIT FÜR DIE KAVALLERIE!"

Wie sie es oft geübt hatten, rammten die Speerträger ihre Schilde in den Boden und gingen dahinter in Deckung. Jeder der mehr als zehn Fuß langen Speere hatte am Ende einen Dorn und jeder Schild eine Kerbe, um dem Speer Halt zu geben. Hinter der Mauer aus Schilden nahmen die Armbrustschützen Aufstellung und suchten sich die beste Schusslinie.

Die erste Formation der Kavallerie tauchte jetzt in einer Entfernung von knapp dreihundert Fuß auf dem Kamm der nächstgelegenen Düne auf, und hinter der zweiten Reihe erschien eine dritte. Es mussten tausende Reiter sein!

„NICHT SCHIESSEN!"

Viele nervöse Hände lagen auf den Abzügen der Armbrüste, aber niemand schoss. Die erste Formation der Bandeluken wurde im festgetretenen Sand allmählich schneller und stieß einen durchdringenden und furchteinflößenden Kriegsschrei aus, als sie schließlich in vollem Galopp vorpreschte.

„ZIELT AUF DIE PFERDE!", schrie Singer, und dann, als die Reiter nur noch einhundertfünfzig Fuß entfernt waren: „FEUER! FEUER FREI!"

Vierhundert Bolzen schossen gleichzeitig auf den Feind zu. Mehr als die Hälfte grub sich in Pferdeleiber – und plötzlich war die Luft erfüllt vom entsetzlichen, gellenden Schreien der Pferde.

Auf die verbliebenen Lanzenreiter in der vordersten Linie zielten nun je zwei Bolzen aus nächster Nähe, und die meisten von ihnen fielen. Der Boden vor dem Schildwall war übersät mit gestürzten, schreienden, wild strampelnden Pferden und ihren getroffenen Reitern, die um Hilfe schrieen und sich verzweifelt bemühten, wieder aufzustehen. Dieses heillose Chaos versetzte Singer in Schock, und gleichzeitig erfreute es ihn. Die zweite Angriffswelle würde sich jetzt erst einmal ihren Weg über die gefallenen Kameraden hinweg bahnen müssen.

Andererseits hatten die Armbrustschützen ihre Bolzen verschossen und mussten erst nachladen. Singer blieb nichts anderes übrig als zuzusehen. Der Kampf lag in den Händen der Leutnants, der Feldwebel und der einzelnen Soldaten.

Soll ich mein Schwert ziehen? Nein, dann würden die Männer merken, dass ich Angst habe. Und dann werden sie auch Angst haben.

Falls die verwundeten Reiter der ersten Linie erwartet hatten, dass ihre Kameraden ihnen zur Hilfe eilen würden, so wurden sie schwer enttäuscht. Die Reiter der zweiten Attacke waren so wild darauf, an den Feind zu kommen, dass sie alles niederritten, was ihnen in den Weg kam, und richteten dabei beinahe so viel Schaden an wie die Armbrustschützen.

Eine Reiterattacke war eine der furchtbarsten Erfahrungen, die ein Soldat machen konnte. Den Soldaten der Hallandkompanie blieb nichts anderes übrig, als sich zusammenzureißen und zu warten, während eine Front aus hungrigen Lanzenspitzen auf sie zuraste.

Jedem einzelnen Lanzenträger war bewusst, dass der Schildwall vor ihnen keine Handbreit dick war. Ihre Pferde würden sie mit Leichtigkeit niederbrechen, und dann wären sie mitten unter den hilflosen Armbrustschützen, die immer noch damit beschäftigt waren, ihre Waffen nachzuladen.

Ihre Pferde hingegen sahen nur eins: dass sie aus irgendeinem irrsinnigen Grund blindlings auf eine feste, über drei Fuß hohe, speerstarrende Wand zurannten. Dabei stießen sie sich gegenseitig an, um an die Seitenränder der Formation zu gelangen oder um wenigstens durch eine der schmalen, absichtlich offen gelassenen Lücken zu brechen. Fluchend kämpften die Lanzenreiter mit den Zügeln, doch die Pferde waren stärker.

Als die zweite Linie anrückte, konnte keine Rede mehr von einer geordneten Front sein. Vielmehr war es jetzt ein chaotischer Haufen Reiter, der sich bemühte, die sich aufbäumenden und wild durcheinander rennenden Pferde unter Kontrolle zu bekommen.

Viele von ihnen versuchten, im letzten Moment noch umzukehren, und brachten so ihre Reiter zu Fall. Andere wagten den Sprung über die Reihen und wurden aufgespießt. Diejenigen, die es geschafft hatten, durch die Lücken zu brechen oder an das Ende der Formation zu gelangen, wurden von den wartenden Hellebardieren abgefangen.

Das Eisen der Hellebarde bestand aus einer Stoßklinge, einem Reißhaken, um den einen Reiter vom Pferd zu ziehen, und einem Beil zum Durchschlagen der Rüstung. Alles kam reichlich zum Einsatz. Das war kein Kampf – es war ein Massaker.

Für alles andere als einen Ansturm zu Pferde waren die Lanzen viel zu sperrig. Einige Soldaten ließen sie fallen, zogen stattdessen ihre Schwerter und schlugen damit wild um sich. Andere ließen ihre Schilde fallen und versuchten, beidhändig mit den Lanzen zu kämpfen. Aber jetzt erhoben sich die Speerkämpfer und drängten sie zurück.

Wo steckt der Rest der Kavallerie?

Die dritte Reihe der bandelukischen Lanzenreiter – vermutlich nicht gerade die Tapfersten ihrer Zunft – verharrte regungslos auf den nächstgelegenen Dünen und starrte auf das Durcheinander. Als Lanzenreiter stand ihnen einzig und allein der Ansturm als effektive Taktik zur Verfügung, aber der war jetzt ausgeschlossen.

Mittlerweile war es den Armbrustschützen gelungen, ihre Waffen eine nach der anderen kampfbereit zu machen. Erst fiel ein Lanzenreiter, dann der nächste; ihre Rüstungen hielten den Bolzen, aus so geringer Entfernung abgeschossen, nicht stand.

Wer auch immer die Befehlsgewalt über die Bandeluken hatte, fasste einen Beschluss. Ein Pfiff ertönte und die gesamte Reitertruppe, jedenfalls diejenigen, die noch reiten oder laufen konnten, machte eine Kehrtwende und verschwand hinter Dünen. Das löste überschäumende Freude bei der Hallandtruppe aus. Bisher hatten sie kaumVerluste erlitten, und es schien, als sei der Kampf bereits gewonnen.

„FORMIERT EUCH! HALTET DIE STELLUNG! DER KAMPF IST NOCH NICHT VORBEI! HELLEBARDIERE, KÜMMERT EUCH UM DIE VERWUNDETEN!"

Die Hellebardiere traten vor, um sich um die feindlichen Verwundeten zu kümmern, allerdings nichts im medizinischen Sinne. Dr. Murdoch seinerseits hatte schon begonnen, die eigenen Verwundeten zu versorgen, deren Anzahl überraschend gering war. Feldwebel Littleton baute immer noch unbeirrbar seine Belagerungsarmbrust zusammen und nahm keinerlei Notiz vom Kampfgetümmel um ihn herum.

Was für ein scheußliches Durcheinander! Sind alle Kämpfe wie dieser? Ich glaube, ich habe den falschen Beruf gewählt!

Was folgte, war eine fürchterliche Stille. Unruhig warteten die Männer darauf, dass der Feind zurückkehrte. Einige spähten über die Schulter, um zu sehen, wer die Befehle geben würde, aber Singers blutbefleckter Rock und die Amtskette zeigten, warum er das Kommando hatte. Leutnant Pohler lief vor Wut rot an, als er die Amtskette auf Singers Brust sah, aber er war ein viel zu guter Soldat, um mitten in der Schlacht Einwände zu erheben.

Singer sah aufs Meer hinaus. Wann würden die nächsten Schiffe landen? Die meisten schienen sich kaum zu bewegen, doch eine kleine Gruppe von Booten kam mit erstaunlicher Geschwindigkeit näher.

Wer ist denn das?

Seine eigenen Männer wurden immer unruhiger. Mit dem Wind im Rücken war es unmöglich zu hören, was hinter den Dünen vor sich ging. Singer wollte gerade einen Späher losschicken, als die Reiter wieder auftauchten. Dieses Mal ritten sie in zwei Gruppen auf sie zu, von rechts und von links, und beide außer Bogenreichweite.

„BILDET EIN KARREE!"

Die Hallandkompanie formierte sich aufs Neue in altbewährter Weise, dieses Mal richteten sich die Speerkämpfer nach vier Seiten aus, die Hellebardiere verteilten sich auf die vier Ecken und der Rest sammelte sich in der Mitte, mit Ausnahme von Feldwebel Littleton. Nachdem es ihm endlich gelungen war, das dreibeinige Geschütz zusammenzusetzen, mühte er sich nun damit ab, die Belagerungsmaschine auf ein Drehgestell zu hieven. Singer packte den protestierenden Feldwebel am Ärmel und zog ihn von seinem Projekt weg.

Die Lanzenreiter nahmen nördlich und südlich von ihnen am Strand Stellung. Jetzt war ihre Position perfekt für einen Angriff und keiner von ihnen sah sich mit der gesamten Stärke der Eindringlinge konfrontiert. Doch sie griffen nicht an. In der Mitte seines Karrees konnte Singer kaum erkennen, was draußen vor sich ging.

Bald war klar, was der Feind plante. Eine Reihe Speerkämpfer, mindestens eintausend Mann, erschien auf dem Kamm der Dünen und stieg langsam zu ihnen herab. Diese Männer waren weiß gekleidet und trugen Speere und rechteckige Schilde, aber keinerlei Rüstung.

„ZURÜCK! NICHT SCHIESSEN!"

Es wäre sinnlos, auf diese schweren Schilde aus solch großer Entfernung zu schießen. Die zahlenmäßig überlegene feindliche Infanterie würde die Hallandkompanie niederrennen. Hinter der ersten Reihe tauchte bereits eine zweite auf.

Scheiße! Jetzt sind wir erledigt!

Ähnliche Gedanken gingen offensichtlich auch den anderen Offizieren durch den Kopf. Nervosität machte sich unter ihnen breit, als eine dritte Linie der zweiten folgte. Selbst mit militärischer Disziplin und Taktik war gegen eine solche Übermacht wenig auszurichten.

Als die erste Infanteristengruppe die nächste Düne erklommen hatte, konnte Singer sehen, dass sie von Männern mit Peitschenhieben vorwärts getrieben wurden. Im selben Moment hatte er einen seiner eher seltenen Geistesblitze.

„ZWEITE GRUPPE ARMBRUSTSCHÜTZEN! ZIELT AUF DIE MÄNNER MIT DEN PEITSCHEN! ICH WIEDERHOLE: ZIELT AUF DIE MÄNNER MIT DEN PEITSCHEN! FEUER!"

Es war nicht einfach, solch kleine Ziele aus großer Entfernung zu treffen, aber wenn einhundert Männer anlegten, würden immerhin einige treffen. Einer nach dem anderen feuerten die Schützen auf die anrückenden Infanteristen. Viele der Pfeile flogen zu hoch, weit über die Köpfe der Soldaten hinweg, und einige trafen doch die Speerkämpfer. (Zu seiner Erleichterung bemerkte Singer, dass die Schilde bei Weitem nicht so schwer waren, wie er befürchtet hatte.) Doch hier und da stürzte einer der Peitschenträger zu Boden, und die feindlichen Speerkämpfer zögerten verunsichert.

Als die Peitschenmänner begriffen, dass sie das Ziel der Angriffe waren, suchten sie hinter den Speerkämpfern Schutz. Doch darauf hatten die Armbrustschützen die passende Antwort: Ein Bolzen streckte einen Speerkämpfer nieder und der zweite Schuss galt dem Peitschenträger dahinter. Ein Speerkämpfer begriff, dass sein Schild nur geringfügigen Schutz bot, warf seine Waffe von sich und ließ sich auf den Boden fallen. Die anderen folgten schnell seinem Beispiel.

Als die zweite Reihe der Speerkämpfer ihre am Boden

liegenden Kameraden sah, tat sie es ihnen nach, und die Peitschen schwingenden Männer hinter ihnen standen plötzlich ohne Deckung da, sprangen wie wild umher und schwangen fluchend ihre nutzlosen Peitschen, bis die Vernunft siegte, und sie Schutz hinter den Dünen suchten.

Sieht aus, als könnten wir doch noch überleben... was ist das?

Er drehte gerade noch rechtzeitig den Kopf, um die Lanzenträger zu seiner Linken heranpreschen zu sehen. Es gelang ihm noch, zu brüllen:

„FEUERT AUF DIE KAVALLERIE!"

Im Nu waren sie von fünfhundert wild galoppierenden Reitern eingekreist, die jedoch außer Reichweite ihrer Speere blieben. Hier und da streckten die nervösen Armbrustschützen einen von ihnen nieder.

Was zum Teufel machen die da?

Die Lanzenreiter strömten um sie herum, wie ein Fluss, der von einem großen Stein geteilt wird, und dann waren sie weg, jagten so schnell sie konnten zu ihren Kameraden auf anderen Flanke, die gerade anlegende Boote attackierten.

Die zweite Welle! Sie ist da!

Aber bisher war nur eine Handvoll Männer gelandet, und die würde der anstürmenden Kavallerie nicht viel entgegenzusetzen haben. Singer wandte sich an die Männer zu seiner Rechten.

„OSGOOD! BEECHER! IHNEN ZU HILFE! VORWÄRTS!"

Pohler starrte ihn an, sein vernarbtes Gesicht vor Wut verzerrt. Es war extrem riskant, zweihundert Mann abzuziehen und so den Verteidigungsblock aufzubrechen, aber wenn die Verstärkung nicht landen konnte, würden sie sowieso alle draufgehen. Singer befahl einigen Hellebardieren, die Lücken zu schließen, zumindest vorübergehend.

In der Ferne konnte er den verzweifelten Kampf beobachten. Eine kleine Gruppe befreundeter Einheiten scharte sich um die angelandeten Boote. In ihren grünen Rüstungen sahen sie aus wie Frauen.

Frauen? Hat der Prinz Amazonen in seinem Heer?

Berittene Bandeluken drängten sich um sie herum und stachen mit den Lanzen zu. Singer sah, wie eine der Frauen einem

Krieger die Lanze entriss, sie wie eine Keule schwang und dabei einen Reiter nach dem anderen aus dem Sattel schleuderte.

Wie ist das möglich? O ihr Götter, das sind keine Frauen!

Jetzt erinnerte er sich wieder daran, was ihm Pennesey auf dem Boot erzählt hatte. Er hatte es zunächst nicht glauben wollen: Der Freistaat Westenhausen hatte statt des für die Expedition geforderten Tributs von fünfhundert Pikenieren fünfzig Dämonen geschickt.

Das waren also die berüchtigten *fui*-Dämonen! Wer sonst hätte mit weniger als hundert Soldaten einer tausendköpfigen Kavallerie die Stirn bieten können?

In offener Feldschlacht wären die *fui*-Dämonen, so gefährlich sie auch sein mochten, wohl niedergeritten worden. Aber hier hatten sie die Taue eingezogen und mit den Booten eine Art Fort gebaut, das die wütenden Lanzenreiter nicht durchbrechen konnten. In den Lücken zwischen den Booten stapelten sich tote Bandeluken und Pferde.

Und schlau sind sie auch, diese verfluchten Dinger!

Die Bandeluken zogen sich zurück, um erneut anstürmen zu können, als unerwartet ein Hagel aus Armbrustbolzen auf sie niederprasselte und zeitgleich Osgoods Speere von hinten angriffen. Fluchend und brüllend zogen sie sich in die Dünen zurück.

Wenn das kein Sieg ist! Wir haben gewonnen!

Kurz zuvor war er noch bereit gewesen zu sterben, aber jetzt hatten sich die Überlebenden der Kavallerie in totaler Unordnung zurückgezogen, und die Infanterie lag immer noch am Boden, wagte es nicht einmal, die Köpfe zu heben.

Ist es wirklich vorbei? O ihr Götter, ich hoffe es!

Er trug einem Boten auf, Osgood und Beecher zurückzuholen, und befahl seinen übrigen Männern, die Dünen zu besetzen. Als sie gingen, näherte sich ein Bote der *fui*-Dämonen. Seine Männer machten geflissentlich Platz, und Pater Leo hob die Hand zu einer beschützende Geste, die der Bote allerdings ignorierte.

Noch nie zuvor hatte Singer einen leibhaftigen *fui*-Dämon aus der Nähe gesehen. Dieser hier war an die sieben Fuß groß, die Hüften breiter als die Schultern. Nun war ihm klar, warum er die Dämonen aus der Ferne für Frauen gehalten hatte. Aber natürlich waren Frauen nicht geschuppt und Schwänze hatten sie auch nicht!

Die klaffende Wunde an seinem rechten Arm, aus der dunkelrotes Blut tropfte, schien der Dämon gar nicht zu bemerken. Er starrte Singer durch die Augenschlitze einer kunstvollen silbernen Maske an, die ihn irrsinnigerweise an das Antlitz Narinas erinnerte, der Göttin der Barmherzigkeit. Ein Summen wie von wütenden Bienen drang dahinter hervor:

„Seid Ihr *bsss* der Anführer?"

O, gut, es spricht Akaddisch – wie ich. Sehr angenehm.

„Ja, ich heiße Singer, und wer seid Ihr?"

„Ich werde *bsss* Dreiundzwanzig *bsss* genannt. Wie lauten *bsss* Eure Befehle?"

„Gute Frage. Bringt Eure Männer, äh, Truppen zu Prinz Krion. Er muss irgendwo südlich von hier stecken. Sagt ihm, die nördliche Landezone ist gesichert. Von ihm werdet Ihr weitere Anweisungen erhalten."

„Zu Befehl, *bsss*."

Der Dämon entfernte sich hüpfend, wobei er mit seinen Krallen tiefe Spuren im Sand hinterließ. Singer bemühte sich, nicht darauf acht zu geben, und wandte sich anderen Angelegenheiten zu.

Die feindlichen Speerkämpfer hatten sich ergeben, doch allem Anschein nach hatten sie von Anfang an nicht aus Überzeugung gekämpft. Wie Sin-

ger jetzt erkannte, waren sie mit Fußfesseln aneinander gekettet.

Um sie am Wegrennen zu hindern – äußerst praktisch. Aber es hinderte sie auch am Vorrücken, nachdem die ersten von ihnen niedergeschossen wurden. Doch nicht so schlau!

Sie lagen immer noch am Boden, einige mit blutigen Flecken auf den weißen Kleidern und viele mit Spuren von Peitschenhieben auf dem Rücken oder auf den Schultern. Singer hatte nie zuvor einen elenderen und mutloseren Haufen gesehen. Die Männer mit den Peitschen waren auf und davon – und das war nur klug, denn Singer hätte sie alle liebend gern erschlagen.

„Feldwebel Littleton! Findet etwas, mit dem man diese Ketten lösen kann!" Littleton fummelte mit einem der Werkzeuge herum, mit denen er seine riesige Armbrust zusammen gesetzt hatte, doch dann fand er im Gürtel eines der toten Peitschenschläger etwas Brauchbareres.

Die Gefangenen sprachen leise in einer Sprache miteinander, die Singer nicht verstand. Er fragte einen von ihnen auf Bandelukisch:

„Wie heißt du?"

Verblüfft starrte der Mann ihn an. Er versuchte es mit dem nächsten:

„Wie heißt du?"

„Harim, o Gebieter."

„Ich bin nicht dein Gebieter. Nenn mich Singer."

„Ja, o Sänger."

„Woher kommst du?"

„Aus Fallstein, o Sänger."

„Was wirst du machen, wenn du frei bist?"

„Ich werde nach Hause gehen, o Sänger."

„Tu das, aber nimm den her mit." Damit übergab er dem Mann einen Speer.

Harim schüttelte den Kopf. „Die Gebieter werden mich töten, wenn sie mich mit einem Speer finden."

Singer deutete auf den Strand, der von den Leichen Hunderter von Bandeluken übersät war: „Die da waren deine Gebieter. Sie sind tot. Ab heute bist du ein freier Mann. Nimm den Speer."

Widerstrebend ergriff Harim den Speer.

Bei der erstbesten Gelegenheit wird er ihn in einen Graben werfen.

„Harim aus Fallstein, ich werde dich eines Tages besuchen kommen. Und wenn ich dich dann ohne Speer antreffe, werde ich dich auspeitschen lassen. Hast du verstanden?"

„Ja, o Sänger."

„Aber wenn du einen Speer hast, wirst du niemals wieder ausgepeitscht, weder von mir noch von sonst jemandem. Hast du verstanden?"

„Ja, o Sänger."

Littleton machte ihn los. Singer beobachtete kurz, wie sich die Mitleid erregende Gestalt, den Speer als Wanderstock benutzend, schwankend davonmachte.

Wie sind wir nur mit diesen Elendsgestalten in einen Krieg geraten?

Singer kommandierte Penneseys Männer ab, Littleton dabei zu unterstützen, Gerätschaften zu sammeln und auch die anderen Gefangenen zu befreien. Dann nahm er eine der Peitschen vom Boden auf und ließ sie in der Luft knallen. Das Geräusch löste bei vielen der Gefangenen ein Winseln aus. In seinem besten Bandelukisch brüllte er:

„HÖRT ZU! ICH BIN SINGER. ICH SCHICKE EUCH NACH HAUSE. ABER IHR DÜRFT ERST GEHEN, WENN JEDER VON EUCH EINEN SPEER ODER EIN SCHWERT HAT. IN ZUKUNFT WIRD JEDER, DER UNBEWAFFNET IST, VON MEINEN SOLDATEN AUSGEPEITSCHT."

Um seinen Worten Nachdruck zu verleihen, ließ er die Peitsche noch einmal knallen. Die Gefangenen flüsterten einander in der fremden Sprache zu und erklärten denen, die ihn entweder nicht gehört oder seine Worte nicht verstanden hatten, Singers neue Regeln..

Das ist übel. Jetzt bin ich es, der ihnen mit der Peitsche droht. Mit den Dämonen umzugehen, war einfacher.

Gerade erteilte er Dr. Murdoch und einigen Freiwilligen Anweisungen, die verwundeten feindlichen Speerkämpfer zu verbinden, als einer der Armbrustschützen angerannt kam.

„Nachricht von Leutnant Fleming, Sir! Ihr werdet dringend im feindlichen Lager benötigt!"

Er deutete auf eine Stelle hinter den Dünen, wo die bunten Zelte der Bandeluken zu sehen waren.

Fleming! Natürlich muss er der erste im Feindeslager sein!

(Viele Jahre zuvor, als Singer noch ein kleiner Junge gewesen war, hatten Pohler und Fleming an der Erstürmung der Piratenfestung Mirajil teilgenommen. Pohler hatte großen Ruhm geerntet, war mit vielen Narben und einer prächtigen Waffensammlung aus dem Feldzug heimgekehrt, fristete aber seitdem ein bescheidenes Leben als Lehrer im Schwertkampf. Fleming jedoch war mit einer mysteriösen, schweren Truhe im Gepäck zurückgekommen und hatte kurz danach eine gut gehende Gastwirtschaft in der Nähe der Kasernen gekauft. Sie hassten einander, wie es nur alte Kameraden vermochten.)

Nicht weit vom Lager entfernt erblickte Singer eine Gruppe Armbrustschützen. Sie hatten einen halbwüchsigen Jungen umringt, der einen Scimitar schwang und sie wild auf Bandelukisch verfluchte. Seiner Kleidung nach gehörte er zur Dienerschaft, seine Hände waren voller Brandblasen und Schnitte wie bei jemandem, der in der Küche arbeitet.

„Wie haben einen Gefangenen", informierte Fleming Singer vergnügt. „Aber ich kann diese scheußliche Sprache nicht sprechen und er will sein Schwert nicht loslassen. Ich bring's aber auch nicht übers Herz, den armen Kerl zu töten."

Du meinst wohl, dass du nicht viel in den Zelten gefunden hast, und ich ihn dazu bringen soll, uns zu verraten, wo sein Herr all die Beute versteckt hat.

Während Singer sich dem Bandeluken näherte, forderte er ihn in seiner Sprache auf, seine Waffe fallen zu lassen. Doch der wilde Junge drehte sich lediglich um und ging auf ihn los. Mit einer einzigen Bewegung zog Singer sein Schwert und schlug dem Jungen den Säbel aus der Hand: „Dein Leben ist ein Geschenk, Junge, wirf es nicht weg!"

Der Junge zog ein Krummmesser. „Von meinen Feinden, die meinen Bruder erschlagen haben, nehme ich keine Geschenke an."

Immerhin habe ich ihn zum Reden gebracht.

„Du kannst nichts mehr für deinen Bruder tun. Deine Mutter weint schon um einen Sohn, lass sie nicht um zwei weinen."

Das hatte eine überraschende Wirkung auf den Jungen: Er fiel auf die Knie und weinte wie ein Mädchen. „Ich habe keine Mutter! Ich habe auch keinen Vater, keine Schwester und keinen Bruder! Auch kein Zuhause! Der einzige, der für mich gesorgt hat, war mein Bruder, und der ist tot!"

„Also willst du dich hier in den Heldentod stürzen? Da bist du bei uns an der falschen Adresse. Wir töten keine Kinder. Für was für Monster hältst du uns?"

Das ließ ihn nur noch lauter weinen.

Der ist wirklich eine harte Nuss. Ich weiß, wie man gegen die Bandeluken kämpft, aber was soll ich bitte mit weinenden Kindern anfangen?

Von allen Seiten kamen Soldaten herbei, um das Spektakel mit anzusehen, unter ihnen auch Feldwebel Pennesey, der ihm auf die Schulter tippte: „Ich könnte Arbeit in der Küche für ihn finden, wenn Ihr erlaubt, Sir. Ich spreche seine Sprache."

„Das klingt gut, aber bringt ihm ein paar Wörter Hallandisch bei. Und seht zu, dass Ihr nicht erstochen werdet."

„Ihr wollt ihn nicht ausfragen?" Fleming schien fast beleidigt.

„Wozu die Eile? Er ist bloß ein Küchenjunge. Wir müssen jetzt einen Appell abhalten, Wachtposten aufstellen, Versorgung und Verstärkung heranschaffen, ein Lager einrichten, ein Inventar der Beutestücke anlegen…"

Fleming lief rot an. „Was glaubt Ihr eigentlich, wer Ihr seid?"

„WAS ZUM TEUFEL IST HIER LOS?"

Das war Leutnant Pohler, und er war sogar noch aufgebrachter als Fleming.

„Wer hat Euch erlaubt, Hauptmann zu spielen?" Es schien, als wolle Pohler Singer die goldene Kette vom Hals reißen. Singer trat einen Schritt zurück.

„Das war nur vorübergehend…"

„Und es dauert verdammt nochmal schon viel zu lange. Nehmt es ab! SOFORT!"

Singer war schon drauf und dran zu gehorchen, als Fleming ihn an der Schulter packte:

„Ihr meint wohl, damit *Ihr* sie Euch umhängen könnt, was? Woher nehmt Ihr Euch das Recht?"

Uff, unter Hauptmann Pohler dienen zu müssen, wäre ein Alptraum für Fleming.

„Die Kette geht an den dienstältesten Offizier!", sagte Pohler.

„Ihr seid aber nicht der Dienstälteste, nur der Älteste, und so oder so ist niemand berechtigt, aufzurücken, ohne…"

Singer verfolgte ihr Gezänk schweigend und bemerkte, dass

es allmählich dunkel wurde. Neugierig traten Offiziere näher, während die Soldaten, die sie beaufsichtigen sollten, ziellos umherliefen, sich selbst überlassen. Jetzt war es an ihm, zornig zu werden:

„HALTET DEN MUND, ALLE BEIDE!"

Pohler und Fleming schreckten auf und starrten ihn an.

„Es ist mir egal, wer der neue Hauptmann wird, aber wir verschwenden hier unsere Zeit. Wir müssen die Offiziere zusammentrommeln und abstimmen lassen …"

In diesem Moment erschien auf einer nahe gelegenen Düne ein *fui*-Dämon und überrumpelte alle, indem er mitten in die Menge der umherirrenden Soldaten stürmte, ohne daraf zu warten, dass sie ihm Platz machten. Rechts und links von ihm fielen Soldaten in ihren Rüstungen krachend zu Boden, unmittelbar gefolgt von einem ratschenden Geräusch, als Schwerter gezogen wurden.

Es war Dreiundzwanzig. Singer erkannte ihn an seiner Wunde am rechten Arm – sie war bereits fast vollständig verheilt.

Grundgütiger! Sie können sich sogar selbst regenerieren! Haben unsere Gegner auch Dämonen?

Ohne auf die gezogenen Waffen zu achten, lief der Dämon schnurstracks auf Singer zu: „Prinz Krion *bsss* gratuliert *bsss* Hauptmann Singer *bsss* und wünscht *bsss* ihn unverzüglich *bsss* in seinem Zelt *bsss* zu sehen."

3: Krion

Meine Offiziere sind solche Vollidioten!

Die Landung war zufriedenstellend vonstattengegangen. Die flache Küste bot dem Feind keinerlei Deckung vor dem Eröffnungsbombardement, das sie weiter landeinwärts trieb. Aber dann, noch bevor er eine Meile zurückgelegt hatte, tauchten immer mehr feindliche Truppen auf. Am Ende waren es mehr als dreißig Kompanien, sodass er sich gezwungen sah, den Vormarsch abzubrechen und seine Truppen in Schlachtordnung aufzustellen, und das, obwohl immer noch nicht alle gelandet waren.

Die Bandeluken hatten offenbar eine Landung an den weiten Stränden der Südküste erwartet und ihre Truppen dort konzentriert. Ihre Stärke war nahezu überwältigend. Während Krions Truppe drohte, an zwei Flanken in die Zange genommen zu werden, ritt die Elitekavallerie seines Vaters, die sich den schönen Namen „Die zwölfhundert Helden" gegeben hatte, ein paar unbedeutende Infanteristen nieder und stürmte geradewegs in das feindliche Lager, um es unverzüglich zu plündern.

Dadurch entstand eine große Lücke an Krions linker Flanke, die ein Regiment schwerer Kavallerie der Bandeluken ausnutzte. Krion konnte diesem Angriff lediglich sein eigenes Gardekorps, die Bruderschaft, entgegenstellen. Seiner Meinung nach waren sie die besten Soldaten der Welt, aber sie waren zahlenmäßig gewaltig unterlegen, und die Bandeluken drängten sie zurück.

Währenddessen waren die unmenschlichen Lumpenmänner, die das feindliche Zentrum erstürmen sollten, mitten in eine Kompanie von Söldnerpikenieren geraten, die sie zwar nicht aufhalten, aber wesentlich ausbremsen konnten. An der rechten Flanke hatte sein Bruder Clenas die Königlichen Leichten Kavallerie in ein langes, unergiebiges Scharmützel mit einigen feindlichen Lanzenreitern verwickelt. Es sah ganz so aus, als wäre die Invasion des bandelukischen Imperiums schon beendet, bevor sie überhaupt richtig begonnen hatte.

Krion stürzte sich mitsamt seiner Stabsabteilung in die Schlacht an der linken Flanke, dorthin, wo seine Reihen am schwächsten waren. Wie er gehofft hatte, beflügelte dies die Bruderschaft – sie scharte sich um ihn schlug den Feind zurück. Dennoch bestand die Gefahr, dass der verbliebene Rest der zahlenmäßg überlegenen feindlichen Kavallerie sie umzingelte.

In diesem Augenblick, gerade, als die Situation aussichtslos schien, entdeckte er das Banner von Westenhausen direkt vor sich, unmittelbar hinter der feindlichen Linie. Es kam näher.

Westenhausen? Was machen die denn hier?

Er konnte sich lediglich daran erinnern, dass eine kleine Hilfstruppe aus Westenhausen mit dem Rest des Freistaatenkontingents viele Meilen weiter oben im Norden landen sollte, aber jetzt waren sie nicht einmal eine halbe Meile entfernt und marschierten offensichtlich direkt auf ihn zu.

Oder sind sie etwa zum Feind übergelaufen?

Während er noch darüber nachdachte, versuchte ein Bandelukenoffizier, ihm mit einem Scimitar den Kopf abzuschlagen. Er parierte den Hieb und stieß dem Mann seine Schwertspitze mitten ins Gesicht. Die Bandeluken bedrängten ihn jetzt von allen Seiten, und er war zu beschäftigt, um noch weiter über Taktiken nachzudenken.

Unterdessen fällte der Kommandeur der Bandeluken, der die Schlacht von einer kleinen Anhöhe aus beobachtete, eine verhängnisvolle Entscheidung. Er konnte nicht erkennen, welche Truppeneinheiten das Banner von Westenhausen trugen, aber er musste annehmen, dass sich dahinter eine Truppe in Kompaniestärke verbergen konnte. Hinter ihm, dort, wo die Sonne sich jetzt dem Horizont näherte, landeten immer mehr Soldaten der Armee des Prinzen – unmöglich, zu sagen, wieviele es waren.

In dieser Situation erließ er einen scheinbar vernünftigen Befehl: eine der drei Kavallerieschwadronen an seiner rechten Flanke sollte weiterhin Krion bedrängen, die zweite sollte wenden und sich den Truppen aus Westenhausen entgegenstellen, die dritte ihrerseits sollte sich zurückziehen und einen neuen Angriff vorbereiten.

In der Theorie klang das ganz vernünftig, jedoch hatte er den Überschwang seiner Eliteoffiziere nicht bedacht. Diese waren nämlich davon überzeugt, die Schlacht bereits gewonnen zu haben, und rissen sich darum, als erster zum Prinzen vorzustoßen. Alle drei Formationen vermischten sich zu einem heillosen Durcheinander. Zwei seiner Anordnungen gingen darin unter, nur die dritte erreichte den zuständigen Offizier, der daraufhin achselzuckend den Befehl zum Rückzug erteilte.

Die zurückweichenden Bandeluken kamen nun denen, die immer noch angreifen wollten, in die Quere, und viele ergriffen kopflos die Flucht, als sie die feindlichen Fahnen in ihrem Rücken und die eigenen Kameraden im Rückzug bemerkten. Dieser Haufen unorganisierter Kavalleristen war jedoch noch nicht weit gekommen, als sie auf die Zwölfhundert Helden stießen, die immer noch das Lager der Bandeluken plünderten. Die Helden rafften eilig ihre Beute zusammen und bestiegen ihre Pferde, um dem Feind entgegenzureiten.

Die bandelukische Kavallerie, bedrängt von drei Seiten, floh in alle Himmelsrichtungen. Dies entmutigte die Pikeniere noch mehr, hatten sie doch schon zu ihrem Entsetzen feststellen müssen, dass ihre Waffen die Lumpenmänner zwar durchbohren, aber nicht töten konnten. Sie ließen ihre Speere in den weiterhin vorrückenden Lumpenmännern stecken und schlossen sich dem Rückzug an.

An der linken Flanke der Bandeluken, in einiger Entfernung vom restlichen Kampfgeschehen, versuchten feindliche Lanzenreiter mit aller Kraft, Clenas' Leichte Kavallerie in ein Gefecht zu verwickeln, doch diese schossen nur ihre Pfeile ab und rissen aus. Als sich die Reihen der Bandeluken lichteten, befahl der Kommandeur den Rückzug seiner eigenen intakten Truppe, um so seine Kameraden zu decken. Das bedeutete allerdings, dass die Lanzenreiter nun dem Feind ihre unzureichend gepanzerten Rücken zuwendeten, was vielen von ihnen zum Verhängnis wurde. Die Königliche Leichte Kavallerie nahm die Verfolgung auf, jedoch ohne Clenas, denn der war vom Pferd gefallen.

Nachdem Krion sich von den Aufregungen des Nahkampfes erholt hatte, in dem seine Angreifer überwältigt worden waren, stellte er fest, dass sich ihm nun eine völlig neue Situation bot: Die feindliche Linie war vollkommen aufgelöst, die Bandeluken waren auf der Flucht und seine eigenen Truppen rückten triumphierend vor.

Er drehte sich um und sah sich einem der echsenartigen *fui*-Dämonen gegenüber, der eine Standarte Westenhausens trug. Ein zweiter näherte sich, salutierte und sagte mit summender Stimme: „Hauptmann Singer *bsss* von der Hallandkompanie *bsss* möchte mitteilen *bsss*, dass die nördliche Landezone *bsss* jetzt gesichert ist *bsss*. Er erwartet *bsss* weitere Befehle."

Hauptmann Singer? Wer in Dreiteufelsnamen ist das?
Krion konnte sich nur dunkel an einen milchgesichtigen
Leutnant Singer erinnern, der wie eine Klette an Hauptmann Hinman hing.
*Dann muss Hinman tot sein, und die Hallander haben ohne
meine Erlaubnis einen neuen Hauptmann ernannt! Ich sollte sie
dafür bestrafen, aber alles zu seiner Zeit. Und jetzt brauche ich
erst mal einen Helden. Hoffentlich taugt er dazu.*
„Meinen Glückwunsch an Hauptmann Singer. Ich wünsche
ihn umgehend in meinem Zelt zu sehen."

Siege sind wie Honig, der jede Menge Fliegen anzieht.
Ausgelassene, siegestrunkene Offiziere strömten in sein
Zelt, in Erwartung von Ehrungen und Beförderungen. Sein Bruder
Clenas stolzierte mit einem Arm in der Schlinge herum, ganz so,
als sei er wirklich verwundet. Die Graubärte (so nannte Krion ins-
geheim die alten Offiziere seines Vaters) umringten General Basilius, den Kommandanten der Zwölfhundert Helden, und priesen ihn
dafür, die feindliche Linie durchbrochen und dann den Feind von
hinten attackiert zu haben.
Krion klopfte jedem, der hereintrat, anerkennend auf den Rücken, begleitet von einem „Gut gemacht!" Aber im Innern dachte
er:
*Was für eine Ansammlung nutzloser Trottel! Clenas taugt
kein Bisschen zum Kommandanten. Er hat es ja noch nicht einmal
geschafft, im Sattel zu bleiben! Und Basilius hätte uns alle mit
seiner Gier nach Beute beinahe in den Tod getrieben. Ich kann
meinen eigenen Bruder unmöglich auszeichnen, ohne damit alle
anderen zu beleidigen. Und die beste Belohnung, die ich Basilius
geben kann, wäre, ihn nicht auf der Stelle zu feuern. Dennoch, ein
Held muss her.*
Der Historiker in seinem Stab war sehr wahrscheinlich schon
dabei, einen Bericht über seinen persönlichen Mut zu verfassen,
wie er sich mitten in die feindlichen Reihen gestürzt, den Lauf der
Ereignisse umgelenkt und letztlich den Sieg errungen hatte.
In Wahrheit hatte er nach den anfänglichen Maßnahmen
außer über seine Bruderschaft keinerlei Kontrolle über die Armee
gehabt. Aber kein Historiker wurde dafür bezahlt, solche Wahrhei-
ten zu schreiben.

Und sicherlich auch nicht, dass unsere ach so glorreiche Armee von einer klitzekleinen Gruppe Dämonen aus einem der jämmerlichen Freistaaten vor der sicheren Vernichtung bewahrt wurde.

Unterdessen war die Zeit gekommen, seine Offiziere an die Kandare zu nehmen und ihre Erwartungen ein wenig zu dämpfen. *Oder vielleicht doch mehr als nur ein wenig.*

„Meine Herren! Freunde! Es ist jetzt nicht die Zeit für Feierlichkeiten! Wir haben den Feind zurückgeschlagen, aber nicht vernichtet. Der Krieg geht weiter, und das vielleicht schon sehr bald. Wenn die letzte Schlacht gewonnen ist, werden wir genug Zeit für Paraden haben. Jetzt benötige ich von jedem einzelnen einen genauen Bericht über den Zustand der Truppen, dazu Eure Vorschläge und Pläne zur weiteren Vorgehensweise."

Jedes Mal dieselbe Leier!

Aber es klappte wie immer: Anstatt nach Ehrungen und Beförderungen zu schreien, waren die Offiziere gezwungen, einerseits ihre Verluste zu melden, andererseits aber ihre strategische Brillanz zu demonstrieren. Alle stimmten darin überein, dass ein unverzügliches Vorrücken auf Kafra unerlässlich sei, dabei betonte jeder die Bedeutung seiner eigenen Truppe für ein solches Unternehmen.

Clenas schlug vor die Königliche Leichte Kavallerie als Vorhut vor, wofür sie geradezu prädestiniert sei. Basilius hielt dagegen, diese Truppe sei mitnichten dieser Ehre würdig, stattdessen gebühre gemäß Tradition und Stellung (hier holte er weitschweifig zu einer ermüdenden Rede aus) den Zwölfhundert Helden der Vorrang. Aus den Reihen der Graubärte ertönte zustimmendes Gemurmel.

Diese Dummköpfe haben mehr Angst davor, von den anderen ausgestochen zu werden, als eine Schlacht zu verlieren. Die Leichte Kavallerie ist eindeutig besser geeignet, aber die Graubärte werden niemals zustimmen, wenn sie dafür Clenas den Vortritt lassen müssen. Ich brauche eine Ablenkung!

Genau in diesem Moment betrat ein junger Mann das Zelt. Er trug ein leichtes, verstärktes Kettenhemd und einen runden Eisenhelm, wie die Hallander sie bevorzugten. Sein Überrock war voller Blut – nicht sein eigenes, wie Krion feststellte. Man hätte ihn für einen gewöhnlichen Krieger halten können, wäre da nicht die goldene Kette um seinen Hals gewesen. Er war groß und hatte breite

Schultern und trotzdem erweckte er den Eindruck eines ängstlichen Lamms, das mitten unter ein Wolfsrudel geraten war.

Eine leise Bewegung ging durch den Raum, als ein Dutzend namhafter Befehlshaber in ihren auf Hochglanz polierten Rüstungen die Köpfe in seine Richtung drehten und ihn anstarrten.

Er riss sich zusammen und stellte sich vor: „Leutnant Singer, Sir!"

Genau zur richtigen Zeit. Wollen wir doch mal sehen, wie gut du deine Rolle spielst.

„Rühren, Singer. Ihr habt mich nicht mit ‚Sir' anzureden, ich bin nämlich kein ‚Sir', ich bin Prinz Krion, und solange Ihr Euch in meinem Zelt aufhaltet, könnt Ihr Krion zu mir sagen. Das ist im Übrigen mein Bruder, Prinz Clenas, nach mir der Ranghöchste, und ich bin sicher, er zieht es vor, mit ‚Eure königliche Hoheit' angeredet zu werden."

Ein amüsiertes Kichern war zu hören. „Einfach Clenas, danke", sagte Clenas peinlich berührt.

Verzeih, Bruder, aber ein Scherz auf deine Kosten verfehlt selten sein Ziel. Vielleicht solltest du aufhören, mit den Ehefrauen anderer Männer zu schlafen und stattdessen ein gesundes Interesse an Knaben entwickeln, wie unser lieber Bruder Chryspos.

„Ich werde Euch den Rest der hier Versammelten später vostellen. Und, ganz nebenbei, wenn Ihr schon die Abzeichen eines Hauptmanns tragt und den Rang eines solchen einnehmt, dann solltet Ihr Euch nicht Leutnant nennen. Ich nehme an, Hauptmann Hinman weilt nicht mehr unter uns?"

„Er starb an Bord, kurz bevor wir landeten. Ich habe bis auf Weiteres seinen Posten übernommen."

„Ich entscheide, welcher Posten Euch zuteil wird. Aber berichtet uns erst einmal von den getreuen Alliierten der Freistaaten. Ich hoffe, die Landung verlief gut?"

„Gut genug, Sir … ähm Krion. Zuerst landete die Hallandkompanie mit eintausend Mann. Sie wurde sofort von ungefähr zwölfhundert Lanzenreitern der Bandeluken attackiert. Diese bekam wenig später Verstärkung von etwa dreitausend Speerträgern."

Aus den Reihen der Graubärtigen kam ungläubiges Gemurmel.

„Das klingt nach einer ziemlichen Übermacht."

Mach schon, lass hören! Zeig ihnen, was für ein Held du

bist!

„Das waren ausgehobene Bauern aus der Gegend, die meisten von ihnen zum Kriegsdienst gezwungen, schlecht trainiert und schlecht ausgestattet. Drei- bis vierhundert haben wir getötet. Als die zweite Landungswelle anlegte, sind die Lanzenträger geflohen, und die Speerträger haben sich ergeben. Ich habe sie auf ihr Ehrenwort entlassen und mitsamt ihren Waffen nach Hause geschickt…"

Einige der Offiziere schnappten entsetzt nach Luft.

„Einen Augenblick, Singer, Ihr habt dreitausend bewaffnete Soldaten nach Hause geschickt? Woher wollt Ihr wissen, dass sie uns nicht wieder angreifen?"

„Das waren keine Bandeluken, sondern Männer irgendeines Stammes aus der Gegend. Die Bandeluken hatten sie zusammengetrieben und aneinander gekettet."

Ach, die Chatmaken. Ich habe mich schon gefragt, wann die wohl auftauchen würden.

„Die Bandeluken haben sie wie Vieh mit Peitschen angetrieben. Ich glaube, diese Bauern sind für die eine viel größere Bedrohung als für uns."

„Aber die Bandeluken sind besiegt, und wir haben jetzt dreitausend bewaffnete und potenziell rebellische Bauern im Rücken."

„Oder dreitausend potenzielle Rekruten, je nachdem, wie man mit ihnen umgeht. Jedenfalls können wir es uns kaum leisten, eine Garnison zurückzulassen, solange das ganze Reich der Bandeluken vor uns liegt. Und dieses Gebiet wäre ohne Bauern, die es bewirtschaften, wertlos. Diese Bauern könnten unsere Armee versorgen, denn wir sind in einem fremden Land und weit von unseren Stützpunkten entfernt."

Oh, du spielst deine Rolle gut! Das klingt vielversprechend!

Trotzdem runzelte Krion die Stirn, als missbillige er das eben Gehörte und fasste sich unter den aufmerksamen Blicken seiner Generäle nachdenklich ans Kinn. Selbstverständlich stand sein Entschluss längst fest.

Sollen sie ruhig noch ein wenig zappeln!

„Das ist nicht unbedingt das, was ich getan hätte. Die Bauern zu bewaffnen ist bestenfalls ein Notbehelf und ein gefährlicher. Aber ich kann mich an einen berühmten Ausspruch meines Vaters erinnern…"

Aufgepasst, ihr Graubärte! Ich bin der Sohn meines Vaters!

„'Bewahre Einigkeit unter deinen Freunden, säe Zwietracht unter deinen Feinden.' Diese Chatmaken sind für die Bandeluken jetzt nutzlos und möglicherweise eine Hilfe für uns. Sie werden nun also zu Eurem neuen Verantwortungsbereich als General und Kommandant des Freistaatenkontingents gehören. Ich hatte den verstorbenen Hauptmann Hinman für diesen Posten vorgesehen, aber nachdem Ihr hinreichend Eure Qualifikation im Kampf bewiesen habt, habt Ihr die Beförderung verdient."

Entweder du oder der Esel Rendel!

Krion meinte, den jungen Hallander in mädchenhafter Bescheidenheit erröten zu sehen. „Aber heute morgen war ich doch noch Leutnant!"

Dieses Gefühl habe ich selbst immer noch, aber ich versuche, es nicht zu zeigen.

„Wir waren alle einmal Leutnants, und bei manchen ist es noch gar nicht lange her. Ihr habt eine Truppe von eintausend Mann im Kampf geführt, nun lasst uns mal sehen, ob Euch das auch mit fünftausend gelingt. Falls Ihr Euch dazu außerstande seht, könnt Ihr das nächste Schiff zurück nach Halland nehmen, wenn nicht, dann übergebe ich Euch hiermit die Verantwortung für diese fünftausend Soldaten. Und was weitaus wichtiger ist – ich spreche Euch mein Vertrauen aus, ich setze nämlich voll und ganz auf Euch."

„Ich befürchte, dass die älteren Offiziere Euer Vertrauen nicht teilen werden."

Wovon du ausgehen kannst.

„Sie haben keine Wahl. Und jetzt nehmt diesen alten Topf ab." Er zeigte auf Singers Helm. „Und lasst ihn in der Küche. Hier habt Ihr einen richtigen Helm, es ist einer von meinen eigenen. Er wird Euch zu Stolz und Ehre gereichen."

Aus einer Holzkiste nahm er einen glänzenden, goldenen Helm, der dem Kopf eines Löwen oder eines anderen sagenhaften Tieres nachgebildet war. Rubinrote Augen funkelten Singer drohend an, der den Helm zaghaft entgegennahm, bevor er ihn aufsetzte.

„Er ist verdammt schwer", beklagte er sich.

Freundliches, kameradschaftliches Glucksen kam aus den Reihen der versammelten Offiziere, nicht jedoch von Lessig, dem Anführer der Eidesbundpioniere.

(Jahre zuvor, während des Eidesbundkrieges, war Lessig einer der ersten aristokratischen Anführer gewesen, der die Waffen gestreckt hatte. Zur Belohnung hatte er einen Landsitz vor Eloni und zusätzlich das Offizierspatent der Armee von Akaddia erhalten, aber er war immer noch durch und durch ein Mann des Eidesbundes.)

Armer General Singer, du ahnst nicht, dass das Gold für dieses herrliche Geschenk als Tribut von den Eidbunddamen stammt. Wie wird es sie ärgern, wenn sie mit ansehen müssen, dass ausgerechnet ein Freistaatler damit herumstolziert! Aber ein bisschen Rivalität unter unseren Alliierten wird sie vielleicht davon abhalten, sich gegen uns zu verschwören. Manchmal ist es durchaus sinnvoll, Zwietracht sowohl unter deinen Freunden als auch unter deinen Feinden zu säen.

„Dies ist noch die leichteste Bürde, die ich Euch heute auferlege. Die Ehre Akaddiens ruht auf Euren Schultern. Geht behutsam mit ihr um. Und jetzt bringt ihm einen Spiegel, damit er selbst sehen kann, wie prächtig er ausschaut!"

Der Helm hatte die erwünschte Wirkung. Singer klappte die Kinnlade herunter, als er in den Spiegel blickte, als könne er

kaum seinen Augen trauen: Von nun an würde ihn niemand mehr für einen gewöhnlichen Soldaten halten. Die rubinroten Augen und Fangzähne des Löwenkopfes verliehen jedem seiner Blicke etwas Energisches und machten aus ihm eine stattliche Erscheinung

Nur ein ungewöhnlich tapferer Mann würde die Autorität dieses Offiziers mit einem solchen Helm infrage stellen, besonders, da es mein eigener ist.

Einer nach dem anderen traten die königlichen Offiziere vor, um Singer zu gratulieren und ihm die Hand zu schütteln. Dann kamen die widerwilligen Graubärte, offensichtlich empört, dass schon wieder einer der „neuen Männer" des Prinzen vor ihnen befördert wurde. Zuallerletzt kam Lessig, der nur ein „gut gemacht" murmeln konnte, bevor er sich abwandte.

Du kamst auch ganz schön spät, mein lieber Lessig, als mich eine zweitausendfünfhundert Mann starke Truppe der schweren Kavallerie schon fast eingekesselt hatte und deine Mannschaften immer noch am Strand gewartet haben. Solltest du antiroyalistisch sein, musst du meine Ungnade noch ein wenig länger ertragen.

„Meine Herren! Es ist nur recht und angemessen, General Singer heute für seine Dienste zu preisen. Aber ich muss Euch an die Tagesgeschäfte erinnern: unser Vorrücken ins Feindesland. Die Königliche Leichte Kavallerie wird noch vor Sonnenaufgang ausrücken, um das Gelände zu erkunden und Nachzügler auf den Wegen abzufangen."

Selbst Clenas sollte es fertigbringen, ein paar hilflose Nachzügler niederzureiten. Er ist genau der richtige Mann für den Job!

„Der Rest soll sich für einen Aufbruch bei Sonnenaufgang bereit halten. Wir werden zwei Kolonnen bilden: Die Bruderschaft erhält den ehrenhaften Platz zur Rechten mit den Zwölfhundert Helden zur Linken."

Hast du Einwände, Basilius, du altes Schlachtross? Nein, bestimmt nicht.

Und während seine Assistenten noch fieberhaft alles aufschrieben, wies er jeder Einheit ihre Marschroute zu. Die Nachhut sollten die Pioniere der Bundestruppen bilden, mit der Aufgabe, den Tross zu bewachen.

Sind die überhaupt zu irgendetwas nütze? Bis jetzt jedenfalls noch nicht.

„Noch Fragen? Weiß jeder, wo er hingehört? Wenn es keine

weiteren Fragen gibt, dann seid Ihr hiermit entlassen. Versucht, noch ein wenig zu schlafen. Wir werden morgen ziemlich früh aufbrechen. General Singer wird hier bleiben und unsere Lage an der Nordfront besprechen."

Die Offiziere salutierten und verließen das Zelt. Währenddessen hatte Singer den schweren goldenen Helm abgenommen und ihn sich unter den Arm geklemmt, so wie er es bei den anderen Offizieren gesehen hatte. Leicht verunsichert stand er neben dem Eingang und wartete darauf, dass der Prinz das Wort an ihn richtete. Krion ergriff seinen Arm und zog ihn an den Kartentisch.

„Zeigt mir die Aufstellung Eurer Truppen."

„So gut ich irgend kann. Tatsächlich habe ich den Großteil der Truppen erst in den letzten Minuten befehligt. Und soweit ich sehen konnte, war zu diesem Zeitpunkt die Kavallerie noch nicht einmal gelandet."

„Das ist nicht Euer Fehler. Wir brauchten die Landungsboote an der südlichen Landezone. Zeigt mir Eure gegenwärtige Position."

„Die Hallandkompanie hat genau hier das feindliche Lager besetzt und fertigt eine Liste der erbeuteten Versorgungsgüter und Ausrüstungen an. Die anderen Truppen haben ihre Biwaks in der Nähe aufgeschlagen, bis auf die Dämonen aus Westenhausen. Denen wurde ein Dorf näher an der Front zugewiesen, das ein paar Meilen Richtung Osten zu sehen ist, ungefähr hier."

„Ihr wollt die Dämonen also nicht im Lager? Das ist durchaus verständlich, aber ist eine solch freiliegende Stelle nicht gefährlich?"

„Gefährlich für jeden Bandeluken, der sich ihnen nähert. Der Großteil der feindlichen Truppe ist besiegt und zersprengt, und die Überlebenden werden sich kaum in eine weitere Schlacht mit den *fui*-Dämonen stürzen. Ehrlich gesagt, will ich die Dämonen nicht gerne unter meine eigenen Leuten mischen, zumindest nicht, bis sie sich aneinander gewöhnt haben."

Und das wird nie passieren.

„Klingt vernünftig! Ich habe dem Freistaatenkontingent diesen kleinen Küstenabschnitt zugeteilt, in der Annahme, dass die Bandeluken nicht allzu viel Energie auf seine Verteidigung verschwenden würden, und nun sehe ich mit Vergnügen, dass ich recht hatte."

Weil ihr nämlich alle abgeschlachtet worden wäret, wenn ich falsch gelegen hätte.

„Allerdings ist es nicht ohne strategische Bedeutung. Solange wir noch keinen Haupthafen erobert haben, können wir nirgendwo sonst unser Kriegsgerät ausladen."

Singer runzelte die Stirn. „Ich habe nur ein paar Fischerboote gesehen. Es gibt weder Docks noch Kais, und der Hafen ist zu seicht für große Kriegsschiffe."

„Dann sollte ich gleich meine Ingenieure dransetzen. Wie steht es mit Arbeitskräften vor Ort?"

„Wenn Ihr die... äh Chatmaken meint, so denke ich, wären sie überrascht und erfreut, wenn man ihnen anständigen Lohn anstelle von Peitschenhieben anbietet."

Und da du sie mit ihren eigenen Waffen nach Hause geschickt hast, kommen Peitschen sowieso nicht infrage.

„Sehr gut. Mein Stab wird sich einen Überblick über mögliche Quellen einschließlich Arbeitskräfte und natürlich Verpflegungsmöglichkeiten verschaffen. Ihr, Singer, seid für die Sicherheit verantwortlich."

„Fünftausend Mann nur für die Sicherheit sind eine ganze Menge!"

„Ihr werdet feststellen, dass die Wiederherstellung der Ordnung in einer eroberten Provinz Euch ganz schön an die Substanz gehen wird. Und unsere Zeit ist knapp. Ihr hattet recht, als Ihr sagtet, dass wir es uns nicht leisten können, dermaßen viele Truppen als Besatzung zurückzulassen. In wenigen Tagen, spätestens in zwei Wochen werdet Ihr eine Kompanie zurücklassen – die soll die Einheimischen in Schach halten. Ihr selbst werdet Richtung Osten marschieren. Eure Mission wird es sein, die Festung Barbosa einzunehmen – *hier*."

„Mir ist nicht klar, wie ein paar hundert Mann eine ganze Provinz kontrollieren sollen."

Am einfachsten wäre es noch, sie dem Erdboden gleichzumachen, aber dafür ist es zu spät.

„Eure einzige Aufgabe besteht darin, den Nachschub zu gewährleisten. Wenn Eure Chatmaken tatsächlich so gutmütig sind, dann könnt Ihr vielleicht einige von ihnen für eine Miliz rekrutieren. Klingt ja ganz so, als seien sie an Befehle gewöhnt. Jedenfalls seid Ihr nur für die Ordnung verantwortlich. Um die Verwaltung der Provinz kümmere ich mich."

Komm schon, du Hornochse, das ist nicht schwer. Kein Vergleich mit einer Schlacht auf offenem Feld.

Singer studierte die Karte. Was er sah, schien ihm gar nicht zu gefallen. „Was ist das hier für eine Linie?"

„Eine Steilabbruch. Fragt Eure Chatmaken, wie man hinüberkommt, falls es ein Hindernis sein sollte."

„Dahinter sieht's so aus, als kämen mindestens einhundert Meilen wüstes Land bis Barbosa. Und ich kann keinerlei Wege erkennen."

„Sagt Euren Soldaten, sie sollen sich mit Proviant für mindestens dreißig Tage eindecken."

„Da bleibt nicht viel für eine Belagerung."

„Dann belagert sie eben nicht. Nehmt die Festung im Sturm oder lasst Euch eine List einfallen. Benutzt Euren Kopf!"

Warum muss immer ich an alles denken?

Singer kaute an seinem Daumen. Wahrscheinlich dämmerte ihm, dass seine Männer mitten in Feindesland, zweihundert Meilen von der Küste entfernt, festsitzen würden, sollte ihm die Eroberung von Barbosa nicht gelingen.

Und genau aus diesem Grund opfere ich auch nicht meine eigenen Truppen, sondern delegiere diese Mission an jemanden, der entbehrlich ist.

„Was wissen wir über Barbosa?"

„Das ist ein altes Steinfort, übrig geblieben aus den Kano-Indo-Kriegen. Wahrscheinlich ziemlich heruntergekommen. Ich glaube nicht, dass es Euch viel Mühe bereiten wird."

„Aber wieso steht da überhaupt ein Fort, mitten im Nirgendwo?"

„Das weiß ich auch nicht. Aber wir dürfen es dem Feind auf keinen Fall erlauben, einen Stützpunkt an unserer Flanke zu halten und so unsere Nachschublinien zu gefährden."

„Verstanden. Aber was ist mit *diesem* Gebiet hier, den ‚Wahnlanden'? Sieht nach einem weißen Fleck aus."

Sieht ganz so aus.

„Die Geografen konnten mir auch nichts dazu sagen. Sieht aus wie Ödland. Ich rate Euch, es zu meiden."

„Das sollte nicht allzu schwierig sein, schließlich liegt es hinter den Bergen. Gibt es noch etwas, was ich wissen sollte?"

„Nicht, dass ich wüsste. Sprecht mit den Einheimischen, wenn Ihr mehr Informationen braucht."

Und traut niemals Landkarten von Leuten, die nie selber in der Gegend waren.

Nachdem Singer gegangen war, nahm Krion sich einen kurzen Moment Zeit, um auf die Landkarte zu starren und über den Fortgang ihres Unternehmens nachzudenken. Es lief den Umständen entsprechend gut, obwohl die Bandeluken sie an der Küste erwartet hatten. Ein Beweis für ein Meisterstück der Spionage? Oder doch vielleicht eher Verrat auf Seiten der Alliierten?

Mein lieber Bruder Chryspos, warst du es, der mich betrogen hat, um den Weg zum Thron frei zu machen? Oder war es einer unserer halbherzigen Freunde im Eidbund? Oder einer der anarchischen Freistaatler?

Im Grunde genommen war es nicht wichtig, wer ihn hintergangen hatte. Hauptsache, er war jetzt an Land und die Bandeluken waren auf der Flucht vor ihm. Welche Intrigen auch immer hinter seinem Rücken gesponnen wurden, die Armee hatte er jedenfalls fest im Griff. Und wenn er dann erst mit der kaiserlichen Krone heimkehrte, dann würde ihm niemand die königliche verweigern können.

Das einzige, was sich seiner Kontrolle entzog, waren das Kontingent der Freistaatler und der Angriff auf Barbosa. Dabei spielte es kaum eine Rolle, ob sie siegen oder verlieren würden, wichtig war allein, dass es überhaupt zum Angriff kam. Es wäre unklug, eine Armee von unzuverlässigen Freistaatlern die Nachhut bilden zu lassen, die sich jederzeit argwöhnisch gegen die Alliierten wenden konnten. Alles hing jetzt von dem Grünschnabel General Singer ab, der den goldenen Helm trug. Das würde möglicherweise viele Konsequenzen nach sich ziehen, aber vor allem war es ein klares Zeichen, dass er ein Mann des Prinzen war. Dieses kostbare goldene Ding band ihn an ihn wie mit einer goldenen Kette.

Aber er kannte Singer doch kaum. Er hatte ihn erst einmal gesehen. Was für ein Mann war er wirklich?

Er drehte sich zu einer Gestalt um, die während der ganzen Zeit, von allen Offizieren gemieden, in einer Ecke ausgeharrt hatte. Sie sah einer Lumpenpuppe ähnlich, wenn Lumpenpuppen sechs

Fuß groß gewesen und mit schweren, zweischneidigen Streitäxten bewaffnet wären. Selbst aus der Entfernung konnte Krion sie förmlich riechen.

(Einmal hatte er ein paar dieser Lumpenmänner auseinander genommen und nichts außer Lumpen gefunden. Manche bestanden aus feinem, seidigem Gewebe, andere aus rauem, steifem Tuch, aber alle hatten sie einen Geruch von Verwesung an sich. Er hatte nie wieder Lust verspürt, diese Untersuchung zu wiederholen.)

„Du hast alles mit angehört?"

„Ja." Die Stimme des Lumpenmannes klang wie die eines kleinen Kindes.

Es klingt immer so, als machten sie sich über mich lustig.

„Was hältst du von unserem neuen General? Ist er treu?"

„Er ist ein widerwilliger Handlanger, aber ohne Arglist. Er wird Euch einen guten Dienst erweisen. Aber …" Krion wartete darauf, dass der Satz zu Ende geführt würde, aber der Lumpenmann blieb stumm.

„Aber was?"

„Ich habe ein merkwürdiges Gefühl."

Was für Gefühle konnte denn ein Lumpenmann schon haben?"

„Deswegen bist du ja hier. Du kannst Dinge spüren, die mir entgehen."

„Ich weiß nicht, was es ist oder wie ich es ausdrücken soll."

„Versuch's, gib dir Mühe. Wie, glaubst du, würde ich es sagen, wenn ich du wäre?"

Einen Augenblick lang ruhte der Blick des Lumpenmannes nachdenklich auf ihm.

„Ihr wärt erschrocken. Es war Angst."

Noch nie zuvor hatte Krion dieses Wort aus dem Mund eines Lumpenmannes vernommen.

4: Rajik

Rajik wachte auf. Er lag mit dem Gesicht nach unten auf dem Boden. „Sieh nur, er rührt sich schon wieder", sagte jemand. „Die Verbrennungen sind schlimm, aber wenigstens nicht tödlich."

Sein Rücken brannte wie Feuer. Er wollte etwas sagen, aber sein Mund fühlte sich staubtrocken an, und er konnte sich nicht bewegen. Ein Wassersack aus Ziegenfell wurde an seinen Mund gehalten, und eine bittere Flüssigkeit rann seine Kehle hinunter.

„... nur ein bisschen, nicht zuviel auf einmal, sonst erstickst du ihn", sprach eine geheimnisvolle Stimme. Trotz dieser Warnung saugte er gierig, so lange, bis sein Körper nahezu taub war, und er den Kopf nicht mehr halten konnte.

... es war nur ein einziger Augenblick vergangen, doch jetzt lag er auf einer Decke auf einem rauen, hölzernen Boden, der sich ruckartig hob und senkte. Jede Bewegung verursachte ihm höllische Rückenschmerzen. Er drehte den Kopf zur Seite und erkannte ein Wagenrad, das sich langsam drehte... Eben wollte er noch fragen, wo er denn sei, als es ihm schon nicht mehr wichtig erschien. Sein Kopf sank wieder zurück.

... jetzt lag er auf einem Teppich, in einem Zelt. Sein Rücken brannte immer noch wie Feuer, aber nicht mehr ganz so schlimm wie zuvor. Vor ihm saß sein Vater, Scheich Mahmud. Rajik versuchte zu sprechen, aber seine Kehle war rau und es gelang ihm nur ein leises Stöhnen.

Noch nie hatte er seinen Vater so zornig gesehen. Er hielt ein dunkles Büschel direkt vor Rajiks Gesicht, so dicht, dass er den schwachen Duft einer Frau wahrnehmen konnte.

„Erklär mir das!", herrschte sein Vater ihn an.

Rajik konnte nur ein Krächzen von sich geben. Wutentbrannt schwang sein Vater das schwarze Ding und ließ es auf seinen schmerzenden Rücken niedersausen... Ein unerträglicher Schmerz explodierte auf seinem Rücken, als sein Vater erneut ausholte ...

... es musste eine geraume Zeit vergangen sein, denn es war dunkler geworden. Die Schmerzen waren nicht mehr so schlimm, aber er war immer noch benommen und hatte einen bitteren Geschmack auf der Zunge.

„Hast du deine Sprache wieder gefunden?" Furchteinflößend wie ein Riese ragte sein Vater über ihm auf.

„Ja", war alles, was über Rajiks Lippen kam. Mühsam richtete er sich auf und mit gewaltiger Anstrengung gelang es ihm, eine kniende Position einzunehmen, zum Stehen fehlte ihm die Kraft. Seine Beine versagten ihm den Dienst und ihm war schwindelig.

Sein Vater hielt schweigend die geflochtene Peitsche in den Händen. Jetzt sah er auch, was es damit auf sich hatte: Es war ein Frauenzopf.

„Das muss Raishas Zopf sein!", vermutete er. Seine Stimme war heiser, glich mehr einem Krächzen.

„Und woher willst du das wissen?"

„Ich hab' sie am Strand gesehen. Sie hatte die Haare abgeschnitten."

„Und was hattest du mit deiner Schwester am Strand verloren?"

„Wir haben uns zufällig getroffen."

Sein Vater schlug ihm mit dem Peitschenzopf ins Gesicht, allerdings nicht allzu stark.

„Das ist für's Lügen! Man hat euch zusammen gesehen, verkleidet. Ihr habt euch zur selben Zeit weggestohlen und seid geradewegs zum verabredeten Treffpunkt gelaufen."

„Das war ein Zufall! Ich wollte nur die Fremden sehen!"

„Hat sie dich damit überredet, ihr zu helfen?"

„Niemals! Ich hab' ihr gesagt, sie soll umkehren!"

„War das, bevor du ihr die Haare abgeschnitten hast oder danach?"

„Das hat sie ganz allein getan!"

„Und du hast nichts unternommen, um sie daran zu hindern?"

„Bitte, Vater, glaub mir! Ich schwör's, ich wusste nicht, was sie vorhatte, bevor ich sie am Strand getroffen habe."

„Dann hättest du sie auf der Stelle töten oder mir zumindest ihren Verrat melden müssen!"

Das war zu viel für Rajik, ihm versagte erneut die Stimme. Je mehr er sich Mühe gab, zu reden, desto schlimmer wurde es, bis er nur noch krächzte.

„Das wär's für heute", hörte er seinen Vater sagen. „Ich werde Anweisungen geben, dass man dir etwas zu essen bringen soll. Morgen früh reden wir weiter. Überleg dir ein paar bessere Antworten oder wenigstens bessere Lügen. Versuche nicht, mir zu erzählen, Raisha habe sich das alles allein ausgedacht!"

Und damit ging er.

Als Rajik aufwachte, lag er immer noch im Zelt, aber man hatte ihn in Decken gehüllt. Die Sonne musste bereits vor Stunden aufgegangen sein. Die Schmerzen pochten noch immer in seinem Rücken. Vorsichtig tastete er danach und begutachtete anschließend die wässrige und nach Eiter stinkende Flüssigkeit an seinen Fingern. Jetzt sah er auch, dass seine Decken eiterverschmiert waren.

Offensichtlich sollte er am Leben bleiben … falls sein Vater es zuließ. Im Moment hatte er vor allem Hunger. Die Suppe, die man ihm am Abend zuvor gebracht hatte, war kaum genug gewesen, um das riesige Loch in seinem Magen zu füllen. Er kroch aus dem Zelt, um sich nach etwas Essbarem umzusehen.

Er vermutete, dass er sich in einem der Jagdreviere seines Vaters im Wald befand. Überall standen kleine, kümmerliche Kiefern, und dazwischen ungeordnet Zelte. Dutzende Soldaten saßen müßig herum und drehten sich nach ihm um, einige mit unverhohlene Abscheu in den Augen, andere voller Mitleid, die meisten aber ohne besondere Anteilnahme.

Sie waren Besiegte, das hatte er sofort erkannt. Ihre Uniformen waren zerrissen und ungepflegt, und sie hatten sich weder gewaschen noch rasiert. Ihre Waffen waren zerbeult und stumpf. Viele von ihnen waren verwundet. Wie besessen stieß einer der Soldaten seinen Dolch in den Boden – niemand beachtete ihn.

Sie sind nicht heimgekehrt, weil sie kein Heim mehr haben. Die Fremden haben es besetzt. Und wenn sie kein Heim mehr haben, habe ich auch keins.

Um die Stille nicht zu unterbrechen, rieb er einfach seinen Bauch um anzuzeigen, dass er Hunger hatte. Ein Soldat zeigte auf ein Zelt, das wie alle andern aussah. Darin fand er einen Stapel alten, trockenen Brots. Er brach einen Brotlaib auf und biss hinein. Er schmeckte nicht besser als er aussah, aber der Hunger trieb es hinunter.

Als er schwer daran kaute, versuchte er zu verstehen, was passiert war. Innerhalb weniger Tage war er verkleidet von zu Hause weggeschlichen, von einem Feuerdämon angegriffen und fast getötet worden, hatte sein Heim verloren, war des Verrats bezichtigt und mit dem Haar seiner Schwester geschlagen worden.

Wie viele Familienmitglieder waren noch am Leben? Alim, Hisaf und Umar waren mit den Soldaten ausgeritten. Wenn sie sich nicht hier aufhielten, waren sie wahrscheinlich tot. Und die Frauen waren entweder tot oder hatten ein noch schlimmeres Schicksal erlitten. Rajik musste schwer schlucken. Er war drauf und dran zu weinen, aber Männer weinten nicht.

Wenn Vater mich weinen sieht, wird er böse mit mir. Ich darf nicht weinen!

Ein Soldat steckte den Kopf ins Zelt und sagte, sein Vater verlange nach ihm. Er nahm einen Laib Brot als Proviant, ließ ihn nach kurzer Überlegung aber doch liegen. Damit würde er nur kindisch aussehen.

Als er sich dem Zelt seines Vaters näherte, trat Umar in voller Rüstung heraus und ging davon, ohne sich einmal umzuschauen. Rajik wagte es nicht, ihn anzusprechen.

Also hat mindestens einer überlebt! Und was ist mit Alim und Hisaf?

Im Zelt stand sein Vater über einer Karte von Chatmakstan. Er schaute nicht auf, als Rajik hereinkam. Rajik kniete nieder und warte darauf, dass sein Vater das Wort ergriff.

Dieser trug ein goldbesticktes Gewand aus roter Seide und auf dem Kopf einen weißen Turban mit einem Rubin, der so groß wie Rajiks Daumen war. Sein Kinn war glattrasiert, sein Schnurrbart ordentlich gestutzt. Seine Bewegungen ließen jedoch vermuten, dass er Schmerzen hatte, und er verzog angestrengt das Gesicht, als er mit dem Finger auf der Karte etwas nachzeichnete.

„Hier", sagte er. „Wir sind ungefähr einen Tagesritt vom Haus Jasmin entfernt."

Rajik nickte. Er kannte diese Gegend ein wenig. Nicht weit von hier besaß sein Vater eine Jagdhütte, die „Fuchsschanze". Warum ging er nicht dorthin?

Wenn er nicht in der Fuchsschanze ist, hat er Angst, gesehen zu werden.

Der Gedanken, dass sein Vater sich vor irgendetwas fürchtete, war bedrückend.

„Geht es dir gut?" Auch diese Frage beunruhigte ihn.

Gestern war ihm das gleichgültig!

„Ja, Vater, es geht mir besser."

Er hätte ihn gerne nach seinen Brüdern gefragt, aber sein Instinkt sagte ihm, es wäre besser, zu schweigen und Fragen zu beantworten. Man wusste nie, was einen erneuten Wutanfall auslösen konnte.

„Gut. Ich habe eine Aufgabe für dich, aber erst muss ich ein paar Sachen klarstellen. Deine Schwester ist eine Hure. Sie lebt jetzt im Haus Jasmin mit den Fremden. Ohne Zweifel hat sie einen Liebhaber gefunden, oder wahrscheinlich gleich mehrere."

Rajik spürte, wie er rot anlief. Diese Scham war fast nicht zu ertragen.

„Ich habe Umar aufgetragen, sich um eure Schwester kümmern, also geht dich das nichts mehr an. Ich will auch nicht mehr wissen, was ihr beiden am Strand getrieben habt. Meine höchste Pflicht ist es jetzt, die Ehre unserer Familie zu retten, und zu diesem Zweck werde ich jedes nötige Mittel einsetzen. Du hast die Männer draußen gesehen?"

Rajik nickte.

„Es sind noch ungefähr hundert übrig, obwohl ich heute noch nicht abgezählt habe. Viele sind desertiert. Ich schicke Kundschafter aus, gute und zuverlässige Männer, doch die meisten kommen nicht wieder. Die Fremden haben den Bauern Waffen gegeben. Die ganze Provinz ist gegen uns aufgerüstet. Kein Ort ist sicher, und es ist nur eine Frage der Zeit, bis man uns hier findet. Die Frauen und Kinder sind nach Kafra geflohen. Ich würde selbst dorthin gehen, aber etwas hindert mich daran."

Er löste seine Seidenrock. Seine Brust war mit weißen Tüchern bandagiert.

„Ich wurde am Rücken verwundet. Du weißt, was das bedeutet?"

Rajik war sprachlos, er konnte nur nicken.

Mein Vater ist als Feigling gekennzeichnet. Kein Wunder, dass die Männer desertieren.

„Ich wurde auch am Rücken verwundet", sagte er treuherzig.

Sein Vater schnaubte verächtlich. „Du bist nur ein Knabe. Die kleinen Brandwunden auf deinem Rücken interessieren niemanden, und Amir Qilij schon gar nicht. Deshalb sollst du ihm eine Botschaft überbringen. Da ich es nicht machen kann, ist es deine Aufgabe."

Er gab Rajik einen mit rotem Wachs versiegelten Brief. Rajik fühlte sein Herz pochen.

Mein Vater liebt mich doch noch! Er hat mir diese wichtige Aufgabe anvertraut.

„Du musst Kafra erreichen, bevor die Fremden es einschließen. Du bist jung und klug, das sollte dir also keine Probleme bereiten. Geh direkt zum Amir. Mach keine Pause bei deinem Onkel. Diese Botschaft ist nur für den Amir bestimmt, verstanden?"

Rajik nickte.

„Gut. Abdul-Ghafur versorgt die Pferde. Lass dir das schnellste geben, das er hat. Mach dich sofort auf den Weg!"

„Du kannst dich auf mich verlassen, Vater."

„Das habe ich einmal gemacht... zu meinem großen Bedauern. Sieh zu, dass du das wieder gutmachst."

Da Kafra ungefähr zweihundert Meilen entfernt war, musste Rajik ein paar Vorbereitungen treffen. Er steckte Brot in einen Beutel und schnappte sich einen Wasserbeutel und eine Decke. Er hatte keine Zeit, sich umzuziehen, aber in einem der Zelte fand er eine Lederjacke und eine Mütze. Zuletzt steckte er sich ein langes, gekrümmtes Messer hinter den Gürtel und nahm einen kleinen Reiterbogen und einen Köcher mit Pfeilen.

Dann machte er sich auf die Suche nach Abdul-Ghafur, einem Greis, der die sich bereits um Pferde der Familie gekümmert hatte, als Rajik noch gar nicht geboren war. Er fand ihn an einem Bach, mitten unter seinen Pferden, die er mehr liebte als seine eigenen Kinder.

Rajik zeigte ihm den versiegelten Brief. „Mein Vater hat mir eine wichtige Botschaft gegeben. Sattle das schnellste Pferd!"

Abdul-Ghafur sah ihn skeptisch an und strich über seinen dünnen weißen Bart. „Das ist Seewind, das Lieblingspferd deines Vaters. Bist du sicher, dass du ihn nehmen darfst?"

„Ja, mach schnell! Es eilt!"

Selbst feurige Dämonenpeitschen könnten Abdul-Ghafur nicht dazu bringen, sich zu beeilen. Er redete unbekümmert weiter, während er den Schecken sattelte. „Dies ist ein Hengst, mein Junge, sehr temperamentvoll. Wenn er sich beleidigt fühlt, wird er dich beißen oder abwerfen und davonlaufen, wenn du ihn nicht handhaben kannst."

„Ich bin so gut wie jeder andere Reiter hier."

Abdul-Ghafur machte ein etwas zweifelndes Gesicht, sagte aber nichts. Er verbeugte sich und hielt Rajik die Zügel hin. Ohne ein Wort zu sagen, stieg Rajik in den Sattel und ritt davon.

Er hatte erst ein paar Meilen hinter sich gebracht, als er sich schon wünschte, die Karte besser studiert zu haben. Er war in seinem Leben erst einmal in Kafra gewesen, und das war viele Jahre her, und damals hatte er mit seiner Mutter in einer Kutsche gesessen. Kafra musste irgendwo in südöstlicher Richtung liegen, da war er sich ziemlich sicher. Doch es war fast Mittag, und der Himmel war bewölkt, wie sollte er da den richtigen Weg bestimmen? Er konnte jemanden nach dem Weg fragen, aber hier lebten nur Chatmaken, und die würden ihn anlügen oder vielleicht sogar töten, um an sein Pferd zu kommen.

Er hielt an und zog den Brief hervor. Er kam ihm sehr klein vor, obwohl er doch von großer Wichtigkeit sein sollte. Und warum hatte sein Vater ihn nicht einem Soldaten gegeben? Vielleicht war alles nur ein Trick, um ihn loszuwerden.

„Die Frauen und Kinder sind nach Kafra geflohen." Bin ich auch ein Kind?

Er konnte den Gedanken nicht ertragen. Er wollte den Brief aufreißen. Vielleicht war es nur ein Empfehlungsschreiben, dass der Amir sich seiner annahm.

Bin ich nichts als ein Waisenkind, das sich von Nächstenliebe ernähren muss?

Er sah sich den Brief noch einmal genau an, um irgendeinen Hinweis auf den Inhalt zu finden, doch bis auf das Siegel war nichts zu sehen. Er hielt ihn gegen das Licht, aber wegen des dicken Pergaments und des bewölkten Himmels schimmerten keine Schriftzeichen durch.

Es war ein Fehler, mich nach Kafra zu schicken.

Vater hätte Umar schicken sollen, seinen älteren Bruder. Umar war treu, aber ein bisschen begriffsstutzig. Er würde Raisha niemals töten. Und wenn die Fremden Umar auch nur halb so streng ausfragen würden wie sein Vater ihn ausgefragt hatte, würde er gleich zu stottern anfangen und sich selbst widersprechen, und dann würden sie ihm den Hals abschneiden. Das wäre das Ende des armen, sanftmütigen Umar, und seine verräterische Schwester würde weiter huren können.

Rajik dachte einen Augenblick darüber nach, dann steckte er den Brief in seinen Bund und nahm die einzige Straße, die er sehr gut kannte – die Straße zum Haus Jasmin.

Schon ein paar Minuten später sah er einen Toten, der auf der Straße mit dem Gesicht nach unten in einer Blutlache lag. Krähen hatten seine Augen ausgehackt. Sie flogen empört krächzend davon, als Rajik näher kam. Er spürte Seewinds Anspannung, den der Blutgeruch unruhig machte.

Er betrachte die Leiche genauer. Es war ein junger Mann, nicht älter als dreißig Jahre alt. Seine Kleidung und seine Habe waren verschwunden. Es waren keine Wunden zu erkennen, die mussten auf der Brust sein. Seinem Haarschnitt nach zu urteilen war es ein Bandeluk.

War dies ein Kundschafter meines Vaters? Vielleicht ein Deserteur?

Rajik schaute herum, sah aber niemanden. Vielleicht hatte der Tote auch niemanden gesehen, bis sie von einem Busch über ihn herfielen und mit einem Speer niedermachten. In der Ferne konnte er die Krähen hören, die ungeduldig darauf warteten, zu ihrem Festmahl zurückzukehren.

Vielleicht haben sie in Kürze auch meine Augen.

Die Reise nach Kafra erschien ihm nun in einem anderen Licht.

Soll ich meinen Bruder im Stich lassen, nur weil ich Angst habe? Und warum sollte ich den Tod fürchten, wo er doch überall lauern könnte?

Er gab Seewind einen leichten Klaps mit den Zügeln, was genügte, um das Pferd in einen lebhaften Trab zu setzen.

Umar einzuholen war nicht schwer, denn Umar hatte es nicht sehr eilig. Als Rajik eine kleine Anhöhe erreichte, konnte er ihn in der Ferne erkennen.

Er will seine Schwester nicht töten, deshalb reitet er so langsam. Er ist ein großer Mann, aber er benimmt sich wie ein Kind.

Er trieb Seewind zu einem leichten Galopp an. Gerade als er bis auf Rufweite herangekommen war, ritt Umar an einer Hecke

vorbei, und plötzlich wurde er
aus allen Richtungen von Männern mit Speeren umzingelt, die
ihn zwischen ihren Waffen wie
einen wilden Eber gefangen hielten, während er wie wild mit dem
Schwert um sich schlug.

*Nein, Bruder! Ich bin so nah,
du kannst jetzt nicht sterben!*

Umar holte zu einem Schlag
aus, aber seine Feinde griffen in
von beiden Seiten an. Einer stieß
seinem Pferd in den Schenkel,
damit es sich aufbäumte, aber
Umar hatte schon einen Speer-
stich zwischen Schulterplatte
und Brustharnisch erhalten und
fiel zu Boden. Einer der Angreifer hob seinen Speer, um Umar
den Todesstoß zu versetzen, als
Rajiks Pfeil ihm plötzlich den
Hals durchbohrte. Während die
anderen sich umschauten, woher
der Pfeil kam, wurde ein zweiter
Mann zwischen die Rippen getroffen. Die Feinde rannten davon
und sprangen über die Hecke,
wobei sie in ihrer Eile die Speere
liegen ließen.

*Feiges Bauernpack! Kommt
zurück, ich bringe euch alle um!*

Als er Umar erreichte, waren
die Chatmaken nirgends zu sehen. Umar kam langsam wieder
auf die Beine, die Hand auf seiner verwundeten Seite gedrückt.
Blut floss unter seiner Rüstung
hervor, als er Rajik verwundert
anstarrte.

„Geht's dir gut, Umar?"

„Sieht das gut aus? Diesmal hätten sie mich fast erwischt."

Erfolglos versuchte er mit einer Hand, die Riemen seines Brustharnischs zu lösen. Rajik stieg vom Pferd und half ihm. Der Speer war tief unter dem Schlüsselbein eingedrungen, hatte die Lunge jedoch verfehlt. Er riss ein Stück Stoff vom Hemd eines der toten Bauern, um es als Verbandszeug zu nutzen.

Umar schaute stoisch zu, während seine Wunde gereinigt und verbunden wurde. „Wenn du je verwundet bist", sagte er in brüderlichem Ton, „leg dich nicht hin, sonst fließt das Blut schneller aus der Wunde."

„Ich werde versuchen, daran zu denken", sagte Rajik. Die Blutung hatte aufgehört, aber er hatte nichts, womit er die Wunde hätte nähen können. Das konnte eine Entzündung geben; eine große Narbe würde Umar sowieso bekommen.

„Du hast gut geschossen. Wer hat dir das beigebracht?"

„Das warst du."

„Ich erinnere mich. Und Raisha wollte es auch lernen, also habe ich es ihr auch gezeigt."

„Sie war besser als ich."

„Und hat damit geprahlt. Sie war immer schon ein unverschämtes Schlitzohr."

Umar seufzte tief und verzog vor Schmerzen das Gesicht.

„Rede nicht so viel, Bruder, deine Wunde geht sonst auf."

Aber Umar hörte nicht auf zu reden. Das war einfach seine Natur. „Wir hätten dich am Strand gut gebrauchen können. Die Fremden hatten Armbrüste, unsere Rüstungen waren nichts dagegen. Und wir hatten nichts, womit wir zurückschießen konnten. Alle halten den Bogen für eine unmännliche Waffe."

„Ich war am Strand, Bruder, aber ein Feuerdämon schlug mich nieder, bevor die Schlacht begann. Wie ist sie verlaufen?"

„Schlimm, sehr schlimm. Wir verloren Hunderte am Strand, ohne den Fremden nennenswerte Verluste zuzufügen. Vater wurde gleich zu Anfang verwundet, sonst wäre es vielleicht anders gekommen."

„Und Alim? Und Hisaf? Was ist aus ihnen geworden?"

„Alim war in der ersten Linie. Ich habe sein Pferd stürzen sehen, danach habe ich ihn aus den Augen verloren. Sie haben auf die Pferde geschossen, die Scheißkerle!"

Umar war immer noch voller Empörung wegen der Pferde. Wie Abdul-Ghafur mochte er Pferde sehr.

„Und was ist mit Hisaf?"

„Man hat ihn in die dritte Reihe gesteckt, weil er jünger war, so hat er den ersten Angriff überlebt. Aber dann kamen die Dämonen, und wir flüchteten in alle Richtungen."

Hisaf lebt! Hisaf war immer der Klügste und Mutigste von uns. Ich wünschte, er wäre hier anstelle des schwachköpfigen Umar!

„Diese Dämonen waren zehn Fuß groß", fuhr Umar fort. „Sie warfen Männer in die Luft wie Runkelrüben. Unsere Waffen konnten ihnen nichts anhaben, aber mit jedem Schlag haben sie einen von uns getötet!"

Rajik hatte die Wunde fertig bandagiert.

„Wie fühlst du dich?"

„Was meinst du wohl? Es tut höllisch weh. Vater hat mir aufgetragen, Raisha zu töten, aber ich habe keine Ahnung, wie ich das jetzt machen soll."

Jetzt ist mein kindischer Bruder glücklich, denn er hat eine Entschuldigung umzudrehen. Aber ich habe eine bessere Idee.

„Das trifft sich gut. Vater will, dass du diesen Brief nach Kafra bringst."

Umar nahm den Brief und starrte ihn verwundert an. „Wirklich? Warum ist dieser Brief so wichtig?"

„Wenn du das wissen willst, musst du zurück und ihn selber fragen. Er hat gesagt, es ist sehr dringend. Du musst Kafra erreichen, bevor die Fremden es einschließen. Der Brief geht direkt an den Amir persönlich, an niemand anderen."

„Ich weiß nicht, wie ich das machen soll. Wie du siehst, ist mein Pferd lahm."

„Du nimmst Seewind, der bringt dich rein."

Umar steckte den Brief in seinen Bund. „In Ordnung, aber was ist mit Raisha?"

„Mach dir keine Sorgen, ich erledige das."

„Bist du sicher? Das ist eine ernste Sache für einen Knaben wie dich. Ich kann kaum glauben, dass Vater dir diese Aufgabe gegeben hat."

Lügen fiel Rajik nicht schwer. „Er hat gesagt, die Fremden schöpfen bei mir keinen Verdacht, weil ich so jung bin, und Raisha vertraut mir, weil ich ihr am Strand das Leben gerettet habe. Ich schneide ihr einfach in der Nacht die Kehle durch und verschwinde."

Umar runzelte die Stirn, der Zweifel stand ihm ins Gesicht geschrieben wie eine dunkle Wolke vor dem Sturm. „D-die K-Kehle durchschneiden? Das… davon hat er mir nichts gesagt!"

„Natürlich nicht, Bruder, es war nur eine Redensart. Er meinte, du würdest mir sagen, was zu tun ist."

„Oh!", sagte Umar erleichtert. „Einen Moment!"

Er wühlte in seiner Satteltasche und zog den Haarzopf hervor, den sein Vater ihm gezeigt hatte. „Damit sollst du sie erwürgen und es ihr dann um den Hals binden, als Zeichen. Verstanden?"

„Ja, kein Problem."

Der Zopf fühlte sich irgendwie schleimig an, wie eine Schlange. Rajik griff fest zu, als wolle er ihn daran hinder, sich fortzuschlängeln.

Mir entkommst du nicht, Raisha, du Verräterin!

5: Erika

„Wie wunderbar! Mein Schwager ist ein General!" Rosalind hüpfte vor Freude auf und ab und hielt den Brief in der Hand, als bestünde er aus Edelsteinen.

„Er ist General, aber dein Schwager ist er noch nicht ganz", erinnerte Erika sie.

„Aber du bist verlobt! Und das heißt, dass du bald heiratest, und das bedeutet, dass Prinz Krion zur Hochzeit kommt!"

„Sei still! ‚Bald' kann alles bedeuten, und für Prinz Krion sollten wir keine Pläne machen."

„Aber hier steht, dass der Prinz ihm einen goldenen Helm gegeben und ihm eine ganze Provinz unterstellt hat. Der Krieg muss fast vorüber sein!"

„Der Prinz hat viele Helme. Singer ist nur für die allgemeine Sicherheit verantwortlich. Ich glaube kaum, dass er die Steuereinnahmen für sich behalten darf. Und das Reich hat viele Provinzen, mit Sicherheit mehr als der Prinz Helme hat."

Rosalinds Freude war nicht zu dämpfen. „Er ist sicher jeden Tag mit Prinz Krion zusammen!"

„Das weiß ich nicht", sagte Erika. „Das Wichtigste ist, dass er gesagt hat, er würde das alles hinter sich lassen, wenn er zu mir nach Hause kommen könnte. Das ist doch süß, nicht wahr?"

Wie treibe ich meiner kleinen Schwester bloß diese Leidenschaft aus?

Rosalind den Brief lesen zu lassen, war ein Fehler gewesen. In Waterkant war niemand königstreuer als sie. Sie hatte Krion einmal bei einer Parade gesehen und jetzt konnte sie sich nicht vorstellen, irgendjemand anderen zu heiraten. Eine Gipsbüste von ihm stand in ihrem Zimmer, mit Kerzen und frische Blumen geschmückt, wie ein Schrein für einen Gott.

„Es ist unglaublich! Hier ist nie etwas los, und jetzt…"

Es klopfte an der Tür. Ein Dienstmädchen steckte ihren Kopf herein.

„Fräulein Erika? Ihre Mutter wünscht, Sie möchten sofort ins Geschäft kommen."

Erika hatte geahnt, dass dies passieren würde. Im Hafen war

ein Schiff vom Eidbund angekommen, zweiffellos mit Kauf-
leuten an Bord, die mit ihrem Vater Geschäfte zu erledigen hatten.
Sie hatte schon fast den ganzen
Morgen damit verbracht, sich fer-
tigzumachen, und das passende
Kleid für solche Gelegenheiten
angezogen, ein tief ausgeschnit-
tenes blaues Samtkleid, dass
sowohl die Stickereien als auch
ihre üppige Oberweite vorteilhaft
zur Geltung brachte.

Als die einzige ansehnliche
junge Dame im Geschäft war es
ihre Aufgabe, die Tuchrollen zu
holen, die die Händler in Augenschein nehmen wollten, und
dazu gehörte, dass man auch sie
anstarrte und heimlich tätschelte
wie die zum Verkauf angebotene
Ware. Da half weder jammern
noch widersprechen. Wie ihr
Vater gerne sagte: „Das einzig
Wichtige ist der Preis."

Als sie die Treppe herunterkam, sah sie zu ihrer Erleichterung, dass der einzige Kunde
Moullit war, ein freundlicher
Mann mittleren Alters, der
manchmal ein paar anzügliche
Bemerkungen machte, sie aber
sonst in Ruhe ließ. Ihre Eltern
hatten ihm bereits Tee angeboten
und in ein höfliches Gespräch
verwickelt (das in der akaddischen Sprache geführt wurde,
da er des Hallandischen nicht
mächtig war). Sie wartete, bis

eine Pause eintrat.

„Seitdem wir zu einem Protektorat erklärt wurden, fließt unser Geld in die königliche Schatzkammer, und unsere jungen Männer landen in der Armee", sagte Moullit gerade. „Ein schrecklicher Zustand, mit der einzigen Ausnahme, dass unter den jungen Damen eine verrückte Mode ausgebrochen ist. Alle wollen sozusagen die letzten Früchte vom Baum herunterholen... Oh, guten Tag, Erika, wie groß du geworden bist."

Er meint wohl, „wie groß deine Oberweite geworden ist".

Sie machte einen Knicks. „Es freut mich, Euch gesund und munter wiederzusehen. Womit kann ich Euch dienen?"

„Wie ich deinen Eltern schon erklärte, bin ich vornehmlich an Seiden- und Satinstoffen sowie Spitzen interessiert. Möglicherweise auch Samt, falls welcher vorrätig ist."

„Ich schaue nach, was wir haben."

Fast nichts! Außer der Spitze müssen wir alles fast selber importieren. Ich nehme an, die Ladung aus Kafra ist nicht angekommen, sonst wäre er nicht hier, um bei uns darum zu betteln.

Sie ging hinter den Ladentisch und prüfte die Fächer. Es gab nur vier Rollen Satin und eine Rolle Seide, und die hütete schon seit Ewigkeiten den Laden, denn sie war von einer besonders widrigen Purpurfarbe. Samt war überhaupt keiner mehr vorhanden.

Sie legte Seide und Satin auf den Tisch, dann holte sie Spitze, von der genügend da war. Sie wählte Rollen unterschiedlicher Qualität aus und brachte alles, zusammen mit einer Rolle Damastleinen zum Tisch, wo Moullit fachmännisch mit der Untersuchung von Satin und Seide beschäftigt war.

„Ich hatte eine etwas größere Auswahl erwartet", sagte er. „Ich hoffe, ich habe die lange Reise nicht umsonst gemacht."

„Ihr wisst selbst", sagte ihr Vater, „dass heutzutage aus dem Osten fast nichts zu bekommen ist. Um den Handel steht es so schlecht, dass unsere Kunden bereits die billigere Ware aufgekauft haben. Um die Wahrheit zu sagen, will es mir einfach nicht gelingen, einen Käufer für diese Rollen zu finden, obwohl sie offensichtlich von bester Qualität sind. Ich überlasse sie Euch gerne, alles zusammen für nur hundertfünfzig Kronen."

Der reinste Diebstahl! Mein Vater bringt es fertig, einen Küchenlappen für einen goldenen Thaler zu verkaufen und dem Kunden auch noch weiszumachen, er tue ihm damit einen Gefallen!

Moullit kicherte leise, als hätte er gerade einen Witz gehört. „Das ist ein geradezu extravaganter Preis, aber vielleicht können wir uns doch einigen. Sehen wir mal, was Euer charmantes Fräulein Tochter sonst noch gebracht hat."

Erika breitete die Spitzen auf dem Ladentisch aus und beugte sich ein wenig vor, so dass Moullit einen guten Ausblick auf ihre Brüste hatte.

Das einzig Wichtige ist der Preis!

Ihre Mutter hielt eine Lage der Spitzen zwischen den Fingern hoch, um zu zeigen, wie leicht sie waren. „Die Rosalinspitzen sind unsere Spezialität. In der Spitzenklöppelei haben wir drei Familien allein dafür angestellt. Feinere Spitzen sind entlang der Küste, ja, auf der ganzen Welt, nicht zu finden."

Moullit nickte zustimmend. „Mit Sicherheit habt Ihr da recht, aber Venezianerspitzen sind zur Zeit besonders gefragt. Hättet Ihr vielleicht davon welche vorrätig?"

Erikas Blick traf den ihrer Mutter. Sie wussten beide, dass es in ihrem Lager und wahrscheinlich in der ganzen Stadt keine Venezianerspitzen gab.

„Hier ist die Nachfrage gering", sagte ihre Mutter. „Wie Ihr wisst, sind sie den Rosalinspitzen sehr ähnlich, die sowohl billiger in der Herstellung und auch deutlich strapazierfähiger sind. Erika, schau mal nach, was wir haben. Du musst vielleicht ein oder zwei Kisten aufmachen, bevor du etwas findest. O je, das törichte Mädchen hat wieder einmal die Sachen durcheinander gebracht. Das ist unser Leinenzeug! Ihr habt zwar nicht danach gefragt, aber da es nun einmal hier ist, schaut es Euch ruhig an…"

Da ihre Anwesenheit im Geschäft nicht mehr erwünscht war, zog Erika sich zu den Kisten und Kästen zurück und verursachte bei ihrer Suche genug Lärm, um zu zeigen, dass sie schwer bei der Arbeit war. Sie öffnete auch zwei große Kisten und fand darin, was sie erwartet hatte: ein Vermögen an unverkauftem Leinentuch, nach Farbe und Qualität sortiert, genug, um die ganze Stadt mit Bettzeug und Tischdecken zu versorgen.

Als sie ins Kontor zurückkam, hatte Moullit seine Geschäfte gerade abgeschlossen und erneut das Plaudern begonnen. „… vollkommen vorbei. Die Armee kauft natürlich immer noch, aber nichts als Breitgewebe, Flaggentuch, Segeltuch, Schiertuch, Loden und Sacktuch. Die Verträge werden nur über große Volumen geschlossen, und alles ist sowieso nur zu kriegen, wenn man mit Herzog Claudio gut bekannt ist."

„Herzog Claudio scheint ein Mann zu sein, den man kennen sollte", meinte ihr Vater.

„Bis zu einem gewissen Grade, aber er ist sehr darauf bedacht, bei jedem Geschäft seinen Teil abzuschöpfen, was den Profit sehr verringert."

Er seufzte und wandte sich Erika zu. „Venezianische Spitzen hast du offenbar nicht gefunden?"

Sie zeigte ihre leeren Hände. „Wir sind total ausverkauft."

„Das tut mir leid, aber es überrascht mich nicht. Es ist jedoch nicht weiter schlimm, denn ich bin mit deinem Vater übereingekommen, euren ganzen Vorrat an Seide und Damast zu kaufen, und dazu zehn Rollen Rosalin."

„Und das Leinentuch?"

Moullit machte eine traurige und rührselige Miene. „Früher konnte ich ein Schiff damit vollladen und noch den letzten Lappen verkaufen, doch diese Zeiten sind vorbei. Heutzutage läuft jeder in selbstgewebtem Stoff herum, und Leinen ist nicht sehr gefragt. Dafür müssten die jungen Damen Leinenblusen wieder zur neuesten Mode erklären. Warum besprichst du das nicht mal mit den anderen jungen Schönheiten und lässt mich dann wissen, welchen Entschluss ihr gefasst habt?"

Er lachte über seinen eigenen Witz und ging zur Tür hinaus.

Ihre Mutter rief das Dienstmädchen herbei und ließ das Teeservice abtragen. „Das ging ausgezeichnet, Erika. Es wird uns nicht leicht fallen, wenn du uns nach deiner Hochzeit verlässt."

„Wenn es überhaupt zu dieser Hochzeit kommt", sagte ihr Vater. „Wir werden womöglich andere Pläne machen müssen."

Das klingt überhaupt nicht gut!

„Was willst du damit sagen?"

Ihre Eltern schauten einander nervös an. Ihre Mutter ergriff zuerst das Wort:

„Dein junger Mann ist jetzt im Krieg, Erika."

Stumm zeigte Erika auf ein Schild an der Wand, auf dem stand: „Umtausch nicht möglich."

„Im Prinzip hört sich das gut an, aber in diesem Fall ist die Ware gar nicht lieferbar. Wer weiß, wann er zurückkommt, oder ob er überhaupt zurückkommt."

„Er ist mit über eintausend Hallandern zusammen, die nicht in der Gunst des Prinzen stehen und auch keine Generäle sind. Die Chancen, dass er wiederkommt, sind meiner Meinung nach sehr hoch.”

„Es ist gut möglich, dass er wieder zurückkommt, wenn der Krieg zu Ende ist“, sagte ihr Vater. „Aber ein Blick auf die Landkarte zeigt dir, wie groß das Bandelukenreich ist. Man braucht fast ein Jahr, um es zu durchqueren, von einer Eroberung ganz zu schweigen.”

„Ich kann sehr gut ein Jahr warten, und auch noch länger, wenn nötig.”

„Ich weiß, das kannst du. Aber da ist noch etwas, was in Betracht gezogen werden muss. Wir handeln vorrangig mit Leinenstoffen, und an denen herrscht zur Zeit sehr wenig Bedarf, besonders, seit wir den Kontakt mit dem Osten verloren haben.”

„Vielleicht kann General Singer uns dabei behilflich sein. Ihm untersteht eine ganze Provinz.”

„Leider ist Chatmakstan eine elende, bettelarme Gegend, wo Leinenhändler völlig fehl am Platze sind. Und es exportiert nichts, was uns von Nutzen sein könnte.”

„Ich verstehe nicht, was das mit meiner Heirat zu tun hat.”

Ihr Vater seufzte und schenkte ihr einen herzerweichenden Blick.

Das kann nichts Gutes heißen. So sieht er aus, wenn er einen großen Auftrag verloren hat.

„Ich kann auf deine Gefühle keine Rücksicht mehr nehmen. Offen gesagt, verlieren wir unser Geschäft. Wir haben schon mehrere Weber entlassen müssen, alles hochqualifizierte Arbeiter, die schwer zu ersetzen sein werden. Einige haben auch schon bei Houghton eine neue Stelle gefunden. Der Kerl kann Tweed und Tüll nicht unterscheiden, aber er hat ausgezeichnete Verbindungen nach Akaddien, und sein Geschäft könnte nicht besser laufen.”

„Ich weiß, wie es um unser Geschäft steht, Vater, aber ich verstehe immer noch nicht, was das mit meiner Heirat zu tun haben soll.”

Jetzt ergriff ihre Mutter das Wort: „Houghton hat uns den Vorschlag unterbreitet, unsere Geschäfte zusammenzuschließen. Er braucht unsere Spitzenklöppler, wir brauchen seine Verbindungen. Allerdings müssen dafür unsere Häuser durch eine Heirat vereint werden. Du kennst Brandworth, Houghtons Sohn?"

„Brandy? Ihr wollt, dass ich Brandy heirate? Er ist mein Cousin zweiten Grades, und er ist ein Säufer. Jeden Donnerstag hat er schon sein wöchentliches Geld versoffen und dann will er sich von mir Geld leihen. Von *mir*!"

Sie war so empört, als hätte jemand zwei Kronen für ihre Jungfräulichkeit geboten.

Ihre Mutter versuchte, sie zu beruhigen. „So mancher Mann hat schon seine jugendlichen Eskapaden hinter sich gelassen, wenn er die Pflichten des Familienlebens übernommen hat."

„Ein junger Schwerenöter mag vielleicht ein guter Ehemann werden, aber ein Säufer, der heiratet, ist nichts als ein verheirateter Säufer!"

„Da ist noch ein Problem, an das du nicht gedacht hast. Eine Heirat mit einem hoffnungsvollen Leutnant mag eine Sache sein, mit einem General aber eine ganz andere. Eine Ehe liegt nicht mehr allein in seinen Händen, sie ist eine Sache der Staatsräson geworden. Der Prinz wird wohl verlangen, dass er eine Adlige heiratet, vielleicht sogar eine Prinzessin."

„Ich habe gerade einen Brief vom ihm bekommen. Er schreibt, er würde alles aufgeben, wenn er nur zu mir heimkommen könnte!"

„Aber das kann er nicht, das ist es ja gerade", sagte ihr Vater. „Solange Krieg herrscht, kann er nicht heiraten, und wenn er siegreich ist, wird der Prinz ihn durch eine Heirat mit einer Adligen in einen höheren Stand heben, was er unmöglich ablehnen kann."

„Er ist ein freier Bürger von Halland und kann heiraten, wen er will!"

„Das war er einmal, aber jetzt ist er in den Dienst des Prinzen getreten, und Könige lassen selten etwas los, wenn sie es einmal in der Hand haben."

Er unterstrich seine Worte, indem er die geballte Faust hochhielt.

Was soll's, sie sind beide gegen mich!

„Brandy kann ich sowieso nicht heiraten, bis die Verlobung verkündet und eine angemessene Zeit verstrichen ist."

„Es handelt sich nur um ein paar Monate, und die Verlobung können wir schon morgen bekanntmachen."

„Ich gebe auf! Verkündet doch, was ihr wollt, aber ich werde immer bloß Singer lieben!"

Sie hörte ein leises Schluchzen. Es kam von ihrer Schwester Rosalind, die oben auf der Treppe stand. Sie musste alles mitgehört haben. Tränen liefen ihr die Wangen herunter.

„Wie *konntest* du nur?!" Ihre Stimme stockte. „Wie *konntest* du?"

Sie rannte auf ihr Zimmer, wo ihr beständiger Liebhaber, eine Gipsbüste von Prinz Krion, sie erwartete.

„Ich fürchte, deine Schwester nimmt sich die Sache sehr zu Herzen", sagte ihre Mutter. „Du solltest ein Wort mit ihr reden."

„Sobald ich das Leinen weggelegt habe, spreche ich mit ihr."

Rosalind lag auf ihrem Bett. Sie hatte ihr Gesicht in die Kissen gedrückt und vergoss Tränen vor Wut und Enttäuschung. Erika ließ sie liegen, ging in ihr eigenes Zimmer und begann, ihren Beutel zu packen. Sie war fast damit fertig, nur ihre mit Schildpatt besetzten Bürsten mussten noch hineingeklemmt werden, da erschien Rosalind mit roten Augen und laufender Nase in der Tür.

„Was machst du da?"

„Nichts besonderes, ich werde meinen Mann aufsuchen, das ist alles."

„Was? Du sagtest doch, du würdest Brandy heiraten!"

„Ich habe gelogen. Das gehört zum Beruf."

„Wie willst du über das Meer kommen?"

„Schiffe fahren jeden Tag. So ist ja auch der Brief hierher gekommen."

„Das kostet doch Geld."

„Wir haben heute ein großes Geschäft gemacht. Ich habe das Geld geklaut, kurz bevor Vater die Kasse abgeschlossen hat."

„Du hast es GESTOHLEN?"

„Hör auf zu schreien. Ich sehe es lieber als eine Geldanlage. Was ist dir lieber: ein General als Schwager, der dich der königlichen Familie vorstellen kann, oder Brandy, der dich höchstens zu allen Gastwirten der Umgebung mitnimmt?"

Rosalind starrte sie mit offenem Mund an, dann blinzelte sie und rief: „Das ist wunderbar! Nimm mich mit!"

„Rosalind, du weißt, dass das nicht geht. Du bist viel zu jung, und auf der anderen Seite ist kein Mann, der auf dich wartet."

„Wenn du mich nicht mitnimmst, sag ich's Mutter!"

Bluffen kann sie nicht.

„Dann muss ich Brandy heiraten, und dein zukünftiger Ehemann wird irgendein Schlachter oder Schuhmacher sein."

„Dann musst du mir etwas versprechen."

Sie lief in ihr Zimmer, und als sie wiederkam, hielt sie einen goldenen Ring in der Hand, auf dem ein goldenes Herz prangte.

„Ist der nicht von Tante Gwyneth?"

„Sie hat ihn mir gegeben, und ich will, dass du ihn Prinz Krion gibst, wenn du ihn triffst."

„Meinst du, er erhält gern Geschenke von dreizehnjährigen Mädchen?"

„Bitte, er soll ihn haben!"

„Wie du willst. Soll ich ihm auch etwas sagen?"

„Sag ihm, dass ich ihn liebe!"

„Versprochen."

„Wunderbar!"

Rosalind fiel ihr in die Arme.

Ich bin offensichtlich nicht richtig angezogen!

Das tief ausgeschnittene blaue Seidenkleid brachte Erika am Hafen, wo wohlgeborene Frauen nur selten zu sehen waren, viele unwillkommene Blicke ein. „Wieviel für eine Nacht mit der?", wollte ein rüpelhafter Matrose wissen.

„Für dich unerschwinglich", kam ihre schnippische Antwort, was lautes Gelächter unter den Umstehenden hervorrief.

Sie lachen nicht über mich, sie lachen über ihn. Warum schäme ich mich dann so?

Die Amtsstube des Hafenmeisters war leer, bis auf einen Sekretär, der seine Eintragungen machte. Sie setzte ihren Beutel ab und räusperte sich; sie erwartete, dass er höflich aufstehen und sie nach ihrem Wunsch fragen würde, aber er schaute nur vage in ihre Richtung.

„Wann geht das nächste Schiff nach Chatmakstan?"

Hoffentlich sehr bald!

Schweigend deutete er mit dem Daumen auf einen Tafel an der Wand, auf der die Namen der Schiffe sowie Einzelheiten wie Heimathafen und Ladung verzeichnet waren. Für sie war es sehr verwirrend. Sie wusste, dass die Seeleute die Zeit nicht in Stunden, sondern in Glasen einteilten, aber die genauen Details hatte sie nie verstanden. Auf der Liste stand auch kein Schiff nach Chatmakstan.

„Vielleicht könnt Ihr mir behilflich sein", sagte sie und legte eine Silberkrone auf den Schreibtisch.

Das brachte ihn auf die Beine. Er stand auf und lächelte dienerisch. „Verzeihung, Madame, ich war so beschäftigt. Für Euch kommt die *Prinzessin Zenobia* aus Königshaven infrage. Sie legt mit der Flut ab, das wäre in zwei Glasen… ich meine, um fünf Uhr. Der Liste nach besteht die Ladung aus Proviant. Das Militär gibt uns nicht viel Auskunft, und wir stellen keine Fragen."

„Die Fahrt geht zur Masserabucht, wie ich sehe. Das ist in Chatmakstan, richtig?"

„Jawohl, Madame. Das ist zumindest das eingetragene Ziel. Aber das Militär, Ihr versteht. Wer weiß, wohin die Fahrt geht. Dahin, wo auch die Armee ist, sollte man annehmen."

„Und wo finde ich die *Prinzessin Zenobia*?"

„An der Warft Nummer 3, aber sie wird nicht mehr lange da sein. Die Ladearbeiten sind schon den ganzen Tag im Gange."

„Danke, Ihr habt mir sehr geholfen."

An der Warft Nummer 3 lagen mehrere Schiffe vor Anker, aber nur eins wurde beladen. Die *Prinzessin Zenobia* war ein Dreimastschoner, etwas fortgeschritten an Jahren, sah aber völlig seetauglich aus.

Mit einem luxuriösen Quartier ist hier wohl nicht zu rechnen.

Die Galionsfigur hatte die Gestalt einer Frau mit einer goldenen Krone, die aber sonst wenig anhatte. Vermutlich war das die namensgebende Prinzessin.

Wir werden wohl die beiden einzigen Frauen an Bord sein, Eure Hoheit, ich hoffe aber, einen weniger schlampigen Eindruck zu machen als Ihr.

Große, durchgeschwitzte Männer trugen Säcke die Verladebrücke hinauf. Oben stand ein Offizier und notierte die Ware auf einer Liste. Erika drängelte sich zu ihm durch.

„Ich möchte bitte den Kapitän sprechen."

Der Offizier betrachtete sie von oben bis unten, ihre plötzliche Erscheinung hatte ihn offenbar verwirrt. Sie stand auch nicht auf der Liste.

„Den Kapitän, wenn ich Euch bitten darf?"

„Ihr findet ihn auf dem Achterdeck, er spricht gerade mit dem Lotsen."

Das Achterdeck ist hinten, wo das Heck ist, wenn ich mich richtig erinnere. Warum hat hier alles einen anderen Namen?

Auf dem Achterdeck sprachen zwei Männer miteinander. Der eine war ein schwartiger kleiner Mann mit einer unansehlichen Pfeife zwischen den Zähnen, der andere ein großer, muskulöser Kerl in einer groben Wolljacke.

„Herr Kapitän?", sprach sie den größeren der beiden an.

„Madame?", fragte der Kleine.

„Oh. Ich möchte eine Kabine buchen."

Langsam und bedächtig nahm der Kapitän seine Pfeife und klopfte sie an der Reling aus, sodass Funken und Asche durch die Luft flogen. Dann steckte er sie in die Tasche.

„Wir haben keine. Dies ist ein Frachtschiff mit Kriegsmaterial. Wir dürfen keine Passagiere an Bord haben."

„Aber ich habe Sachen fürs Militär! Prinz Krion hat seine Winteruniformen von dem Handlungshaus Wartfield bestellt. Ich soll sie zur Anprobe abliefern."

Der Kapitän kratzte sich am Kopf und starrte auf ihren Beutel. „Wir haben trotzdem keine Kabinen. Versucht es beim nächsten Schiff."

Sie zog ihn am Ärmel beiseite und sprach ihm leise ins Ohr, wobei sie darauf achtete, dass er ihr Parfüm zu schnuppern bekam.

„Der Prinz gab mir diesen Auftrag *persönlich*, versteht Ihr? Er verlangte ausdrücklich, dass ich mich *persönlich* darum kümmere."

„O, gut, ich verstehe. Nun, Ihr könnt meine Kabine haben, ich werde eine Pritsche mit den Maaten nehmen müssen."

Die Kajüte des Kapitäns war so klein, verdreckt und unaufgeräumt wie der Mann selber. Verschmutzte Decken lagen auf der Pritsche und Kleidungsstücke auf dem Boden. Der Tisch und die Hocker daneben waren an den Fußboden festgeschraubt. Eine riesengroße, antike Seemannskiste stand in der Ecke. Außerdem gab es ein Waschbecken und einen Spiegel zum Rasieren an der Tür, das war alles.

Als sie aus dem Fenster schaute, konnte sie den Bug des benachbarten Schiffes sehen, und zwei Matrosen, die neugierig in ihre Richtung sahen. Instinktiv streckte sie die Hand nach einem

Vorhang aus, musste jedoch feststellen, dass es keinen gab.

„Es ist vielleicht ein wenig eng, aber mehr kann ich Euch leider nicht bieten", sagte der Kapitän. „Ich lasse den Schiffsjungen kommen, damit er ein bisschen aufräumt."

Ich wünschte, es ließe sich auch etwas gegen den Tabakgestank machen.

„Das ist sehr freundlich von Euch."

„Oh, noch etwas. Wir halten hier unsere abendliche Tischgesellschaft ab. Ihr habt doch nichts dagegen?"

„Es wird mir ein Vergnügen sein, Euch und Eure Offiziere zu empfangen."

Als der Kapitän sich verabschiedet hatte, schaute sie sich den goldenen Ring, den ihre Schwester ihr gegeben hatte, etwas genauer an. Er sah genauso aus wie der, den sie selbst an der rechten Hand trug, ebenfalls ein Geschenk von Tante Gwyn. An beiden Ringen gab es nichts Außergewöhnliches zu bemerken, jedenfalls entdeckte sie nichts, weder eine ominöse Inschrift noch ein geheimes Fach für Gift. Es waren ganz gewöhnliche Ringe.

„Gib dies nur demjenigen, den du wirklich liebst, sonst niemandem!", hatte Tante Gwyn gesagt.

Soweit Erika erinnern konnte, war Tante Gwyn eine schrullige alte Dame mit mehr Geld als gesundem Menschenverstand gewesen. Sie hatte in Westenhausen einen reichen Zauberer geheiratet, und als mit den Jahren ihre natürlichen Reize zu schwinden begannen, hatte sie eine Unmenge Geld für allerlei raffinierte Tricks ausgegeben, die sie jünger aussehen ließen als sie in Wirklichkeit war. Damit beschwor sie allerdings einiges Misstrauen in ihrem eifersüchtigen Ehemann hervor. Eines Tages, als Tante Gwyn im Garten ihre Rosen beschnitt, verschwand sie plötzlich in einer übelriechenden Rauchwolke. Das war das Ende der Geschichte… das hatte Erika zumindest bisher geglaubt.

Ob der Ring verzaubert ist?

Sie zog ihren eigenen Ring vom Finger und steckte ihn wieder an, doch nichts passierte. Sie war im Begriff, es mit Rosalinds Ring zu versuchen, als etwas sie warnte, das könnte ein törichtes Unterfangen sein.

Nun denn, ich kann nichts weiter tun. Prinz Krion wird sich darum kümmern müssen, wenn etwas nicht stimmt. Er hat schließlich genug Zauberer und Gehilfen.

Sie steckte den Ring in ihren Beutel und betrachtete sich im Spiegel.

Ich werde Prinz Krion und viele andere Männer kennenlernen, aber ich muss meine einzig wirkliche Chance im Auge behalten.

Sie nahm ihren Hut ab und warf sich im Spiegel einen Kuss zu.

Dir kann niemand widerstehen. Natürlich wird er sich in dich verlieben. Die Nachfrage ist groß, da wäre es schade, diese Ware im Ausverkauf zu vergeuden. Schließlich ist das einzig Wichtige der Preis.

6: Raisha

Hallandisch ist ein fürchterliches Kauderwelsch.

Die ersten Worte, die sie gelernt hatte, waren: „Geschirr abwaschen". Ein großer Stapel davon lag auf dem Tisch, und noch mehr türmte sich auf dem Fußboden. Und welche merkwürdigen Dinge diese Fremden verzehrten! Heute war es eine eklige Fleischpastete, die so aussah, als wäre sie schon einmal gegessen und dann wieder erbrochen worden. Als Beilage gab es in Schmalz gebratene Scheiben irgend eines Knollengemüses und etwas Übelriechendes, das aussah wie giftiges Unkraut, wahrscheinlich aber nichts weiter als Sauerkraut war.

Sogar die Chatmaken haben besseres Essen!

Nachdem sie die Essenreste abgekratzt hatte, tauchte sie die Teller in heißes Seifenwasser, wischte und spülte sie ab, wischte sie nochmals ab und stapelte sie auf. Wenn sie damit fertig war, gab ihr der Koch einen Teller voll mit demselben ekelhaften Essen, mittlerweile schon kalt und zu einem geleeartigen Pudding geworden. Anschließend ließ er sie die Räume ausfegen, und wenn sie damit fertig war, begann die Prozedur von neuem. Bei Tagesende ließ sie sich erschöpft in ihr Bett aus alten Säcken fallen, die einmal den Küchenboden in ihrem eigenen Haus bedeckt hatten.

So war es die letzten sechs Tage gegangen. Am zweiten Tag hatte der dicke, nach ranzigem Fett riechende Koch sich an sie gedrängt und seine Hand in ihre Hose gesteckt. Sie fuhr herum und zog ihr Messer, aber er hatte schon einen Schritt zurück gemacht, überrascht über das, was er in ihrer Hose gefunden hatte. Wortlos hatten sie einander angestarrt, aber ihre Blicke waren unmissverständlich: du behältst mein Geheimnis für dich, und ich deins für mich. Damit war die Sache erledigt… wenigstens hoffte sie das.

Es könnte alles schlimmer sein.

Höchstwahrscheinlich würde es auch schlimmer werden, wenn die Fremden abzogen. Überall stolzierten die Chatmaken mit Schwert und Speer herum, und wehe dem Bandeluken, der nicht schnell genug zur Seite sprang; er bekam das stumpfe Ende des Speeres oder noch Schlimmeres zu spüren. Dabei verhielten sich die zurückgebliebenen Bandeluken keineswegs provokant. Die meisten waren geflohen, übrig waren nur die Schwachen, hauptsächlich Frauen, Kinder und Greise.

Jetzt verstehe ich, was es heißt, ein besiegtes Volk zu sein: Geschirr abwaschen, auf dem Küchenboden schlafen, von Fremden befummelt und vom Pöbel malträtiert werden.

Doch alles war besser als Amir Qilij zu heiraten.

Es gab immer mehr Fremde, viel mehr als am ersten Tag. Es musste Unterschiede zwischen ihnen geben, denn sie trugen verschiedene Standarten, Rüstungen und Waffen. Aber alle sprachen das fürchterlich gutturale Hallandisch oder einen Dialekt davon.

Manchmal hatte sie auch Singer gesehen, der ihr am ersten Tag mit dem Schwert gedroht hatte, aber jetzt machte er sich nicht mehr die Mühe, mit ihr ins Gespräch zu kommen. Er war jetzt „der General" und trug einen goldenen Helm, und die Fremden um ihn herum gehorchten seinen Befehlen.

General oder nicht, von dem lasse ich mich nicht nochmal veräppeln!

Als sie gerade einen Teller spülte, fühlte sie plötzlich ein Hande auf der Schulter. In der Annahme, es wäre wieder der Koch, wirbelte sie herum und wollte ihren Dolch ziehen. Aber es war nicht der Koch, es war der General höchstpersönlich, der sie unter den Rubinaugen seines goldenen Pantherhelmes anstarrte.

Er ließ den Dolch unbeachtet und fragte: „Sprichst du Chatmakisch?"

„Ja, Effendi."

„Nenn mich nicht so. Der richtige Dienstgrad ist General. Folge mir!"

Singer ging auf den Hof, wo ein großer Tumult herrschte. Eine Reihe Speerträger versuchte, eine große Schar von schreienden Chatmaken zurückzuhalten.

„Was ist hier los?", fragte Singer.

„Sie schreien andauernd ‚Großer Herr, großer Herr'. Ich glaube, damit seid Ihr gemeint, Herr General."

„Finde heraus, wer sie sind und was sie wollen."

Doch Raisha wusste, wie mit Chatmaken umzugehen war. Sie trat vor, klatschte in die Hände so laut sie konnte, und brüllte: „RUHE! Wer ohne Aufforderung spricht, wird ausgepeitscht!"

Schnell waren alle still. Sie konnte hören, wie die Leute mit den Füßen scharrten und vor sich hin jammerten. Sie zeigte auf einen Greis, der einer ihrer Ältesten zu sein schien.

„Du! Wie heißt du und woher kommst du?"

Als der Greis den Mund aufmachte, kam ein Wortschwall von Leid und Not heraus. „Sie haben meinen Sohn ermordet! Und meinen Neffen! Und dann der Brand... Aua!"

Raisha hatte ihn an der Nase gefasst und diese umgedreht.

„Beantworte die Frage! Wer bist du und woher kommst du?"

„Ich bin Faisal und komme aus dem Dorf namens Siebenkiefern. Wir sind den ganzen Weg hierher gelaufen, ohne etwas zu essen..."

„Schweig!"

Sie wandte sich Singer zu und sagte: „Die kommen von Siebenkiefern. Das ist eine gute Dreitagesreise von hier, zu Pferde schneller. Ihr Dorf wurde angegriffen und in Brand gesteckt. Es gab Tote. Sie sind hierher gekommen, um Hilfe zu suchen."

„Wer hat sie angegriffen? Wie viele?"

Raisha wiederholte die Frage auf Chatmakisch.

„Bandeluken! Es waren Hunderte von ihnen. Sie haben die Frauen entführt und..."

„Schweig!" Zu Singer sagte sie: „Er sagt, hunderte von Bandeluken haben sein Dorf angegriffen, aber ich glaube kaum, dass er selbst nachgezählt hat."

Singer fasste sich ans Kinn. „Ja, das ist sicher übertrieben. Was ist mit den Waffen, die ich ausgeteilt habe? Haben sie sich denn nicht verteidigt?"

Nach neuerlicher Übersetzung sagte sie: „Diejenigen, die zu den Waffen griffen, sind zuerst gefallen. Der Rest ist geflohen."

Sie trat näher an Singer heran und sagte leise: „Herr General, diese Leute sind keine Soldaten. Wenn sie Waffen erhalten und kämpfen sollen, ist das wie ihr Todesurteil."

„Das sehe ich ein. Aber deine Ratschläge sind im Moment nicht gefragt. Du brauchst nur zu übersetzen. Waren die Bandeluken beritten? Welche Waffen trugen sie?"

Als sich Raisha wieder den Chatmaken zuwandte, waren diese im Begriff, sich in eine wütende Meute zu verwandeln. Weiter hinten zeigte eine Frau mit dem Finger auf sie und schrie: „Seht doch, wie der Bandeluke dem Großen Herrn ins Ohr flüstert. Er wird uns alle umbringen!"

Einige sammelten Steine vom Boden auf. Singer gab einen lauten Befehl in seiner Sprache, woraufhin die Speermänner ihre Waffen auf die Leute richteten. Eine plötzliche Panik ergriff die Menge. Viele fielen auf die Knie, der Rest trat ein paar Schritte zurück, jederzeit bereit, die Flucht zu ergreifen.

„Die Hand, die einen Stein wirft, wird abgeschlagen!", brüllte Singer.

Ein banges Stöhnen erhob sich, als Raisha diese Worte wiederholte. Die Stehenden knieten ebenfalls nieder, und die Knienden drückten die Gesichter auf den Boden. Diejenigen, die Steine aufgehoben hatten, versuchten, diese unbemerkt dem Nebenmann zuzurollen, der sie prompt wieder zurückschob.

„Hört mich an!", sagte Singer. „Ich biete euch meine Gastfreundschaft an. Ihr könnt heute Nacht hier im Hof bleiben. Ich werde dafür sorgen, dass ihr etwas zu essen bekommt. Morgen früh reite ich aus und werde euren Angreifern ihre gerechte Strafe zukommen lassen."

Als Raisha diese Rede Wort für Wort wiederholte, schienen sich die Chatmaken zu beruhigen. Sie verteilten sich über den ganzen Hof und suchten nach den besten Plätzen. Nur wenige trugen ein Bündel mit ihren Habseligkeiten, die meisten hatten gar nichts. Es trafen immer noch Nachzügler ein, meist Frauen, die kleine Kinder nach sich zogen und sich erkundigten, was passiert sei.

„Herr General", wandte sie sich wieder Singer zu. „Man wäre sicher dankbar, wenn Decken ausgeteilt würden. Aber wahrscheinlich werdet Ihr die nicht zurückbekommen."

„Ich werde sehen, was sich machen lässt. Komm mit in meine Amtsstube!"

Die Amtsstube war nichts als ein kleiner Raum neben dem Eingang, das ehemalige Heim des Türhüters. Darin befanden sich ein Tisch, zwei Stühle, eine Reisetruhe und ein Feldbett. An der Wand hing eine Karte von Chatmakstan.

Das ist also die Wohnung des Großen Herrn.

Singer schloss die Tür. „Wie heißt du?"

„Rajik."

Vergib mir, lieber Bruder, aber du brauchst den Namen nicht mehr.

„Rajik, du hast mich zweimal mit dem Messer bedroht. Weißt du es auch zu gebrauchen?"

Raisha nickte.

„Stoß zu! Nun mach schon!"

Raisha erhob den Dolch, aber tat nichts weiter. Der Dolch zitterte in der Luft. Singer sah selbstgefällig auf sie herab.

„Stoß zu! Ich habe deinen Bruder getötet!"

Sie stieß zu, aber irgendwie war der Dolch aus ihrer Hand in Singers gelangt, und er stieß ihn hart gegen ihren Bauch. Einen Moment lang dachte sie, das sei ihr Ende, aber er hatte im letzten Augenblick den Dolch umgedreht und sie mit dem Knauf getroffen.

Sie trat einen Schritt zurück und hielt sich am Tisch fest. Sie war ganz außer Atem. Der Dolch fiel klappernd zu Boden.

„Greif nie zu einer Waffe, wenn du nicht gewillt bist, sie auch zu benutzen", ermahnte Singer sie. „Wenn du jemanden erstechen willst, mach es so, schnell und heimlich, direkt in den Unterleib und nach oben ins Herz. Dann ist es ganz schnell vorbei. Aber vergewissere dich vorher, dass der Gegner kein Kettenhemd trägt." Er klopfte sich bekräftigend auf die Brust. „Ein Messer wie dieses kommt da nicht durch."

Er stand einen Moment nachdenklich da, dann sagte er: „Ab sofort gehörst du als Offiziersbursche zu meinem persönlichen Stab. Das heißt, du bleibst in meiner Nähe und tust, was ich dir sage."

Sie starrte ihn voller Besorgnis an.

Weiß er Bescheid?

„Es bedeutet auch, dass du dein eigenes Zimmer bekommst und kein Geschirr mehr waschen musst. Geh zu Pennesey, der gibt dir die nötige Ausrüstung. Wir reiten morgen in aller Frühe."

„Herr General… Habt Ihr wirklich meinen Bruder getötet?"

„Es war der Krieg, nicht ich. Der Krieg hat an jenem Tag viele das Leben gekostet, und wird es auch in Zukunft tun. Wer genau ihn getötet hat, kann ich nicht sagen. Ich habe noch nie eine Waffe in der Hand gehabt, bis ich dir begegnet bin, und ich habe keine einzige Seele getötet."

„Wie könnt Ihr nur so lügen!"

Der General lächelte nachsichtig auf sie herab, als wäre sie ein aufmüpfiges Kind. „Krieg basiert auf Betrug", sagte er.

„Du sollst mitreiten?" Pennesey schüttelte ungläubig den

Kopf. „Also dann, wollen wir mal sehen, was wir haben."

Ein Reihe kleiner Zimmer an der Rückseite vom Haus Jasmin, in dem einmal die Diener untergebracht waren, diente nun zeitweilig als Waffenlager. Da, wo früher die Diener ihre Bettlager hatten, lagen nun ordentlich aufgestapelte Waffen und Rüstungen. Vor dem ersten Zimmer, das voller Dolche und Schwerter war, blieb Pennesey stehen.

Er zog an seinem Schnurrbart. „Mit einem Schwert kannst du nicht umgehen, da brauchst du mir nichts vorzumachen. Wie gut bist du mit dem Dolch?"

„Ich hatte ein paar Lektionen."

Eine zumindest.

„Dieses Küchenmesser taugt zu gar nichts, eins von diesen ist viel besser." Er wählte einen dünnen, geraden Dolch aus, zog ihn aus der Scheide und bewunderte die scharfen, polierten Schneiden.

„Die Klinge einen Fuß lang, zweischneidig, scharf wie eine Nadel. Sie wird die Schwachstellen jeder Rüstung, die je hergestellt wurde, ausfindig machen. Wir nennen sie Misericordie, den Gnadendolch. Pass gut darauf auf, ich weiß nicht, wann wir neue bekommen."

Raisha steckte sich den Dolch hinter den Bund, neben das Krummmesser.

„Sonst noch was?", wollte Pennesey wissen.

„Ich weiß mit dem Bogen umzugehen."

„Gut, such dir einen aus. Der Köcher sollte einen Deckel haben, denn auf dem Pferd wirst du ordentlich durchgeschüttelt. Kannst du überhaupt reiten?"

„Gut genug", log sie.

Im nächsten Zimmer befanden sich Bögen der verschiedensten Machart, ganz einfache für die Jagd, große für Fußsoldaten. Sie wählte einen kurzen Reiterbogen, wie die Bandeluken ihn herstellten, und wollte ihn spannen.

„Nicht so", sagte Pennesey, „du hältst ihn verkehrt herum."

„Nein, so ist es schon richtig."

Der Bogen war nun in die andere Richtung gespannt, die elfenbeinernen Sehnenkerben nach außen gedreht. Sie zog die seidene Sehne an, schnitt sich aber dabei in den Finger. Also suchte sie in den Köchern nach einem Daumenring und spannte anschließend den Bogen, so weit sie konnte, was trotz ihrer dünnen Arme beträchtlich war.

Pennesey schaute ihr skeptisch zu. „Wenn du genug damit rumgespielt hast, sehen wir uns Rüstungen an."

Zwei Türen weiter befand sich ein Zimmer voller Kettenrüstungen. Er suchte ein Hemd aus und reichte es ihr. Es war so schwer, dass sie es beinahe fallen ließ. Nur mit beiden Armen konnte sie es überhaupt halten – den ganzen Tag darin rumzulaufen, musste eine Tortur sein.

„Zu schwer", bemerkte sie kurz und reichte es zurück.

„Das hatte ich befürchtet."

Ein weiteres Zimmer enthielt alle möglichen Kleidungsstücke, die den Körper schützen sollten. Pennesey suchte darin herum, bis er eine schwere Lederjacke mit dünnen Metallplättchen an der Brust gefunden hatte.

„Probier diese mal an. Sie gehörte Kyle, aber sie passt ihm nicht mehr.

Die Jacke bedeckte ihre Arme bis zu den Ellenbogen und reichte ihr fast bis über die Knie. Das Gewicht lag ihr schwer auf den Schultern, aber das geölte Leder roch gut und fühlte sich angenehm an.

„Ich nehme sie."

„Du brauchst auch einen Schwertgürtel, damit das Gewicht auf den Hüften und nicht auf den Schultern liegt."

Er zeigte ihr, wie man den Gürtel umlegte, dann gingen sie in das nächste Zimmer, das voller Helme war. „Such dir einen aus."

Instinktiv griff sie nach einem herrlichen großen Helm mit einem Federbausch und setzte ihn sich auf, aber er war viel zu schwer, und sie konnte fast nichts mehr sehen.

Pennesey kicherte. „Der gehört der Glänzenden Ritterschaft. Diese Angeber setzen ihn beim Turnierspiel auf. Probier mal ein paar andere."

Der nächste Helm war zu groß, genauso wie der dritte. Doch schließlich fand sie einen alten, verbeulten Spitzhelm nach Bandelukenart mit einem Nackenschirm aus Eisenketten. Wichtiger war noch, was der Helm nicht hatte: eine Polsterung. Er wurde einfach über einem festgewunden Turban jedmöglicher Größe getragen.

„Der passt."

„Zwar ein hässlicher alter Pisspott", sagte Pennesey, „aber besser als gar nichts. Du brauchst allerdings noch einen Schutz für den

Hals." Mit dem Finger stieß er ihr gegen die Kehle. „Ein Schlag hier könnte deiner Karriere ein schnelles Ende bereiten."

Er gab ihr einen eisernen Halskragen, doch sie kam sich darin vor wie in einer Schraubzwinge. „Das kann ich unmöglich tragen", sagte sie und legte ihn ab. Stattdessen wählte sie einen leichten Kragen ebenfalls nach Bandelukenart, mit zwei Platten, die die Schultern schützten. „Damit kann ich leben."

„Auf deine dünnen Schienbeine würde ich gerne ein Paar Schienen setzen, aber ich glaube, ich habe nichts Passendes. Vielleicht kannst du ein paar Stiefel auftreiben. Mit den Handgelenken haben wir dasselbe Problem, aber hinten liegt noch eine Menge Ausrüstung von den Bandeluken. Es lohnt sich bestimmt, da mal nachzugucken."

Schließlich fand sie eine lederne Armschiene für Bogenschützen, die ihren linken Arm vom Handgelenk bis zum Ellbogen bedeckte.

Pennesey nahm sie von oben bis unten in Augenschein, dann sagte er: „Mehr kann ich leider nicht für dich tun. Wenn du meinen Rat hören willst: Halt dich aus den Kämpfen raus!"

„Danke, wird gemacht."

Rüstung und Waffen gaben

ihr ein Gefühl der Stärke. Sie ging zu dem Spiegel in der Halle und betrachtete sich darin.

Was für ein großer Held!

Die einzige Schwachstelle waren die Ledersandalen, die sie seit ihrer Flucht aus Haus Jasmin trug. Mittlerweile waren sie ziemlich abgetragen und würden offensichtlich nicht mehr lange halten.

Vielleicht finde ich die alten Stiefel meines Bruders. Ich glaube, ich habe sie auf dem Müllhaufen hinter dem Gebäude gesehen.

Wer Haus Jasmin verlassen wollte, musste einen düsteren Innenhof durchqueren, in dem es sich die chatmakischen Flüchtlinge gerade so angenehm wie möglich auf den geliehenen Bettsachen eingerichtet hatten. Diejenigen, die ihr am nächsten waren, drehten den Kopf, als Raisha hereinkam.

„Schaut mal her, hier kommt dieser weibische Bandelukenjunge, der so frech zu uns war. Jetzt will er den großen Helden spielen!"

Weibisch?

Dieses Wort war wie ein Stich. Wenn sie schon den blöden Chatmaken frauenhaft vorkam, was musste dann der General von ihr denken? Sie dachte darüber nach, als sie sich ihren Weg durch die Menge der Chatmaken bahnte.

Was gab ihr ein eher weibliches Aussehen? Die Art, wie Pennesey ihre Kehle berührt hatte, gab ihr plötzlich ein starkes Gefühl der Verletzlichkeit. Sie rieb sich den Hals. Was war da so besonders? Männer hatten zwar dicke Hälse mit einer Beule in der Mitte, die sich beim Sprechen auf und ab bewegte…

Und Bärte! Natürlich! Wie konnte ich das vergessen?

Pennesey hatte prüfen wollen, ob ihr ein Bart wuchs! Jetzt gab es in der Hallandkompanie mindestens zwei Männer, die über ihre Tarnung Bescheid wussten! Wenn das so weiterging, würde sie ihr Geheimnis nicht viel länger wahren können. In der Küche war sie niemandem aufgefallen, aber nun würde sie allen Blicken ausgesetzt sein.

Ein falscher Bart würde niemals funktionieren. Wenn sie plötzlich damit auftauchte, würde jeder Narr sofort erkennen, was sie getan hatte. Aber vielleicht könnte sie sich jeden Morgen das Kinn mit etwas Holzkohle einreiben, damit es so aussah, als hätte sie sich gerade rasiert.

Sie ging auf die Straße hinaus und musste sofort vor dem

Wachtposten beiseite treten, der vor dem Eingang seinen Dienst machte.

Schau sich den einer an! Das ist ein Mann! Der braucht niemandem aus dem Weg zu gehen!

Sie merkte an seinem Gang, dass er müde war, aber den Rücken hielt er stramm und gerade. Er schien so zuversichtlich zu sein und vor niemandem Angst zu haben. Und wie er daherschritt! Weite Schritte, erst die Hacken, dann die Fußspitzen. Raisha ging hinter ihm her und machte seinen Gang nach, bis er dich umdrehte und sie wütend anstarrte. Sie winkte ihm kameradschaftlich zu und ging vorbei.

So machen es die Männer! Sie haben tiefe, Achtung gebietende Stimmen und die stolze Haltung eines Adlers! Sie haben einen so verwegenen Blick, dass man automatisch wegschaut. Sie lassen sich von niemandem etwas sagen!

In ihrer neuen Gangart bog sie um die Ecke, um den Müllhaufen zu finden. Das dauerte nicht lange. Die Fremden hatten alles, was sie nicht gebrauchen konnten, einfach aus dem Fenster geworfen. Doch inzwischen waren die Dorfbewohner da gewesen und hatten den Haufen durchwühlt. Die bunten Schals und Kleider waren zuerst verschwunden; auf der Straße hatte sie ein paar dickleibige Bauersfrauen damit gesehen. Und auch die feinen Leinenhemden und Hosen waren nicht lange liegengeblieben.

Übrig geblieben war ein Haufen Müll, alte Kleidung und Lumpen, die selbst die Chatmaken nicht haben wollten. Sie suchte darin herum, bis sie ein Paar alte Stiefel in ihrer Größe fand.

Ich weiß nicht, welcher von meinen Brüdern die hier gelassen hat, aber ich danke den Göttern dafür!

Sie tat ein paar prüfende Schritte in den Stiefeln. Sie schienen zu passen. Dann legte sie sich auf den Müllhaufen und sah zu den Sternen empor. Auf einmal kam sie sich sehr einsam vor, als wäre sonst niemand auf der Welt, der von ihr wusste oder den es überhaupt kümmerte, dass sie existierte.

Die Götter mögen mir beistehen! Wer bin ich und was mache ich hier?

7: Singer

Die Götter mögen mir beistehen! Wer bin ich und was mache ich hier?

Nicht weit entfernt lag Singer auf seiner Bettstelle und hegte ähnliche Gedanken. Alles ging schief. Er hätte heulen können.

Er hatte eine Karte zu Hilfe genommen und Chatmakstan in sechs Distrikte aufgeteilt, die er je einer Kompanie (mit *fui*-Dämonen in Reserve) unterstellte. Der Befehl lautete, vor Ort Ämter einzurichten und Ruhe und Ordnung wiederherzustellen. Das Problem war nur, dass seine Kenntnisse von Chatmakstan minimal waren, und seine untergeordneten Offiziere wussten noch weniger. Keiner war auf die gegenwärtige Lage vorbereitet.

Denn eine örtliche Obrigkeit war gar nicht vorhanden. Die Bandeluken hatten das Land auf ihre Weise regiert, was bedeutete, dass sie selbst in schönen großen Landhäusern wohnten, während die Chatmaken in verwahrlosten Dörfern hausen mussten. Wenn ein Chatmake etwas brauchte, das er in seinem eigenen Dorfe nicht bekommen konnte, musste er beim nächsten Großgrundbesitzer ein Gesuch einreichen, das dieser gewähren oder eben nicht gewähren konnte. Gewöhnlich erledigten die Chatmaken ihre Angelegenheiten jedoch unter sich.

Nun waren die meisten Bandeluken geflohen und ihre schönen Landsitze, sofern sie nicht von Truppen besetzt waren, geplündert. Die Chatmaken rannten herum, nahmen sich, was sie wollten, oder stritten darum. Fehden und Streitigkeiten unter den Chatmaken, die die Bandeluken jahrelang unter Kontrolle gehalten hatten, wurden aufs Neue entfacht.

Er hatte getan, was er konnte. Er hatte Vorposten aufgestellt und Patrouillen eingesetzt. Er hatte sogar die Dorfältesten zu Rate gezogen, doch die hatten ihm meist nur beteuert, dass alles in Ordnung sei, er solle lieber zum nächsten Dorf gehen, da führten sie nichts Gutes im Schilde.

Anschließend war es nichts Ungewöhnliches, dass Singer auf dem Weg zum ebenjenem nächsten Dorf einen Toten am Wegesrand fand. Es gab keine Zeugen und kein Beweismaterial, nur die Leiche eines Mannes, den man ermordet und ausgeraubt hatte. Wenn er die Ältesten zum Tatort beorderte, wussten sie von nichts, hatten das Opfer noch nie gesehen, konnten keinen Täter nennen, und gaben zu verstehen, dass er wohl aus dem benachbarten Dorf stammte. Manchmal erschienen auch wehklagende Angehörige, die diesen oder jenen beschuldigten, aber Beweise gab es nie.

Welche Schuld habe ich auf mich geladen, oh Ihr Götter, dass Ihr mich so bestraft? Ich würde lieber in Waterkant die Straßen fegen als General in Prinz Krions Armee zu sein!

Er hatte es gerade einmal geschafft, Haus Jasmin und die umliegenden Dörfer unter Kontrolle zu bringen. Der Rest des Distrikts war die meiste Zeit sich selbst überlassen, und seine Offiziere stellten sich vermutlich auch nicht besser an. Nach den wenigen Berichten, die ihn erreichten, eher schlechter.

Die Donnerwerfer von der Stadtwache von Kindleton, beispielsweise, waren in Polizeiarbeit geübt, doch sprachen sie kein Wort Chatmakisch und hatten noch nicht einmal Pferde zur Verfügung, auf denen sie Ausreißer hätten verfolgen können. Die Glänzende Ritterschaft wiederum bestand aus Freizeitsoldaten aus den aristokratischen Kreisen Tremmarks. Sie verbrachten ihre Zeit damit, Kriegsspiele auf dem Turnierplatz zu üben und ihre persönlichen Streitereien in Duellen auszufechten. Eine unpassendere Streitmacht zur Besetzung Chatmakstans war kaum vorzustellen.

Mittlerweile hatte Singer endlich das Dorf Siebenkiefern auf der Karte gefunden. Es lag an der Grenze der Distrikte, die den Werfern und der Glänzenden Ritterschaft zugeteilt waren, jedoch näher der ritterlichen Seite. Die Dorfbewohner selbst wussten nichts von etwaigen Linien auf der Karte und kamen mit ihren Problemen direkt zu ihm, ohne sich um seinen Plan zu kümmern.

Die Hallandkompanie verstand ihr Metier, aber Banditen durch die Berge zu jagen gehörte nicht dazu. Deshalb hatte er die Kompanie der Herrschaftlichen Abenteurer unter Baron Hardy aus dem südwestlichen Distrikt herbeigerufen, wo sowieso zumeist Frieden herrschte, weil dort kaum jemand lebte.

Baron Hardy war ein Söldnerführer und hatte seine Dienste dem Freistaat von Dammerheim angeboten, der lieber Mietsoldaten anheuerte als seine eigenen Bürger den Gefahren des Krieges auszusetzen. Woher er den Baronstitel hatte, wusste niemand, und niemand fragte danach. Die Herrschaftlichen Abenteurer waren als ein wilder Haufen bekannt, aber sie hatten Pferde, taten ihre Pflicht und leisteten gute Arbeit. Singer wollte sie näher kennenlernen.

Ich kenne meine eigenen Untergebenen immer noch nicht!
Die Verwaltungsbeamten, die Prinz Krion versprochen hatte,
waren nicht erschienen. Der Prinz war nur daran interessiert, seine
Armee in Kafra mit Kriegsmaterial zu versorgen. Zwar hatte er
Ingenieure zur Masserabucht geschickt, um zu baggern und Molen
zu bauen, aber die erledigten nur, was ihnen befohlen war. Sie hatten sogar Männer zur Unterstützung der Bauarbeiten angefordert,
doch Singer hatte selbst nicht genug.

*Ich habe eine ganze Woche gebraucht, um einen kompetenten
Dolmetscher zu finden! Und der kommt auch noch aus meiner
eigenen Küche!*
Zu allem Überfluss hatte er noch immer keinen neuen Hauptmann ernannt. Fleming und Pohler waren die besten Kandidaten,
aber die beiden hassten einander. Fleming war ein gefälliger Gast-
wirt und bei den Männern sehr beliebt, aber die Soldkasse konnte
man ihm nicht anvertrauen. Pohler bestand auf strikter Disziplin
und war deshalb nicht sehr beliebt, aber vertrauenswürdig. Zur Zeit
befehligten beide einen der Vorposten, während der harmlose, aber
etwas untüchtige junge Leutnant Ogleby, von Beruf Lehrer, als
sein Adjutant fungierte.

*Er ist der einzige, den ich von der wichtigen Arbeit abziehen
kann. Auf dieselbe Weise habe ich wohl meinen eigenen Posten
bekommen. Hinman hat nie einen Stellvertreter ernannt.*
Pennesey war damit beschäftigt, die beträchtliche Kriegsbeute
zu erfassen und zu katalogisieren. Littleton dagegen hatte sich ganz
seinem neuesten Projekt hingegeben, für vernünftigte Bewässerung
in diesem Teil der Provinz zu sorgen. Er würde dafür mehr als ein
Jahr brauchen, aber er ließ es sich nicht ausreden.

*Wie kriege ich ihn dazu, sein Lieblingsprojekt aufzugeben? Soll
ich ihn etwa fesseln und knebeln?*
In der kommenden Woche würde er Chatmakstan verlassen
müssen, in welchem Zustand es sich dann auch befinden mochte,
um einen völlig zwecklosen Angriff auf einen entfernten kaiserlichen Vorposten zu wagen. Bis dahin konnte er bestenfalls Banditen
jagen, die den Nachschub für Prinz Krion gefährden könnten. Gegenüber der allgemeinen Misere und Unordnung war er machtlos.
Und dann würde er seine Kompanie zurücklassen müssen.

*Mögen die Götter dem armen Tropf helfen, der sich mit diesem
Chaos herumschlagen muss!*

Vor lauter beängstigenden Gedanken und Träumen fand Singer kaum Schlaf, und als am nächsten Morgen der Wachoffizier an seine Tür klopfte, stieß er einen Fluch aus. Kyle, der gleichzeitig auch als sein Ordonnanzoffizier fungierte, hatte seine Rüstung blankpoliert und bereitgelegt und half ihm nun dabei, sie zuzuschnallen.

Nichts ist so ungemütlich wie eine Rüstung aus Metall! Ich kann den Tag kaum abwarten, an dem ich das Ding nicht mehr tragen muss.

Er hatte sein Frühstück zur Hälfte gegessen, als ihm ein Soldat meldete, dass Baron Hardy angekommen sei und seine Befehle erwarte. Singer ließ den Rest des Frühstücks liegen und ging hinaus.

Rajik stand bereits auf dem Hof und hielt die Zügel seines Pferdes.

„Die Steigbügel sitzen zu tief. Zwei Löcher höher!"

„Zu Befehl!"

Du weißt noch nicht viel, scheinst aber sehr lernwillig zu sein.

Draußen wartete Hardy mit seinen sechshundert Reitern, die in zwei Reihen Aufstellung genommen hatten, rechts die Lanzenträger und links die Bogenschützen. Ihre sonstige Ausrüstung schien bunt zusammengewürfelt, jeder trug, was er wollte oder sich leisten konnte. Einige hatten schwere Brustharnische, andere nicht mehr als ein Hemd, doch auf jedem Kopf saß eine Kappe oder einen Helm mit einer langen gelben Feder. Ein Standartenträger hielt eine Fahne, auf der eine goldene Sonne auf blauem Feld zu sehen war. Singer kniff die Augen zusammen, um das Motto lesen zu können. „Jedem voran."

Baron Hardy war ein großer, blonder Mann mittleren Alters. Sein Bart reichte bis über einem blitzenden Brustharnischmit der goldenen Sonne. Er salutierte, als Singer näher kam.

„Ich sehe, Euer Motto ist ‚Jedem voran!', aber mir werdet Ihr wohl hoffentlich folgen."

„So wahr ich hier stehe, Herr General. Zwar heißt es, ein Edelmann stehe über einem Offizier gleich welchen Ranges, aber es wäre höchst kleingeistig von mir, auf einem solch veralteten Protokoll zu bestehen", sagte Hardy und wechselte elegant das Thema: „Ihr tragt einen schönen Helm."

„Es freut mich, dass er Euch gefällt. Dies ist mein Führer und Dolmetscher, Rajik. Er wird uns heute begleiten."

„Euer Freund Rajik sieht beinahe aus wie ein Bandeluk."

„Gut beobachtet."

„Nun, das können wir nicht durchgehen lassen. Komm mal her, mein Junge."

Während Singer aus dem Hallandischen übersetzte, schnappte Hardy sich Rajiks spitzen Helm und befestigte eine gelbe Feder daran. „Jetzt bist du ein Ehrenmitglied von Baron Hardys Kompanie und kannst nicht mehr mit dem Feind verwechselt werden."

Rajik salutierte, wie Hardy es eben getan hatte.

„Habt Ihr viel militärische Erfahrung?", wollte Singer wissen.

„Und ob", antwortete Hardy. „Seit meiner Jugend verdiene ich mir meinen Sold mit dem Schwert. Ich habe das Hinterland von Tremmark gegen die wilden Moietianer abgesichert und später, als ich mein Erbe antrat, habe ich meine eigene Kompanie aufgestellt und bei den Aristokraten im Eidbund gedient, bis die Kaiserlichen sie verjagten."

„Ich hoffe, Ihr habt Euren Sold im Voraus erhalten."

„So ist es. Wir haben für die Aristokraten gekämpft, solange sie uns bezahlten, aber nicht einen Tag länger."

„Dann kann ich nur hoffen, dass Euer gegenwärtiger Patron tiefer in seinen Geldbeutel greifen kann. Aber genug geplaudert. Wir müssen los."

Während sie auf der Straße gen Osten ritten, fragte Singer Rajik oft nach den Namen der Dörfer, Gewässer und anderer Orientierungspunkte. Die Landschaft sah friedlich aus, und das gefiel ihm. Buntgekleidete Frauen arbeiteten auf den Feldern. Auch die Männer sahen wohlhabender aus als gewöhnlich. Mit ihren Schwertern und Speeren winkten sie den vorbeireitenden Soldaten zu, nicht aus Feindseligkeit, sondern um zu zeigen, dass sie sich an die neuen Vorschriften hielten.

Jeder Chatmake ohne Waffen wird sich nicht eher rühren, bis wir vorbei sind.

Ein paar mutige Mädchen winkten ebenfalls, rannten jedoch kichernd weg, wenn jemand zurückwinkte, was Rajik besonders gerne tat. Der junge Bandeluke amüsierte sich prächtig, auch wenn er sich inzwischen wund geritten hatte.

Der arme Rajik hat noch nicht sehr oft auf Pferden gesessen.

Kurz vor Mittag erreichten sie Leutnant Flemings Vorposten,

den er in einer verlassenen Bandelukenvilla eingerichtet hatte. Fleming kam zum Tor und salutierte.

„Gibt es Neuigkeiten, Herr Leutnant?", fragte Singer.

„Nichts von Bedeutung, Herr General. Gestern früh kamen ein paar Chatmaken aus östlicher Richtung hier durch, aber ich habe kein Wort von ihrem Kauderwelsch verstanden, also habe ich sie weitergeschickt. Wir haben bis jetzt noch keinen Dolmetscher gefunden."

„Nun, dann sucht weiter."

Hier jemanden zu finden, der Hallandisch oder Akaddisch spricht, wäre fast wie ein Wunder! Wie soll das bloß weitergehen?

Ein paar Stunden später erreichten sie den Nordostdistrikt, der der Karte nach von der Glänzenden Ritterschaft verwaltet wurde. Von Vorposten oder Patrouillen war allerdings weit und breit nichts zu sehen.

Die veranstalten sicher irgendwo ein Turnier!

Singer wandte sich an Hardy: „Ihr könnt mir sicher einiges über den tremmarkschen Adel sagen. Wie schätzt Ihr sie als Soldaten ein?"

„Ehrlich gesagt, Herr General, würde ich sie gar nicht als Soldaten bezeichnen, sonst würden sie keine Berufssoldaten wie mich anheuern. Sie geben ein Vermögen für ihre Ritterausrüstung und Kriegspferde aus, und üben viel mit der Lanze, aber von Taktik verstehen sie nichts. Sie treffen Vorbereitungen für Kriege, wie sie vor hundert Jahren geführt wurden. Man braucht ihnen nur den Feind zu zeigen und eine Attacke zu befehlen, dann reiten sie alles nieder, was ihnen im Wege steht – außer Spieße natürlich, den Fluch der Kavallerie – aber man darf sie nicht zurückrufen, wenn man keine wilde Flucht riskieren will, vorausgesetzt, sie hören überhaupt."

„So etwas dachte ich mir."

Gegen Abend kamen sie in Siebenkiefern an, und bald wünschte Singer, er wäre ganz woanders. Der ganze Ort stank nach Verwesung. Überall lagen Tote herum, einige noch mit Speere in den verkrampften Fingern. Anderen waren die Speere entrissen worden, um ihre abgeschlagenen Köpfe darauf zur Schau zu stellen. Die Gebäude hatte man angesteckt, doch die Mauern aus Lehmziegeln hielten dem Feuer stand, nur die Dächer fehlten.

Für Rajik war der Spaß zu Ende. Er war ganz bleich geworden und murmelte: „Als mein Bruder gestorben ist, sah es auch so aus."

„Wenn du weiter mit mir reitest, wirst du noch mehr davon sehen."

Auch Singer hatte das Leichenfeld erschüttert, obwohl er daran keine Schuld trug. Er hatte diese Leute nicht getötet, aber er hatte sie auch nicht beschützen können. Dennoch, niemand hätte mehr tun können.

C'est la guerre, würde Prinz Krion sagen, und damit wäre die Sache für ihn erledigt. Warum kann ich das nicht?

„Wenn du dich nützlich machen willst, schau dich um, vielleicht findest du raus, wer die Angreifer waren."

Dieser Befehl widerte Rajik an, aber er stieg gehorsam vom Pferd und sah sich die Hufspuren genauer an.

„So sieht es aus, wenn unausgebildete Miliz auf Berufssoldaten stößt," bemerkte Hardy.

„Ihr habt recht", stimmte Singer zu. „Aber die Frage ist: warum? Dieser Ort sieht nicht anders aus als die anderen Dörfer, an denen wir heute vorbeigekommen sind. Warum wurde ausgerechnet dieses zerstört?"

„Ein bisschen Proviant besorgen, ein bisschen plündern? Oder

ein Chatmake hier hat jemanden beleidigt? Die Bandeluken fühlen sich leicht in ihrer Ehre angegriffen."

„Vielleicht war es ein Racheakt. Davon gab es in letzter Zeit genug."

Während die beiden noch darüber spekulierten, kam Rajik zurück und berichtete: „Ihre Pferde trugen eindeutig bandelukische Hufeisen. Ich kann nicht genau sagen, wie viele es waren, vielleicht zwanzig oder dreißig. Sie kamen von Nordwesten und sind südwärts weitergeritten."

Singer versuchte, sich seine Enttäuschung nicht anmerken zu lassen. Ein guter Kundschafter war Rajik anscheinend nicht. All das hatte Singer sofort erkannt, als sie ins Dorf eingeritten waren.

„Noch etwas, Herr General." Rajik hielt zwei Pfeile in die Höhe. „Den hier habe ich bei einer Leiche gefunden. Und das hier ist meiner."

„Sie sehen völlig gleich aus", sagte Singer und reichte sie an Hardy weiter, der ihm zustimmte.

„Ein Mann namens Rahat hat sie gefertigt. Er wohnte in der Nähe vom Haus Jasmin und arbeitete für Scheich Mahmud."

„Dann sind Scheich Mahmuds Männer hierfür verantwortlich?"

„Entweder sie oder Deserteure aus seinem Gefolge."

Singer übersetzte für Hardy, und einen Augenblick herrschte Stille, als die beiden Männer die Neuigkeit verdauten. „Das wirft mehr Fragen als Antworten auf", meinte Hardy.

„Allerdings", sagte Singer. „Aber ändern tut es nichts. Wir sind hinter Banditen her, und es spielt keine Rolle, hinter welchen. Doch zuerst müssen wir einen Platz finden, an dem wir unser Lager aufschlagen können. Am besten außer Riechweite von diesem Ort."

Am nächsten Morgen sah Siebenkiefern genauso aus wie am Vortage, nur die Leichen sahen noch schrecklicher aus. An einigen hatten Tiere geknabbert, und viele waren aufgedunsen. Über allen schwirrten dicke Fliegen.

„Für uns gibt es hier nichts mehr zu tun", sagte Singer.

Den Rest des Morgens folgten sie einem Weg, der sich durch die Hügel gen Süden schlängelte, bis sie schließlich einen Grat erreichten, von dem aus sie die ganze südliche Ebene überblicken konnten. In der Ferne war ein dünner, blauer Strich auszumachen:

das Meer.

„Schöne Aussicht", sagte Hardy. „Unsere Banditen hat es offenbar zu dem Gebäude da hinten verschlagen."

Es war eines der ummauerten Gehöfte der Bandeluken. Als sie bis auf eine Meile herangekommen waren, bog die Spur plötzlich nach Osten ab.

„Sie haben es sich wohl anders überlegt", sagte Hardy.

„Und da ist der Grund dafür", sagte Singer und zeigte auf eine Gruppe von Soldaten vor dem Gebäude. „Dies muss ein Vorposten der Donnerwerfer sein."

„Mit denen sich die Banditen nicht anlegen wollten."

„Die wollen sich mit niemandem anlegen, der sich wehren kann."

Ein paar Stunden später führten die Spuren sie zu einem Chatmakendorf. Trommeln ertönten, während die Männer des Dorfes sich eilig vor den Häusern versammelten und ihnen mit erhobenen Speeren den Weg versperrten.

„Ein gut gedrillter Haufen", sagte Hardy.

„Und das Dorf ist unversehrt", bemerkte Singer.

„Schaut, Herr General!", sagte Rajik. „Einer von ihnen ist ein Bandeluke!"

So war es. Eine Gestalt in Bandelukenrüstung schritt vor den Männern auf und ab, inspizierte sie und hielt ihnen wohl eine aufmunternde Rede.

„Das ist verdammt komisch", sagte Singer. „Vielleicht ist es ein Chatmake im Aufzug eines Bandeluken."

„Oder es sind alles Bandeluken, die wie Chatmaken aussehen wollen", sagte Hardy. „Eine Falle?"

Singer schaute sich um, doch es war nichts zu sehen als bereits abgeerntete Felder. „Ziemlich klug von ihnen, falls ihr Plan gelingen sollte. Aber wenn sie mit nur hundert Mann gegen sechshundert Reiter antreten wollen, sind sie mutiger als ich dachte."

„Wahrscheinlich erwarten sie nichts Schlimmes von den Freistaatlern, sondern rufen ihre Miliz nur für den Fall zusammen."

„Ich schicke Rajik los, der soll es herausfinden."

Singer setzte Rajik nicht gerne einer gefährlichen Situation aus, aber die beiden Bandeluken begrüßten sich wie alte Freunde. Es dauerte nicht lange, da sprachen sie lebhaft miteinander, und Singer sah, wie sie lächelten oder überrascht die Augenbrauen hoben. Ein Stein fiel ihm vom Herzen.

„Ich wünschte, ich könnte hören, was sie da reden", sagte Hardy.

„Auch wenn Ihr direkt daneben ständet, würdet Ihr nichts verstehen. Ihr müsst erst die Sprache lernen."

„Ihr habt recht, Herr General. Ich hab's versucht, aber es ist verdammt schwer. Die schreiben rückwärts, wusstet Ihr das?"

„Davon kann ich Euch ein Lied singen, glaubt mir."

Rajik kehrte zurück, und die Worte sprudelten nur so aus ihm heraus.

„Das ist Ebrahim. Er war es, der der Kurtisane Samia Blumen gegeben hat."

„Wovon redest du da?"

„Dieser Mann könnte ebenso gut ein Brandmal auf der Stirn tragen. Amir Qilij hat einen Preis auf seinen Kopf gesetzt. Er lebt schon seit zwei Jahren hier unter den Chatmaken!"

„Sehr interessant, aber immer noch nicht das, was ich wissen wollte."

„Verzeihung! Die Banditen! Die sind in dem Loch da hinten." Rajik zeigte auf einen Haufen frisch umgegrabener Erde.

„Dieser Ebrahim scheint ein patenter Geselle zu sein. Ich würde mich gerne einmal mit ihm unterhalten."

„Das war ein ganz schönes Abenteuer", sagte Ebrahim, als sie alle auf verschlissenen Kissen in seinem bescheidenen Heim saßen. Singer war noch nie in einem Chatmakenhaus gewesen. Es war eng und duster, aber blitzeblank. Eine sichtlich schwangere Frau kochte Tee über dem Feuer.

„Ich war mir sicher, dass niemand über uns Bescheid wusste", fuhr Ebrahim fort. „Aber dann wurde eine von Qilijs anderen Frauen eifersüchtig und hat es ihm verraten, und die arme Samia wurde festgenommen. Mir blieb nichts übrig als zu fliehen. Meine Kameraden ließen mich entkommen. Dann erhielten sie den Befehl, mir nachzustellen, aber mein Pferd war schneller. Ich wusste nicht, wohin. Die ganze Provinz war auf der Suche nach mir. Ich bin geritten, bis mein Pferd erschöpft war. Ich kam zu einem Chatmakendorf und flehte die Leute an, mich zu verstecken. Sie wussten nicht, wer ich war, aber sie kannten Qilij. So haben sie mich versteckt, kein kleines Risiko für sie. Qilij hätte das ganze Dorf niedergebrannt, wenn er mich hier gefunden hätte. Ich habe mir weiße Chatmakenkleidung besorgt, die Haare anders zurechtgemacht und einen Bart wachsen lassen. Selbst meine eigene Mutter hätte mich so nicht wiedererkannt. Und seitdem bin ich hier."

Die Chatmakenfrau brachte vier Tassen mit heißem, süßem Tee.

„Dies ist Tamira", sagte Ebrahim. „Ich hatte immer gedacht, die Chatmaken sind dumm, aber sie nennt mich dumm tagaus tagein."

„Du bist auch ein großer Lügner", sagte Tamira, als sie den Tee abstellte.

„Dafür solltest du dankbar sein, mein Täubchen. Wenn ich nicht so ein guter Lügner wäre, hätte Qilij mich aufgespießt, und ich hätte dich nie geheiratet."

„Und mich auch, wenn er dich hier gefunden hätte. Qilij der Grausame ist der schlimmste Mensch auf Erden."

„Das habe ich auch gehört", sagte Rajik.

„Das ist alles sehr interessant", sagte Singer. „Aber du wolltest mir doch von den Banditen berichten."

„Da gibt es nicht viel zu erzählen", entgegnete Ebrahim. „Sie griffen das Dorf an und erwarteten nur einen Haufen hilfloser Bauern. Wir gaben vor zu fliehen, aber als sie in der Mitte des Dorfes waren, machten wir kehrt und griffen sie von allen Seiten an. Nur wenige sind davongekommen."

„Und du hast das alles organisiert?"

„Es war nicht sehr schwierig. Als mir klar wurde, dass Qilij besiegt war und die Chatmaken Waffen besaßen, bestand ich darauf, dass sie auch lernten, damit umzugehen. Das hat ihnen zuerst gar nicht gefallen, und sie versuchten, sich darum zu drücken, aber nun sind sie begeistert dabei. Nach der Getreideernte gibt es hier sowieso nicht viel zu tun."

„Irgendein Zeichen von Scheich Mahmud?"

„Ich habe die Banditen nicht nach ihren Namen gefragt. Vielleicht war er einer von denen, die weggelaufen sind. Unter den Toten haben wir ihn nicht gefunden. Aber warum stellt Ihr diese Fragen? Ich habe darüber schon an Leutnant Stewart Bericht erstattet."

Singer hätte sich am liebsten vor den Kopf geschlagen. Er

selbst hatte diese Besatzungsdistrikte etabliert und dann bei der ersten Krise völlig ignoriert. Der Bericht lag wahrscheinlich im Haus Jasmin auf seinem Schreibtisch.

„Wir haben sie von Siebenkiefern aus verfolgt. Dort haben sie viele Leute getötet und das Dorf niedergebrannt."

„Wenn ich das gewusst hätte, hätte ich sie gleich doppelt abgeschlachtet!"

„Ich glaube, sie sind tot genug. Gibt es sonst noch Bandeluken in diesem Distrikt?"

„Ein paar, die meisten sind alte Leute. Wir lassen sie in Frieden, und sie stören uns nicht. Die meisten sind nach Kafra geflohen, aber ich an ihrer Stelle wäre hier geblieben und hätte mich dem guten Willen der Fremden anvertraut."

„Warum das?"

„Weil Kafra, meine wunderschöne Stadt, so voller reizend parfümierter junger Frauen… He!" Tamira hatte ihm eine Ohrfeige gegeben. „… ein Pestloch geworden ist. Die Straßen sind voller Flüchtlinge, die Hälfte ist krank, und die meisten würden die Stadt verlassen, wenn sie könnten, aber es ist einfach zu gefährlich."

„Der Prinz hat also die Stadt in der Zange?"

„Das ist es nicht. Niemand hindert sie daran zu gehen. Aber die Stadt liegt mitten in einer Lagune, und wer weg will, muss schwimmen. Ein paar haben es geschafft, aber doppelt so viele sind ertrunken."

„Das klingt gar nich gut. Qilij ist also fest entschlossen, bis zum bitteren Ende zu kämpfen?"

„Richtig, denn von den Fremden hat er keine Gnade zu erwarten, und von seinem eigenen Volk auch nicht, falls die Fremden ihn am Leben lassen. Eher stürzt er die ganze Stadt ins Verderben, als sich zu ergeben. Nur wenigen ist es gelungen, aus Kafra zu fliehen, und nur einer ist von außen in die Stadt hineingekommen, und der ist sowieso gestorben."

„Was soll das heißen?"

„Ich hätte mich besser ausdrücken sollen. Wer raus will, kann sein Glück versuchen, aber wer rein will, wird entweder von den Fremden aufgehalten oder von Amirs Männern als Spion hingerichtet."

„Aber es ist jemandem gelungen, hineinzukommen? Wie das?"

„Eine aberwitzige Geschichte, ich weiß selbst nicht, ob ich

sie glauben soll. Aber wenn Ihr sie hören wollt – Folgendes hat
der Hausierer Javid mir erzählt: Da war dieser Vollidiot, einer von
Scheich Mahmuds Söhnen…"

„Welcher?", rief Rajik dazwischen. „Alim? Hisaf?"

Ebrahim war überrascht. „Du kennst diese Männer? Nein, es
war Umar, ein Mann stark wie ein Ochse, aber ein Dummkopf.
Sein Vater hatte ihm einen Brief für Amir Qilij gegeben, und er
wollte ihn um jeden Preis abliefern. Er versteckte sich bei einem
der Dörfer am Ufer und wartete, bis die Patrouille der Fremden
vorbeigegangen war. Dann wollte er sein Pferd für ein Boot ein-
tauschen, aber alle Boote waren auf Amir Qilijs Befehl verbrannt
worden. Also tauschte er sein Pferd, seine Rüstung, Waffen, alles,
was er hatte, gegen einen Ziegenbalg und eine leere Flasche ein!
Er steckte den Brief in die Flasche und versiegelte sie, wartete, bis
es dunkel wurde, füllte er den Ziegenbalg mit Luft und paddelte
daraufhin über die Lagune. Die Fremden entdeckten ihn, und da
sie ihn nicht ergreifen konnten, schossen sie Pfeile auf ihn ab. Es
war dunkel, so wurde nur der Ziegenbalg durchbohrt. Umar konnte
nicht schwimmen und ging unter wie ein Stein. Aber man sollte
es kaum glauben, an dieser Stelle war es flach. Als seine Füße den
Boden berührten, stieß er sich wieder hoch, schnappte nach Luft,
ging wieder unter. Die Fremden schossen immer noch nach ihm,
aber sie konnten immer nur seinen Kopf sehen, und wenn sie ihre
Pfeile abschossen, war er schon wieder untergetaucht. Auf diese
Art und Weise ist er durch die ganze Lagune gekommen. Dann
kam der Schlick und er konnte durchs Wasser waten, obwohl er erschöpft und verwundet war, und er blutete. Trotz allem erreichte er
den Platz der Waschfrauen und rief der Wache zu, nicht zu schießen, denn er hätte eine wichtige Nachricht von Scheich Mahmud.
Sie wollten ihm den Brief wegnehmen, aber er ließ es nicht zu und
sagte, er sei nur für Qilij persönlich. Mitten in der Nacht haben sie
Qilij aufgeweckt, und als er den Brief gelesen hatte, ließ er Umar
aufspießen."

„Nein!", stieß Rajik hervor, den die Geschichte sichtlich ergriffen hatte.

„Was, meint Ihr, stand in dem Brief? ‚Dies ist mein Sohn, der
Euch an die Fremden verraten und Eure Braut als Hure verkauft
hat. Tut mit ihm, wonach es Euch beliebt.'"

8: Krion

Meine Offiziere solche Vollidioten!

Krion hatte sich von der Belagerung zurückgezogen, um in den Spiegel zu sehen, der ihm alles zeigte, was die rubinroten Augen auf Singers Helm im Blickfeld hatten. Der Spiegel tauchte alles in einen rötlichen Farbton, aber das ließ sich nicht ändern.

Singer verplemperte offenbar seine Zeit damit, in der Gegend herumzureiten, unbedeutende Orte aufzusuchen und mit unbedeutenden Leuten über zweifelsohne unbedeutende Angelegenheiten zu sprechen, während er eigentlich die Vorbereitungen für den Marsch auf Barbosa treffen sollte!

Warum habe ich ihm zwei Wochen Zeit gegeben? Eine hätte gereicht!

Singer hatte noch nicht gelernt, Befugsnisse zu delegieren. Stattdessen rannte er herum und versuchte, alles selbst zu machen. Verärgert legte Krion den Spiegel in seine Schachtel zurück und zog einen anderen hervor.

Dieser hatte eine grünliche Färbung und zeigte ihm eine Art technisches Diagramm. Nach ein paar Augenblicken erkannte er den Damm, den Hauptmann Lessigs Sappeure auf seinen Befehl bauten, um die Lagune trockenzulegen. Anscheinend erfüllte Lessing seine Aufgabe.

Lessig schaute einen Moment auf, und Krion erhaschte einen Blick auf einen Untergebenen, der anscheinend eine Frage beantwortete. Dann wandte Lessig sich wieder dem Diagramm zu, markierte einen Teil davon mit einem X und machte eine Notiz am Rande.

Krion runzelte die Stirn. Er hätte gern gehört, was da gesprochen wurde, oder wenigstens hätte er gern gelesen, was Lessig geschrieben hatte. Er würde die Sache einmal Diomedos, seinem Stabszauberer, vorlegen müssen.

Noch schwerwiegender war jedoch, dass er nicht wusste, ob der Plan für einen Damm gut oder schlecht, wenn nicht gar katastrophal war. Was, wenn er brach, während seine Truppen die Lagune überquerten? Er hatte seinen Chefingenieur am Strand verloren, und die anderen Ingenieure waren an der Masserabucht beschäftigt. Ihm blieb vorläufig also nichts übrig, als Lessigs Fähigkeiten zu vertrauen.

Ich muss jemandem vertrauen können, aber wem?

Er legte Lessigs Spiegel wieder in das Kästchen und nahm den von General Basilius heraus. Jetzt war das Bild leicht getrübt und seltsam verzerrt, denn es kam von dem kleinen Obsidianauge des Adlers auf der Spitze von Basilius' Helm. Krion konnte nichts weiter erkennen als eine Decke und Teil einer Bettstelle.

Er hat seinen Helm schon wieder abgelegt! Ob er etwas ahnt?

Es war schon sehr eigentümlich, dass Basilius seinen Helm so oft in seinem Zelt zurückließ, besonders weil der Helm ein Geschenk des Königs war und weil Basilius eine Glatze hatte, auf der er sich schnell einen Sonnenbrand holen konnte.

Verdammt! Ich könnte ihm den Befehl geben, seinen Helm aufzusetzen, oder eine dementsprechende Verordnung erlassen, aber dann wäre er erst recht argwöhnisch.

Krion kratzte sich zwischen den Schulterblättern, wo es ihn immer juckte, wenn Intrigen im Gange waren. Das ging schon seit Jahren so, manchmal weniger, manchmal stärker, aber in letzter Zeit war es schlimmer als gewöhnlich.

Falls Basilius einen Verrat plante, vielleicht trug dann sein Mitverschwörer einen Helm: Krion überprüfte die Helme all seiner höheren Offiziere, aber bei keinem konnte er etwas Verdächtiges entdecken, und auch Basilius selbst war in keinem Spiegel zu sehen.

Der einzige Offizier von Bedeutung, der keinen besonderen Helm trug, war Prinz Clenas. Das erklärte sich einerseits dadurch, dass es ein schweres Vergehen war, einen Prinzen mit einem Zauber zu belegen, und andererseits dadurch, dass Clenas nichts weiter als ein wollüstiger, prassender Schwachkopf war. Jedermann wusste, dass Clenas zur Strafe hierher versetzt worden war, weil er die Tochter des Kämmerers geschwängert hatte.

Krion hatte Frauen den Zutritt zum Lager verboten, aber Clenas hatte seine royalen Privilegien genutzt und sich die Aufsicht über eine Bandelukenvilla mit Blick über die Lagune unter den Nagel gerissen, die er in Kürze in ein Liebesnest verwandelt hatte. Doch da die leichte Kavallerie überall auf Patrouille unterwegs war, gab es für Clenas sowieso nicht viel zu tun.

Während Krion darüber nachdachte, kam Mopsus, einer seiner Adjutanten, herein.

„Mein Prinz, vor dem Tor steht eine Frau, die Euch sprechen möchte."

„Warum behelligt Ihr mich damit? Ich habe doch ausdrücklich befohlen, dass Frauen im Lager nicht erlaubt sind!"

„Sie sagt, sie sei die Gattin von General Singer."

„Schickt sie wieder nach Hause! Sie hat die Reise umsonst gemacht. General Singer ist nicht hier, er ist im Einsatz."

Krion zog abermals den Spiegel von Basilius hervor. Die Szene im Zelt war unverändert bis auf ein Insekt, das auf der Bettstatt herumkroch und die Decke in Augenschein nahm.

Das würde Basilius auf die Palme bringen!

Vorausgesetzt, er war überhaupt da. Die Zwölfhundert Helden hatten den Auftrag, die nördliche Strasse vor Gegenangriffen zu sichern, aber wo genau sich General Basilius in diesem Augenblick aufhielt, war unmöglich festzustellen.

Die ganze Spioniererei wurde ihm unbehaglich. Hatte er überhaupt einen Grund, Basilius zu verdächtigen? Dessen plötzliches Manöver am Strand hatte Krion in große Gefahr gebracht. Vielleicht hatte er bloß aus Gier gehandelt, weil er als erster das feindliche Lager plündern wollte. Oder steckte doch etwas anderes dahinter?

Basilius hatte seinem Vater auf vielen Kriegszügen treu gedient, aber manchmal hörte man ihn auch sagen, dass er nichts dafür erhalten hatte als Narben – was grob übertrieben war. Doch offensichtlich war er nicht mit den Belohnungen zufrieden, mit denen man ihn überschüttet hatte.

Obendrein hatte Basilius verlauten lassen, dass die vier Prinzen von Akaddien zusammen genommen nicht halb so viel Wert wären wie ihr Vater. Das klang überhaupt nicht gut. Angenommen, Krion wäre am Strand ums Leben gekommen – wer hätte am meisten davon profitiert?

Offensichtlich nicht Clenas. Der war viel zu jung und unerfahren. Niemand würde ihn unterstützen, wenn er die Hand nach dem Thron ausstreckte. Clenas war nichts als ein eitler Schürzenjäger.

Sein älterer Bruder Chryspos war als Kandidat eher ernstzunehmen. Trotz seiner ungewöhnlichen sexuellen Gewohnheiten hatte er es fertiggebracht, einen Großteil des akaddischen Adels auf seine Seite zu ziehen, indem er sich am Hof aufhielt, wo ihm der alternde König mehr und mehr seine Geschäfte anvertraute.

Chryspos stellte Beziehungen her, und in dieser Kunst war er ein Meister.

Allerdings konnten Chryspos und Basilius sich nicht ausstehen. Seit Jahren saßen sie bei offiziellen Angelegenheiten immer weit von einander entfernt. Seit einem kleinen Vorfall zwischen Chryspos und einem von Basilius' Neffen. Ein gemeinsames Komplott der beiden war praktisch undenkbar.

Damit blieb nur noch Vettius übrig, der älteste Bruder, der jedoch keinerlei Ambitionen hatte. Er widmete sich ganz seinem Landgut, seiner Ehefrau und seiner stetig wachsenden Kinderschar. Er hatte oft verlauten lassen, dass er die Hauptstadt für einen korrupten Sündenpfuhl hielt. Wenn man ihn dazu zwingen würde, wäre Vettius möglicherweise als Drahtpuppe zu gebrauchen, selbst würde er jedoch kaum Ränke schmieden.

Außer den vier Prinzen kam als möglicher Nachfolger von König Diecos nur noch sein Schwiegersohn, Herzog Claudio, in Betracht. Der gutwillige Herzog, Krions Schwager, war hauptsächlich damit beschäftigt, jeden möglichen Pfennig von der königlichen Staatskasse abzuschöpfen, die der König ihm törichterweise anvertraut hatte. Claudio lechzte nicht nach dem Thron, sondern allein nach Geld.

Aber da war noch seine Frau, Krions Schwester Thea. Sie war älter als ihre Brüder und hatte als Kind oft betont, dass ihr die Krone zustünde, gäbe es nicht diese Vorurteile gegen Frauen. Doch sie war damals bloß ein Kind gewesen, und nun war sie selbst Mutter zweier Kinder. Thea liebte es, sich zu öffentlichen Anlässen in Schale zu werfen, und wenn es keinen Anlass gab, fand sie einen. Es würde ihr offensichtlich Freude bereiten, Königin zu spielen, aber würde sie wirklich um einer protzigen Krone willen ihren eigenen Bruder umbringen?

Verdammt! Ich sollte meine Zeit nicht in meinem Zelt verschwenden und mit Gespenstern kämpfen!

Er war hierher gekommen, um das Reich der Bandeluken zu erobern. Etwaige Intrigen würde er schnell und unnachsichtig ausmerzen. Die ganze Macht des Staates lag in seinen Händen, er würde sie sich nicht ohne Weiteres wegnehmen lassen. Die Armee verlangte seine Aufmerksamkeit, für solche Hirngespinste hatte er keine Zeit.

Er trat nach draußen, wo Mopsus und Bardhof, ein anderer Adjutant, warteten. „Sattelt mein Pferd, und Eure auch. Ich reite auf Inspektion. Holt zehn Männer der Bruderschaft als Eskorte, wer auch immer gerade Dienst hat."

Krion hasste es, wenn man ihn warten ließ, aber heute kam es nicht dazu. In fünf Minuten war der ganze Trupp zum Abmarsch bereit. Krion war berüchtigt für seine unangekündigten Inspektionen, der Schrecken seiner Offiziere. Aber man war daran gewöhnt, und der plötzliche Ausritt erregte kein großes Aufsehen.

Auf der Straße vor dem Lager wimmelte es wie üblich vor Marketendern, die frisches Obst, geröstetes Ziegenfleisch und Bier an die Soldaten verkauften, die mit ihrer Verpflegung nicht zufrieden waren. In einer Ecke war ein Hahnenkampf im Gange, und es wurde eifrig gewettet. Die meisten Händler stammten aus dem Westen und hatten sich zu Wasser und zu Lande mit Bestechungsgeldern durchgeschmuggelt, um der Armee auf den Fersen zu bleiben. Nur ein paar waren Einheimische, angelockt durch das Klingeln der Münzen.

Nicht mehr lange, dann bieten sie ihre Schwestern zum Kauf an. Ich werde dem ein Ende machen müssen.

Als seine Eskorte ihm eine Schneise durch die Menge schlug, hörte er plötzlich eine schrille Frauenstimme: „EURE HOHEIT!"

Neben seinem Pferd stand eine adrette junge Frau in einem mit Schleifen verzierten Reiseanzug, wie er bei bürgerlichen Frauen Mode war. An einen Ort wie diesen passte sie überhaupt nicht.

Ist sie die Frau, die schon einmal zu mir wollte?

„Eure Hoheit! Ich bin Erika, die Frau von General Singer! Ich muss ihn dringend wegen einer Familienangelegenheit sprechen!"

Familienangelegenheit! Hat diese Frau keine Augen im Kopf?

Ihm blieb keine Wahl. Traditionsgemäß war es seine Pflicht, Damen mit gebührender Höflichkeit zu behandeln, besonders wenn so viele Leute zuguckten wie in diesem Augenblick.

„Verzeihung, Madame. Meine militärischen Pflichten verlangen nach meiner ungeteilten Aufmerksamkeit. Wenn Ihr Euch bitte morgen am Tor einfinden möchtet, werde ich Euch gerne empfangen."

„Meinen herzlichen Dank."

Jetzt hat sie es fertiggebracht, dass ich meine eigenen Regeln breche!

Frauen waren so hilfsbedürftig und gleichzeitig so aufdringlich, und auf dem Schlachtfeld zu gar nichts nütze. Er hatte gedacht, er wäre sie endlich los, aber nun folgten sie ihm sogar hierher. Doch das Problem Erika würde bis morgen warten müssen.

Er folgte der Straße, bis sie sich in zwei Richtungen teilte. Der eine Weg führte zum Strand hinunter, ein schönes Ziel für einen Ausritt. Heute jedoch wählte er stattdessen die Küstenstraße, die an einem der vielen Hügel der südlichen Ebene vorbeiführte. An dessen Fuß ließ er die Wache zurück und ritt mit seinen beiden Adjutanten hinauf, um einen Blick auf die Stadt zu werfen.

Kafra war eine wunderschöne Stadt, die an Größe und Pracht den Städten Akaddiens in nichts nachstand. Flüchtlinge hatten sie als einen elenden, stinkenden Ort voller Unrat und unbegrabener Leichen beschrieben, aber aus der Ferne glänzte sie wie eh und je. Die exotisch anmutenden Mauern, Kuppeln und Türme mit ihren blauen und grünen Ziegeln waren deutlich zu erkennen. Die vergoldete Kuppel auf dem Palast des Amirs reflektierte das Sonnenlicht, und darüber flatterte eine rot-weiße Fahne.

Diese Stadt gehört mir! Mir allein!

Basilius wollte sie in einem einzigen schnellen und einfa-

chen Angriff stürmen. Sie brauchten die Stadt nur mit Kreischern zu bombardieren, behauptete er, während mit Truppen beladene Kriegsschiffe den Kanal hinauffuhren.

Krion hielt das für viel zu riskant. Wenn die Bandeluken nur ein einziges Schiff versenkten, wäre die Fahrtrinne blockiert und der Kampf verloren.

Ich habe noch nie verloren! Und das werde ich auch nicht!

Eine Bombardierung der Stadt lehnte er auch aus einem anderen Grund ab. Er wollte sie unzerstört einnehmen. Die behelfsmäßigen Landungsstege an der Masserabucht konnten seine Armee nicht lange versorgen, und seine Schiffe konnte er nicht den Winter über vor der Küste ankern lassen. Er brauchte einen richtigen Hafen, und er würde alles daran setzten, einen zu kriegen.

Als er den Pfad hinter dem Hügel hinunter ritt, geriet sein Pferd plötzlich ins Stolpern und Krion wurde kopfüber aus dem Sattel und über den Hals des Tiers geworfen. Hektisch suchten seine Finger nach dem Sattelknopf, doch er griff daneben und krachte mit dem Rücken auf den harten, steinigen Pfad, eine Hand noch in die Zügel verkrallt.

„Mein Prinz!", riefen beide Adjutanten und eilten herbei.

Einen Augenblick lag er wie gelähmt da, dann richtete er sich schnell wieder auf, um die Demütigung, ihre Hilfe beanspruchen zu müssen, zu vermeiden, und klopfte den Dreck von seiner Kleidung. „Wie zum Teufel konnte das passieren?"

Bardhof, der junge Offizier, den er vom Eidbundfeldzug kannte, hob ein Hufeisen vom Weg auf. „Euer Pferd hat ein Eisen verloren. Seht!"

„Ein Hufeisen. Und?"

„Jemand hat die Nägel abgefeilt. Sie sind nur halb so lang, wie sie sein sollten."

Es trat eine Stille ein, während Krion das Hufeisen betrachtete und seine Schlüsse zog. „Dieses Eisen konnte unmöglich halten. Wenn ich meinen morgendlichen Galopp geritten wäre, hätte ich mich ernsthaft verletzen oder mir sogar das Genick brechen können!"

„Eine Verschwörung gegen Euch, mein Prinz!", sagte Mopsus, der gerne das Offensichtliche aussprach.

„Es sieht so aus, aber fürs Erste müssen wir das für uns behalten. Wenn ich so ins Lager zurückkehre, weiß jeder sofort, was passiert ist. Besorgt mir ein anderes Pferd und beeilt Euch!"

Während Mopsus zur Straße zurückeilte, gab Krion Bardhof das Hufeisen. „Bewahrt das sicher auf! Verliert es nicht, es ist Beweismaterial. Stellt ein paar Nachforschungen für mich an. Sprecht mit den Pferdeknechten. Findet heraus, ob sich jemand bei den Ställen herumgetrieben hat. Und sprecht mit Clenas' Offizieren. Sagt ihnen nicht, was passiert ist, aber findet heraus, ob Clenas' Pferd am Strand ein Hufeisen verloren hat. Ich weiß, dass er während der Schlacht gestürzt ist, aber ich weiß nicht, warum. Geht!"

„Zu Befehl, mein Prinz!" Bardhof salutierte und verschwand.

Eine Minute lang stand Krion allein am Abhang des Hügels. Seine ehrlichsten und besten Königstreuen stammten aus dem gemeinen Volk des Eidbundes. Ganz abgesehen davon war Bardhof intelligent und fähig und wäre schon längst befördert worden, wenn sein Stab ihn nicht unbedingt benötigte. Bardhof würde herausfinden, was er wissen wollte.

Indessen kehrte Mopsus schneller zurück als erwartet, mit einem prächtigen, gefleckten Hengst an den Zügeln. „Ihr werdet es nicht glauben, mein Prinz, aber ein Bauer hatte diesen Hengst tatsächlich vor seinen Karren mit Melonen gespannt! Ich habe ihm drei Thaler dafür gegeben."

Krion schaute sich sein neues Pferd an. Es war in der Tat ausgezeichnet. „Ihr habt ihn betrogen, es ist mindestens fünf Thaler wert, wenn nicht mehr."

Ein Glücksgriff! Das Biest muss vom Schlachtfeld weggelaufen sein.

„Sattelt es und legt dem anderen ein Halfter an. Wir lassen es beim nächsten Vorposten."

Als nächstes kamen sie zu Fort Nummer 5, einer von mehreren Befestigungen im Aufbau rund um die Stadt, die einen Ausfall oder Entsatz verhindern sollten. Die Bauarbeiten waren bereits im Verzug, da es, wie Hauptmann Parsevius klagte, an Baumaterial mangelte.

„Wie Ihr seht, mein Prinz, sind die Arbeiten am Glacis fast abgeschlossen, aber für die Palisaden fehlt es massenhaft an Holz. Ich habe Einheiten auf Erkundung losgeschickt, aber sie haben praktisch nichts gefunden. Wenn wir nicht die umliegenden Dörfer demolieren wollen, wüsste ich nicht, wo wir mehr Holz herkriegen sollen."

„Wenn Ihr Dörfer abreißt, kriegt Ihr nichts als Lehmziegel und einen Pfeil in den Rücken. In dieser Gegend gibt es keine Bäume, außer jemand hat welche gepflanzt, und die Chatmaken schätzen ihre Olivenbäume mehr als ihre Weiber. Vergeudet Eure Zeit nicht mehr mit der Suche. Ich werde eine Belohnung für Holz aussetzen. Die Einheimischen werden uns bringen, was wir brauchen, aus den Bergen oder gestohlen."

Die Kosten für diesen Krieg sind höher als ich dachte. Hoffentlich hat Amir Qilij eine große Schatzkammer!

„Was machen eigentlich diese Männer da? Sind das Schießscharten?"

„Ja, mein Prinz. General Basilius meint, von hier aus sei die Stadt gut zu bombardieren."

„Da irrt er sich. Hier wird nichts bombardiert. Schließt sie!"

Basilius glaubt wohl, er sei mein Schulmeister! Oder glaubt er mich schon tot und seine Befehle sicher?

Der Rest des Tages gestaltete sich, wie er begonnen hatte. Hier gab es nicht genug Steine, dort nicht genug Arbeitskräfte. Am nächsten Ort fand er heraus, dass ein Offizier Gelder für Bauarbeiten unterschlagen hatte, und ließ den Mann verhaften.

Ich hasse Belagerungen! Aber wenn ich es nicht mache, wird es nie erledigt!

Seinen Chefingenieur hatte wahrlich den schlechtesten Zeitpunkt gewählt, um sich erschlagen zu lassen! Vielleicht konnte Krion Lessig zu dieser Position befördern, falls der Damm seine Erwartungen erfüllte.

Gegen Abend erreichte er Basilius' Hauptquartier, das im Hügelland an einer sich hin- und herwindenden Straße nach Barbosa lag. Die Wache am Tor informierte ihn, dass Basilius nicht anwesend sei; er befinde sich auf Patrouille.

„Ist er das?" Krion zeigte auf eine vermummte Reiterschar, die langsam die Straße herunter kam.

„Das ist er, mein Prinz."

Krion beobachtete die Gruppe genau, als sie näher kam. Wenn es sich wirklich um Basilius handelte, hatte er sich vermummt. Die waren nicht wie die übliche schwere Kavallerie aufgemacht.

Stattdessen hatten sie die Brustharnische unter ihren Mänteln mit etwas eingeschmiert, das kein Licht reflektierte. Das Klappern ihrer Rüstung, und selbst das der Pferdehufe, war kaum zu hören. Zwei Gefangene stolperten hinter ihnen her.

So kenne ich Basilius ja gar nicht! Warum schleicht er so herum?

Als die Männer näher kamen, warf der vorderste Reiter seine Kapuze zurück, und sein Glatzkopf kam zum Vorschein. Er salutierte. „Ich bitte um Vergebung, mein Prinz! Meine Leute haben nicht mit einer Inspektion gerechnet."

„Kein Grund zur Entschuldigung, Herr General. Wir sind hier nicht auf Parade. Wo wart Ihr?"

„Auf Kundschaft, mein Prinz. Ich habe mir die Ebene von oben angesehen. Eine trostlose und erbarmungslose Gegend, praktisch undurchquerbar. Aus dieser Richtung wird uns kaum eine Gefahr drohen."

„Ausgezeichnet. Wer sind Eure Gefangenen?"

„Zwei bandelukische Nachzügler. Der Dicke will ein Scheich oder so etwas sein. Er hat mir sein Gewicht in Silber geboten, damit ich ihn freilasse."

„Wenn er sich das wirklich leisten kann, muss er ein bedeutender Mann sein. Mopsus, fragt ihn, wie er heißt und woher er kommt!"

Krion hatte Mopsus in seinen Stab aufgenommen, weil dieser fließend Bandelukisch sprach. Jetzt richtete er ein paar freundliche Worte an den Gefangenen und erntete dafür einen wütenden Wortschwall.

„Er will nicht antworten und nennt Euch einen Dieb. Er sagt, Ihr sitzt auf seinem Pferd, Seewind."

„Sagt ihm, ich habe mit Gold dafür bezahlt, und fragt ihn noch einmal."

Der Gefangene schrie wütend wie zuvor.

„Er hört nicht auf, jemanden namens Rajik zu verfluchen. Er sagt, dieser Rajik hätte ihn zweimal verraten."

Niemand sollte so zu einem Prinzen sprechen dürfen!

„Sagt ihm, er ist ein Narr, wenn er jemandem vertraut, der ihn schon einmal verraten hat."

Krion wandte sich an Basilius. „Ihr Gefangener will nicht kooperieren. Bringt ihn zum Reden! Findet heraus, ob er etwas über die kaiserliche Armee weiß, wo sie ist und was sie macht!"

Basilius setzte ein Grinsen auf, dass es Krion kalt den Rücken hinunterlief.

„Ihr könnt Euch auf mich verlassen, mein Prinz."

„Und lasst ihn zur Abwechslung mal am Leben!"

Narina, vergib mir. Aber ich brauche Leute in meinem Heer, denen solche Arbeit Spaß macht.

9: Rajik

„Ist geheißen Leutnant Ogleby, vielleicht kann Hilfe sein?"

Innerlich kochte Rajik vor Wut, aber er blieb höflich. Die Wachen hatten versucht, ihn einfach zu ignorieren, hatten ihn nur verständnislos angestarrt, als er mit ihnen sprach. Schließlich hatten sie diesen langen, linkischen jungen Offizier herbeigerufen, der das Bandelukische kaum beherrschte.

„Ich suche meine Schwester Raisha. Ich habe sie aus den Augen verloren, schon vor einer Woche, am Tag der Schlacht. Seitdem habe ich sie nicht mehr gesehen. Man sagte mir, sie wäre vielleicht hier."

„Raisha sein Weibfrau? Keine Weibfrau hier, alles Soldaten für Krieg."

„Habt Ihr Raisha gesehen? Sie ist ungefähr in meinem Alter, ihr Haar ist kurz geschnitten."

„Ist gesehen viele, viele Weibfrau. Haar kurz ist nicht gesehen. Ist sein witzlich, ja? Viel Glück, jung Hund."

Rajik lief rot an, aber er sagte nichts. Er drehte sich einfach um und ging.

„Junger Hund", das soll wohl was Nettes sein in seiner blöden Sprache.

Neben Haus Jasmin stand das Haus von Nabil, dem Schmied, aber es war ausgeplündert und leer. Auch die Werkzeuge des Schmieds waren nicht mehr da, nur der Amboss und das Gebläse standen noch. In der Werkstatt von Khalid, dem Töpfer, sah es nicht anders aus – bis auf die schwere Töpferscheibe und den Brennofen war sie vollständig ausgeräumt.

Die Tür zu Rahats Haus, dem Bogenmacher, stand offen, also machte Rajik sich gar nicht erst die Mühe, hineinzusehen. Nur eine Tür war noch geschlossen, die Ladentür der Witwe Mubina. Rajik trat ein, ohne zu klopfen, wie er es immer schon getan hatte. Ein Klingeln an der Tür kündigte ihn an.

Kaum war er eingetreten, umhüllten ihn die einladenden Gerüche, die er seit seiner Kindheit kannte: Da waren Anis, Kardamom, Zimt, Knoblauch und andere, die ihm so vertraut waren. Kandiszucker und Salzblöcke, Tee- und Gewürzbeutel standen reihenweise auf den Regalen. Frische Kräuter aus Mubinas eigenem Garten hingen über dem Tresen, und dahinter, lächelnd wie immer, saß Mubina. Als gäbe es keinen Krieg und keine Dämonen, als hätte sein Vater ihn nie ausgepeitscht, als hätte er nie gesehen, wie sein Bruder von einem Speer durchbohrt wurde, als wäre er nicht hierher gekommen, um seine eigene Schwester zu töten.

„Rajik, welch eine Freude, dich zu sehen! Ich wußte nicht, ob du überhaupt noch lebst. Wie geht es deinem werten Vater?"

„Es ging ihm gut, als ich ihn das letzte Mal gesehen habe. Er hat tapfer gegen die Fremden gekämpft, die ihn mit großer Übermacht und mit ihren Dämonen angegriffen haben, bis er fliehen musste. Jetzt ruft er Männer zu seinen Fahnen und wird den Feind zurück ins Meer treiben!"

„Das sind gute Nachrichten! Schau dir nur meinen armen kleinen Laden an! Ich habe fast keine Kunden, und dennoch sind die Regale halb leer. Die letzte Warensendung von Kafra kam vor zwei Wochen. Wenn der Krieg nicht bald vorbei ist, bin ich ruiniert!"

Und warum bist du noch nicht ruiniert? Weil niemand eine alte, harmlose Bandelukin ausrauben will, oder weil niemand es wagt, weil man ihre Schreie bis in die nahegelegenen Garnison hören würde? Wer weiß, was die machen würden?

„Großmutter, du musst mir helfen. Ich suche meine Schwester Raisha. Ich habe sie seit der Schlacht nicht mehr gesehen, und ich habe schon überall gesucht."

Mubina war verblüfft. „Ich habe Raisha schon sehr lange nicht mehr gesehen. Als Kind ist sie oft zu mir gekommen, aber als sie groß wurde, hat man sie in den Frauengemächern eingesperrt, und dahin wurde ich nur selten eingeladen. Ich habe gehört, dass sie Amir Qilij zur Braut versprochen war. Ist sie nicht in Kafra mit den anderen?"

„Nein, sie wurde von den anderen getrennt und seitdem nicht mehr gesehen. Ich fürchte, es ist ihr etwas passiert."

„Unserer kleinen Raisha? Nein, das kann nicht sein!"

„Ob die Fremden sie gefangen halten?"

Die Frage schien Mubina zu überraschen. „Nein, das glaube ich nicht. Wenn sie junge Mädchen entführen, hätte ich etwas davon gehört. Einer von ihnen kam gestern in meinen Laden, um Tabak zu kaufen. Schau mal, was er mir für eine seltsame Münze gegeben hat!"

Sie zog eine silberne Münze hervor und legte sie auf den Ladentisch. Darauf waren eine Krone und ein paar unbekannte Buchstaben geprägt.

„Es ist gutes Silber, ich habe es geprüft. Auch der Preis war gut. Aber was soll ich mit diesem seltsamen Geld anfangen?"

„Du findest bestimmt jemanden, der es haben will. Kennst du denn gar keinen, der mir helfen kann?"

„Nicht, dass ich wüsste. Die meisten hier sind alte Leute, und die kommen nicht oft aus dem Haus. Manchmal kommen sie in den Laden, aber keiner hat irgendwas über Raisha gesagt."

Vielleicht ist sie doch schon tot. Warum nimmt mir das eine Last vom Herzen? Ich werde schon so kindisch wie Umar.

„Warte", sagte Mubina, die sich an etwas zu erinnern schien. „Da war ein Knabe, der für die Fremden in der Küche arbeitete. Er hieß auch Rajik, aber er war ein Fremder. Niemand kannte ihn. Vor zwei Tagen ist er mit einer Truppe der Fremden nach Osten davongeritten."

„Er hieß auch Rajik? Komisch."

„Ach was, ich habe schon einige Rajiks gekannt. Die meisten sind jetzt tot, nehme ich an. Dieser hier war ungefähr in deinem Alter, aber ich habe ihn nicht oft gesehen. Er blieb meist in der Küche."

Jetzt bin ich ganz durcheinander. Gibt Raisha sich immer noch als Junge aus? Wie kann sie sich dann als Hure verkaufen?

„Hast du diesen Rajik mal gesehen? Wie sah er aus?"

„Ich habe ihn nur aus der Ferne gesehen. Er ist nie hereingekommen. Er war ungefähr so groß wie du, glaube ich. Als er wegging, war er zu Pferde, und er trug eine Rüstung und Waffen wie ein Soldat. Er hatte sogar eine gelbe Feder auf dem Helm. Das hatten sie alle, nur der General nicht, der trug einen goldenen Helm."

Dass seine Schwester Rüstung und Waffen tragen sollte, konnte er sich nur schwer vorstellen. Aber sie hatte viele Leute glauben gemacht, sie sei ein Junge, so hatte sie wohl auch die Fremden getäuscht. Eine Hure aber würde nicht in einem solchen Aufzug antreten, oder? Aber warum ist sie mit den Fremden losgeritten? Küchendienste, das war plausibel, wenn man sie dazu gezwungen hatte. Aber wenn sie nur eine Sklavin war, würde man ihr doch keine Rüstung und Waffen geben!

Das ergibt alles keinen Sinn. Vielleicht ist sie wirklich tot. Vielleicht ist dieser neue Rajik ein Spion oder ein Verräter. Ich sollte das herausfinden!

Den Rest des Tages verbrachte er im Dorf und sprach mit so vielen Leuten wie möglich. Aber niemand hatte Raisha gesehen und niemand wusste, wer dieser andere Rajik wirklich war. Nur wenige der Chatmaken wollten überhaupt mit ihm sprechen, und falls sie etwas wussten, behielten sie es für sich.

Zur Feier seines Besuchs schlachtete Mubina ein Huhn und kochte es mit Reis, Rosinen und Gewürzen. Es war seine erste vernünftige Mahlzeit seit einer Woche. Gierig schlang er sie hinunter, während er gleichzeitig versuchte, ihre Kochkunst zu loben.

„Du bist aber hungrig!", sagte Mubina. „Scheich Mahmud geht es gar nicht gut, hab' ich recht?"

„So ist es", musste Rajik beschämt zugeben.

Mubina seufzte. „Dein Vater und seine Männer stolzierten hier immer so mit ihren feinen Rüstungen und Waffen herum, dass ich dachte, sie wären unbesiegbar. Aber jetzt haben sie mich hier allein sitzen lassen wie einen Fisch, der langsam an Land verendet. Was soll bloß aus mir werden?"

Rajik sagte nichts und vermied es, sie anzublicken.

„Nun, eins kann ich wenigstens tun. Du kannst heute nacht hier schlafen! Ich kann dir aber keinen Rat geben, wohin du als nächstes gehen sollst, denn ich weiß wirklich nicht, was mit Raisha passiert ist."

Später lag Rajik auf einer Matte in Mubinas Laden und konnte trotz des guten Essens in seinem Magen nicht einschlafen. Es würde nicht einfach werden, die Ereignisse der letzten Tage nachzuvollziehen. Sein Vater hatte gesagt, Raisha war die Hure der Soldaten im Haus Jasmin, aber niemand hatte sie hier gesehen. Morgen würde er nach Osten gehen und diesen fremden Rajik suchen. Eine andere Spur hatte er nicht.

Dieser Krieg war eine einzige Katastrophe! Seine Familie war völlig ruiniert! Alle waren entweder tot oder vertrieben. Im Haus Jasmin war niemand mehr. Und nicht nur seine Familie, das ganze Volk der Bandeluken war aus seiner Heimat vertrieben! Wo sollte man nun ein Pferd beschlagen lassen oder einen Wasserkrug kaufen? Bald würde auch Mubina ihren Laden schließen müssen. Wo sollte man dann Tee kaufen, den doch selbst die Ärmsten der

Armen brauchten? In ganz Chatmakstan gab es sogar kaum noch jemanden, der lesen und schreiben konnte!

Die Fremden glaubten, sie hätten den Krieg gewonnen. In Wirklichkeit hielten sie nichts in der Hand als einen leeren Sack. Was ging in den Köpfen dieser mächtigen Prinzen und Generale vor? Sie hatten alles ruiniert, es war nichts mehr da, was man stehlen konnte! Die mussten doch wahnsinnig sein, diese Fremden!

Am nächsten Morgen starrte er auf die lange Straße, die nach Osten führte, und versuchte, sich einen klugen Plan einfallen zu lassen. Der andere Rajik war seit drei Tagen fort, zu Pferde, bewaffnet und in Begleitung fremder Reiter. Eine Chance, ihn einzuholen und auszufragen, hatte er kaum.

Er besaß kein Pferd, und es wäre zu riskant, eins zu stehlen. Die fremden Soldaten waren überall, und die Chatmaken würden jeden Grund nutzen, ihn niederzuschlagen – ein gestohlenes Pferd würde ihnen gerade recht kommen. Wenn der Fremde nicht irgendwo eine Rastpause einlegte, war er nicht einzuholen. Rajik würde sich ihm auch besser zu Fuß nähern können.

Vielleicht sollte er sich als Chatmake verkleiden. Die Fremden zu täuschen wäre leicht, aber nicht die Chatmaken. Sie würden ihn an seiner Aussprache und seinem Betragen sofort erkennen und das Schlimmste vermuten. Aber von einem herumlungernden Bandelukenjungen, der seine Angehörigen suchte, würden sie vielleicht keine Notiz nehmen.

Seine einzige Chance war es, so schnell wie möglich zu Fuß vorwärtszukommen und sich nicht lange irgendwo aufzuhalten. Mubina hatte ihm drei Fladenbrote gegeben, die ein oder zwei Tage reichen würden. Danach würde er sich sein Essen zusammensuchen müssen. Die Datteln waren bereits geerntet, aber die Oliven reiften noch an den Bäumen. Das meiste Getreide war eingefahren, aber hier und da standen noch Halme zum Lesen, da hätte er schnell eine Handvoll Körner zusammen. Außerdem hatte er auch noch seinen Bogen, mit dem er leicht einen Vogel oder ein Kaninchen erlegen konnte. Und wenn ihn wirklich der Hunger plagen sollte, konnte er flink ein Huhn oder etwas Gemüse aus einem Bauerngarten verschwinden lassen.

Mir steht nichts mehr im Wege, ich muss nur den ersten Schritt wagen.

Und das tat er.

Am frühen Nachmittag überholte er eine Patrouille von fremden Soldaten, die Haus Jasmin bei Sonnenaufgang verlassen haben mussten, als er noch geschlafen und das große Abendessen verdaut hatte. Es war ein warmer Tag. In ihrer metallenen Rüstung sahen die Männer heiß und verschwitzt aus, und ihre Speere und Schilde klirrten bei jedem Schritt.

Was wollen die eigentlich hier? Sie marschieren in der Gegend herum, wo sie sind meilenweit zu sehen sind, und sogar ein Kind schneller rennen kann!

Die Soldaten schienen sich nicht um ihn zu kümmern, und dennoch machte er einen weiten Bogen um sie herum. Kurze Zeit später kam er zum Dorf Vogelsang. Er war sehr durstig und bat eine Frau, die von einem Brunnen Wasser zog, um einen Schluck. Sie starrte ihn nur frech an.

Närrin! Ich will doch nur ein bisschen Wasser!

Er versuchte, ihr den Krug zu entwenden, doch sie fing an zu schreien und wollte ihn mit dem Krug schlagen. Geschickt wich er ihr aus, der Krug schlug gegen die Brunnenwand und flog mit lautem Krach in tausend Stücke. Der Lärm erregte die Aufmerksamkeit des ganzen Dorfes, man kam herbei und fing an, ihn mit Flüchen zu überschütten.

„Seht! Einer von den Herren ist wieder da!"

„Willst wohl unsere Frauen belästigen, he?"

„Oder willst du uns wieder in Ketten legen und auspeitschen?"

Die Frau schrie immer noch. Voller Wut über den Verlust ihres Kruges hob sie Stücke auf und warf sie nach Rajik. Vorsichtig wich er zurück, die Hände erhoben, um seine friedlichen Absichten zu verdeutlichen, aber es war zu spät. Er sah, wie die Bauern Steine aufhoben, und rannte los.

Er hatte gerade drei Sprünge getan, als der erste Stein ihn traf.

Sein Vater schlug ihm mit einer eisernen Kette auf den Kopf. Er heulte und flehte, aber sein Vater hörte nicht auf.

Er lag in einem Bett. Ein pulsierender Schmerz fuhr ihm durch den Kopf. Raisha saß neben ihm und hielt seine Hand.

„Du bist am Leben", sagte er.

„Und du, den Göttern sei's gedankt. Ich hatte geglaubt, du wärest am Strand gestorben, und dann habe ich dich gefunden, aber es sah aus, als lägst du im Sterben. Dein Kopf war angeschlagen, und der Arzt konnte nicht sagen, ob du je wieder aufwachen würdest, das passiert manchmal, aber du bist wieder da und… ich rede zuviel", sagte sie und verstummte.

„Mein Kopf tut weh."

„Der Arzt hat mir ein paar Pillen gegeben. Du darfst dich nicht bewegen! Er hat gesagt, du musst den Kopf stillhalten."

Sie gab ihm eine Pille und Wasser zu trinken. Er konnte nur daliegen und sie betrachten. Sie trug das Haar immer noch kurz, aber es war verfilzt und schmutzig. Irgendetwas Schwarzes war auf ihr Kinn geschmiert. Eine dicke Jacke verbarg ihren Körper.

Wenn sie die Hure spielt, wird sie so aber nicht viel verdienen.

„Du siehst schrecklich aus."

„Immer noch besser als du. Der Arzt sagt, du sollst versuchen zu schlafen."

Die Pille machte ihn schläfrig, aber schlafen wollte er nicht, irgendwo wartete sein Vater mit einer eisernen Kette auf ihn… nein, es war nur ein Traum, er warf alles durcheinander… kein Wunder, dass er verwirrt war, sein Kopf war angeschlagen… aber wenn das so war, warum tat es nicht weh… natürlich, die Pille… was war wohl in der Pille… es war ihm egal, alles war ihm egal…

Als er die Augen wieder öffnete, war Raisha immer noch da. Sie sah aus, als hätte sie tagelang nicht geschlafen.

„Mein Kopf tut weh."

„Möchtest du noch eine Pille?"

„Nicht jetzt, später. Wo bin ich?"

„Im Haus Jasmin. Soldaten haben dich im Dorf Vogelsang gefunden. Die Chatmaken wollten dich töten."

„Ich werde dieses Dorf niederbrennen!"

„Du hast noch nie ein niedergebranntes Dorf gesehen, sonst würdest du so etwas nicht sagen."

„Und was hast du getrieben?"

„Versucht, am Leben zu bleiben. Alle halten mich für einen Jungen namens Rajik. Ich habe ihnen deinen Namen gesagt, weil ich dachte, du wärst tot. Ich habe gesagt, dein Name sei Hisaf."

Das geht zu weit!

„Du nimmst mir nicht meinen Namen weg! Ich habe alles verloren, meinen Namen gebe ich nicht her!"

Dieser Gefühlsausbruch schien Raisha Angst einzujagen. Sie saß einfach da, starrte ihn an und sagte kein Wort.

Sie will mich nicht reizen. Sie fürchtet, ich könnte mich erneut verletzen.

Der Gedanken erinnerte ihn wieder daran, dass ihm der Kopf wehtat. Doch die Schmerzen machten ihn störrisch. Er sollte eine Pille schlucken, aber noch nicht.

„Diesen Namen kann ich nicht tragen. Hisaf lebt vielleicht noch, das hat Umar gesagt."

„Umar? Ach so…"

„Was ist?"

„Was soll sein?"

„Mit Umar. Ich sage seinen Namen, und du machst ein Gesicht, als hätte ich dich mit einem Stock geprügelt."

„Später."

„Nein, jetzt."

Raisha seufzte und wandte den Blick ab. „Umar ist tot. Amir Qilij hat ihn umgebracht."

„Was? Er hat vor ein paar Tagen noch gelebt, ich habe selbst mit ihm gesprochen."

„Jetzt ist er tot. Er brachte dem Amir eine Botschaft von Vater. Als der Amir sie gelesen hatte, ließ er Umar aufspießen."

„Was? Warum?"

„Die Botschaft lautete, dass der Bote eine Verräter sei und die Braut des Amirs an die Fremden verkauft hätte."

Nein! Vater, ich habe dich nicht verraten, du hast mich verraten!

„Gib mir eine Pille. Dann leg dich schlafen. Ich komme schon zurecht."

Er schloss die Augen, als ob er schon einschliefe. Seine Schwester durfte nicht sehen, dass er weinte.

Als er die Augen erneut öffnete, war Raisha verschwunden. Auf dem Tisch lag etwas zu essen: Brot und Käse, ein paar Datteln, dazu ein Krug mit Ziegenmilch. Er richtete sich langsam und vorsichtig auf, um seinem Kopf nicht zu schaden, und aß etwas. Es war eine einfache Mahlzeit, wie er viele in seinem Leben genossen hatte, aber keine war so wohlschmeckend gewesen wie diese.

Wieder haben mich die Götter am Leben erhalten. Aber warum lassen sie mich so sehr leiden?

Seine Kleidung war gewaschen und auf einem Stuhl für ihn bereitgelegt worden. Er zog sich an und schaute sich im Zimmer um. Unter dem Bett fand er sein Säckchen, nahm den langen schwarzen Haarzopf heraus und steckte ihn sich hinter die Schärpe.

Als er auf den Flur hinaustrat kam ihm ein fremder Soldat entgegen, der ihn und den weißen Verband um seinen Kopf neugierig anstarrte

„Ra-i-sha!" Rajik sprach langsam und vorsichtig, aber der Soldat starrte ihn bloß verständnislos an.

Er versuchte es noch einmal: „ Ra-jik!" Diesmal nickte der Soldat und zeigte in Richtung Eingang.

Die glauben wirklich, sie wäre ein Junge namens Rajik!

Mehrere kleine Zimmer gingen vom Flur ab. Eine Tür stand offen, und in dem Zimmer saß Raisha und polierte ein Paar große Stiefel. Er berührte sie leicht an der Schulter.

„Du musst im Bett bleiben", sagte sie. „Dein Kopf ist angeknackst wie ein Ei!"

„Dann gehe ich wieder ins Bett. Aber erst möchte ich dir etwas geben." Er gab ihr den Zopf. „Vater wollte dich damit erwürgen. Wenn du ihn wiedersiehst, kannst du ihn ihm zurückgeben."

„Ich schmeiße ihn einfach weg. Das hätte ich schon längst machen sollen. Es ist mir egal, was Vater denkt."

„Jeder braucht eine Familie."

„Dann brauche ich eine neue. Die alte will mich umbringen."

„Sei froh, mich will *jeder* umbringen!"

„Dann solltest du dir ein paar Freunde zulegen."

„Würde ich ja gerne, aber ich kann keine finden."

„Die Fremden haben dir das Leben gerettet."

„Ja, nachdem sie versucht haben, mich umzubringen."

Warum streiten wir uns um nichts? Sie ist die einzige, die sich um mich sorgt, und es ist so schwer, mit ihr zu reden!

„Schöne Stiefel sind das."

„Sie gehören dem General. Er hat bestimmt, dass ich ein Offiziersbursche bin, das ist so eine Art Bedienter."

„Warum hilfst du unseren Feinden?"

„Es sind Vaters Feinde, nicht meine. Mir haben sie nie etwas getan."

„Das werden sie noch."

„Nichts ist so schrecklich wie das, was Vater getan hat."

Jetzt streiten wir schon wieder. Am besten halte ich einfach den Mund!

Er entdeckte eine Karte an der Wand und ging hin, um sie zu betrachten. Chatmakstan war zwischen dem Meer und dem Wirkungsbereich eingeklemmt. Der einzige Weg ins Freie führte durch Kafra, das gerade belagert wurde. Er konnte weder hierbleiben noch entfliehen.

„Was sollen wir bloß machen?", fragte er schließlich.

„In ein paar Tagen marschiert die Armee nach Barbosa, und ich gehe mit."

„Durch den Wirkungsbereich? Das ist reiner Wahnsinn!"

„Karawanen durchqueren sie andauernd."

„Ein- oder zweimal im Jahr vielleicht! Es gibt fast kein Wasser dort, gerade genug für ein paar Kamele."

„Der General sagt, wir gehen da durch, also tun wir es auch."

„Willst du ihm etwa den Weg zeigen? Du bist selbst noch nie da gewesen!"

„Ich bin einmal bis nach Sauerbrunnen gekommen."

„Na wunderbar! Dann könnt ihr einen Tag lang bis Sauerbrunnen reisen, und dann musst du dem General sagen: ‚Es tut mir leid, aber ich weiß nicht, wie es nach Barbosa weitergeht.'"

„Das ist doch ganz einfach. Wir folgen der Karawanenspur am Rande des Plateaus, und wenn wir nicht über den Rand ins Leere fallen, kommen wir irgendwann nach Barbosa."

„Du sagst, es ist ganz einfach, hast es aber selber noch nie versucht."

„Und du sagst, es ist unmöglich, hast es aber auch noch nie versucht."

Warum müssen wir immer wieder streiten?

„Was wollt ihr denn überhaupt in Barbosa?"

„Ich weiß es nicht. Wenn der General ‚Los!' sagt, dann fragt keiner, warum."

„Die Hexe wird euch alle in große Pilze oder so verwandeln."

„Das wird sie sich zweimal überlegen, wenn sie fünftausend bewaffnete Männer sieht. Wie viele kann sie denn in Pilze verwandeln?"

„Es sind nur *Männer*, aber sie ist die *Hexe*!"

„Dann haben sie Glück, dass eine Frau dabei ist."

„Trotzdem ist es zu gefährlich. Ich komme mit."

„Und *du* willst mich vor der Hexe beschützen? Du bist ein *Mann*, aber sie ist die *Hexe*!"

„Ich gehe mit, du kannst mich nicht aufhalten."

„Du bist ein störrischer Esel! Du musstest dir ja unbedingt die Fremden anschauen, und was ist daraus geworden?"

„Ich hab' dir das Leben gerettet. Ich habe die Fremden gesehen! Ich habe überlebt und bin wieder nach Hause gekommen!"

„Ja, natürlich, bei dir ist alles in bester Ordnung! Aber der Arzt sagt, du sollst dich nicht bewegen, bis dein Kopf geheilt ist."

„Mach' dir keine Sorgen um mich, es geht mir schon viel besser." Er machte kehrt und wollte zur Tür hinausstürmen, aber ein Schwindelgefühl ergriff ihn, und anstatt mannhaft davon zu stolzieren, knickten seine Knie ein und er fiel zu Boden.

10: Hisaf

Da war schon wieder eine Leiche an der Leine! Er zog erst leicht, dann kräftiger, aber sein wertvoller Angelhaken saß hoffnungslos fest, und er musste die Leine einholen. Die Fischer rechts und links von ihm, die schon wusste, was jetzt kommen würde, traten zurück, sodass er ganz alleine mitten auf der großen Fläche des Steges stand.

Beim letzten Mal war es eine korpulente Frau mittleren Alters gewesen, marmorbleich, mit leeren Blick und den Mund zu einem permanenten Schrei erstarrt. Sie war noch nicht lange tot. Es war nicht schwer gewesen, den Haken aus ihrem Rock zu ziehen und sie mit einem der Paddel, die überall herumlagen, ins Wasser zurückstoßen. An Paddeln herrschte kein Mangel, da die Boote alle verbrannt worden waren.

Diese Leiche war leichter, vielleicht ein Kind. Als sie näher herankam, konnte er die gelbliche Färbung sehen, die entsteht, wenn eine Leiche lange im Wasser gelegen hat. Sie hatte große, rötliche Flecken, wo Krebse und Fische die Haut abgezogen hatten.

Es war ein Knabe. Er war fast nackt und hatte die Hände wie zum Gebet erhoben. Der Haken saß an einer üblen Stelle, unter der Kopfhaut. Jetzt würde er die stinkende Haarmatte anfassen müssen. Doch erst musste er den Krebs loswerden, der sich noch immer an einem Ohr festklammerte.

Er zog sein Messer und schlug mit der flachen Klinge auf den Krebs, der in das flache Wasser zu seinen Füßen fiel. Hektisch krabbelte er los ins tiefere Wasser, kam jedoch nicht weit, bevor einer aus der Menge der Zuschauer ins Wasser watete und ihn einfing. Krebse waren Nahrung.

Ekelhaft!

Zeit für ethische Bedenken über das Verzehren von Krebsen, die sich von Leichen ernährt hatten, gab es nicht. Vor ihm stand immer noch die unangenehme Aufgabe, seine Leine zu befreien. Mit dem Messer schnitt er in die Kopfhaut, bis ein Stück sich ablöste, dann schabte er den Haken mit der Klinge sauber.

Anschließend stieß er die Leiche mit einem Paddel zurück ins Wasser. Sie sollte in der Tiefe verschwinden, damit er sie nicht den ganzen Nachmittag, und vielleicht sogar morgen noch, zu sehen brauchte. Früher hätte er hier nicht im Wasser stehen können, ohne sich die Füße an den zahlreichen Muscheln, Seeigeln und anderem Meeresgetier aufzuritzen. Doch mittlerweile war alles, was gefangen, gekocht und gegessen werden konnte, fort, und der Meeresboden kahl.

In der ganzen Lagune trieben hier und da die Leichen auf dem Wasser. Diese jedoch bereiteten ihm keine Schwierigkeiten, denn er konnte seine Leine einfach dazwischen auswerfen. Die Leichen auf dem Grund, die man nicht sehen konnte, die stellten ein Problem dar.

Zurück auf dem Steg untersuchte er sein Angelzeug und den Fang des Tages, zwei kleine, fußgroße Fische. Niemand hatte etwas gestohlen. Er hatte jedoch keine Köder mehr. Dazu müsste er seinen Fang zerteilen, doch so spät am Tag schien der Aufwand nicht die Mühe wert. Die anderen Fischer drängelten, sie wollten auch ihr Anglerglück versuchen, bevor die Karren kamen.

Er sah sich die beiden Fische an, eine viel zu kleine Gabe für die zwanzig hungrigen Menschen, die in Onkel Davouds Haus zusammengepfercht waren. Doch dies war das einzige frische Fleisch, das sie hatten, und deshalb sollte er wohl dankbar sein. Seufzend machte er sich auf dem langen Steg auf den Weg in Richtung Strand.

Die Mole, dessen war er sich ständig bewusst, war nicht für Angler gebaut worden, sondern um feindliche Schiffe fernzuhalten. Er bestand aus lose zusammengesetzten Steinquadern, grob, uneben und stellenweise glatt und rutschig. Die beste Stelle zum Angeln war ganz am Ende. Deshalb musste er früh aufstehen und den langen Weg dorthin machen, um einen Platz zu ergattern, bevor die anderen Fischer erschienen.

Das Ende der Mole war natürlich auch die Stelle, wo die Leichen ins Wasser geworfen wurden.

Er war so müde, dass es fast schmerzte. Dabei hatte er eigentlich nichts Anstrengendes getan, doch der andauernde Hunger machte alles so beschwerlich. Die tägliche Ration, ein kleiner Brotlaib, reichte kaum aus, ein kleines Kind am Leben zu erhalten. Selbst zehn Stunden an einem Ort herumzustehen, beraubte ihn seiner ganzen Kräfte.

Er war gerade früh genug aufgebrochen, um die Ankunft der Karren zu vermeiden. Wie gewöhnlich waren es mehrere an der

Zahl, geschoben von erschöpft aussehende Gestalten, denen die Verzweiflung in den Gesichtern stand. Amir Qilij hatte seinen brutalen Sinn für Ironie bewiesen, als er die fremden Einwohner zum Aufsammeln der Leichen verdonnert hatte.

Es könnte schlimmer sein. Ich könnte einen Karren schieben.

Als er die schrecklichen Karren hinter sich hatte, beschleunigte er seine Schritte. Sein Magen befahl ihm, die Fische so schnell wie möglich in den Suppentopf der Familie zu werfen. Was sonst noch hineinkam, hing ganz vom Glück ab. Manchmal war es eine Zwiebel aus dem Garten, manchmal eine Handvoll Löwenzahnblätter. Einmal war es eine Ratte gewesen.

Und natürlich gab es Wein zu trinken. Onkel Davoud war ein Weinhändler, und sein Keller war immer noch einen außergewöhnlich gut bestückt. Die Familie war jedoch auf dem besten Wege, ihn leerzutrinken, denn sie alle trauten dem Brunnenwasser nicht. Und bisher war noch keiner krank geworden.

Jeden Morgen stand Onkel Davoud vor Sonnenaufgang auf und versteckte eine Flasche Wein in dem Abfallhaufen hinter dem Haus des Bäckers Ferran. Jeden Abend warf jemand einen Beutel mit vier kleinen, tagealten

Brötchen über die Gartenmauer. Die landeten auch im Eintopf. Die wässrige Fischsuppe war der Höhepunkt des Tages.

Schließlich kam Hisaf zum Gerberplatz, wo früher die Lederhändler ihre Waren feilgeboten hatten und wo es immer schon gestunken hatte, sogar bevor eine Horde von Flüchtlingen ihre Zelte dort aufgeschlagen hatte. Neben dem Brunnen saß ein Mädchen. Es hatte eine Entzündung im Gesicht und starrte teilnahmslos ins Leere. Alle machten einen weiten Bogen um sie, denn sie war offensichtlich krank und möglicherweise ansteckend.

Vielleicht waren ihre Eltern auch tot oder lagen im Sterben, sonst hätten sie sie wohl nicht allein beim Brunnen zurückgelassen. Vielleicht hatte man sie auch rausgeworfen, als sie die ersten Krankheitssymptome zeigte. Hisaf hatte immer mehr Waisenkinder auf den Straßen gesehen. Früher oder später endeten sie alle in den Karren… oder verschwanden in einer dunklen Ecke.

Katzen und Hunde gab es schon lange nicht mehr.

Da er sich nicht durch die Menge drängeln wollte, schlug er den Weg durch die Kaufmannstraße ein, eine Seitenstraße am Stadtrand, die früher einmal zu den reichsten Stadtteilen Kafras gehört hatte. Damals hatte Hisaf die reichen Kaufleute beneidet, deren Villen einen schönen Blick über die Lagune hatten und an Pracht miteinander wetteiferten. Jetzt herrschten dort, wie überall, nur Gestank und Flüchtlingsgedränge.

Er war noch nicht weit gekommen, als eine Frau in einem schäbigen dünnen Seidenkleid aus einem Hauseingang trat und ihn anstieß. "Hallo, mein Hübscher!", säuselte sie. „Möchtest du nicht ein nettes Stündchen mit mir verbringen?" Er schüttelte nur den Kopf und eilte weiter. Es war zwecklos, sich aufzuregen. Eine Frau mit hungrigen, weinenden Kindern tat, was sie tun musste.

Von der Kaufmannstraße gelangte er schließlich in die Hafenstraße, die zum Heldenplatz führte. Diesen Platz hätte Hisaf am liebsten ganz vermieden. Ein paar Milizionäre standen hier herum, nicht die gefürchtete Palastwache, sondern unglückliche Wehrdienstpflichtige, die einen Speer tragen mussten, während ihre Familien Hunger litten. Hisaf hätte sehr leicht dazu gehören können, wenn der Wachoffizier nicht rechtzeitig eine Kiste Wein als Geschenk erhalten hätte. Die Miliz war an Hisaf nicht im geringsten interessiert, sie schenkten nur seinen beiden Fischen einen eifersüchtigen Blick.

Wie wird hier das Talent von Kesselflickern und Schuhmachern verschwendet, die mit einem Speer herumstehen und sonst gar nichts tun. Bei der erstbesten Gelegenheit verschwinden sie und machen ein Nickerchen.

Zu beschützen gab es sowieso nichts. Sogar die heimatlosen Flüchtlinge mieden den Heldenplatz, wo der Gestank schlimmer war als auf dem Gerberplatz oder irgendwo anders in Kafra. Der Geruch von Blut und Eingeweiden stand dem Leichengestank in der Lagune in nichts nach.

Früher hatte hier nur ein einziger Hinrichtungspfahl gestanden, jetzt waren es zehn. Blut sammelte sich darunter, und die Fliegen kamen in Scharen. Vor jedem Opfer war ein kleines Schild angebracht, auf dem dessen Vergehen verzeichnet war. Auf den meisten war „Brotdieb" zu lesen, doch heute sah er zum ersten Mal ein Schild mit dem Wort „Kannibale".

Als er aufblickte, sah er einen wohlgenährten, dickbäuchigen jungen Mann in seinem Alter. Vielleicht hatte irgendjemand ein Hühnchen mit ihm zu rupfen gehabt. Die rechte Hand war abgehackt und ihm in den Mund gesteckt worden, bevor man ihm den Bauch durchbohrt hatte. Sein Tod musste sehr langsam gewesen sein.

Es gibt anscheinend doch frisches Fleisch – aber der Preis ist zu hoch.

Die Schilder mancher Opfer trugen die Aufschrift „Verräter". Davon gab es immer mehr, denn Amir Qilij wollte nicht glauben, dass sein unbesiegbares Heer ohne verräterische Umtriebe zu schlagen sei. Erst kamen nur die Fremden unter Verdacht, dann Leute, die bei Fremden im Dienst standen, dann solche, die mit Fremden verwandt oder sonst auf irgendeine Weise verbunden waren, und jetzt konnte es schlicht und einfach jeden treffen.

Wer verdächtigt wurde, war auch schuldig. Wer gefoltert wurde, legte auch ein Geständnis ab und nannte andere vermeintliche Verschwörer. Die geräumigen Kerker unter Amir Qilijs Palast liefen vor lauter elender Gefangener beinahe über, die nur darauf warteten, gefoltert und aufgespießt zu werden. Die Henker konnten ihr Handwerk nicht schnell genug verrichten, also wurden zehn oder mehr Gefangene in eine Zelle gestopft, in die nur vier hineinpassten.

Onkel Davoud war einem solchen Schicksal trotz seines beträchtlichen Importgeschäfts bisher entgangen, denn ihm kam das Privileg zu, den Palast mit Wein zu versorgen. Was auch sonst geschah, der Palast hielt die Weinlieferungen für unabdingbar.

Dennoch statteten Palastbeamte Onkel Davoud von Zeit zu Zeit einen Besuch ab und verlangten Bestechungsgelder dafür, dass sie seinen Namen der Liste der Verdächtigen gestrichen hatten. Hisaf war sich sicher, dass es dieselben waren, die seinen Namen ursprünglich auf die Liste gesetzt hatten. Im Palast war jeder durch und durch korrupt. Onkel Davoud zahlte jedes Mal. Er genoss das Privileg, mit Silber und Wein zu zahlen anstatt mit Blut.

Was wird mit uns geschehen, wenn der Weinkeller leer ist?

Plötzlich hatte er die Antwort buchstäblich klar vor Augen in Gestalt seines eigenen Bruders Umar, der von dem Todespfahl auf ihn herabsah, sein Antlitz voller Unverständnis und Verzweiflung. Hisaf hatte angenommen, man hätte ihn inzwischen heruntergeholt. Ihn drei Tage dort oben zu lassen, war eine unerträgliche Beleidigung! Hisaf hatte schon alle möglichen Ungerechtigkeiten und Erniedrigungen über sich ergehen lassen, doch das ging zu weit.

Ich werde Amir Qilij umbringen, egal wie!

11: Erika

Es könnte wirklich besser laufen.

Prinz Krion erwies sich als nicht besonders hilfsbereit. Am Tor hatte er sie geradezu huldreich empfangen, aber jetzt zeigte er sich schroff und fast mürrisch.

„Ihr müsst einfach verstehen, dass General Singer anderweitig beschäftigt ist", sagte er. „Wie Ihr auf der Karte sehen könnt, liegt Barbosa fast zweihundert Meilen von hier entfernt. Dort ist Feindesland, beinahe unpassierbar."

„Dennoch habt Ihr anscheinend meinem Mann den Befehl gegeben, es zu durchqueren."

„Als Anführer einer beträchtlichen Streitmacht! Sollte ich Euch eine Eskorte als Begleitschutz abkommandieren, wären mindestens einhundert Mann Kavallerie nötig, und die ich nicht entbehren. Außerdem habt Ihr Euch bis jetzt geweigert, mir zu verraten, warum Euer Besuch so dringend notwendig ist."

„Ohne die Zustimmung meines Mannes kann ich das nicht."

„Dann müsst Ihr eben warten, bis der Feldzug abgeschlossen ist."

„Eine solche Verzögerung könnte ernste Folgen für Euren treuen Offizier und seine Familie haben."

Krion wurde langsam sichtlich verärgert. „Eigentlich wollte ich dieses Thema erst gar nicht anschneiden, aber ich bin nach verlässlichen Berichten informiert, dass General Singer Junggeselle ist. Er hat keine Familie."

Erika spürte, wie sie errötete. „Wir sind verlobt. Das Aufgebot ist verkündet und offiziell eingetragen!"

„Was, auch wenn es wahr sein sollte, es Euch nicht erlaubt, sich als seine Ehefrau auszugeben. Mein Vater, der König, hat mir die Führung dieses Krieges anvertraut, eine Angelegenheit von größter Wichtigkeit, von der die Zukunft meines und Eures Landes abhängt. Ich habe keine Zeit, mich in die Liebeleien meiner Untergeordneten einzumischen, auch wenn es...", dabei sah er argwöhnisch auf ihre Hüften hinunter, „... sich um einen Fall von bevorstehender Vaterschaft handeln sollte."

Vor Entrüstung konnte Erika nur mit offenem Munde da stehen.

Das ist doch die Höhe!

„Mopsus!", rief der Prinz, und ein junger Offizier war sofort zur Stelle. „Begleitet die junge Dame zum Tor. In Zukunft ist es nicht nötig, weibliche Gäste anzukündigen. Teilt ihnen einfach mit, dass ich mit wichtigen militärischen Angelegenheiten beschäftig bin."

Erika war im Begriff, alle Hoffnung aufzugeben, als ihr plötzlich das Versprechen einfiel, das sie Rosalind gegeben hatte.

„Einen Augenblick, bitte, Eure Hoheit!" Sie griff in ihre Handtasche, zog den Ring hervor und reichte ihn ihm. „Meine Schwester Rosalind möchte Euch etwas geben."

Krion blickte kurz auf den unscheinbaren Ring in seiner Hand. „Und? Was soll das?"

„Sie ist ganz vernarrt in Euch."

Als bräuchte er keine weitere Erklärung, steckte sich Krion geistesabwesend den Ring auf den Finger. „Sie und noch tausend andere unausgeglichene junge Damen, die nichts anderes im Sinn haben, als sich in meine persönlichen Angelegenheiten einzumischen. Gehabt Euch wohl, gnädige Frau!"

Neben dem Tor stand eine Holzbank, die man anscheinend aufgestellt hatte, damit Boten und Bediente die müden Füße ausruhen konnten.

Was soll ich jetzt nur tun?

Die Unannehmlichkeiten der Schiffsreise waren nur ein milder Vorgeschmack der Fahrt über Land gewesen. Tagelang hatten die Karren sie durchgeschüttelt, Kutscher und Proviantoffiziere hatte sie angelogen, Wachen bestochen, ganz zu schweigen von den liebestollen jungen Männern, deren sie sich erwehren musste und die sie kaum noch an den Händen abzählen konnte. Es hatte sie ihren ganzen Charme und fast ihr ganzes Geld gekostet, um bis hierher zu kommen, aber die Aussicht, umzukehren und mit leeren Händen dem Zorn ihrer Eltern entgegenzutreten, konnte sie nicht ertragen.

Wenn ich Gift hätte, würde ich es auf der Stelle nehmen!

In der Nähe räusperte sich jemand. Sie wischte sich die Tränen ab, sah auf und erblickte einen jungen Mann in einer prachtvollen Uniform, offensichtlich eine Art Offizier.

„Es bricht mir das Herz, eine Dame weinen zu sehen", sagte er. „Und eine solche an einem Ort wie diesem zu finden, erregt mein

Interesse aufs Höchste. Ich bin Hauptmann Nikandros, Adjutant des Prinzen Clenas. Wie kann ich Euch behilflich sein?"

„Mein Name ist Erika, ich bin die Frau von General Singer. Ich bin weit gereist, um mit meinem Mann dringende Privatangelegenheiten zu besprechen, aber Prinz Krion teilte mir mit, dass er nicht hier ist und auch nicht bald zurückkehren wird. Dann verwies er mich kurzerhand des Lagers. Jetzt sitze ich fest, bin fast mittellos und kann weder mich selbst versorgen noch umkehren."

Nikandros schnalzte mitfühlend mit der Zunge. „Ich bitte an Prinz Krions Stelle um Verzeihung. Sein Umgang mit dem schönen Geschlecht ist wohl etwas schroff. Wenn ich Euch einen Rat geben darf – versucht, eine Audienz bei meinem Befehlshaber, Prinz Clenas, zu erlangen. Er ist den Frauen wohlgesinnt und tut nichts lieber, als den galanten Retter zu spielen. Wenigstens wird er Euch nicht so brüsk abweisen wie sein Bruder. Ich bin auf dem Weg seinem Hauptquartier. Wenn Ihr mich begleiten wollt?"

Prinz Clenas? Ist das nicht der berüchtigte junge Lebemann und Verführer? Aber habe ich eine andere Wahl? Nikandros wenigstens scheint nett zu sein.

Die einzige Fahrgelegenheit war einer der schwerfälligen Karren, beladen mit Säcken voller weißer Bohnen, deren Geschmack Erika nur allzu bekannt war.

Nikandros ritt plaudernd neben dem Karren her. „Wisst Ihr, das Heer beschäftigt zahlreiche Depeschenreiter. Es sollte nicht schwierig sein, General Singer eine Nachricht zukommen zu lassen. Sein letztes Quartier hatte er bei der Masserabucht aufgeschlagen."

Aber da war ich doch gerade!

„Ich dachte, er wäre bei Prinz Krion! Und dann sagte mir der Prinz, er wäre an einem Ort namens Barbosa!"

„Er ist erst vor Kurzem aufgebrochen. Möglicherweise kann ihn ein Bote noch einholen."

Wie dumm von mir! Warum musste ich auch an diesem Märchen von den Winteruniformen festhalten? Wenn ich die Wahrheit gesagt hätte, könnte ich jetzt vielleicht in den Armen meines Mannes liegen!

„Ich muss ihm sofort einen Brief schreiben!"

Aber wie soll ich ihm bloß alles erklären? Wenn ich ihm sage, dass ich bei Prinz Clenas bin, sind meine Pläne ruiniert!

Während sie versuchte, eine Lösung für diese Probleme zu finden, rumpelte der Wagen langsam eine Straße zu einem imposanten zweistöckigen Gebäude hinauf, das von sechs Kuppeln gekrönt und von einer niedrigen Mauer umgeben war. Erika warf einen Blick über die Schulter. Von hier aus konnte sie über die Lagune bis nach Kafra sehen, eine riesige Stadt, mindestens doppelt so groß wie Waterkant. Die Sonne glitzerte von den Ziegeldächern und Türmen und der goldenen Kuppel.

Daher kommt also unsere Seide!

Die holprige Fahrt kam zu einem holprigen Ende. Nikandros stieg vom Pferd und half ihr vom Karren.

„Bitte entschuldigt mich einen Moment, Madame. Alle Besucher des Hauptquartiers müssen hier im Büro registriert werden." Er zeigte auf ein kleines Gebäude am Eingang. „Ich kehre gleich zurück."

Obwohl Erika noch in Gedanken mit ihren eigenen Angelegenheit beschäftigt war, fiel ihr doch auf, dass die Wachtposten Nikandros stramm salutiert hatten, und der Stallbursche, der sein Pferd hielt, hatte sich wie vor einem König verbeugt.

Ein Glück, ich habe tatsächlich eine bedeutende Persön-

lichkeit gefunden, die mich beschützen wird! Aber warum muss er ausgerechnet für Prinz Clenas arbeiten?

Während sie auf Nikandros wartete, schritt sie unruhig auf und ab und verfasste in Gedanken den Brief an ihren Ehemann. In ihrer Vorstellung war ihr Wiedersehen stets freudig gewesen. Doch ihre Anwesenheit in Kafra zu erklären, würde nicht einfach werden. Und Prinz Clenas durfte natürlich mit keinem Wort erwähnt werden.

Als Nikandros zurückkehrte, wirkte er zerknirscht. „Madame, ich fürchte, Ihr werdet nun schlecht von mir denken. Doch ich muss Euch leider sagen, dass Prinz Clenas kürzlich den Befehl erhielt, sich auf Kundschaft weit in das Gebiet östlich von Kafra zu begeben, und ich kann nicht mit Sicherheit sagen, wann er zurückkehren wird. In der Zwischenzeit seid Ihr als Gast der Königlichen Leichten Kavallerie herzlich willkommen. Wir haben Zimmer für durchreisende Offiziere, eins davon steht Euch zur Verfügung. Bitte folgt mir auf die Amtsstube, dann erledigen wir die Sache mit Eurem Brief."

Clenas ist nicht da! Den Göttern sei Dank!

Im Hauptquartier machte sie sich an einem rohen Holztisch daran, den Brief zu schreiben, den sie sich vorher in Gedanken zurechtgelegt hatte.

> Liebster Singer!
> Die Nachricht von Deiner Beförderung hat mir große Freude bereitet! Du wirst sie nicht abzulehnen brauchen, nur um mich zu sehen, denn ich bin zu dir gekommen. Zur Zeit stehe ich unter dem Schutz von Hauptmann Nikandros, einem Offizier im Dienste Seiner Hoheit. Du findest mich in seinem Hauptquartier, einem zweistöckigen Gebäude mit sechs Kuppeln auf einem Hügel nahe der Lagune an der Nordseite des Lagers. Es bleibt mit keine Zeit für Einzelheiten, denn der Bote wartet. Bitte gib ihm eine mit, wenn er zurückkehrt. Ich erwarte dich sehnlichst, Deine Dich liebende
> Erika.

Sie las die Zeilen noch einmal durch. Dieser Brief würde ihn sobald wie möglich zu ihr führen, und sie wären wieder vereint.

Etwaige Unannehmlichkeiten mit Clenas ließen sich künftig berei-
nigen. Sie versiegelte den Brief und gab ihn Nikandros, der ihn an
einen Expressreiter weiterreichte.

„Hikmet, unser Hofmeister, wird Euch auf Euer Zimmer bringen."

Hikmet nahm ihr Gepäck. Er war ein Bandeluke mittleren
Alters, gut gekleidet und mit würdevoller Haltung. Erika hatte oft
Männer wie ihn im Laden ihrer Familie gesehen.

Sobald sie niemand mehr hören konnte, wandte sie sich in
seiner eigenen Sprache an ihn. „Sagt mir, Effendi, wie seid Ihr ein
Diener dieser Akaddier geworden?"

Einen Augenblick lang sah er sie erstaunt an, dann lächelte er.
„So solltet Ihr mich nicht nennen, solange ich nur dieses niedrige
Amt ausübe. In Wahrheit bin ich der Besitzer dieses Gebäudes,
oder besser gesagt – ich war es, bis die Fremden es in Beschlag
nahmen. Ich habe sie gebeten, mich als Diener hierbleiben zu lassen."

„Es ist ein sehr schönes Heim. Ihr wollt es nach dem Krieg
zurückerhalten?"

„Es ist mein Heim. Wenn ich es verlasse, habe ich nichts.
Meine Familie ist klein, sie darf auf Matten in der Küche schla-
fen. Meine Frau ist eine ausgezeichnete Köchin. Sie werden heute
Abend eine Probe von ihrer Kochkunst genießen."

„Aber was wart Ihr denn vor dem Krieg?"

„Ich war ein Seidenkaufmann."

„Tatsächlich? Dann kennt Ihr vielleicht das Handelshaus Wartfield? Bis vor Kurzem war ich dort angestellt."

„Noch letztes Jahr habe ich an Haus Wartfield eine Ladung
Recaih-Seide geschickt. Hier ist Euer Zimmer." Er legte ihr Gepäck auf das Bett, verbeugte sich höflich und verschwand.

Erika atmete tief durch.

Soll das eine Falle sein?

Das Zimmer war übermäßig prächtig dekoriert. Auf dem
Boden lagen dicke Teppichen, und seidene Wandbehänge zeigten
Männer und Frauen in amourösen Stellungen. Auf dem Deckenge-
mälde war ein Rosengarten mit unzüchtig spielenden Knaben und
Mädchen abgebildet. In der Mitte des Zimmers stand ein großes,
vergoldetes Bett mit Bezügen aus Seide und bestickten Kissen.

Und das soll ein militärisches Hauptquartier sein?

Ihr erster Gedanke war, nachzusehen, ob die Tür abgeschlossen war. Sie war es nicht, und als sie einen schweren Riegel auf der Innenseite entdeckte, fühlte Erika sich ein wenig sicherer. Dann nahm sie ein Kissen und sah es sich genau an. Irgendjemand, der viel zu viel Parfüm trug, hatte vor nicht langer Zeit darauf gelegen. Sie prüfte die Bettbezüge an, aber die waren frisch und frei von Spuren etwaiger Liederlichkeiten. Zuletzt zog sie einige Schubladen auf, aber sie waren alle leer, nur ein schwacher Geruch von Parfüm hing noch darin.

Wer wohl vor mir hier war? Irgendeine einheimische Frau? Hikmets bedauernswerte Frau oder Tochter? Hätte er mich gewarnt, wenn wirklich Gefahr bestünde?

Sie ging an das Fenster, von dem aus sie einen herrlichen Blick über die Lagune und Kafra hatte.

Wo sind die anderen Leute, die in diesem Hause gewohnt haben? Sind sie nach Kafra gegangen? Vielleicht schauen sie gerade über das Wasser zurück zu ihrer Heimat?

Sie setzte sich auf den Rand des Bettes und dachte über ihre Lage nach. Nikandros war ein Kuppler, oder er erwartete wenigstens eine Belohnung dafür, junge Frauen wie sie hierherzuschaffen. Anscheinend hatte man nicht vor, sie gewaltsam festzuhalten, denn weder die Tür noch das Fenster waren verschlossen, und über die niedrige Mauer draußen könnte sie mit Leichtigkeit hinwegklettern. Aber wenn sie die Flucht ergriffe, wohin sollte sie dann gehen?

Früher oder später wird mein Mann hier sein. Ich habe den Boten mit meinem Brief fortreiten sehen. Aber wird er hier sein, bevor Prinz Clenas zurückkommt?

Es war wohl am sichersten zu bleiben, wo sie war. Im Moment bestand immerhin keine Gefahr, dass man sie vergewaltigte, und falls es doch dazu kommen sollte, würde sie sich dann damit auseinandersetzen müssen. Mit diesem Gedanken begann sie, sich für das Abendessen anzukleiden.

Der Speisesaal war ein langgestreckter Raum mit einer erhöhten Podium an einem Ende. Nikandros erwartete sie in einer noch prachtvolleren Uniform als zuvor.

„Wir speisen allein", sagte er. „Prinz Clenas hat den Rest des Stabs mitgenommen."

„Eure Uniform verdient alle Achtung", sagte sie. „Ich hoffe,
der Prinz wird Euch nicht um Eure feine Ausstattung beneiden?"
Nikandros lachte. „Keineswegs. Clenas liebt es, seinen Stab in
der feinsten Kleidung zu sehen. So lässt er sich besser zur Schau
stellen. Seine eigenen Uniformen sind noch viel prunkvoller."

Wirklich? Sogar eine Nutte käme sich mit all den Tressen lä-
cherlich vor!

„Nach Eurem Anzug zu urteilen, habt Ihr Euch bestimmt in
vielen Schlachten ausgezeichnet!"

„Zu meinem Leidwesen nicht, wir Stabsoffiziere sind die Droh-
nen des Schlachtfelds. Während des Eidbundkrieges war ich im
diplomatischen Dienst, und seit wir gelandet sind, habe ich nur an
einer einzigen Kampfhandlung teilgenommen. Das war eine heikle
Sache, ich konnte kaum gegen die Bandeluken standhalten, denn
sie waren unserer kleinen Truppe zahlenmäßig weit überlegen. Der
Kampf dauerte stundenlang. Meine Hauptsorge war, ihren Lanzen
auszuweichen, die immer und immer wieder angriffen. Einmal
schien es, als würde ich bald aufgespießt werden, da griff das
Schicksal ein und ich wurde vom Pferd geworfen. Es war schlecht
beschlagen, ich verdanke also mein Leben einem losen Hufeisen."

„Was Ihr nicht sagt! Ah, ich sehe, das Essen wird serviert."

Die Mahlzeit, die Hikmet angekündigt hatte, bestand aus
Garnelen und Austern, in Olivenöl gebraten und mit gewürfeltem
Gemüse und vielen Gewürzen verfeinert. Vorsichtig nippte Erika
an ihrem Wein, doch ihre Befürchtung, dass man ihr auf diesem
Wege ein Betäubungsmittel unterjubeln wollte, schien sich nicht
zu bestätigen. Es war völlig normaler Wein, ein guter Jahrgang von
Scopolo. Das Essen hingegen war so großzügig mit roten Pfeffer
gewürzt, dass es beinahe zu übermäßigem Trinken und Ausgelas-
senheit einlud.

Aber da spiele ich nicht mit! Ich werde einfach in Maßen essen
und trinken, dann wird alles gutgehen. Wenn dies eine Art Verfüh-
rung sein soll, ist es eine ziemlich lahme Angelegenheit. Nikandros
hält sich an die Regeln.

Der Nachtisch bestand aus einem Konfekt aus kandierten
Datteln. Erika aß eifrig davon, denn er minderte den brennenden
Pfeffergeschmack.

Nach dem Essen griff Nikandros zu einer kleinen Klingel,
woraufhin Hikmet erschien und das Geschirr abtragen ließ. Erika

wollte sich zurückziehen, aber Nikandros sagte: „Habt noch einem Moment Geduld, Hikmet hat eine kleine Unterhaltungseinlage für uns vorbereitet."

Drei Musikanten traten ein, ein Lautenspieler, ein Trommler und ein Mann mit einem Messinghorn. Nikandros beugte sich zu ihr hin: „Man sagt, diese Männer haben für den Amir höchstpersönlich gespielt."

„Und trotzdem sind sie nicht nach Kafra geflohen."

„Im Gegenteil, sie sind *aus* Kafra geflohen, um so weit wie möglich von Amir Qilij wegzukommen. Sie waren ursprünglich ein Quartett, aber der vierte muss dem Amir missfallen haben."

Erika lehnte sich zurück, um die Musik zu genießen.

Der Lautenspieler zupfte ein Adagio, eine wohltuende, simple Melodie, begleitet von sanften Trommelklängen, die ein Bild von müßigen Sommertagen, unschuldigen Kinderspielen und Bauerntänzen malten. Aber just als Erika ein bisschen schläfrig wurde und ihre Aufmerksamkeit nachließ, ließ sich das Horn mit einem sanften, aber unharmonischen Ton vernehmen, der langsam ausklang. Der Lautenspieler pausierte kurz, dann fuhr er lauter fort, als wollte er das sich andrängelnde Horn verjagen. Das Horn jedoch kehrte zurück, wurde lauter und lauter, bis sich ein regelrechtes Duell mit dem Adagio entwickelte. Das Horn mit seinen traurigen Klagetönen hatte bald die lustige Laute überwunden, spielte noch ein kurzes Finale und löste sich ebenfalls auf. Der Trommler, der im Hintergrund fast unbemerkt den Takt geschlagen hatte, fuhr noch einen Moment fort und schloss dann mit einem einzigen, schweren Schlag ab.

„Charmant", sagte Erika. „Wie heißt das Stück?"

„Ich fürchte, ich bin ihrer Sprache nicht mächtig, und sie sprechen meine nicht", sagte Nikandros und warf den Musikanten drei Goldthaler hin. „Doch mir wurde eine weitere Vorstellung angekündigt."

Jetzt erschien eine Frau, ganz in schwarze Seide gekleidet.

„Sie ist bezaubernd, aber nicht annähernd so bezaubernd wie Ihr", sagte Nikandros.

Aha, jetzt kommen wir der Sache allmählich näher!

Die schwarz gekleidete Frau begann unter Begleitung der Musikanten zu singen. Erika hatte dieses Lied noch nie gehört, aber das Thema war ihr sehr bekannt:

Ohne dich fliegen die Vögel nicht.
Ohne dich fließen die Flüsse nicht.
Du bist fort, warum weiß ich nicht.
Komm, komm, komm heim zu mir!

Gibt's Dämonen, die plagen dich?
Gibt's Soldaten, die verhaften dich?
Gibt's Mauern, die zwängen dich?
Komm, komm, komm heim zu mir!

Die Dämonen vertreiben wir!
Die Soldaten verprügeln wir!
Die Mauern zerbrechen wir!
Komm, komm, komm heim zu mir!

Erika applaudierte. „Das hast du sehr schön gesungen", sagte sie auf Bandelukisch. Die Frau lächelte und verbeugte sich.

Nikandros warf ihr einen Goldthaler zu. „Was habt Ihr ihr gesagt?", flüsterte er.

„Dass sie sehr schön gesungen hat."

Es ist zweifellos wahr, dass er die bandelukische Sprache nicht beherrscht, sonst hätte er nicht dieses Lied ausgesucht.

Die Frau steckte ihre Münze ein und zog sich zurück. Dann traten ein Mann und eine Frau, beide weiß gekleidet, vor.

„Bauerntänzer, die sind sehr gut", sagte Nikandros.

Die Musikanten spielten eine einfache, rhythmische Melodie in gemächlichem Tempo. Die Tänzer begannen an den gegenüberliegenden Enden des Saals, kamen einander näher und schwebten in getragenem Gleitschritt aneinander vorbei, als wären sie allein im Raum. Dann blickten sie den jeweils anderen über die eigene Schulter hinweg am, machten kehrt und näherten sich einander wieder. Diesmal kam der Mann auf die Frau zu, während sie sich entfernte. So umkreisten sie einander, bis sie an ihren Ausgangspunkt zurückgekehrt waren.

Die Musik ging in ein Allegro über, und die Tänzer beschleunigten ihre Schritte. Als sie zum dritten Mal zusammentrafen, ergriff der Mann die Frau am Handgelenk und wirbelte sie herum. Doch sie machte sich frei und floh in einer Folge von anmutigen

Sprüngen durch den Saal, während der Mann sie Schritt für Schritt verfolgte.

Die Musik wurde heißer wie im Fieber, der Tanz leidenschaftlich. Der Mann raste der Frau nach, aber sie entkam ihm, bis er, augenscheinlich erschöpft, auf die Knie sank. In diesem Moment hörte die Musik abrupt auf, begann aber in einer anderen Tonart von neuem. Nun ging die Frau auf den Mann zu und fasste ihn bei der Hand. Die beiden vollführten einen intimen Pas-de-deux, während die Instrumente das Finale spielten.

Ich merke, wohin das führen soll.

„Wenn Ihr Lust habt, Euch selbst auf den Tanzboden zu begeben", flüsterte Nikandros ihr ins Ohr, „ich kenne zufällig ein paar..."

Wie ärgerlich das ist! Wie komme da wieder raus?... Moment mal, was sind das für Kleidungstücke?

Als die Tänzer herankamen, um ihre Belohnung zu erhalten, sah sie sich ihre Tracht genauer an. Sie war aus einem rauen Stoff zusammengenäht, den sie noch nie gesehen hatte.

Sie stand auf und sagte auf Bandelukisch: „Bitte kommt näher, ich möchte mir eure Gewänder ansehen."

Die Bauern starrten sie nur verständnislos an.

Das sind gar keine Bandeluken! Was sind sie dann?

Sie griff nach der Klingel, um Hikmet herbeizurufen.

„Madame, was tut Ihr?", entfuhr es Nikandros, als sie vom Podium stieg, zu dem Tänzer ging und den Stoff seines Hemdes zwischen den Fingern rieb. Hikmet trat an sie heran.

„Bitte sagt diesem Mann, er möge sein Hemd ausziehen, ich möchte den Stoff untersuchen."

Hikmet sprach ein paar Worte in einer Sprache, die sie noch nie gehört hatte, und einen Moment später hielt sie das Hemd in Händen. Sie riss einen Streifen vom Saum und trennte die Fäden auf.

„Welcher Stoff ist das? So etwas habe ich noch nie gesehen!"

„Sie nennen es Pamuk", sagte Hikmet. „Ein rauer Stoff, nur Bauernkleider und Säcke werden daraus gemacht. Ihr habt es noch nicht gesehen, weil es nie exportiert wird."

„Was soll das Gerede, worum geht es?", sagte Nikandros verärgert.

Erika wechselte rasch ins Akaddische. „Vergesst nicht, die Tänzer zu bezahlen. Gebt ihnen ein Beispiel ihrer fürstlichen Großzügigkeit."

Inzwischen hatte sie ein paar Fäden gelöst und hielt sie an eine Kerzenflamme, um sie besser betrachten zu können. Sie hielt einen Faden in die Flamme und ließ ihn verbrennen.

„Dieser Stoff ist so rau, weil er von Hand gesponnen ist", erklärte sie Hikmet. „Aber die Fasern sind fein und gleichzeitig stark. Man könnte einen ausgezeichneten Stoff daraus fertigen, leicht, aber haltbar."

Hikmet schüttelte skeptisch den Kopf. „Warum sollte man sich die Mühe machen, wenn man einfach Seide von den östlichen Provinzen importieren kann?"

„Gerade das kann man eben *nicht* mehr. Dieser verdammte Krieg kann noch Jahre dauern, und währenddessen werden die Fabrikate aus dem Osten Mangelware!"

„Das stimmt!", sagte Hikmet begeistert. „Dieses Pamuk wächst überall in Chatmakstan wie ein Unkraut. Wenn wir uns nur ein paar Webstühle beschaffen könnten..."

„Und etwas Startkapital..."

„Ich verlange zu wissen, was hier vor sich geht!", ließ sich Nikandros mit voller Lautstärke vernehmen. Der Abend war nicht so verlaufen, wie er es geplant hatte.

„Unser Gespräch ist für Eure Hoheit bestimmt nicht von Interesse. Es sei denn, Ihr wollt nicht länger das Gespött des Landes bleiben und stattdessen als reichster Prinz Akaddiens bewundert werden."

12: Raisha

„So etwas Verrücktes habe ich noch nie gesehen", sagte der General.

„Es gibt verrücktere Sachen", entgegnete Raisha.

Der General schüttelte den Kopf. „Nicht dass ich wüsste."

Sie waren den ganzen Tag mit dem Heer im Rücken in südlicher Richtung an dem Höhenzug entlang geritten. Mehrmals hatte Raisha auf Stellen aufmerksam gemacht, die man hinaufklettern könnte, aber für Pferde war der Aufstieg unmöglich. Jetzt waren sie an der Großen Treppe angekommen, einer langen Reihe von Steinstufen, die in den Abhang geschlagen worden waren und über eintausend Fuß in die Höhe liefen.

Singer starrte hinauf. „Wozu das Ganze? Du sagtest doch, da oben gebe es nichts außer ein paar Ruinen."

„Ich weiß es nicht, Herr General. Das alte Volk der Kano hat es gebaut; sie werden ihre Gründe gehabt haben."

„Es muss eine unglaubliche Arbeit gewesen sein, soviel Stein abzutragen. Wie viele tausend Arbeiter sind dazu nötig?"

„Der Legende nach waren sie in nur einer Nacht fertig. Sie haben Dämonen eingesetzt."

Singer fasste sich nachdenklich ans Kinn. „Eine bemerkenswerte Geschichte, ob sie wahr ist oder nicht. Schauen wir uns einmal an, wie es oben aussieht!"

Die Stufen waren gerade breit genug für ein einzelnes Pferd, aber hinaufzureiten wäre ohnehin leichtsinnig gewiesen, also stiegen sie ab und führten die Pferde am Zügel. Doch schon nach wenigen Stufen meinte Singer: „Wir kommen da nie hoch, falls irgendjemand da oben uns daran hindern will."

„Keine Sorge, Herr General, die Große Treppe wird nicht bewacht, denn auf der anderen Seite gibt es nichts, das bewacht werden müsste."

„Das klingt plausibel, aber ich bin erst beruhigt, wenn wir oben sind."

Singer kam als erster oben an. Nach einem ersten Rundblick über den Wirkungsbereich sagte er: „Du hast nicht übertrieben!"

Hinter ihnen lag Chatmakstan mit seinen Feldern, Dörfern und zahlreichen Wasserläufen, die sich bis zum Meer hinschlängelten.

Vor ihnen lag jedoch etwas ganz anderes. Vom höchsten Punkt der Anhöhe war nur ein Tal zu sehen, das sich vom Rand der Böschung etwa eine Meile senkte, dann aber wieder zu einem hohen, felsigen Grat erhob, der nach links und rechts in die Ferne reichte. Hinter diesem war ein zweiter zu sehen, und dahinter war im Abendlicht gerade noch ein dritter auszumachen.

„So sieht die ganze Strecke bis Barbosa aus, mit Ausnahme der Ruinen in der Mitte", sagte Raisha.

„Von denen du mir immer noch nicht sehr viel erzählt hast."

„Ich war noch nie dort und ich kenne auch niemanden, der sie je gesehen hat. Ich weiß nur, was ich gehört habe, nämlich dass dort einmal eine Stadt der Kanos stand, die aber nun schon seit eintausend Jahre unbewohnt ist."

Von Wasser oder Bäumen war weit und breit nichts zu sehen. Singer bückte sich und riss ein paar Blätter der wohlriechenden, kniehohen Büsche ab, die hier überall zu wachsen schienen. Er hielt sie seinem Pferd hin, welches unbeeindruckt schnaubte.

„Von hier bis Sauerbrunnen gibt es kein Weideland, und auch auf der anderen Seite sehr wenig", sagte Raisha. „Selbst

Kamele fressen die Pflanzen nicht. Es gibt Antilopen, aber viel zu wenige, um das Heer satt zu kriegen."

„Geh wieder hinunter und sag Baron Hardy, er soll unter der Terrasse sein Lager aufschlagen und die Pferde weiden. Wir sparen Wasser und Getreide, wenn die Reiterei zuletzt heraufkommt. Kannst du ihm das beibringen?", fügte er auf Hallandisch hinzu.

„Ich jetzt mehr gut", antwortete Raisha in derselben Sprache.

„Das muss genügen. Inzwischen warte ich hier auf die erste Infanterie. Wir brauchen einen guten Plan."

Als die Morgendämmerung über dem felsigen Land anbrach, wartete der größte Teil des Heeres noch am Fuße der Großen Treppe. Eine scheinbar endlose Schlange von Soldaten, mit Waffen, Ausrüstungsgegenständen und Proviant beladen, erreichte allmählich die Spitze, wo die Männer ihr Lager aufschlugen und auf den Rest warteten.

„Während wir warten, reitest du nach Sauerbrunnen und berichtest mir, was da los ist!", befahl der General Raisha. „Warum siehst du mich so an? Steig auf dein Pferd und los!"

Auf dem Pferd zu sitzen und auf der Karawanenstraße entlang zu reiten, schien anfangs eine angenehme Sache zu sein. Sie war nicht mehr wund vom Reiten. es war warm, eine leichte Brise wehte ihr ins Gesicht, und sie war bester Laune.

Nach einer Weile jedoch fühlte sie sich allmählich einsam, und ein ungutes Gefühl beschlich sie.

Das hier ist der Wirkungsbereich. Nur die Götter wissen, was hier passieren kann!

Sie erinnerte sich an die Geschichten, die sie gehört hatte: Geisterhafte Armeen stürmten zerstörte Städte im Mondlicht! Menschen verirrten sich und wurden erst nach Jahren zu Stein erstarrt wiedergefunden. Es gab Berichte von Ungeheuern, von Löwen und anderen fantastischen Wesen.

Reiß dich zusammen! Männer sind tapfer! Wenn dumme Legenden von Löwen dir Angst einjagen, wie willst du dann mit einer richtigen Gefahr wie der Hexe fertigwerden?

Allein die Leere des Landes gab ihr ein Gefühl von Sicherheit. Eine Meile der Karawanenstraße sah genau wie die vorige aus.

Hier gibt es nichts zu fürchten. Es ist nur eine leere Wüste, die jeder Narr... WAS WAR DAS?

Etwas war plötzlich aus dem Buschwerk hervorgesprungen, wie ein Blitz auf die nächste Anhöhe zugeschossen und genauso schnell zwischen zwei Felsen verschwunden.

Nur eine Antilope. Männer sind tapfer! Sie erschrecken nicht gleich bei jedem kleinsten Geräusch!

Ihre Aufregung war bald verflogen. Es war einfach heiß und viel zu langweilig. Es gab nichts zu sehen, nichts zu tun, und bald wünschte sie sich, sie hätte mehr Wasser mitgebracht.

Um die Mittagszeit erreichte sie Sauerbrunnen. Das Land schien wie ausgehöhlt. Die Anhöhe war verschwunden, stattdessen gab es eine Vertiefung mit einem großen, seichten Teich in der Mitte. Überall wuchs Gras, und Raisha entdeckte einen kleinen Kreis von Zelten.

Zelte!

Das waren Bandelukenzelte, und bald erschienen auch die dazugehörigen Bandeluken, zehn an der Zahl, an ihrer Rüstung als Soldaten zu erkennen. Sie blieben stehen, um Raisha in Augenschein zu nehmen, als sie sich ihnen näherte.

Männer sind tapfer! Reite einfach ganz nah an sie heran!

Im Lager angekommen stieg sie unaufgefordert vom Pferd, nicht anders als im Haus Jasmin. Einer der Soldaten trat vor.

„Feldwebel Olgun, Leichte Kavallerie Kafra", sagte er.

„Rekrut Rajik, Scheich Mahmuds Hausgarde", erwiderte sie, ohne mit der Wimper zu zucken.

Olgun war ein großer Kerl mit breiten Schultern und einem beeindruckenden Schnauzbart. Grinsend blickte er auf sie herab. „Wenn du deinen Chef suchst, der ist vor zwei Wochen hier durchgekommen. Wie ein ängstlicher Hase ist er nach Kafra gerannt. Ich hab' ihm gesagt, da kommt keiner durch, aber er wollte es nicht glauben."

„Er ist ein störrischer Esel, wie die ganze Familie. Aber ich suche ihn gar nicht. Er hat uns in einem Kampf gegen die Chatmaken im Stich gelassen."

Olgun lachte. „Chatmaken! Was für ein großer Kriegsheld!"

„Wenn du sie gesehen hättest, würdest du nicht so lachen. Irgendetwas hat ihnen Mut eingeflößt! Sie haben uns in einem Dorf mit ihren Speeren eingekesselt. Ich schlug den Mann vor mir nieder und entkam, aber außer mir hat es fast niemand geschafft. Scheich Mahmud war längst fort. Ihm werde ich niemals mehr folgen, wenn ich die Wahl habe."

Olgun nickte zustimmend, als habe er die Geschichte schon einmal gehört. „Du bist ein strammer Bursche, für deine Größe. Wo hast du diese schöne Jacke und diesen komischen Dolch her?"

„Von einem der Fremden. Er wird sie nicht mehr brauchen."

„Aber du auch nicht, fürchte ich. Noch bist du nicht aus dem Schneider! Als die Fremden landeten, schickte Amir Qilij uns los, um seine neue Braut aus Haus Jasmin zu holen, aber wir konnten sie nicht finden. Inzwischen hatten fremde Truppen die Provinz überrannt, und wir konnten nicht nach Kafra zurück. Qilij hätte uns sowieso aufgespießt, wenn wir ohne das Mädchen zurückgekehrt wären. Seit dem stecken wir hier fest. Es gibt nichts zu essen außer Antilopen, und die sind sehr scheu."

„An deiner Stelle würde ich auch nicht nach Kafra gehen", sagte Raisha. „Es ist ein Seuchenherd voller hungriger Flüchtlinge und von fremden Truppen umzingelt. Qilij sitzt nur in seinem Palast herum und wartet auf das Ende. Du solltest den Göttern danken, dass du ihm nicht mehr zu dienen brauchst. Ich hatte selbst mit ihm Schwierigkeiten und konnte nur mit Glück fliehen. Wahrscheinlich lässt er immer noch ein paar Narren nach mir suchen."

„Bist du etwa Ebrahim? Nein, das kann nicht sein, er war viel größer als du."

„Ebrahim ist noch am Leben. Er hatte sich unter den Chatmaken versteckt. Jetzt hat er sich den Fremden angeschlossen, und die haben ihn zum Feldwebel in ihrer Miliz ernannt."

„Das verdammte Schlitzohr! Und ein Mädchen hat er wohl auch gefunden!"

„Das hat er. Aber das hilft uns auch nicht weiter. Wir sitzen hier in der Falle. Ich komme gerade von der Großen Treppe. Ein ganzes Heer von Fremden ist im Anmarsch!"

„Wirklich? Was wollen die hier?"

„Das wissen nur die Götter. Es sind Fremde. Vielleicht suchen sie nur nach einer Möglichkeit, Kafra zu umgehen, in der Flanke anzugreifen und so in die Heimatprovinzen einzubrechen."

„Durch den Wirkungsbereich kommen sie nie!"

„Dann haben sie Pech gehabt. Leider ist es unser Pech, dass sie das noch nicht wissen."

Olgun nahm seinen Helm ab und wischte sich den Schweiß von der Stirn. „Dann sind wir geliefert. Hier gibt es kein Entkommen, es sei denn, wir wollen unser Glück mit der Hexe von Barbosa versuchen."

„Wenn du mich fragst, wäre es vielleicht doch besser, wenn wir uns den Fremden ergeben. Die verwandeln uns wenigstens nicht in Ungeheuer. Vielleicht können wir es wie Ebrahim machen!"

Bei diesen Worten brach es aus allen Soldaten, die bis jetzt nur um sie herumgestanden hatten, gleichzeitig hervor:

„Das würde Schande über uns bringen!"

„Wollt ihr lieber von Qilij aufgespießt werden?"

„Oder den Löwen der Hexe zum Fraß vorgeworfen werden?"

„Vielleicht schaffen wir es zu den Wahnlanden!"

„Ein rascher Tod auf dem Schlachtfeld wäre besser!"

Einer wollte kämpfen, ein anderer die Pferde sich selbst überlassen und den Abhang hinunterklettern, ein dritter nach Barbosa gehen. Aber die meisten wollten sich ergeben. Und bei diesem Plan blieben sie, als die fieberhafte Debatte sich langsam beruhigte.

„So nimmt denn unser Schicksal seinen Lauf", sagte Olgun und setzte sich den Helm wieder auf. „Die Götter mögen uns beistehen!"

Inzwischen hatte sich um die Große Treppe ein ausgedehntes Lager von über eintausend Fremden ausgebreitet. „Du sprachst von einem ganzen Heer. Ich dachte erst, du übertreibst, aber jetzt glaube ich dir", sagte Olgun.

„Es ist keine Kavallerie zu sehen. Es bleibt immer noch Zeit umzudrehen", sagte Raisha.

„Und wohin? Früher oder später fangen sie uns doch."

Als sie sich dem Lager näherten, kam eine Gruppe von fremden Soldaten auf sie zu. Sie formierten sich in einer Reihe, um ihnen den Weg zu versperren. Die Bandeluken zögerten. „Wer sind die?", fragte Olgun.

„Sie nennen sich die Donnerwerfer. Denen sind wir immer aus dem Wege gegangen, und ihr haltet euch auch am besten außer Reichweite. Ich gehe alleine vor. Wenn ich in einer Stunde nicht zurück bin, tut, was ihr für richtig haltet."

Olgun klopfte ihr auf die Schulter. „Bei Savustasi, du bist wirklich mutig für so einen kleinen Kerl!"

Es fiel Raisha nicht schwer, schnell an den Donnerwerfern vorbeizukommen. Sie rief einfach das Wort „Friede" in ihrer Sprache, worauf sie einen hartgesottenen Mann mit durchdringendem Blick namens Hauptmann Stewart herbeiriefen, der ihr Hallandisch unbeachtet ließ und in gebrochenem Bandelukisch zu ihr sprach

„Wer du?"

„Ich bin Rajik, Offiziersbursche bei dem Herrn General. Ich komme von einer Kundschaftsmission in Sauerbrunnen zurück und bringe Gefangene mit."

„Hm, Generals Bandeluk. Geh da."

Er winkte sie durch.

Den General zu finden war nicht ganz so einfach, denn das Lager war mittlerweile ziemlich groß. Sie führte ihr Pferd an einigen seltsam aussehenden Soldaten vorbei, die beim Aufrichten ihrer Zelte innehielten und sie anstarrten. Doch ließ sich nicht beirren und ging einfach weiter, und niemand stellte sich ihr in den Weg.

Schließlich fand sie das Zelt des Generals, um das sich einige sieben Fuß große Dämonen versammelt hatten – ein erschreckender Anblick.

Männer sind tapfer. Die Dämonen haben mich in Ruhe gelassen und werden es auch weiter tun. Tu so, als wären sie gar nicht da!

Die Dämonen hatten einen Gefangenen am Wickel, ganz beiläufig, so wie man ein zappelndes Kaninchen hält, um ihm nicht weh zu tun. Der Mann schrie den General wütend an, während dieser ungerührt und schweigend in seinem goldenen Helm dastand.

Überrascht erkannte Raisha, dass der Gefangene ein Fremder war. Er brüllte in voller Lautstärke auf Hallandisch. Sie konnte nur ein paar Worte verstehen: „Unmöglich... Unhold... Katastrophe... betrügen... ewig..."

Mein Wortschatz wird reicher, aber sogar ein Hallander wird ihn bei diesem Geschrei nicht verstehen.

Als der General sie sah, machte er eine abwinkende Handbewegung in Richtung des Gefangenen. Prompt steckte ein Dämon dem Mann einen Lappen in den Mund.

Sie salutierte. „Entschuldige das Theater", sagte der General auf Bandelukisch. „Wenn ich einen freien Moment habe, werde ich dich mit Feldwebel Littleton bekanntmachen, unserem Ingenieur. Ich habe ihm gerade meinen Plan erklärt, wie wir den Wirkungsbereich durchqueren können. Was hast du bei Sauerbrunnen gefunden?"

„Einen Trupp der bandelukischen Kavallerie. Ich habe sie überredet, sich zu ergeben. Sie warten an der Südseite des Lagers auf uns."

„Reiten wir hin!"

Olgun und seine Männer warteten dort, wo sie sie zurückgelassen hatte. Sie waren sichtlich erleichtert, sie wiederzusehen, doch schien der General ihnen Furcht einzuflößen. Seine blankpolierte Rüstung und sein goldener Helm reflektierten die letzten Sonnenstrahlen und ließen ihn wie das Ebenbild des Kriegsgottes persönlich erscheinen.

Der General ergriff als erster das Wort. „Männer, mir wurde gemeldet, ihr wollt euch ergeben."

„Jawohl, Effendi", sagte Olgun.

„Dann steigt ab!"

Keiner rührte sich. Raisha wusste genau, was ihnen durch den Kopf ging. Dies war der letzte Schritt. Einmal abgesteigen, würden sie nicht weglaufen können. Andererseits war ihnen hier ein bedeutender General in ihre Hände gefallen. Amir Qilij würde wahrscheinlich Nachsicht üben und sie königlich belohnen, wenn sie ihm das Haupt des Generals brächten.

Bevor sich diese Idee in ihren Köpfen festsetzen konnte, ergriff Raisha die Gelegenheit und sprang vom Pferd. Einer nach dem andern taten die Soldaten es ihr nach.

„Alle Waffen auf einen Haufen!", befahl Singer, wie immer voller Selbstvertrauen.

Wieder zögerten sie einen Augenblick. Raisha warf ihren Bogen und Köcher zu Boden, dann ihre beiden Dolche. Nun legten die anderen ihre Waffen dazu. Bald entstand ein großer Haufen von Schwertern, Dolchen und Bogen, und ganz oben thronte Olguns greuliche Streitaxt.

„Es steht euch frei, eure Waffen auf dem Boden liegenzulassen, auf eure Pferde zu steigen und nach Hause zu reiten oder wohin es euch beliebt."

Es folgte ein Augenblick der Stille, in dem jeder Mann unschlüssig seine Waffen betrachtete. Sie wussten alle, dass es nicht einfach sein würde, den Wirkungsbereich ohne Vorräte und einen Bogen für die Jagd zu durchqueren. Und wie sollten sie sich gegen die rachsüchtigen Chatmaken behaupten? Und wo sollten sie hin? Hatten sie überhaupt noch ein Heim, das sie aufnehmen würde?

Einer der Soldaten, der jüngste, sagte schließlich: „Mit Erlaubnis, Effendi. Mein Vater ist Amtmann im Weidenhof. Ich möchte mich auf den Weg machen und ihn suchen."

„Tu das."

Viele traurige Blicke folgten dem jungen Mann, als er davon ritt, aber niemand folgte ihm. Die Chance, im Weidenhof seinen Vater zu finden, war nicht sehr groß.

„Noch jemand?", fragte Singer.

Niemand rührte sich, ein paar neigten den Kopf, als schämten sie sich.

Aufgepasst bei diesen Männern. Das sind die ehrwürdigsten – und die gefährlichsten.

„Jeder, der in meinen Dienst treten will, nehme seine Waffen zurück. Wir werden im Lager Platz für euch schaffen."

Raisha fischte in dem Haufen nach ihren Waffen, und die anderen folgten ihrem Bespiel. Was auch kommen würde, es war besser, ihm mit einer Waffe in der Hand entgegenzutreten, und ein fremder Brotherr war besser als gar keiner.

Auf dem Boden war ein Schwert übrig geblieben. Raisha bückte sich und hob es auf. Es war leicht und hatte eine gekrümmte Klinge. „In dem Kampf mit den Fremden habe ich meinen Scimitar verloren, aber die Schwerter der Fremden liegen nicht richtig in der Hand. Ich weiß nicht, ob ich dieses gebrauchen kann. Es ist ganz anders als ein Scimitar."

Olgun musterte es prüfend. „Das ist Arifs alter Schamschir. Eine gute Klinge aus Edelstahl. Die ist nicht so leicht zu handhaben wie ein Scimitar, wenn man damit Feinde metzeln will. Ich kann dir mal bei Gelegenheit eine Lektion erteilen.

„Mein Dank ist dir gewiss."

Im Zelt des Generals saß Littleton an einem Klapptisch über Landkarten gebeugt und trank aus einer Weinflasche, als wäre nichts geschehen. Er wandte sich an Singer, als dieser hereintrat, aber eine Geste des Generals hieß ihn schweigen.

Dieser wandte sich an Raisha. „Feldwebel Littleton wird eine Straße durch den Wirkungsbereich anlegen."

„Herr General, das sind über hundert Meilen!"

„Wir werden die *fui*-Dämmonen anstellen. Sie sind vielleicht nicht ideal für diese Aufgabe, aber sie sind immer noch besser als menschliche Arbeiter. Bisher sind die *fui*-Dämonen noch nie gescheitert. Währenddessen wird das Heer bei Sauerbrunnen das Lager aufschlagen. Glaubst du, der Ort eignet sich dafür?"

„Vielleicht für eine Woche oder sogar länger, wenn man das Wasser nicht verschmutzt."

„Ich werde darauf achten. Ich gratuliere zu deiner erfolgreich erfüllten Aufgabe. Hiermit befördere ich dich zum Hauptkundschafter."

„Aber Herr General, ich wusste nicht, dass wir überhaupt Kundschafter haben!"

„Ab heute haben wir sie, und es sieht so aus, als folgten sie dir ohnehin lieber als mir. Du wirst dich morgen mit ihnen auf den Weg zu den Ruinen machen und mir berichten, was du dort findest."

Die Ruinen! Was habe ich mir da nur eingebrockt!

„Herr General, ich war noch nie da, und es gibt dort kein Wasser."

„Wenn wir wüssten, was sich dort befindet, müssten wir es nicht auskundschaften. Nimm so viel Wasser mit, wie sich tragen lässt, und Futter für die Pferde. Du sagtest, diese Ruinen seien eine verlassene Stadt. Wer da lebte, hatte auch Wasser. Wenn es jetzt keins mehr gibt, muss der Wasserspiegel gesunken sein. Nimm Picke und Schaufel mit. Schau dich um, ob du einen Brunnen, eine Quelle oder ausgetrocknete Pfützen findest. Dort wirst du auch Wasser finden."

„Und wenn nicht?"

„Dann kehrst du um und stattest mir Bericht ab."

Raisha dachte darüber nach.

Bis zu den Ruinen ist es kein Katzensprung wie nach Sauerbrunnen. Das wird eine lange und gefährliche Mission!

Und dann:

Der General vertraut mir! Er hat Männer meinem Befehl unterstellt, als Vorhut des Heeres! Ich darf ihn nicht enttäuschen!

Ihr fiel noch etwas ein. „Herr General, wenn ich den Männern sage, wohin es geht, werden sie desertieren."

„Dann verrat es ihnen nicht."

„Sollten sie nicht einen Eid schwören, oder so etwas?"

„Sie haben schon einmal einen gebrochen."

„Ich verstehe. Wie Ihr wünscht, Herr General. Wir brauchen noch ein paar von den gelben Federn."

„Kümmere dich darum!"

Als die Sonne aufging, hatte das Lager des Generals an Größe stark zugenommen. Die gelben Federn jedoch befanden sich noch im Besitz von Hardys Kompanie auf den untersten Stufen der Großen Treppe, wo sich die Truppen noch stauten. Die Unbesiegbare Legion hatte blaue Federn an den Helmen, nicht so lang und bauschig, aber Raisha und ihre Kundschafter waren dennoch sehr damit zufrieden.

Beim Frühstück erklärte Raisha Olgun und den anderen ihre Aufgabe. „Der General hat uns befohlen, die Gegend nordöstlich von hier auszukundschaften."

„Hat er das?", sagte Olgun. „Was gibt es denn im Nordosten?"

„Das weiß er selbst nicht, deshalb schickt er uns ja dahin, damit wir es herausfinden."

„Das kann ich jetzt schon sagen", meinte Navid, ein alter Veteran mit einer Haut wie Leder. „Steine, Büsche und sonst nichts."

„Wenn wir Glück haben, ist das alles", sagte Raisha, „aber der General hat auch mit euch nicht gerechnet. Er möchte keine weiteren Überraschungen riskieren."

„Immer noch besser, als gegen unser eigenes Volk kämpfen zu müssen", sagte Olgun. „Also dann, machen wir ein Picknick in der Wüste. Was kann schon schiefgehen?"

Yusuf, der sich über das Essen bei den Fremden beklagt hatte, fügte hinzu: „Vielleicht erwischenen wir sogar nochmal eine Antilope."

Raishas Trick, über die Anhöhe hinwegzukommen, war einfach: Sie folgte den Spuren der Antilopen. Die erste Spur führte zu einem Spalt im Gestein, der zu eng für die Pferde war, die nächste lief einen Abhang hinauf, der zu steil und voller Geröll war. Die dritte Fährte endete an einer Stelle, wo ein großer Felsen abgebrochen und herabgerollt war und eine Öffnung hinterlassen hatte, die die Pferde vorsichtig und nur eins nach dem anderen passieren konnten.

„Genau wie ich sagte", meinte Navid, als sie das nächste Tal zu

Gesicht bekamen. „Es sieht alles gleich aus."

„Und das ist gut so", sagte Raisha. „Was wäre dir denn lieber?"

„Ein Weinhändler käme mir gerade recht", sagte Yusuf, „oder ein paar hübsche Mädchen."

„Ich wäre mit einem Wasserloch zufrieden", sagte Raisha.

„Träumt weiter!", sagte Olgun.

Die zweite Anhöhe war leichter zu überqueren als die erste, und noch leichter war die dritte. Bald waren sie sehr geübt darin, die besten Wege herauszufinden, und als sie eine Mittagspause einlegten, um zu essen und den Pferden Wasser zu geben, hatten sie bereits fünf Anhöhen hinter sich gebracht.

„Halt!", sagte Raisha. „Gebt den Pferden nicht zu viel Wasser, sonst wird es nicht ausreichen."

„Wie lange willst du mit uns hier draußen bleiben?", fragte Olgun erstaunt.

„Wenn Proviant und Wasser zur Neige gehen, kehren wir um."

„Warum müssen wir dann sparsam sein? Wir finden hier draußen sowieso nichts."

„Wenn wir zurückkehren, gibt uns der General einfach eine neue Aufgabe, und die ist möglicherweise nicht so leicht wie diese."

„Ich verstehe. Die Fremden sind sowieso verrückt, hierher zu kommen. Nur die Götter wissen, was sie als nächstes vorhaben. Nicht zu viel Wasser!"

Als es dunkel wurde, hatten sie ein Dutzend Anhöhen überquert, aber die Pferde waren erschöpft und mürrisch geworden. Sie schlugen ihr Lager in einem Talboden auf, der von den vorigen kaum zu unterscheiden war. Raisha befahl den Männern, trockenes Buschwerk für ein Feuer zu sammeln, was aber lediglich eine dicke Rauchwolke hervorrief und kaum genug Hitze, um eine Tasse Tee zu kochen.

„Ein lustiges Picknick ist das nicht", sagte Yusuf.

„Du könntest auch ebenso gut die Gastwirtschaft der Hexe genießen", sagte Navid. „Man sagt, so feiste Knaben wie dich hat sie am liebsten, mit ein bisschen Knoblauch schmecken die so gut."

„Wir sind am Leben, und das ist das Allerwichtigste," sagte Raisha.

„Wir könnten einfach hier bleiben und umdrehen, wenn uns das Wasser ausgeht", meinte Yusuf. „Keiner kommt vorbei und kontrolliert uns."

„Ich bin's, der euch kontrolliert!", sagte Raisha.

„Und? Was geht dich das alles an?"

Schnell! Lass dir was einfallen!

„Mir ist so einiges aufgefallen", begann sie etwas vage. „Den ganzen Tag geht es rauf und runter, aber im Ganzen mehr runter als rauf."

„Ja und?"

„Ich glaube, wir nähern uns einer Wasserquelle. Die Pflanzen hier sind auch schon größer."

Sind sie das wirklich? So kommt es mir zumindest vor!

Navid zog seinen Dolch und grub damit ein kleines Loch. Er fasste hinein und zerrieb etwas Erde zwischen den Fingern. „Von Feuchtigkeit ist hier nicht zu sehen, nur trockene, zersplitterte Erde."

„Das bedeutet, Wasser *war* einmal hier."

„Vielleicht im Frühling, aber nicht jetzt."

„Wenn es hier mal Wasser gab, dann gibt es vielleicht Wasser weiter unten am Berg, und dahin gehen wir!"

Beim letzten Aufflackern des Lagerfeuers und einer Tasse lauwarmen Tees wurde sich Raisha immer mehr bewusst: Männern, die in der Wüste leben, braucht man nicht zu sagen, dass Wasser lebenswichtig ist. Und die Suche nach Wasser würde ihre Neugier eher reizen als auf diesem trostlosen Lagerplatz herumzusitzen.

Am nächsten Morgen schoss Yusuf eine Antilope, die er sofort zubereiten wollte, aber aus Zeitmangel musste er das bis zum Abend aufschieben. Also musste er den ganzen Tag mit der toten Antilope über seinem Sattelkissen reiten, und er hörte gar nicht mehr auf, sich zu beschweren.

Nach ein paar weiteren Anhöhen fanden sie die gepflasterte Straße, die den Hügelkamm hinunter, durch ein Tal hindurch und wieder bergauf bis zu einem schroffen Abhang führte.

„Was in Dreiteufelsnamen ist das?", fragte Olgun. „Wer ist auf die Idee gekommen, hier eine Straße zu bauen?"

Die Männer schwiegen. Keiner hatte auf diese Frage eine Antwort.

Lass dir was einfallen! Du bist der Chef! Du musst alles wissen!

„Niemand! Die Straße ist älter als die Klippe. Sie war einst flach und gerade, dann gingen diese Abhänge hoch und zerstörten alles."

Olgun nahm seinen Helm ab und wischte sich das Gesicht ab. „Das scheint mir unmöglich. Wie soll das passiert sein?"

„Wer weiß? Wir sind im Wirkungsbereich. Vielleicht kam daher die große Wirkung. Auf jeden Fall hat niemand diese Straße hier nur zum Spaß angelegt."

„Wir sind bestimmt in der Nähe der verwünschten Ruinen!" sagte Yusuf.

„Das mag sein, aber noch sind wir nicht da. Lasst uns in der Zwischenzeit dieser Straße folgen. Sie führt in die richtige Richtung."

Das Buschwerk wurde langsam dichter, die Pflanzen grüner. Gegen Abend jedoch mussten sie sich nicht mehr durch das Buschwerk zwängen und kamen auf der Straße leichter voran. Auch die Anhöhen waren hier niedriger und leichter zu überqueren. Als sie einen offenen Platz für das Lager gefunden hatten, schickte Raisha die Männer los, Holz für das Feuer zu sammeln. Das war jetzt schwieriger, da die Pflanzen nicht so trocken waren.

Während die Männer beschäftigt waren, bat sie Olgun, ihr eine Lektion mit dem Schamschir zu erteilen. „Es ist eine sehr leichte Waffe", fing er an. „Für so einen kleinen Kerl wie dich gerade das richtige... Was ist denn das? Du hast ja durchlöcherte Ohren!"

„Ja, in Kafra habe ich eines Abends im Suff auf eine blöde Wette mit einem Freund eingelassen. Zeigst du mir nun, wie man mit diesem Ding umgeht?"

Olgun zuckte mit den Schultern. „Das war ja ein toller Freund! ... Mit dem Scimitar schlägt man einfach auf die Leute ein, meistens von oben, und es ist egal, was man trifft, Wunden schlägt man damit immer. Mit dem Schamschir hingegen muss man geschickter sein. Halt ihn so... Wichtig ist, dass der kleine Finger immer auf den Knauf drückt, denn man zieht die Klinge über den gesamten Körper des Gegners. Die Schneide kommt durch eine schwere Rüstung nicht durch, also muss man eine ungeschützte Stelle finden. Das Gesicht ist am besten, denn der Gegner schrickt zurück, verliert das Gleichgewicht und schließt vielleicht sogar die Augen. So kann man ihn treffen, wo man will. Noch besser ist die Kehle, ein Schnitt dort ist immer tödlich. Aber das hängt natürlich von seiner Rüstung ab. Du hast einen anständigen eisernen Halskragen, ich zeige es dir. Du musst aber ganz still stehen, damit ich dich nicht aus Versehen verletze."

Raisha durchfuhr die Angst.

Er will mir diese lange, scharfe Klinge mir über den Hals ziehen!

„Jetzt schließt du die Augen, genau das darf man *nicht* machen! Ich versuche es noch einmal, und diesmal passt du ganz genau auf!"

Das schrille Quietschen von Metall auf Metall, so nah an ihrem Hals, ließ ihre Nerven vibrieren.

Daran werde ich mich nie gewöhnen.

Doch dann dachte sie: *Männer sind tapfer! Wenn die es können, kann ich es auch!*

„Jetzt hast du gesehen, wie es geht", sagte Olgun im Ton eines Meisters der Schreibkunst. „Du ziehst die Waffe vom rechten Ohr des Gegners nach unten bis zur linken Schulter. Jetzt probier's an mir, aber ganz langsam."

Olgun trug zwar einen schweren eisernen Halskragen über seinem Panzerhemd, doch wenn sie nicht aufpasste, würde sie ihn schnell am Kinn verletzen oder ihm vielleicht sogar ein Ohr abschneiden. Langsam zog sie die Klinge über seinen Kragen, wie er angeordnet hatte.

„Du machst gleich zwei Fehler auf einmal. Erstens zu zaghaft und zweitens schaust du mir nicht in die Augen. Schau deinem Gegner immer in die Augen, denn die verraten dir, was er vorhat! Ich kann dir noch mehr beibringen, Sperrstöße und Finten, und dann den geraden Stoß und einen Trick, um das Handgelenk zu treffen. Vor allem aber musst du den Grundschlag immer wieder üben, bis du ihn im Schlaf ausführen kannst. In einem Kavalleriescharmützel greift der Feind von allen Seiten an, einer nach dem andern, wie ein Bienenschwarm. Zögern ist tödlich, und für galante Spielereien ist sowieso keine Zeit. Wer zuerst zuschlägt, gewinnt, und einen Preis für den zweiten Platz gibt es nicht. Wenn man es richtig macht, hält man nach der Schlacht ein blutiges Schwert in der Hand ohne eine Ahnung, wessen Blut es ist und wie es auf die Klinge gekommen ist. Bei passender Gelegenheit suche ich einen Übungspfahl für dich, dann kannst du die Bewegungen wiederholen, bis du nicht mehr darüber nachdenkst. So, jetzt zeige ich dir, wie das von der anderen Seite aussieht..."

Nicht nachdenken, jawohl! Wenn ich innehalte und über all das nachdenke, bin ich verloren!

Die acht Mann brachten nur wenig trockenes Holz zurück, aber die Stücke waren groß, und Raisha schätzte, aus der Antilope eine Mahlzeit machen zu können, wenn sie sie in Streifen schnitte. Sie holte eine der kleinen Kostbarkeiten hervor, die sie für solche Gelegenheiten mitgenommen hatte: einen Beutel mit allerlei Gewürzen, die die Bandeluken besonders liebten.

„Gar nicht schlecht", sagte Olgun, als er das geröstete Antilopenfleisch kostete. „Wo hast du gelernt, so gut zu kochen?"

„Ein Soldat tut, was er muss", war ihre vage Antwort.

Mit dieser guten Mahlzeit im Magen wurden die Männer bald schwermütig und nachdenklich. Navid stimmte ein Lied an:

Sieben Soldaten ritten nach Khuram Bey.
Sie kamen über die Berge nach Hillinei.

„Was wollt Ihr hier, Soldaten von Khuram Bey,
Uns zu berauben, oder seid ihr vogelfrei?"
„Wir tun euch nichts und sind nicht vogelfrei.
Wir suchen euren Herrn, den Prinzen von Hillinei."
„Welche Botschaft bringt Ihr, ihr Boten von Khuram Bey?"
„Das sagen wir ihm selbst, doch Ihr seid nicht dabei."
Das Tor ging auf, die Sieben kamen herbei.
Sie standen vor dem Amir, dem Herrn von Hillinei.
„Wir bringen ein Memento, wie grausig es auch sei:
Deines Bruders Kopf, der verhöhnte Khuram Bey."
Ihr sollt nicht suchen die Soldaten des Khuram Bey,
Sie liessen ihre Knochen im Land von Hillinei.

„Was für ein fröhliches Liedchen! Ich bin gleich besserer Laune!"
sagte Yusuf.

„Khuram Bey hört sich schlimmer an als Amir Qilij", sagte
Lufti, ein junger Mann, der bis jetzt kaum ein Wort gesprochen
hatte.

„Einen schlimmeren als Amir Qilij gibt es nicht", sagte Raisha.

„Du kennst meinen Schwiegervater nicht", witzelte Olgun.

Raisha zog eine zweite Kostbarkeit hervor, einen Beutel mit
Datteln, und reichte ihn herum. Aber inzwischen hatte sich doch
eine gewisse Schwermut breitgemacht. Die Männer dachten an ihre
Heimat und ihre Frauen und fragten sich, ob sie sie jemals wiedersehen würden.

Plötzlich kam Wind auf und zerstreute die Funken des Feuers.
Die Männer rückten zurück, bis jeder für sich alleine im Dunkeln
saß. Es wurde kühler.

Schließlich stellte Olgun die unumgängliche Frage: „Wann
drehen wir um? Unser Wasser ist halb verbraucht."

„Ich muss wissen, wo die Straße hinführt."

„Das ist doch egal. In der Wüste verdursten wir."

„Das glaube ich nicht."

Sie zog den Krummdolch hervor und kratzte ein kleines Loch
in den Boden, wie es Navid in der vorigen Nacht gemacht hatte.
„Schaut, wie feucht die Erde ist. Sie bleibt an den Fingern kleben!"

Einige Männer machten es ihr nach und gruben auch Löcher.

„Er hat recht", sagte Lufti.

„Ich war einmal ein Bauer", sagte Navid. „Solche Erde habe

ich oft gesehen und trotzdem meilenweit kein Wasser."

„Warum sind dann die Pflanzen so groß und grün?", wollte Olgun wissen.

„Das Wasser ist dicht unter unseren Füßen", sagte Raisha. „Ich habe doch Picke und Schaufel nicht umsonst mitgebracht. Wir könnten wahrscheinlich gleich hier einen Brunnen graben, aber es ist leichter, noch etwas weiterzugehen. Dann werden wir mit Sicherheit Wasser finden."

„Aber warum?", fragte Yusuf. „Wir rennen direkt auf die verwünschten Ruinen zu, und das kann kein gutes Ende nehmen!"

„Ich würde die Ruinen gerne einmal sehen", sagte Lufti.

Die anderen starrten ihn verständnislos an.

„Kameraden, wir bekleckern uns hier nicht gerade mit Ruhm!", zog Raisha ihr Ass aus dem Ärmel. „Wenn eure Enkelkinder fragen, was ihr im Krieg getan habt, was wollt ihr dann sagen? ‚Ich diente Qilij dem Grausamen...'"

„So würde ich es nicht ausdrücken!", sagte Olgun.

„ ‚... aber dann habe ich die Seiten vertauscht und bin zu den Fremden übergelaufen...'"

„Das gefällt mir immer noch nicht!"

„ ‚... bis wir desertierten...'"

„Das habe ich nicht gemeint!"

„Ich würde lieber diese Geschichte erzählen: ‚Ich nahm an einer Expedition teil, die den trostlosen Wirkungsbereich durchquerte und die wundervollen Ruinen der alten Kanos wiederentdeckte.' So eine Geschichte ließe sich hören!"

„Was soll an den Ruinen so wundervoll sein?", fragte Yusuf. „Ich habe immer gehört, sie seien voller Gespenster und Ungeheuer!"

„Das hat dir auch nur einer erzählt, der noch nie da war", sagte Raisha.

„Wenn es da Gespenster und Ungeheuer gibt, möchte ich sie sehen", sagte Lufti.

„Ich bin zweiundvierzig, und ich habe in meinem Leben noch keine Gespenster und Ungeheuer gesehen", sagte Navid skeptisch. „Ich hätte auch keine Angst davor."

„Weil du noch nie welche gesehen hast", sagte Yusuf.

„Du etwa? Als ob!"

„Wir sind nicht auf der Suche nach Gespenstern und Ungeheu-

ern, sondern nach Wasser", sagte Raisha. „Und wenn es doch Gespenster und Ungeheuer gibt, warum sollen wir weglaufen? Sollen
die doch vor uns weglaufen!"

Das Feuer erlosch langsam, und der Mond ging groß und rot
über der nächstliegenden Anhöhe auf. Alle drehten sich um, um ihn
anzuschauen.

„Ein roter Mond kündigt einen wolkenlosen Himmel an", sagte
Olgun.

„Ich nenne das ein gutes Omen", sagte Raisha. „Bis Mittag
werden wir nach Wasser suchen! Wenn wir keins finden, können
wir immer noch kehrtmachen."

Am nächsten Morgen folgten noch zwei weitere Anhöhen,
bevor die Grundmauern eines Gebäudes an der Straße in Sicht kamen. Es war nicht mehr viel übrig, nur ein paar Reihen von Feld-
steinen, allenfalls genug für einen großen Bauernhof oder vielleicht
für ein kleines Wirtshaus.

„Ich sehe Ruinen, aber von Geistern oder Ungeheuern keine
Spur", sagte Navid.

„Schaut, da ist ein Brunnen!", rief Lufti.

Die Männer stürzten darauf zu, doch der Brunnen war voller
Erde und Steine. Er war nicht mehr als vier Fuß tief und er war
leer.

„Also hat es hier einmal Wasser gegeben", sagte Olgun.

„Das sage ich doch schon die ganze Zeit!", sagte Raisha.
„Lasst uns noch ein bisschen weiter gehen."

Die Anhöhen waren nun niedriger und sanfter. Über die nächste
ging die Straße ohne Unterbrechung hinüber. Als Raisha oben ankam, ließ sie die Zügel fallen – war bereits stehen geblieben – und
riss die Augen auf. Die anderen ließen ihre Pferde neben ihr anhalten und taten es ihr nach. Eine ganze Weile saßen einfach nur da
und blickten wie gebannt auf das Bild, das sich ihnen bot.

Olgun nahm seinen Helm ab und wischte sich den Schweiß von
der Stirn. „Sieht aus, als hätten wir sie gefunden", sagte er.

13: Singer

Ich hasse es! Warum muss ich hier sein?

Es war am hochheiligen Feiertag zu Ehren von Theros, dem Kriegsgott. Seine Anwesenheit war Pflicht. Genauso war es Pflicht, dass er als befehlshabender Offizier eine Rede hielt.

Aber der Glaube ist keine Pflicht, und das ist gut so, denn ich habe keinen.

Pater Leo hatte seinen hölzernen, faltbaren Feldaltar aufgestellt, darauf eine kleine vergoldete Figur des Gottes und die Ritualobjekte: ein Schwert, ein Schild und ein Helm. Er war gerade dabei, eine lange Rede zu halten, in der er Theros' Heldentaten aufzählte, die sowieso schon jeder kannte.

Ich hasse dich, Theros!

Den Mienen der fünftausend nach oben gerichteten Gesichtern nach zu urteilen, dachten viele seiner Männer genauso. Diejenigen, die so weit hinten standen, dass sie Pater Leos leiernde Stimme nicht hörten, konnten sich glücklich schätzen.

Ich kenne euch nicht, und ihr kennt mich nicht, aber immerhin stimmen wir in einer Sache überein: Was für eine bescheuerte Art, einen wunderschönen Tag zu verplempern!

Seine Mutter verehrte Narina ergebungsvoll und hatte ihn zweimal in der Woche, ob Regen oder Sonnenschein, zum Tempel geschleppt. Das langweilige Ritual, das er über sich ergehen lassen musste, als er dem Dienst der Narina geweiht wurde, hatte er noch genau in der Erinnerung. Bis er in den Stimmbruch gekommen war, hatte er sogar seiner Mutter zuliebe im Chor gesungen.

Als seine Mutter jedoch nach einer langen Krankheit unter Schmerzen starb, hatte Narina sich nicht blicken lassen. Seine tränenreiche Gebete hatten überhaupt nichts genützt. Sein Vater hatte alle frommen Bilder von Narina, die seine Mutter angesammelt hatte, in den Hafen geworfen und ihn auf eine Militärakademie in Elohi geschickt. Etwas von der Verehrung seiner Mutter klang jedoch noch in ihm nach. Narina *sollte* es wohl geben, auch wenn es sie in Wirklichkeit nicht gab.

Theros hingegen war ein Tyrann und ein Angeber. Bei allen seinen Heldentaten floss viel Blut. Ihn sollte es *nicht* geben, auch wenn es ihn wirklich gäbe.

Warum betrügen wir uns selbst so?

Theros war der Schutzgott der Soldaten, und behaupteten, ihm ihr Leben zu verdanken. (Diejenigen, die er nicht errettet hatte, blieben stumm.) Gebete kosteten nichts, und manchmal gab es auch nichts anderes.

Sogar ich bete manchmal. Ich bin ein Narr wie alle anderen!

Pater Leo brachte seine Predigt zu Ende und erteilte seinen Segen. Singer senkte den Kopf, um die Gnade von Theros zu empfangen.

„... in der Zuversicht, dass seine göttliche Hand uns immer beschützt und bewahrt. Amen."

Endlich! Jetzt bin ich dran.

„Es ist nur recht und billig, dass wir aus diesem Anlass uns der Tugenden von Theros bewusst werden", setzte er zu seiner vorbereiteten Ansprache an. „Tapferkeit, Treue und…"

Verdammt noch mal, was war die dritte?

Sein ganzes Leben hatte er diese drei Wörter gekannt, es war ihm ein Rätsel, warum er sich gerade jetzt an das dritte nicht erinnern konnte. Plötzlich wurde ihm schwindelig und ein lautes Summen übertönte jedes andere Geräsusch in seinen Ohren. Er war unfähig zu sprechen.

Fünftausend überraschte und besorgte Gesichter schauten zu ihm auf, als er sich am Tisch festkrallte, um nicht das Gleichgewicht zu verlieren, doch dabei stieß er das Zeremonienschwert zu Boden. Ein schlechtes Zeichen. Und dann, als er zu wanken begann, trat er mit dem Fuß darauf. Ein noch schlimmeres Omen.

Von der Menge ging ein allgemeines Stöhnen aus. Diejenigen, die weiter hinten standen, reckten die Hälse, um zu sehen, was los war.

„Ist Euch nicht wohl?", flüsterte Pater Leo.

„Hmmm… hmmm… hmmm…", war alles, was er sagen konnte.

Aus der Menge vor ihm blickten ihm Besorgnis und Tadel entgegen. Die Männer entglitten ihm, ihr Glaube an ihn schwand sichtlich dahin.

Ich muss reden! Theros, oder wer auch immer, ich sage, was du willst, gib mir nur die Worte!

„HÖRT MICH AN!"

Habe ich das gesagt?

„ICH HABE EUCH ETWAS WICHTIGES MITZUTEILEN!"

Ich habe keine Ahnung, was das ist, aber hoffentlich tut es seine Wirkung!

„MAN HAT EUCH BELOGEN UND BETROGEN! WIR SIND ALLE HIER AUFGRUND EINER LÜGE! MAN HAT UNS GESAGT, DASS DIE BANDELUKEN EINEN GROSSEN ANGRIFF PLANEN, DASS WIR ZU DEN WAFFEN GREIFEN UND UNS VERTEIDIGEN MÜSSEN! WIR SIND ZUR STELLE, ABER WO SIND DIE BELAGERUNGSWAFFEN UND LANDUNGSBARKASSEN, DIE DIE BANDELUKEN GEGEN UNS VORBEREITET HABEN? WO IST IHR MÄCHTIGES INVASIONSHEER? BIS JETZT HABEN WIR NUR EIN PAAR ZUSAMMENGEKRATZTE ORTSTRUPPEN GESEHEN. ES IST ZU SPÄT, DAS LÄSST SICH NICHT MEHR ÄNDERN! DIE SCHIFFE, DIE UNS HIERHER GEBRACHT HABEN, WERDEN UNS NICHT ZURÜCKBRINGEN, BIS DER KRIEG ZU ENDE IST. MAN HAT UNS BESCHWINDELT, MISSHANDELT, VERRATEN, UND JETZT MÜSSEN WIR SEHEN, WIE WIR IN EINEM FREMDEN LAND ZURECHTKOMMEN! ABER ICH SAGE EUCH DIE WAHRHEIT! ICH BIN IN DERSELBEN LAGE WIE IHR, UND ICH KEHRE NICHT EHER HEIM ALS IHR! WELCHE MACHT ICH AUCH HABE, SIE STEHT EUCH ZUR VERFÜGUNG. ICH HABE KEIN ANDERES ZIEL, ALS JEDEN VON EUCH IN EURE HEIMAT ZURÜCKZUBRINGEN!"

Er hörte auf zu schreien und starrte blind auf seine Zuhörer, die regungslos dastanden, als warteten sie ab, was er sonst noch sagen würde. Aber das war alles. Was ihm den Mund geöffnet hatte, hatte ihn wieder geschlossen.

Ihm fiel nichts mehr ein, also hob er das Schwert vom Boden auf und schwenkte kraftvoll über seinem Kopf hin und her. Ein Jubelgeschrei brach los, als fünftausend Stimmen gleichzeitig brüllten: „SINGER! SINGER! SINGER!"

Was ist gerade geschehen? Warum habe ich das gesagt?

Hinter ihm glänzte die vergoldete Statue auf dem Altar, doch niemand kümmerte sich darum.

Am selben Abend brachte ein Kurier einen Brief aus dem Lager des Prinzen in Kafra. Zu seiner Überraschung entdeckte Singer den leicht anhaltenden Geruch eines Parfüms.

Liebster Singer!
Die Nachricht von Deiner Beförderung hat mir große Freude bereitet! Du wirst sie nicht abzulehnen brauchen, nur um mich zu sehen, denn ich bin zu dir gekommen! Zur Zeit stehe ich unter dem Schutz von Hauptmann Nikandros, einem Offizier im Dienste Seiner Hoheit. Du findest mich in seinem Hauptquartier, einem zweistöckigen Gebäude mit sechs Kuppeln, auf einem Hügel nahe der Lagune auf der Nordseite des Lagers. Es bleibt mir keine Zeit für Einzelheiten, denn der Bote wartet. Bitte gib ihm eine Antwort, wenn er zurückkehrt. Ich erwarte dich sehnlichst, Deine Dich liebende
Erika.

Verdammt noch mal! Was mache ich bloß?
„Warte, bis ich eine Antwort geschrieben habe", befahl er dem Kurier und ging in sein Zelt, um sich hinzusetzen und nachzudenken.

Erika war ein hübsches Mädchen, adrett, wortgewandt und gesellschaftsfähig, und sie stammte aus einer guten Familie. Alles in allem würde sie die ideale Ehefrau für einen jungen Offizier abgeben. Aber jetzt hatte sie eine Seite ihres Charakters offenbart, die ihm überhaupt nicht gefiel. Sie hatte das Meer überquert, um zu ihm zu gelangen, sie war in ein Kriegslager eingedrungen, hatte sich seinem befehlshabenden Offizier präsentiert und ihn selbst regelrecht nach Kafra zurückbeordert, während er sich auf einem Feldzug befand. All das passte nicht gerade zu einer künftigen Braut.

Und es warf noch ganz andere Fragen auf, an die er gar nicht erst denken wollte. Er hatte noch nie etwas von einem Hauptmann Nikandros gehört und wusste nicht, wessen Truppen im Hauptquartier stationiert waren, in dem sie sich so unbekümmert niedergelassen hatte. Ein junger Leutnant konnte möglicherweise ein paar Tage Fronturlaub bekommen, um nach seiner verrückten Geliebten zu sehen, nicht aber ein General, der fünftausend Mann befehligte, denen er überdies gerade bedingungslosen Beistand geschworen hatte. Andererseits konnte er auch nicht von ihr verlangen, dass sie umkehrte, was die Aufkündigung ihre Verlobung bedeuten würde. Seine Ehre und sonstige Komplikationen würden das nicht erlauben. Er befand sich in einer verzwickten Lage.

Wenn sie hier erscheint, bin ich ruiniert!

Das Beste war, alles zu verschieben und sie von sich fern zu halten, ohne Versprechungen zu brechen oder neue zu machen:

> Liebste Erika!
>
> Ich war hocherfreut, von Dir zu hören, denn seit dem Tag, an dem wir uns trennten, hast Du mir sehr gefehlt. Doch stehe ich einem unerbittlichen Feind gegenüber, bin tief in feindlichem Gebiet auf so gut es geht auf dem Vormarsch angesichts des starken Widerstandes. Hinter mir liegt eine Einöde, übersät mit den Gräbern gefallener Kameraden, und vor mir unbekannte und vielleicht unüberwindbare Gefahren. O weh! Wenn ich nur ein Vogel wäre und jetzt gleich nach Kafra fliegen könnte! Doch sollte ich nicht heimkehren, halte mich mich in guter Erinnerung. Dein ewig treuer
> Singer.

Er hielt inne und las den Brief noch einmal durch. Vielleicht hatte er hier und da etwas übertrieben. Sagte man überhaupt noch "O weh!"? Doch vielleicht war diese eherne Fanfare notwendig, um ihre überschwängliche Leidenschaft zu dämpfen. Vielleicht würde sie sogar auf die Vernunft hören und nach Hause zurückkehren. Hierher würde sie bestimmt nicht zu Besuch kommen, wo sie über die „Gräber gefallener Kameraden" unter „unbekannten und vielleicht unüberwindbaren Gefahren" stolpern würde. Mit etwas mehr Zeit hätte er sich noch etwas mehr Mühe mit dem Brief gegeben, aber er konnte schon hören, wie sich die Truppen zum Appell versammelten. Er würde dem Kurier ein frisches Pferd geben. Vielleicht kam der Brief bei der armen, närrischen Erika an, bevor sie noch mehr Unheil anrichten konnte.

„Das sind eindrucksvolle Ruinen", sagte er.

Rajik nickte. Der Blick von der letzten Anhöhe war wirklich erstaunlich. Die Ruinen erstreckten sich weit in die Ferne, bis zur nächsten Anhöhe, die das Land kreisförmig umgab, aber nur unklar zu sehen war. Zwischen den Straßen standen steinerne Gebäude ohne Dächer inmitten von Schutthaufen, allein stehengebliebenen Schornsteinen und zertrümmerten Türmen: ein Sammelsurium von Ruinen. Sie guckten sogar aus dem großen See hervor, der, drei oder vier Meilen im Durchmesser, in der Mitte der Vertiefung lag.

„Wir sind um den See herumgeritten", sagte Rajik. „Nichts als Brackwasser, aber etliche kleine Bäche fließen hinein, genug Wasser für Ihre Armee. Und es gibt genug Weideland für die Pferde."

„Hat sich irgendwas gerührt?"

„Ziemlich viele Antilopen. Hier ist bestimmt seit einhundert Jahren kein Mensch mehr gewesen."

„Und die alten Kanos haben all das gebaut?"

„Jawohl, Herr General. Man kann es an dem Baustil erkennen. Soweit ich sehen kann, gab es einmal drei oder vier Städte um den See. Mit den Jahren stieg das Wasser an und hat Teile davon überschwemmt."

„Warum hat man dieses Land aufgegeben?"

„Wahrscheinlich eine Naturkatastrophe, ein Erdbeben möglicherweise."

„Das werden wir später herausfinden müssen. Baron Hardy ist nicht weit hinter uns. Es wird ein paar Tage in Anspruch nehmen, den Rest des Heeres herzubringen. Bis dahin müssen wir Plätze für die Feldlager bestimmen. Du sagtest, du habest einen geeigneten Platz für mein Hauptquartier gefunden?"

„Jawohl, Herr General, es ist dort drüben." Rajik zeigte auf ein großes steinernes Gebäude, das aus dem Ruinengewirr herausragte.

Als sie näher heran ritten, konnte Singer sehen, dass es ein hohes, gewölbtes Dach hatte, das die Jahrhunderte überstanden hatte, eins der wenigen Gebäude, die überhaupt noch ein Dach besaßen. Es stand auf einer kleinen Anhöhe, nicht weit vom Ufer des Sees und nur wenige Schritte von einem Flüsschen entfernt. Rajik hatte eine gute Wahl getroffen.

„Nebenbei gesagt – ich befördere dich zum Feldwebel. Deine Pflichten sind dieselben, aber du erhältst den Sold eines Feldwebels… am nächsten Zahltag, versteht sich. Zur Zeit ist Geld sowieso zu nichts nütze, außer zum Kartenspielen, wozu ich dir nicht rate."

„Jawohl, Herr General." Rajik schien vor Stolz fast zu platzen, aber er fügte hinzu: „Ich finde, meine Männer verdienen auch eine Belohnung. Der Ritt durch die Wüste erforderte viel Mut."

„Meinetwegen. Ich schieße einen Wochensold vor, wenn das ihre Laune hebt."

„Ich glaube schon."

Ihre Pferde erklommen eine Reihe von Stufen, die zu zwei großen, gähnenden Toren mit einer düsteren Leere dahinter führten. Singer schaute hinein, aber außer Schutt auf dem Boden war nichts zu sehen.

„Das muss einmal ein Tempel gewesen sein", sagte Rajik. „Dahinten sind ein paar Grüfte. Oder es war einfach ein Versammlungssaal. Götterbilder habe ich zumindest keine gefunden."

„Nicht alle Tempel haben welche", sagte Singer.

Die Worte schienen Rajik zu verwirren. „Was können sie dann anbeten?"

„Die Heiden beten alles mögliche an, die Sonne zum Beispiel."

„Paralajan ist der Sonnengott. Er ist ein genauso großes, hässliches Idol wie all die anderen."

„Er ist dein Sonnengott, wir haben keinen."

Wie abergläubisch sie sind, sie beten Dinge an, wie die Sonne! Ein wahrer Gott verkörpert göttliche Prinzipien!

„Was für ein Gott ist dieser hier?", fragte er und zeigte auf einen Umriss, der einen Tausendfüßler darstellte. Er war etwa drei Fuß lang und und in die Steinwand neben der Tür geritzt.

„Ich weiß es nicht, Herr General. Es ist keiner von unseren", antwortete Rajik. Er berührte die Zeichnung mit dem Finger. „Diese Einkerbungen sind frisch."

„Einer deiner Männer muss sie gemacht haben."

„Das glaube ich nicht, Herr General. Sie waren die ganze Zeit bei mir, und die hier sind mir neu."

„Wann war das?"

„Vor drei Tagen."

„Und du hast hier niemanden gesehen?"

„Nein, Herr General. Littleton und die Dämonen sind vor einiger Zeit hier durchgekommen, aber sie haben sich nicht lange aufgehalten."

Diese Sache ist mir nicht geheuer!

Er stieg vom Pferd und sah sich die dünne Dreckschicht auf dem Boden an. Es gab eine Menge Bandelukenspuren, aber über diesen waren zwei frische Doppelreihen von Abdrücken zu sehen, jeder etwa zwei Finger breit.

„Was hältst du davon?"

„Ich habe so etwas noch nie gesehen." Mit dem Messer kratzte Rajik den Dreck weg, sodass eine Marmorplatte darunter zum Vorschein kam. Es waren ähnliche Zeichen darauf eingeritzt. „Das muss jemand mit scharfen Fußnägeln gewesen sein."

„Ruf deine Männer zusammen und lass das Gebäude durchsuchen. Finde heraus, wohin die Spuren führen!"

Den Bandeluken gefiel dieser Befehl gar nicht. Einer wiederholte bedeutungsvoll die Worte „Gespenster und Ungeheuer!", bis der Rest ihm bedeutete, er solle den Mund halten. Nach einer halben Stunde kamen sie zurück und statteten ihm Bericht ab.

„Die Spuren führen zu einer Öffnung auf der Rückseite und kehren auch von da zurück", sagte Rajik. „Weiter konnten wir ihnen nicht folgen, das Gestein ist zu hart. Ansonsten ist das Gebäude leer."

In der Zwischenzeit war Ogleby mit dem Rest von Singers Stab herangeritten: zwei Schriftführer, die Pennesey weggenommen worden waren – der befand sich noch immer im Haus Jasmin und war inzwischen zum Leutnant der Miliz befördert worden – sowie vier Kuriere, Verwundete, die während ihrer Genesung nur leichten Dienst zugewiesen bekommen hatten, und schließlich Kyle, den er zum *Aide-de-camp* ernannt hatte. Dann gab es nur noch die Bandeluken, die er das Spähcorps getauft hatte, die aber unter den Mannschaften als die Blauen Bandeluken bekannt waren.

„Ist das unser Lagerplatz?", wollte Ogleby wissen.

Gute Frage!

„Wie groß ist das hintere Tor?", fragte er Rajik.

„Nicht größer als eine normale Tür."

„Lass deine Männern es mit Steinen blockieren, ebenso alle Löcher in Bodenhöhe, die größer als dein Helm sind. Wenn sie damit fertig sind, stell zwei Mann als Wache an den Haupteingang und zwei als Wache für die Pferde. Sie teilen sich dieses Gebäude mit mir und meinem Stab."

„Jawohl, Herr General."

Nach dem Abendessen erteilte Rajik Singers Männern eine improvisierte Bandelukischlektion, danach folgte Ogleby mit dem

Hallandischen. Singer, der beide Sprachen beherrschte, verließ das Gebäude und stellte sich an den Eingang, um die Ruinen zu betrachten.

Es sieht so aus, als hätten wir die Innenstadt gefunden. Zumindest gibt es hier eine Menge großer Gebäude.

Einige Ruinen waren schwer einzuordnen. Es gab eine Anzahl kleinerer Versionen von dem Gebäude, in dem sie ihr Lager aufgeschlagen hatten. Vielleicht Tempel für zweitrangige Götter? Eins war von den Überresten einer hohen Mauer umgeben. Ein Palast? Eine Waffenkammer? Ein Kerker? Es ließ sich nicht mehr sagen, welchen Zweck manche dieser Gebäude einmal erfüllt hatten. Es gab nur noch ein paar lückenhafte Wände, hier und da einen Haufen Steine und eine alleinstehende Säulenreihe.

Ein zukünftiger Wissenschaftler wird hier einmal eine blendende Karriere mit der Erforschung, Kartierung und Klassifizierung der Gebäude machen und ihr Geheimnis lüften. Aber im Moment hat es gar keinen Zweck, sich den Kopf darüber zu zerbrechen. Ich hoffe nur, mein eigenes Volk wird einmal etwas besseres hinterlassen als einen großen Haufen Steine in der Wüste.

Er blieb noch eine Weile neben der Tür stehen und genoss die Abendluft. Es lohnte sich nicht, schon zu Bett zu gehen. Sein Schlaf war auch in den letzten Nächten unruhiger geworden, oft wälzte er sich bis in die frühen Morgenstunden hin und her. Entfernt konnte er Stimmen aus dem alten Stadion hören, das Baron Hardy besetzt hatte. Lichter blitzten auf und Beifall erschallte – der Baron musste irgendeinen Wettbewerb oder eine Laienvorführung arrangiert haben, um die Moral seiner Männer aufrecht zu erhalten.

Kein Grund zur Sorge. Wenn jemand weiß, was er tut, ist es der Baron.

Er richtete sein Augenmerk auf die Zeichnung des Tausendfüßlers, die in dem Zwielicht gerade noch auszumachen war. Mit dem Finger zog er die Linien nach.

Rajik hatte recht. Es sind scharfe Linien, und ich kann noch lose Gesteinsbrocken spüren. Das kann nicht älter als einen Tag sein!

Wer hatte die Symbole zurückgelassen? Offensichtlich jemand, der ihn hier erwartete. Wer konnte wissen, wo er sein Lager aufschlagen würde? Es musste jemand sein, der schon vorher hier war, sich in den Ruinen versteckt hielt und das Spähcorps beobachtete.

Aber was für eine Botschaft sollte das sein? „Achtung Tausendfüßler"? „Ich, Herr Tausendfüßler, erwarte Euch"? „Dieser Ort ist dem Tausendfüßlergott geweiht"? Und was sollte er mit dieser Nachricht anfangen? Weglaufen, bevor die Tausendfüßler ihn schnappten? Auf Herrn Tausendfüßler warten? Dem Tausendfüßlergott ein Opfer darbringen?

Ein abnehmender Mond glitt vom Horizont herauf und tauchte alles in ein bleiches, geisterhaftes Licht.

Es ist nutzlos, hier herumzustehen, wenn nichts passiert. Zeit, ins Bett zu gehen!

Jemand berührte ihn leicht an der Schulter. Er fuhr herum und erblickte Rajik.

„Herr General, ich würde Euch gerne unter vier Augen sprechen."

„In Ordnung." Er wandte sich an die Wachtposten. „Ihr könnt reingehen. Ich werde euch rufen, wenn wir hier fertig sind."

Singer und Rajik blieb allein im Mondlicht zurück und schauten einander an. Rajik stand ein bisschen zu nah neben ihm. Er trat einen Schritt zurück.

„Ihr wollt es wirklich tun?", fragte Rajik. „Ihr wollt wirklich nach Barbosa?"

„So lautet mein Befehl. Littleton und seine Dämonen setzen schon die Straße instand."

„Und die Hexe?"

Ach, die legendäre Hexe von Barbosa. Die Bandeluken reden von ihr, als würde sie wirklich existieren. Alles Aberglauben.

„Wenn ich ihr begegne, werde ich schon mit ihr fertig."

„Das könnte vielleicht zu spät sein."

„Was schlägst du vor?"

„Schickt jemand anderen. Geht nicht selbst nach Barbosa. Die Hexe beherrscht Zauberkünste, mit denen sie Männer zu Sklaven macht."

„Eine Garnison soll sich dort befinden."

„Eine kleine, und alles Eunuchen. Seit Jahrhunderten gibt es dort nur Eunuchen."

„Was ist mit den Karawanen?"

„Sie gehen nicht hinein, sie lassen ihre Waren draußen."

Sie nehmen die Sache anscheinend sehr ernst.

„Rajik, was du da beschreibst, ist einfache Zauberei, die jeder

Zauberer zustande bringt. Ich bin hier der Anführer. Ich kann mich nicht verstecken, weil ich mich vor Zaubertricks fürchte."

„Die Hexe ist keine Zauberin, sie ist die Hexe. Sie ist eintausend Jahre alt, und Ihr habt keine Chance gegen sie! Wen die Hexe einmal in ihrem Bann hat, der wird nie wieder gesehen!"

Noch mehr bandelukischer Aberglaube... Was ist das?

Unten am Fluss hatte etwas die Pferde in Panik versetzt, und die Wächter riefen etwas. Singer zog sein Schwert und lief ihnen so schnell er konnte entgegen, Rajik auf den Fersen.

Trotz ihrer Fußfesseln versuchten die Pferde vor Angst wiehernd zu fliehen. Zwei waren bereits gestürzt, und ein junger Bandeluke rannte umher, fuchtelte mit dem Schwert und schrie: „Ich hab's gesehen! Ein Ungeheuer!"

„Steck dein Schwert ein und versorge die Pferde!", befahl ihm Singer. Er wartete nicht ab, ob sein Befehl befolgt wurde, sondern rannte zum Bach.

Ein zweiter Bandeluke spannte hastig seinen Bogen. Singer hörte den Pfeil auf ein unsichtbares Ziel abfliegen, dann kam der metallene Aufprall der Pfeilspitze auf Stein. Der Soldat zog einen zweiten Pfeil hervor. Singer versuchte zu erkennen, worauf er zielte, aber im Mondlicht war nichts zu sehen außer Steinen und den vagen Umrissen von steinernen Gebäuden.

Auch der Bogenschütze hatte sein Ziel aus den Augen verloren. Er senkte den Bogen.

„Hol die Männer!", rief Singer und lief in die Richtung, in die der Soldat geschossen hatte. Sein Herz trommelte wie wild, doch zwang ihn der unebene Boden, langsamer zu laufen. Vor ihm befanden sich mehrere kleine Gebäude, vielleicht die von Rajik erwähnten Grabstätten. Der war immer noch hinter ihm und beeilte sich, ihn einzuholen.

Auf einem Haufen von Geröll sah er den Pfeil liegen, den der Bandeluke abgeschossen hatte. Als er sich bückte, um ihn aufzuheben, fühlte er etwas anderes, ebenfalls lang und dünn, und am Ende scharf und kalt. Es war kein Pfeil – und es wurde ihm abrupt aus der Hand gerissen.

Und dann erhob es sich plötzlich über ihm im Mondlicht: ein Tausendfüßler, größer als ein Mensch. Dutzende scharfer Krallen, beiderseitig aufgereiht, griffen nach ihm.

Ein Dämon!

Instinktiv stieß er mit dem Schwert danach, fühlte, wie die Spitze auf etwas Hartes traf. Der Dämon ließ sich aus seiner drohenden Haltung auf den Boden fallen und krabbelte zwischen den Felsen davon. Singer nahm die Verfolgung auf.

„HERR GENERAL KOMMT ZURÜCK!", rief Rajik mit einer dünnen, mädchenhaften Stimme.

Aber er konnte nicht umkehren, nicht solange diese Kreatur frei herumlief. Das Ungeheuer näherte sich einem kleinen Gebäude, richtete sich auf und verschwand dann in einem Loch. Das Gebäude war ein altes Grabmal. Das Loch war durch einen Felsbrocken entstanden, der von der Steinplatte über der Tür abgebrochen war.

Das Loch war zu eng für ihn. Er stieß das Schwert hinein, doch die andere Seite war anscheinend leer. „Hol Pickel und Schaufel!", befahl er Rajik. „Und ein paar Fackeln."

Kurze Zeit später schlug ein riesiger, muskulöser Bandeluke namens Olgun mit dem Pickel auf die Tür ein. Mit nur drei Schlägen schmetterte er sie in Stücke. Singer warf eine Fackel hinein, die einen kleinen Raum mit drei Nischen, jede groß genug für einen ausgewachsenen Menschen, auf jeder Seite erhellte. Am Ende stand ein kleiner Tisch oder Altar. Von dem Dämonen gab es keine Spur.

Vorsichtig schaute er sich mithilfe der Fackel um. Die Nischen waren bis auf Staub und Schutt leer. Auf dem Altar standen drei Kerzenhalter in abgenutztem Grün und eine Keramikschale. An der Wand war ein Gemälde zu erahnen, aber die Feuchtigkeit hatte es schon lange unkenntlich gemacht. Etwas glitzerte in der Schale, als er die Fackel darüber hielt und hineinsah. Er nahm es in die Hand.

Das seltsame Ding entpuppte sich als ein silbernes Armband in der Form eines Tausendfüßlers mit Saphiren als Augen. Es glitzerte, als wäre es gerade erst poliert worden. Der offene Rachen fungierte als Schnalle. Probeweise legte er es sich um das Handgelenk. Der Rachen klappte zu, als wenn sich das Ding selbst in den Schwanz bisse. Als er versuchte, es wieder zu öffnen, blieb es fest geschlossen.

Hinter dem Altar gab es ein wenig Platz. Er erhellte ihn mit der Fackel und entdeckte eine große Spalte im Fußboden, doch so weit er die Fackel auch hineinhielt, er sah nichts als ein Loch, das tief in die Erde hineinragte.

Anscheinend ist es weg.

Er war unsicher, ob er sich ärgern sollte oder einfach froh war, dass er noch am Leben war. Der Dämon hätte ihn wohl töten können, wenn er sich etwas mehr Mühe gegeben hätte.

„Komm und hilf mir", sagte er zu Olgun. Mit viel Gestöhne und schwerem Atmen rückten sie den Steinaltar über die Spalte im Boden.

„Hol so viele Männer wie nötig und lass diese Gruft mit den schwersten Steinen füllen, die du finden kannst. Ihr geht erst zu Bett, wenn ihr damit fertig seid, sonst wird uns ein zweiter Besuch abgestattet!"

Er sah sich das silberne Armband an, aber es war anscheinend unmöglich, es zu lösen.

Verdammt! Ich brauche etwas Butter oder Schmieröl, dann kann ich es einfach abstreifen.

Die Saphiraugen des Tausendfüßlers glitzerten schelmisch.

„Mir wurde gesagt, das hier wäre so leicht wie ein Spaziergang", sagte Singer.

„Na ja, Herr General. Das sagt man gewöhnlich über viele Dinge", entgegnete Baron Hardy.

Sie betrachteten die Mauern von Barbosa. Die Festung lag am Eingang eines trostlosen Gebirgspasses. Die Mauern waren Etagen hoch, und hinter den Zinnen war eine Reihe von bandelukischen Bogenschützen zu sehen, die nur darauf warteten, dass sich jemand in Schussreichweite begab. Was bald jemand würde tun müssen.

„Es heißt, das sind alles Eunuchen", sagte Singer. „Eine Hexe soll hier wohnen, und sie versetzt die Bandeluken in Angst und Schrecken. Man sagt, sie kann Männer überwältigen und sie gefügig machen."

„Es sei denn, es handelt sich um Eunuchen?"

„Sieht ganz so aus."

„Die Krankheit gefällt mir besser als das Heilmittel. Wenn sie so gefährlich ist, warum schützen sie sie mit Befestigungen und Soldaten? Wollen sie die Hexe nicht *raus*- oder uns nicht *rein*lassen?"

„Gute Frage. Warum reitet Ihr nicht hin und fragt sie selbst?"

„Ich muss gestehen, Herr General, meine Bandelukischkenntnisse sind minimal."

In diesem Moment ritt Ogleby zu ihnen heran.

„Hat Littleton festgestellt, was uns für die Belagerung zur Verfügung steht?"

„Das hat er, Herr General. Wir haben vier große Wallarmbrüste mit je fünfzig Schuss. Littleton ist gegenwärtig dabei, sie aufzustellen. Dazu kommen eintausend lange Nägel für den Bau von Sturmleitern und zweihundert eiserne Pflöcke für die Sturmmaschinen."

„Ich wünschte, wir hätten dafür gutes Bauholz", sagte Singer. „Das scheint in dieser Gegend rar zu sein."

„Richtig, Herr General. Wir hätten früher daran denken sollen", sagte Hardy.

„Und dann was? Wir hätten einen kleinen Wald abholzen, ihn dann die Große Treppe hinauf und durch hundert Meilen Wüste transportieren müssen."

„Wir hätten genug für einen Rammbock mitbringen können."

Singer musterte das Tor. Es war schwer, zwei Stockwerke hoch, und mit Eisenbolzen zusammengefügt. Allem Anschein nah war es so verrostet und saß seit mindestens einhundert Jahren so im Boden fest, dass es nicht mehr zu öffnen und zu schließen war. Eine kleine Tür war hineingearbeitet, so dass man überhaupt hinein- und herauskam.

„Hätte, müsste, sollte", sagte Singer. „Es ist, wie es ist."

„Kein Fallgatter, kein Wachhaus, kein Graben, keine Zugbrücke", bemerkte Hardy. „Von Befestigungskunst verstehen sie nicht viel."

„Solange ihre Angreifer so schlecht ausgerüstet sind wie wir, spielt das auch keine Rolle."

Plötzlich flog ein drei Fuß langer Eisenbolzen, von einem näherliegenden Hügel abgeschossen, über sie hinweg, schlug an einem der Türme ein und brach ein kopfgroßes Mauerstück los.

Singer wandte sich an einen Boten. „Sag Littleton, er soll aufhören, seine Munition zu verschwenden. Wir sind noch nicht zum Angriff bereit."

„Er will sich wohl nur einschießen", sagte Hardy. „Aber schaut, unsere Waffen flößen ihnen Respekt ein."

Die bandelukischen Bogenschützen waren verschwunden. Sie waren hinter der Brüstung in Deckung gegangen.

„Wenn wir es fertig bringen, dass sie die Köpfe länger einziehen, könnten wir versuchen, die Mauer zu erklimmen", sagte Singer.

„,Versuchen' ist das richtige Wort, Herr General. Es ist wie die Große Treppe, aber ohne Stufen."

„Ich bin überzeugt, die Hallandkompanie könnte die Brüstung in zehn Minuten leerfegen."

„Leider ist die noch zwanzig oder dreißig Meilen hinter uns. Und ich bezweifle, dass sich meine Reiterschützen so gut anstellen würden, besonders ohne Schutzwände."

„Noch etwas, das uns fehlt. Vielleicht sollten wir mit dem arbeiten, was wir wirklich *haben*."

„Jawohl, Herr General. Momentan sind das sechshundert Kavallerie und vier schwere Wallarmbrüste. Belagerungen sind schon mit weniger Ausrüstung erfolgreich gewesen."

„Mit wesentlich mehr Zeit als wir haben. Die Garnison hat mittlerweile genug Zeit gehabt, Verstärkung anzufordern."

Einen Augenblick trat Stille ein. Schweigend saßen sie da und starrten auf die Mauer. Etwas anderes blieb ihnen nicht übrig.

Ich muss mir etwas einfallen lassen. Diese alte Burg war völlig unwichtig, bis ich eine Straße zu ihr anlegte. Jetzt könnte sie den Krieg entscheiden!

„Die Donnerwerfer sollten noch heute nachmittag hier eintreffen", sagte Singer plötzlich.

„Und?"

„Ich glaube, wir haben alles, was wir brauchen. Morgen ist Barbosa unser!"

„Ich habe wohl etwas verpasst?"

„Hoffentlich habt Ihr das."

Etwa eine Stunde später erschien Hauptmann Stewart an der Spitze seiner Donnerwerfer. Er war ein harter Zuchtmeister und hatte die Wüste im Gewaltmarsch durchquert.

Ich bin froh, dass ich dein Vorgesetzter bin, und nicht umgekehrt. Wie dem auch sei, ich würde niemand anderen lieber haben wollen. Ich weiß, deine Männer sind erschöpft und durchgeschwitzt und verdienen eine Ruhepause, aber ich habe andere Pläne für sie.

„Herr Hauptmann, lasst Eure Männer ihr Gepäck absetzen und der Mauer gegenüber in Stellung gehen. Haltet Euch außer Bogenschussweite, bis ich den Befehl gebe."

Stewart, stets wortkarg, salutierte und ging davon.

Als die Donnerwerfer Stellung annahmen, schickte Singer einen Melder an Littleton und befahl ihm freies Feuer. Die eisernen Bolzen schlugen gegen die Mauern, wo sie zwar wenig Schaden anrichteten, die Bandeluken aber in Deckung hielten.

„Stewart soll vorrücken und sein Feuer direkt auf die Zinnen richten", sagte Singer einem anderen Boten. „Er soll die Sonderwaffe einsetzen."

Die Donnerwerfer hatten ihren Namen den besonderen Schleudersteinen zu verdanken, die sie neben den gewöhnlichen Bleikugeln mit sich führten, runde Stücke aus vulkanischem Glas voller Gasblasen. Wenn sie auf etwas Hartes trafen, platzten sie mit einem lauten Knall. Sie verbreiteten einen üblen Gestank, und schwarze Glasstücke flogen in alle Richtungen. Gegen einen Feind mit schweren Rüstungen waren sie ziemlich nutzlos, aber Pferde ließen sich damit leicht in Panik versetzen.

Während die Donnerwerfer feuerten, konnte Singer die Einschläge und die schrillen Schreie der Bandeluken hören, als sie die Mauer aufgaben.

Eunuchen scheinen nicht viel Ausdauer zu haben.

„Littleton soll das Feuer einstellen, die langen Bolzen und ein paar Hammer bereithalten und mich an der Mauer treffen", sagte Singer einem weiteren Boten.

Dann wandte er sich an Hardy, „Jetzt muss es schnell gehen. Bringt Eure Männer an die Mauer."

Während Hardy die Kavallerie herbeiholte, ritt Singer zu Stewarts Position hinunter und ließ das Feuer einstellen. Dann sah er sich die Mauer näher an. Sie war bei weitem nicht so stabil, wie es von ferne schien. Sie war etwa so alt wie die Ruinen selbst, die Blöcke aus dem rötlichen Gestein dieser Gegend gehauen. Überall waren Ritzen und Spalten zu sehen, die mit der Zeit entstanden waren, und man hatte hier und da vor langer Zeit versucht, schwache Stellen zu verstärken.

Er wählte einen Spalte zwischen zwei großen Steinen, ungefähr auf Kniehöhe, und stieß seinen Dolch hinein. Dann benutzte er den Knauf seines Schwerts, um ihn so weit wie möglich hineinzuschlagen. Testweise stellte er sich mit seinem ganzen Gewicht auf den Dolchgriff – er hielt stand.

„Ihr verschwendet einen sehr schönen Dolch", sagte Hardy, der gerade angeritten kam.

„Sagt Euren Männern, sie sollen absteigen und auf jeden schießen, der sich da oben blicken lässt. Jeder ohne Bogen soll auf seinen Schild schlagen und so viel Krach machen wie möglich. Die da oben dürfen nicht hören, was wir hier tun."

Jetzt erschien Littleton und mit ihm die Dämonen, von denen einige Säcke trugen, die bei jeder Bewegung ein metallenes Geklingel von sich gaben.

„Gebt mir einen Hammer, zählt vierzig Bolzen ab und legt sie in den Sack." An Ogleby gewandt fügte er hinzu: „Sucht nach Freiwilligen, die mit mir die Mauer erklimmen wollen!"

Als er zwanzig Fuß hochgeklettert war, machte er halt und schaute hinab. Nur zwei Freiwillige waren dabei, ihre Bolzen hineinzuschlagen, und gerade diese beiden hätte Singer nicht gewählt: Littleton und Kyle. Littleton wurde bei den schweren Armbrüsten viel dringender gebraucht, aber er war von Natur so besessen und draufgängerisch, dass er diese Herausforderung nicht hatte ignorieren können. Kyle war zu jung. Singer hatte gehofft, dass die andern sich aus Schamgefühl melden würden, wenn sie den jungen Kyle an der Mauer sahen, doch da hatte er sich getäuscht. Die älteren

Männer wussten, was bei diesem verzweifelten letzten Versuch auf dem Spiel stand.

Man muss verrückt oder ein Kind sein, um so was zu wagen!

Zum Glück hatte er das Spähcorps auf Patrouille geschickt, sonst hätte Rajik sich höchstwahrscheinlich auch freiwillig gemeldet.

In fünfzig Fuß Höhe löste sich ein Bolzen, gerade als er seinen Fuß darauf setzte. Ein Blick nach unten zeigte ihm, wie er aus dieser schrecklichen Höhe zu Boden fiel. Einen Augenblick lang war er wie erstarrt vor Angst. Dann kniff er die Augen zusammen und presste das Gesicht gegen die Mauer.

Es wird einem so oft eingehämmert, aber Dummköpfe vergessen es immer wieder: Nicht hinunterschauen!

Er hing nur noch an einer Hand und suchte blind mit dem Fuß nach dem letzten Bolzen. Dann trat er darauf und wagte es, nach unten zu blicken.

Alle schauten nach ihm auf, über eintausend bleiche Gesichter mit offenem Mund: Würde er fallen oder nicht? Sie hatten sogar aufgehört, auf ihre Schilde zu schlagen.

„KRACH MACHEN SOLLT IHR!", schrie er und zog einen neuen Bolzen hervor.

In siebzig Fuß Höhe musste er langsam zugeben, dass es keine gute Idee gewesen war, mit einer fünfzig Pfund schweren Rüstung eine senkrechte Mauer zu erklimmen. Er legte eine Pause ein und schaute sich nach den anderen beiden um.

Littleton hämmerte seine Bolzen ein, als wäre es ein Wettrennen, und war fast auf derselben Höhe wie Singer. Er hatte den Vorteil einer leichteren Rüstung und zudem den Sack mit den Bolzen an einem Seil befestigt, den er immer nur dann zu sich heranzog, wenn er ihn brauchte, statt ihn durchgehend in der Hand zu halten.

Diese Idee hätte er auch vorher mit mir teilen können!

Kyle hing weiter zurück. Er schien erschöpft. Ein Fall würde ihn entweder sofort umbringen oder zum Krüppel machen. Singer war drauf und dran, Kyle zuzurufen, er solle umkehren, doch dann zögerte er.

Ich gehe ein wahnsinniges Risiko ein. Welches Recht habe ich, dem Jungen das Gleiche zu verbieten?

In neunzig Fuß Höhe schaute er in den Sack und sah, dass er nur noch drei Bolzen übrig hatte. Es sah so aus, als habe er noch ungefähr zwanzig Fuß vor sich. Er hatte die Höhe der Mauer unterschätzt, und einen Bolzen hatte er fallengelassen. Höchste Zeit also, die Situation neu zu überdenken.

Er hatte die Bolzen zu nah aneinander plaziert. Er brauchte bei jedem Bolzen einen guten Griff, bevor er den nächsten einschlagen konnte. Doch jetzt entdeckte er einen Spalt in der Mauer, der fast bis ganz nach oben lief. Mit den Fingern würde er in diesem Spalt genug Halt finden, aber zunächst müsste er sich auf dem letzten Bolzen ganz aufrichten, um den Spalt zu erreichen.

Es war eine höchst gewagte Tat, aber er zog sich trotz scharfer Schmerzen in seinen Händen, Armen und Schultern hoch. Einen Augenblick schwankte er, dann stieß er die Hand in den Spalt. Geschafft! Zitternd vor Anstrengung hielt er inne. Noch drei Züge, dann wäre er oben.

Ein paar Minuten später stand er auf der letzten Bolzen, aber er sass fest. Der Baumeister hatte die Mauer oben mit einem glatten, runden und harten Stein abgeschlossen, damit kein Enter-

haken darauf Halt finden konnte. Der Stein reichte zwei oder drei Fingerlängen über die Mauer hinaus. Singer streckte seinen Arm so weit wie möglich aus, doch er fühlte nichts als den glatten Stein und keine Möglichkeit, sich festzuhalten.

Allmählich verlor er das Gefühl in seiner rechten Hand, die in der Spalte steckte. Sein linker Arm schlenkerte nutzlos, und der silberne Tausendfüßler, den er immer noch nicht hatte lösen können, schien ihn enttäuscht anzublicken. *Was für eine Niete*, schienen die kleinen blauen Augen zu sagen.

Das ist gar nicht gut!

Zu seiner Linken und etwa zehn Fuß tiefer hatte Littleton langsam die Kraft verlassen. Er schien sich gerade noch an der Mauer festhalten zu können, und auch das nicht mehr lange. Kyle war nirgends zu sehen. Singer hoffte, dass er aufgegeben und wieder hinuntergeklettert war, solange er noch dazu fähig war. Er selbst und Littleton waren es offensichtlich nicht.

Hinter und unter ihm (er wagte nicht, sich umzudrehen) hatten die Männer einen Sprechchor angestimmt. „SINGER! SINGER! SINGER!", feierten sie seinen Aufsteig verfrüht. Ihre Stimmen wurden jedoch etwas dünn und unsicher, als sie sahen, dass er die Spitze zwar erreicht hatte, nun aber nicht mehr weiterkam.

Dieser eine Bolzen, der mir runtergefallen ist, kostet mich noch das Leben!

Ihm blieb nur noch eine Wahl, und die war nicht ermutigend: die Mauer mit der rechten Hand loszulassen, seine letzten Kräfte in seinen zitternden Beinen zu sammeln – und zu springen. Vielleicht gab es da oben irgendwo einen Griff, gerade außer Reichweite, den er wegen des glatten Steins nicht sehen konnte. Wenn er seine Finger in diese mögliche Spalte oder Öffnung hineinkrallen könnte, hätte er rein theoretisch noch eine Chance.

Narina! Hilf mir!

Er wollte diese letzte Hoffnung gerade in die Tat umsetzen, als ihn etwas am linken Handgelenk packte. Überrascht zog er seinen Arm zurück, aber was auch immer ihn festhielt, war stärker. Er wurde hochgezogen, landete auf dem Wehrgang auf der anderen Seite und brach zusammen.

Einen Augenblick dachte er, Narina, die geliebte Göttin seiner Mutter, sähe auf ihn hernieder, aber es war nur die Sonne, die von der silbernen Maske eines *fui*-Dämonen widergespiegelt wurde. Er sah die dünne, bleiche Narbe am linken Arm – Dreiundzwanzig. Er hatte eine frische Brandwunde an der rechten Hand, die Handfläche war schwarz und voller Brandblasen. Wie gewöhnlich schien es ihm nicht das geringste auszumachen.

„Geht es *bsss* dem General *bsss* gut?"

Singer war unsäglich erschöpft. Seine Gelenke brannten wie Feuer, und seine rechten Hand war taub und blutete. „Ja", sagte er. „Ja, mir geht's gut."

Er schaute sich um. In der Nähe lag ein toter Bandeluke. Ein zweiter *fui*-Dämon hievte gerade Littleton über die Brüstung. Ein dritter zog an einem Seil, wahrscheinlich mit Kyle am anderen Ende. Von beiden Seiten kamen mehr Dämonen heran.

„Ihr habt nichts davon gesagt, dass Ihr auf Mauern klettern könnt!"

„Man hat *bsss* unsere Hilfe *bsss* nicht verlangt."

„Dann hättet Ihr auch nicht kommen müssen. Ihr hättet bleiben können, wo ihr wart. Niemand hätte es Euch übel angerechnet."

„Das *bsss* wäre inkorrekt *bsss* gewesen."

Die Dämonen haben einen Ehrenkodex! Oder ist es einfach gutes Benehmen?

„Ihr habt das Richtige getan. Nun schickt jemanden nach unten und lasst die Tür öffnen."

„Es wird *bsss* schon gemacht."

Von der anderen Seite der Mauer ertönten Jubelrufe. Die Tür war tatsächlich offen.

Singer wandte sich dem toten Bandeluken zu. War das einer der Eunuchen? Es war ein kleiner bartloser Mann in einer viel zu großen Rüstung. Er lehnte gegen die Brüstung, als wäre er tief in Gedanken versunken. Ein paar Blutstropfen rollten an seiner Wange herunter wie rote Tränen – ein Stück Glas oder ein Stein hatte sein rechtes Auge durchdrungen und sich bis ins Gehirn gebohrt. Singer nahm ihm den Helm ab, und ein Bündel schwarzer Haare fiel heraus.

Eine Frau!

Er ergriff ihre linke Hand, die neben einem Bogen lag. Sie war noch warm. An beiden Händen waren keine Schwielen zu sehen, wie Schwertträger oder Bogenschützen sie gewöhnlich hatten.

Das ist bloß ein Dienstmädchen, als Soldat verkleidet. Es war alles nur Bluff!

Unter sich konnte er die vielen Schritte hören, als seine Leute durch das Tor kamen. Jemand musste den Befehl gegeben haben, die Burg im Sturm einzunehmen. Doch als er zusah, wie der Angriff voranging, bemerkte er hinter der ersten Mauer eine zweite, höhere, ebenfalls mit einem unbeweglichen Tor.

„Sollen wir *bsss* angreifen?", fragte Dreiundzwanzig.

Er stellte sich vor, wie ein Haufen *fui*-Dämonen über die Mauer und in eine Burg hineinschwärmte, die nur von Frauen verteidigt wurde.

„Nein. Der Kampf ist vorbei. Wir müssen ihnen die Möglichkeit lassen, sich zu ergeben. Das ist korrekt."

„Ja *bsss*, sehr korrekt."

Hat dieses Ding mir gerade den Kopf getätschelt?

14: Krion

Meine Offiziere sind solche Vollidioten!

Andauernd störten sie ihn mit unwichtigen Details. Heute war es Lessig, der unangekündigt erschienen war, um sich seine Pläne für einen Abzweigkanal absegnen zu lassen, Pläne, die ein in der Nähe liegendes Dorf unter Wasser setzen würden. Krion hatte ihm gesagt, dass er sich in bautechnischen Dingen nicht auskenne und es demnach zwecklos sei, wenn er sich die Pläne anzusah. Lessig solle einfach damit fortfahren und, falls er ein Dorf überfluten wolle, die Einwohnerschaft vorher evakuieren.

Gestern war es Basilius gewesen, der ihm mit der Bitte auf die Nerven ging, einen Kriegsrat für die Planung des letzten Sturmangriffs einzuberufen. Krion hatte ihm erklärt, dass ein Kriegsrat nutzlos sei, solange die Vorbereitungen noch nicht abgeschlossen waren, und es sei sowieso er selbst, nicht Basilius, der den Rat einberufen werde.

Auch Mopsus mit seinen ewigen Klagen über das Verschwinden Leutnant Bardhofs und seinen Forderungen nach einer Untersuchung entwickelte sich langsam zu einem Ärgernis. Krion konnte keine Energie darauf verschwenden, jedesmal eine Untersuchung einzuleiten, wenn einer seiner Offiziere wegen Liebesaffären oder Spielschulden nicht zum Dienst erschien!

Als er das letzte Mal nachgesehen hatte, was General Singer machte, hätte er beinahe den Spiegel fallen lassen, denn er hatte plötzlich aus einer immensen Höhe in einen Abgrund hinuntergeblickt. Schnell hatte er den Spiegel in seine Schachtel zurückgelegt. Im Grunde genommen war es zwecklos, Singer auf diese große Entfernung zu überwachen. Er würde einfach warten müssen, bis die Belagerung zu Ende war, wenn er ihm entweder eine Lob- oder eine Grabrede halten konnte.

Zu den Störungen kam ein riesiger Haufen von Berichterstattungen verschiedener Offiziere hinsichtlich feindlicher Truppenbewegungen oder Holzpreisen oder sonstiger langweiliger Dinge. Er hielt sich die letzte, von Clenas, vor Augen, die den Titel „Die ökonomische Ausbeutung der besetzten Gebiete" trug und von Frauenhand geschrieben war. Clenas machte sich wie üblich zum Narren, war dauernd unterwegs, um seinem neuesten Liebchen zu imponieren. Aber so gab es wenigstens keine Szenen in Krions Zelt, und seine Berichte konnte er ungelesen beiseitelegen.

Er warf Clenas' Bericht auf den Papierhaufen. In der Ecke bemerkte er den Dienst habenden Lumpenmann, der ihn seltsam ansah, was er in letzter Zeit mehr und mehr zu tun schien. Warum in aller Welt hatte er überhaupt einen dieser herumspionierenden Ungetüme in seinem Zelt?

„Geh in dein Lager zurück", befahl er. „Du wirst hier nicht benötigt. Du verpestest nur die Luft. Ich lasse dich rufen, wenn ich dich brauche." Der Lumpenmann ging wortlos davon, warf aber noch einen Blick zurück.

Jetzt war er endlich für sich allein! Er ging in die Ecke des Zelts, die er mit einem Vorhang abgetrennt hatte, ein kleiner Ort, der nur ihm gehörte. Er zog das Tuch von der Staffelei und fühlte sich sofort besser. *Sie* war hier, resolut und furchtlos, mit leicht geöffneten Lippen und einem schelmischen Blick in den Augen, so vertraut wie in seinen Träumen.

Als Kind hatte er Zeichenunterricht gehasst, aber nun wurde seine Erinnerung wiederbelebt, ja mehr noch. Er war ein besserer Künstler als seine Lehrer. Die ersten unbeholfenen Darstellungen seiner großen Liebe hatte er bereits verbrannt – sie waren ihrer nicht würdig. Aber jetzt, mit Hilfe des Pinsels, konnte er sie wirklich sehen, oder *fast* so, wie sie nachts in seinen Träumen und tags in seinen Träumereien erschien.

„Geliebte Rosalind!", hauchte er. „Bald ist dieser Krieg vorbei, und ich kehre im Triumph zurück und fordere dich als meine Braut. Und ich werde einen Palast bauen, größer als jeder andere zuvor, und das Volk wird dir Ehre erweisen, wie ich es schon jetzt tue."

Er hob die Hand, um den goldenen Ring zu küssen, das wunderbare Liebespfand, das ihre Finger berührt und gesegnet hatten.

15: Rajik

Es tat sogar weh, im Bett zu liegen. Sein Kopf schmerzte. Sein Rücken schmerzte. Sein ganzer Körper schmerzte. Und jetzt hatte er sich auch noch im Bett wundgelegen. Er musste aufstehen, aber einen zweiten Fall konnte er nicht riskieren. Er hatte gedacht, er könne tun, was er wollte, aber das stimmte nicht. Jetzt ging es ihm schlechter als zuvor. Raisha war fort, und mit ihr die meisten anderen Fremden, und er war fast allein in dem großen, leeren Haus. Seit Tagen hatte er niemanden mehr gesehen außer dem Fremden, der ihm sein Essen brachte und den Verband wechselte. Und der sprach kaum mehr als zwei Worte auf Bandelukisch.

Haus Jasmin war schon immer ein lebhafter Ort gewesen. Brüder und Schwestern und Neffen liefen überall herum, lachten und spielten, die weisen Ältesten standen mit Ratschlägen oder Ermahnungen bereit, und Scharen von Dienern brachten Essen und saubere Kleidung. Jetzt war es wie ein Geisterhaus. Nur selten waren die Schritte von unbekannten Stiefeln in der Halle zu hören, und ferne Stimmen tönten in einer Sprache, die er nicht verstand. Sonst nichts.

So muss es sich anfühlen, tot zu sein.

Aber er war nicht tot. Sie hatten ihn niedergeschlagen, in Brand gesteckt, mit Peitschen geschlagen und mit Steinen beworfen. Sie hatten alles getan, um ihn zu töten, aber er lebte noch. Er hatte gewonnen und würde auch weiterhin gewinnen. Er würde alles tun, um am Leben zu bleiben.

Er stand auf und guckte in den Spiegel. Er sah miserabel aus, ausgezehrt und bleich, sein Kopf noch immer in Bandagen gewickelt. Vorsichtig rollte er sie auf. Was er sah, machte alles nur noch schlimmer. Sie hatten ihm den Kopf, oder einen Teil davon, rasiert, um die Wunden zu nähen, die immer noch rot und empfindlich waren. Sein übriggebliebenes Haar war nur noch in Flecken vorhanden und stand in unregelmäßigen Winkeln ab. Sogar sein Schädel hatte nicht mehr die gewohnte Form, eine Stelle, die beim Anfassen noch immer schmerzte, war eingebeult. Und zu allem Überfluss fehlten ihm zwei Zähne.

Du bist eine Vogelscheuche, Rajik. Aber du bist immer noch Rajik!

Sein Haar würde wieder wachsen, das meiste wenigstens. In der Zwischenzeit würde er eine Mütze tragen. Er kleidete sich an.

Der Flur war leer und offenbar lange nicht mehr ausgefegt worden. Aus dem Zimmer neben dem Eingang kamen Stimmen. Vorsichtig schlich er näher, um zu hören, was sie sagten.

Drei Männer waren in dem Zimmer, zwei Fremde und ein Bandeluke. Die Fremden verstand er nicht, aber dann dolmetschte einer von ihnen für den Bandeluken:

„… aus Kettenrüstung. Es ist nichts mehr da außer Lederjacken, und die sind auch bald weg.”

„Ich dachte, wir hätten eine ganze Ladung Kettenrüstung in Auftrag gegeben.”

„Das haben wir auch, aber in Akaddien werden neue Kompanien aufgestellt, und da hat die Miliz keinen Vorrang.”

„Hat die Glänzende Ritterschaft gar nichts übrig?”

„Möglicherweise, aber die geben nichts ab. Die schicken uns nur Sachen zum Reparieren.”

„Nutzlose Idioten. Dann müssen wir das Beste aus dem machen, was wir hier zusammenkratzen können.”

„Chatmakstan ist eine arme Provinz. Es gibt nicht viele gute Handwerker.”

„Aber es ist eine ganze Provinz mit Hunderten von Dörfern! Da muss doch etwas zu finden sein!”

„Wenn wir das nötige Geld hätten, vielleicht. Aber Singer hat uns nur ein kleines Budget hinterlassen, gerade genug für das Hauptquartier.”

„Wie sollen wir überhaupt etwas ohne Geld fertigkriegen?”

„Wir müssen nicht jeden Soldaten sofort voll ausrüsten.”

„Das stimmt, aber was mir wirklich Sorgen macht, ist der Stand der Ausbildung. Drei Tage sind nicht genug. Morgen kommt eine neue Gruppe, und der letzte Haufen kann immer noch nicht im Gleichschritt marschieren.”

„Wir brauchen mehr Ausbilder.”

„Du meinst, mehr Bandeluken. Die militärische Erfahrung der Chatmaken ist gleich Null.”

„Wie sollen wir Bandeluken anwerben, wenn wir gleichzeitig mit ihnen im Krieg liegen?”

„Wie wär's mit dem Kranken, Hisaf oder Rajik oder wie er auch heißen mag?”

„Ich dachte, Rajik ist der andere."

„Er ist zu jung. Ich könnte ihn höchstens als Botenjungen oder für den Küchendienst anstellen."

Zu viele Leute schmieden Pläne für mich. Vielleicht sollte ich den Spieß umdrehen!

Die Wache am Tor war durch mit Speeren bewaffnete Chatmaken abgelöst worden. Sie blickten verächtlich auf ihn herab, sagten aber nichts, als er vorbeiging.

Mubinas Tür war verschlossen. Einen Augenblick lang blieb er fassungslos auf der Schwelle stehen. Das war noch nie passiert! Er klopfte, erst höflich, dann lauter.

Endlich kam eine dünne, müde Stimme aus dem Innern: „Geh weg! Ich habe nichts zu verkaufen!"

„Großmutter, ich bin's, Rajik! Mach die Tür auf!"

Die Tür ging auf. „Es tut mir leid, Rajik, aber wie du siehst, ist der Laden leer. Das Bisschen, was ich habe, muss ich für mich behalten."

„Vielleicht kann ich dir helfen, Großmutter. Was brauchst du denn?"

„Alles. Aber am dringendsten Salz, Zucker, Tee und Tabak. Als bekannt wurde, dass all dies Mangelware werden würde, kamen die Leute in Scharen und kauften den Laden leer."

„Aber dafür musst du doch jetzt eine Menge Geld haben."

„Das stimmt. Aber was soll ich damit anfangen, in Geld kann man nicht beißen."

„Gib mir fünfzig Piaster, Großmutter. Ich kümmere mich darum."

„Was willst du mit fünfzig Piastern anfangen?"

„Vertrau mir, Großmutter. Du kennst mich seit vielen Jahren. Wenn ich nichts erreiche, gebe ich dir das Geld zurück. So oder so hast du nichts verloren."

Im Haus Jasmin kannte er nur einen Fremden, der Bandelukisch verstand, einen Mann namens Pennesey. Er ging nach hinten, wo Pennesey seine Amtsstube hatte. Der Feldwebel saß an seinem Schreibtisch und notierte allerlei auf Papier. Rajik legte seinen Beutel Piaster auf den Tisch.

Pennesey warf einen skeptischen Blick darauf. „Was ist das?"

„Das ist Geld. Ihr braucht doch Geld, oder?"

Rajik nahm eine Münze aus dem Beutel und legte sie auf den Tisch. Pennesey nahm sie zwischen die Finger, betrachtete sie und prüfte das Gewicht.

„So, du hast also Geld. Was nun?"

„Ich muss einige Sachen beschaffen, und zwar Salz, Zucker, Tee und Tabak."

„Wir sind hier kein Geschäft, sondern ein Militärstützpunkt!"

„Dann nehme ich mein Geld und gehe woanders hin." Er streckte die Hand nach dem Beutel aus.

„Einen Moment. Wir haben ein paar Sachen im Überschuss. Als die Armee abmarschierte, ließ sie eine Menge Proviant zurück, der nicht gebraucht wird und verderben oder gestohlen werden kann. Die Vorschriften erlauben, dass dieser Mehrbestand verkauft wird."

„Sind Salz, Zucker, Tee und Tabak darunter?"

„Salz und Zucker sicherlich. Was Tee betrifft, so müsste ich in der Küche nachfragen. Tabak haben wir nicht zum Verkauf, kein Soldat gibt seinen Tabak her."

„Dann können wir uns vielleicht einigen."

Ein paar Minuten später war er wieder in Mubinas Laden, begleitet von zwei fremden Soldaten, die schwere Säcke schleppten. „Hier bringe ich dir dein Salz, Großmutter. Zucker kommt in Kürze. Dazu einen Karton Tee. Ich habe fünfundzwanzig Piaster bezahlt. Für meine Dienste behalte ich zwei Piaster, dreiundzwanzig Piaster gebe ich dir zurück."

Er zählte das Geld ab und legte es auf den Tresen. Mubina sah ihm mit offenem Mund zu. „Wie hast du dieses Wunder bewirkt?"

„Ich habe nur dem richtigen Mann die richtigen Fragen gestellt. Ich kann dir mehr besorgen, wenn alles verkauft ist."

„Ich bin gerettet!"

„Es gibt auch Gewürze, vor allem roten und schwarzen Pfeffer."

„Ich kaufe beides!"

„Tabak ist hier nicht erhältlich, aber ich habe gehört, dass er durch das Depot an der Masserabucht zu kriegen ist. Man muss nur die nötigen Formulare ausfüllen. Außerdem gibt es dort Seife, Knöpfe, Nadeln und Zwirn, Stiefelwachs und so weiter. Wir müssen eine Liste aufstellen."

„Rajik, bist ein Zauberer!"

„Ich handle bloß auf dem Schwarzmarkt. Es wäre das Beste, wenn niemand etwas von unserem Handel weiß, sonst könnten wir ihn leicht wieder verlieren."

Und uns an den Galgen bringen!

Am nächsten Tag erhielt er von Pennesey ein Anforderungsformular und fuhr in einem Karren und mit einem Chatmaken als Kutscher zur Masserabucht, um etwas Tabak und verschiedene Waren zu holen. Als sie zurückkamen, hatte Mubina die Sachen vom Vortage bereits verkauft, sodass er sich von Pennesey mehr besorgen musste. Währenddessen wuchsen seine Prozente zu einer stattlichen Summe, die er in seinem Zimmer unter einem losen Fliesen versteckte.

Als er am darauffolgenden Tag bei Mubina vorbeischaute, stand eine lange Schlange vor der Tür. Manche waren von weither aus den umliegenden Dörfern gekommen und stundenlang gelaufen, um sich einen kleinen Krug mit Salz oder Tee füllen zu lassen. In der Schlange standen sowohl Bandeluken als auch Chatmaken, etwas, was beide wohl noch nicht erlebt hatten.

Gewöhnt euch daran, Freunde!

Er erkannte den Mann, der aus der Tür kam. Es war Husam,

etwas älter als er, der Sohn eines Aufsehers auf einem der Bauern-
höfe seines Vaters. Er winkte ihm zu, aber Husam wandte sich ab.

„Husam! Ich bin's, Rajik!"

Husam beschleunigte seine Schritte.

Er lief ihm nach und fasste ihn am Arm. Husam drehte sich um
und trat zurück. Rajik konnte sehen, dass er sich fürchtete.

„Wovor hast du Angst? Du kennst mich doch!"

„Aber dein Vater…"

Dieser Mann ist vor meinem Vater weggelaufen. Er hat Angst,
dass ich ihn verrate.

„Ich habe nichts mehr mit meinem Vater zu tun, und er mit mir.
Haus Jasmin hat neue Meister."

„Warum bist du dann hier? Warum bist du nicht in Kafra?"

Er denkt immer noch, ich wäre ein Spion oder Spitzel.

„Kafra ist eine Falle, ein Kerker. Niemand kommt nach Kafra.
Der Krieg hat uns links liegengelassen, Husam."

„Was willst du dann von mir?"

Er ist immer noch misstrauisch. Aber er hat recht: Was geht
mich Husam an? Er gehört meiner Vergangenheit an.

„Wir müssen einander beistehen, Husam. Dies ist ein gefährlicher Ort. Wenn wir einander nicht helfen, wird es niemand tun."

Er nahm seine Mütze ab und zeigte Husam die Wunden auf
seinem Kopf.

Husam schreckte zurück. „Ich wusste nicht, dass es dir so
schlecht ergangen ist, Rajik. Glaub mir, ich hatte keine Ahnung."

Er setzte sich die Mütze wieder auf. „Ich hatte eine kleine Auseinandersetzung mit ein paar Chatmaken. Denselben Fehler mache
ich nicht noch einmal."

„Wo ich wohne, kennen mich alle Bauern. Mit denen komme
ich gut aus. Aber bei Fremden muss ich vorsichtig sein. Und ich
habe Angst, dass Scheich Mahmud zurückkommt oder die Fremden mich finden."

„Du brauchst dir wegen der Fremden keine Sorgen zu machen,
sie tun dir nichts. Ich wohne mit ihnen unter einem Dach."

„Wirklich?"

„So wahr ich hier stehe. Und wie geht es dir?"

Husam sah besorgt aus. „Seit die Fremden hier sind, ist mein
Vater verschwunden. Ich weiß nicht, ob er lebt oder tot ist. Ich
wohne bei meiner Mutter. Wir haben nur einen kleinen Garten, also

helfe ich ab und zu bei den Nachbarn aus. Die Chatmaken haben einst für uns gearbeitet, jetzt arbeite ich für die Chatmaken!"

„Du hast wenigstens Arbeit."

„Nicht immer. Wenn der Tag vorbei ist, kann ich froh sein, wenn ich für meine Mühen ein Stück Brot oder Käse kriege."

„Du bist kein Bauer, Husam, und Ackerland hast du auch nicht. Du musst etwas anderes finden."

„Aber was?"

„Halt die Augen offen. Ich selber bin in den Warenhandel eingestiegen. Ich sorge dafür, dass Mubinas Laden gut läuft."

„Wirklich? Du bist auch klüger als ich. Ich bin ganz allein und habe nichts, womit ich einen Tauschhandel machen könnte."

„Irgendetwas wird sich schon ergeben, da bin ich ganz sicher. Und wenn es soweit ist, komme ich bei dir vorbei."

„Wirklich?"

„So wahr ich hier stehe!"

Zwei Tage später war er wieder in Penneseys Amtsstube.

„Ich habe mich ein bisschen umgehört", berichtete er dem Offizier. „Ich weiß von zwölf bandelukischen Deserteuren in der Gegend, die entweder allein oder bei Verwandten wohnen, oder sie werden von chatmakischen Familien geschützt werden. Das sind natürlich bei weitem nicht alle. Wenn ich weitersuche, finde ich noch mehr."

„Und?"

„Ihr braucht Ausbilder. Ich kann diese Männer oder die meisten von ihnen anwerben, für eine kleine Kommission."

„Deserteure sind nicht gerade verlässliche Leute."

„Manchmal. Diese sind von Euren Feinden desertiert. Vielleicht hatten sie einen guten Grund."

„Und wie soll ich wissen, ob sie kompetent sind?"

„Weil ich Euch meine persönliche Garantie gebe, und Ihr mir drei Piaster für jeden Mann zahlt, den Ihr anstellt, und nichts für diejenigen, die Ihr abweist. Ihr könnt gar nicht verlieren!"

Pennesey warf einen kurzen Blick auf die verschlossene Schublade, die, wie er sehr wohl wusste, voller silberner Piaster war. „Ich glaube schon, wir können das bezahlen. Aber im Moment gibt es etwas viel Dringenderes. Du kriegst *zehn* Piaster, wenn du mir einen guten Schmied auftreiben kannst, nochmal zehn für einen Gerber oder Sattler, und zwanzig für einen Waffenschmied. Und wenn du einen von diesen bandelukischen Zauberern findest, die uns am Strand mit Dämonen beworfenhaben, kannst du deinen Preis selber bestimmen."

Heute regnet es Piaster.

Er setzte eine skeptische Miene auf. „Ich glaube, die Zauberer sind alle nach Kafra geflohen, oder noch weiter, aber ihre Utensilien haben sie zurückgelassen. Chatmaken haben sie inzwischen geplündert, wie alles andere auch…"

„Kein Zauberer, keine Piaster!"

„Kein Zauberer, so leid es mir tut. Was den Rest angeht, werden wir sehen."

Am nächsten Tag hatte sich Rajik auf der Suche nach einem Schwertschmied im Ruhestand in das Dorf Altmühlen begeben, wo dieser sich mit einem Chatmakenmädchen niedergelassen hatte. Er musste ein paar Münzen einsetzen, um den missmutigen Bauern, die keine herumstöbernden Fremden leiden konnten, die Zunge zu lösen.

Während er mit einem der Dorfältesten redete, fuhr eine mit vier Pferden bespannte, luxuriöse Kutsche vor, und zwei Fremde stiegen aus. Der eine war wie ein bedeutender General oder vielleicht sogar ein Prinz gekleidet. Die andere Person war eine blonde Frau, die erste, die Rajik je gesehen hatte. Er starrte sie voller Verwunderung an.

Fremde Frauen sind aber sehr gut ausgestattet!

Sie ging zu dem Ältesten und redete ihn auf Bandelukisch an, aber dieser verstand kein Wort.

„Darf ich Euch behilflich sein, *Lady*?", fragte er. Das letzte Wort war Hallandisch.

„Du darfst", sagte sie auf Bandelukisch. „Wir sind auf der Suche nach etwas Pamuk, gekämmt, aber ungesponnen. Wir haben bis jetzt keins auftreiben können."

„Es tut mir leid, *Lady*. Die Pamukernte ist noch nicht eingefahren. Kämmen und Spinnen findet zur selben Zeit statt, Ihr werdet also nichts zum Verkauf finden. Aber wenn Ihr eine Woche warten könnt, kann ich Euch wahrscheinlich etwas besorgen."

Sie sah ihn zweifelnd an. „Und wer bist du, wenn ich fragen darf?"

„Mein Name ist Rajik. Ich bin Assistent bei Leutnant Pennesey im Hauptquartier der Freistaatabteilung im Haus Jasmin."

„Dann kennst du wohl meinen Mann, General Singer. Ich heiße Erika, und ich habe die Ehre, dir Prinz Clenas von Akaddien vorzustellen."

Rajik verbeugte sich vor dem Prinzen, der offensichtlich kein Wort verstanden hatte und ihm nur zunickte. Er war anscheinend völlig gelangweilt.

„Ich bitte um Verzeihung, wenn ich unhöflich war, *Lady*, aber ich bin noch nie einem Prinzen begegnet."

„Schon gut. Vielleicht kannst du mir etwas Neues über meinen Mann sagen. Ich habe ihn seit Monaten nicht gesehen, und sein letzter Brief war sehr besorgniserregend."

„General Singer hat uns vor mehr als zwei Wochen verlassen. Ich glaube, er ist in der Nähe von Barbosa, aber sicher bin ich mir nicht. Ihr könnt Leutnant Pennesey fragen, oder noch besser, Hauptmann Pohler, den Führer der örtlichen Miliz."

„Das werde ich tun. Im Moment bin ich aber mehr an Pamuk interessiert. Könntest du mir welches besorgen?"

„Sicherlich. Wie viel wünscht Ihr?"

Sie blickte ihn scharf und abschätzend an. „Wie viel könntest du mir liefern?"

„Das kann ich nicht genau sagen, *Lady*. Die Ernte ist klein ausgefallen. Hundert Pfund? Zweihundert?"

Sie stieß einen Seufzer aus, ein eleganter Ton der Hilflosigkeit und Unzufriedenheit. „Wir hatten auf mindestens acht Tonnen gehofft, mehr, falls sich das arrangieren lässt."

Rajik blieb wie angewurzelt stehen.

Das ist die Hälfte von allem Pamuk in ganz Chatmakstan!

„Das ist ein außergewöhnlich großer Kauf! Um soviel Pamuk zusammenzukriegen, müsste man Boten in alle Dörfer schicken, und es wären allein einhundert Piaster notwendig, um den Kauf der ersten Tonne in die Wege zu leiten. Weiterhin ergibt sich die Frage, wie alles transportiert werden soll, und…"

Die Lady beugte sich vor und erlaubte ihm einen atemberaubenden Blick in ihr Kleid. Er stand wie festgeschraubt da und starrte wie ein Fisch, dem auf den Kopf geschlagen wurde.

„Sag mir, Rajik", sagte sie liebreizend, „wenn ich dir jetzt sofort einhundert Piaster als Vorauszahlung geben würde, könntest du eine Tonne Pamuk, wohlgemerkt gekämmt, aber nicht gesponnen, in einer Woche im Haus Jasmin für mich bereithalten?"

Rajik schluckte. „Das könnte ich."

„Könntest du auch weitere Lieferungen arrangieren, zum selben Preis, wöchentlich, und mindestens sieben an der Zahl?"

„Ja, *Lady*, ich bin sicher, das ließe sich machen."

„Dann kommen wir ins Geschäft!"

Sie sagte etwas zu dem Prinzen, der zehn Goldmünzen abzählte und sie Rajik aushändigte. Während sich die Kutsche in Bewegung setzte, stand Rajik da und schaute auf das Geld in seiner Hand. Es waren schwere Münzen. Er hatte noch nie eine Goldmünze in der Hand gehalten! Er hatte sogar kaum jemals eine gesehen, und nun hatte er gleich zehn davon!

Ich bin reich! Reich, reich, reich!

16: Lamya

Lamya war das Kind von armen Fischersleuten. Da ihr Vater schon mehrere Kinder hatte, begrüßte er seine neugeborene Tochter nicht mit offenen Armen. Stattdessen trug er sich mit dem Gedanken, sie zu ertränken, aber seine Frau überredete ihn, es nicht zu tun. „Schau, wie heftig sie saugt. Sie hungert nach Leben. Sie wird uns Glück bringen, dessen bin ich mir sicher."

Dieses Glück ließ lange auf sich warten. Zwar gingen ihrem Vater viele fette Fische ins Netz, doch die landeten meist auf den Tischen der Reichen oben auf dem Hügel, und das schwerverdiente Geld reichte gerade für die Miete des baufälligen alten Hauses. Die Last, die Familie zu versorgen, lag auf den Kindern selbst. Täglich gingen sie an den Strand, um das aufzusammeln, was das Meer bereithielt: Krabben, Austern und Muscheln, manchmal auch ange- schwemmtes Meergras und Treibholz für das Feuer. Damit hatten sie, zusammen mit ein bisschen Brot und etwas Gemüse aus dem Garten, ihre tägliche Nahrung.

Je größer die Familie wurde, desto schwieriger wurde es, genü- gend Essen zu beschaffen, und die Kinder mussten immer weiter gehen, um etwas zu finden. Als Jüngste hatte Lamya von ihrer älteren Schwester die unannehmliche Aufgabe geerbt, im Schlick nach Venusmuscheln zu graben. Sie war gerade acht Jahre alt, als sie einen Eimer und eine Schaufel zwei Meilen weit zu den Watten in einer Bucht schleppte.

Jeder neue Tag brachte dieselbe schwere Arbeit. Bis zu den Knien steckte sie im Schlick auf der Suche nach Muscheln, bevor die Flut alles überschwemmte. Die Muscheln reagierten auf den Aufschlag der Schaufel und bohrten sich tiefer in den Schlamm, und es wurde ein Wettrennen daraus, das Lamya nicht immer ge- wann. Schließlich musste sie Eimer und Schaufel nehmen und vor den anrollenden Wellen zum Strand laufen. Dann musste sie den schweren vollen Eimer, in dem noch das Meerwasser schwappte, nach Hause tragen.

Als Lamya zehn Jahre alt war, war ihr das Leben verhasst; es war so voller Mühsal.

Alles wäre besser als das!

Eines Tages buddelte sie einer Muschel hinterher, die ihr unbedingt entweichen wollte, da fiel ihr ein, dass sie die Muschel vielleicht mit Gesang zum Stillhalten bringen konnte. Das hatte ihre Mutter doch immer beim Zubettgehen gemacht. Sie kannte kein Lied, das Muscheln gefallen könnte, also dichtete sie selber eins.

Im Schlick gibt's nur Kälte und Dunkelheit!
Sei frohen Mutes, von mir wirst du befreit!
Komm heraus, es scheint die Sonne!
Komm mit mir, es gibt nur Freud und Wonne!

Zu ihrer großen Überraschung schoss die Muschel in die Höhe, als wäre es das Natürlichste der Welt. Lamya legte sie in den Eimer und sang das Lied bei der zweiten Muschel noch einmal. Im Nu hatte sie auch diese gefangen. So ging es weiter, und es dauerte nicht lange, bis ihr Eimer voll war.

„Schon fertig?", fragte ihre Mutter, als sie ihr den Eimer brachte. „Warum machst du das nicht jeden Tag? Du faulenzt zu viel. Los, geh zurück und sammle Treibholz, sonst geht das Feuer aus!"

Während Lamya einen großen Holzbalken hinter sich herschleppte, dachte sie:
Diesen Trick mit dem Gesang muss ich für mich behalten. Wenn meine Eltern das herausfinden, kriege ich nur noch mehr Arbeit aufgebrummt!

Nachdem sie am nächsten Tag ihren Eimer gefüllt hatte, sammelte sie zum Spaß Seemuscheln und legte sie in interessanten Mustern auf den Strand, und als sie zur gewohnten Stunde nach Hause kam, wurde sie nicht ausgeschimpft, und ihre Mutter gab ihr keine weitere Arbeit.

Bald konnte sie ihren Eimer in ein paar Minuten füllen, sie brauchte nur „Kommt mit!" zu sagen, und dann hatte sie viel Zeit für sich allein. Einige Wochen lang machte sie sich einen Spaß daraus, Schlösser aus Sand und Schiffchen aus Treibholz zu bauen, die sie auf dem flachen Wasser treiben ließ, aber mit der Zeit kam ihr das alles kindisch und langweilig vor. Sie begann, sich nach neuen Abenteuern umzusehen.

Die Muscheln zum Narren zu halten, war zu leicht; Muscheln waren dumm. Sie sang ihr Lied den Strandvögeln vor, aber die starrten sie nur verständnislos an. Nach vielen Versuchen entdeckte sie, dass die Vögel hohen, trillernden Tönen nicht widerstehen konnten. Erst kamen die kleinen Strandläufer, die an der Wasserlinie mit dem Schnabel nach Nahrung im Sand bohrten, dann die großen, faulen Pelikane, gefolgt von lauthalsigen Möwen und Seeschwalben, und schließlich konnte sie sogar die großen Kraniche und Reiher herbeilocken.

Sie fütterte ihre neuen Freunde mit Stücken von Muschelfleisch, sang ihnen Lieder und erzählte ihnen ausgedachte Geschichten von fernen Ländern und längst vergangenen Zeiten. Mit der Zeit kamen die Vögel, ohne dass sie sie herbeirufen musste. Sie kamen herbei, sobald sie Lamya sahen, und schwirrten um sie herum.

Eines Tages saß sie mitten unter ihren gefiederten Freunden und sprach zu ihnen. Sie erklärte, dass die Wellen immer aus dem Westen kamen, weil dort das berühmte Land der Wellen war, wo Riesen jeden Tag mit ihren Keulen auf das Meerwasser schlugen. Plötzlich hob sich die ganze Vogelschar vom Boden ab und flog fort. Lamya schaute um sich, um zu sehen, was sie aufgeschreckt hatte, als ein kalter Schauer ihr Herz ergriff und sie zum ersten Mal die Alte Frau entdeckte.

Die Alte Frau ging gekrümmt und auf einen Stock gestützt. Sie war in Mantel und Kapuze gehüllt, aber die Hand auf dem Griff des Stocks sah aus wie die einer Leiche, und ihre Augen, die Lamya durchdringend ansahen, waren weiß und ohne Pupillen. Die Alte Frau sprach zu ihr, ohne die Lippen zu bewegen:

Du bist meines Blutes, meines Herzens, meiner Seele! Folge mir!

Lamya folgte ihr.

Mit den Jahren hatte sich Lamya an das seltsame Aussehen der Alten Frau und selbst an die Art und Weise, mit ihr zu sprechen, gewöhnt, aber die Kälte in ihrem Herzen verließ sie nie.

„Aber sie haben Deva *getötet!*"

Das war ein Missverständnis. Sie hielten sie für einen Soldaten. Du siehst so süß aus, Liebchen. Dich werden sie nicht töten.

Lamya starrte sich selbst unzufrieden im Spiegel an. Sie trug ein enggeschnürtes schwarzes Kleid, das mit Perlen in astrologischen Mustern besetzt war, und schwarze Samthandschuhe. Auf dem Kopf trug sie eine silberne Krone, deren Spitzen höchst verdächtig den Hörnern eines unnatürlichen Ungetüms ähnelten. Die Krone und die schwere silberne Halskette waren mit poliertem Obsidian besetzt.

„Süß? Ich sehe aus wie die Königin der Hexen!"

So musst du auch aussehen, Liebchen. Im Umgang mit Barbaren ist eine starke Machtposition unbedingt notwendig.

„Ihr schickt mich nach draußen, ganz allein, damit ich die Burg einer Armee von Barbaren übergebe, und das nennt Ihr ‚starke Machtposition'?"

Deine Aufgabe ist, sie in die Burg zu locken, dann können wir mit ihnen machen, was wir wollen.

„Warum ruft Ihr nicht Dämonen herbei und jagt sie fort?"

Sie haben selbst viele Dämonen mitgebracht. Eins habe ich in über tausend Jahren gelernt: Wenn Dämonen mit Dämonen kämpfen, sollte man das Weite suchen. Selbst für den Sieger bleibt nicht viel übrig. Du musst mir vertrauen, Liebchen, dies ist der sicherste Weg.

Lamya wusste, sie hatte keine Wahl und musste der Alten Frau vertrauen, die bis jetzt jede Auseinandersetzung für sich entschieden hatte, ohne auch nur den Mund zu öffnen.

Außerdem habe ich Pläne für diesen General.

Lamya konnte sich gut vorstellen, was das für Pläne waren, aber es war besser, gar nicht daran zu denken.

Als sie zum Haupteingang kam, wartete die Dienerschaft bereits auf sie: all die Köchinnen, Dienstmädchen, Waschfrauen und Bediensteten, die sich gestern aus Angst davor, vergewaltigt zu werden, als Soldaten verkleidet hatten. Nun hatten sie all ihre Hoffnungen auf Lamya gesetzt und waren herbeigekommen, um ihr alles Gute zu wünschen. Sie schickte sie mit mit einem ermutigenden Lächeln und Kopfnicken fort. Draußen stand ein Barbarengeneral, dessen Geduld sie nicht auf die Probe stellen wollte.

O ihr Götter, welch ein Anblick!

Der Barbar wartete am äußeren Tor. Seine auf Hochglanz polierte Rüstung glitzerte im Sonnenlicht, und er trug einen goldenen Helm in der Form eines Katzendämons. Neben ihm stand ein Soldat mit einem silber-schwarzen Banner. Jenseits des Tors standen mindestens eintausend Soldaten in Reih und Glied.

Ich glaube nicht, dass mein Aufzug ihm Angst einjagt.

Eine peinliche Stille trat ein, als sie einander über die ganze Weite des Hofes hinweg betrachteten. Der General rührte sich nicht. Wenn er nicht zu ihr kommen, musste sie wohl zu ihm gehen. Sie hörte, wie die ängstlichen Diener hinter ihr die Tür schlossen und den Riegel vorwarfen.

Damit wäre meine Zuversicht auch dahin!

Sie kratzte ihr letztes bisschen Würde zusammen und schritt so ruhig und vornehm wie möglich über den Hof. Je näher sie kam, desto mehr Einzelheiten sprangen ihr ins Auge, die sie nur noch mehr beunruhigten. Der goldene Helm war mit rubinroten Augen besetzt, die sie neugierig anstarrten. Unwillkürlich hob sie die Hand zu einer Schutzgeste, woraufhin die Rubinen momentan an Leuchtkraft verloren, nur um anschließend umso heller zu leuchten.

Am linken Handgelenk trug der General ein silbernes Armband in der Form eines Tausendfüßlers. Dessen blaue Augen schienen ihr mit amüsiert-verächtlichem Blick zu folgen.

Mach keine Dummheiten, Kleine, sagten sie.

Der Soldat mit dem Banner war gar kein Soldat, sondern ein bis an die Zähne bewaffnetes wildes Bandelukenmädchen. Sie trug ein Schwert und zwei Dolche in ihrem Gürtel und auf dem Rücken einen Bogen. Ihren feindseligen Blicken nach zu urteilen, war sie bereit, für ihren General im Kampf ihr Leben hinzugeben.

Sie ist nicht verkleidet! Sie hält sich wirklich für einen Soldaten! Aber warum vertraut dieser Barbar einer Frau, die sowohl ihre Rasse und ihr Geschlecht aufgegeben hat? Weiß er überhaupt, welche Giftschlangen sich um ihn versammelt haben?

Der General ergriff als Erster das Wort. „Ich bin General Singer", sagte er in perfektem Bandelukisch.

„Ich bin Lamya, die Hausangestellte", antwortete sie in derselben Sprache.

„Das ist ein kostbares Kleid für eine Hausangestellte."

„Was, diese alten Lumpen? Es war ein Geschenk von einem Freund", sagte sie wenig überzeugend, dann fügte sie hinzu: „Wer ist die junge Dame?"

Das Gesicht der „jungen Dame" wurde feuerrot.

„Das hättet Ihr nicht sagen sollen", sagte der General bedauernd. „Es hat mich große Mühe gekostet, sie zu überzeugen, dass ich sie wirklich für einen Mann gehalten habe."

„Es bleibt unser Geheimnis",
sagte Lamya.

„Genug der Späße."

„Aus welchem Grund habt Ihr
mich hierher berufen?"

„Wenn Ihr hier die Befehlsgewalt habt, dann fordere ich von
Euch die bedingungslose Kapitulation."

„Zu meinem Leidwesen kann
ich nur mich selbst und die Dienerschaft übergeben. Die Garnison
hat sich beim Anblick der Dämonen davongemacht. Wenn ich ein
Schwert hätte, würde ich es Euch
überreichen."

„Was ist mit den Soldaten von
gestern?"

„Die Dienstmädchen fürchteten, vergewaltigt zu werden, also
haben sie sich als Soldaten verkleidet."

„Ihr könnt ihnen mitteilen,
dass nichts dergleichen passieren
wird. In ein paar Minuten stelle
ich Euch Hauptmann Stewart vor,
der für die Sicherheit verantwortlich ist. Jegliches Disziplinarver-
gehen muss ihm gemeldet werden. Ihr könnt mir vertrauen, wir
nehmen diese Dinge sehr ernst.
Ich brauche auch Quartier für ihn
und seine Männer, und natürlich
für mich selbst und meinen Stab."

„Und die junge Dame?"

„Was ist mit ihr?"

„Es mag vielleicht taktlos,
aber ich muss fragen, ob sie Eure
Unterkunft teilen wird."

Der General schaute auf das Bandelukmädchen, das noch tiefer errötete, sofern das überhaupt möglich war. „Sie wird ein eigenes Zimmer benötigen."

„Ich habe es geschafft, sie in die Burg zu locken. Wie geht es nun weiter? Wann machen wir mit ihnen, was wir wollen?"

Das muss sorgfältig vorbereitet werden.

Die Barbaren schwärmten überall in der Burg umher, steckten ihre Nasen in jeden Raum und machten Listen von allem, was sie fanden, besonders von Kriegsmaterial und Proviant. Selbst die Küche durchsuchten sie, genau wie den Brunnen und die Getreidekammer. Sie hatten jeden einzelnen Einwohner in Barbosa auf einer Liste eingetragen... mit einer Ausnahme.

„Sie wissen, dass Ihr hier seid. Sie werden sich auf die Suche machen."

Nach der Hexe von Barbosa? Das bist doch du, Liebchen.

Lamya rümpfte die Nase. „Diesen furchteinflößenden Aufzug zu tragen, macht mich noch lange nicht zu einer legendären Hexe. Sogar die Barbaren merken das."

Du hast den Nagel auf den Kopf getroffen. Die Hexe ist nur dummes Gerücht, du bist die Realität!

„Ihr könnt vielleicht die Barbaren zum Narren halten, aber niemals die Bandeluken. Die wissen über Euch Bescheid."

Keiner von ihnen hat es gewagt, Barbosa zu betreten, außer dem Mädchen, und alles was sie sagt, werden sie als Eifersucht abtun.

„Wollt Ihr damit sagen, dass sie eifersüchtig auf mich ist?"

Das kommt noch. Sie ist ganz offensichtlich leidenschaftlich in den General verliebt.

„Wollt Ihr etwa, dass ich den General verführe?"

Wir haben keine andere Wahl. Auf die gewöhnlichen Methoden spricht er nicht an. Lade ihn in dein Zimmer ein, bring ihn von dem Mädchen und seinem Schmuck weg, dann ist er uns ausgeliefert.

„Oder ich ihm. Ihr habt mich in so viele Künste eingeweiht, aber nicht in diese. Das Leben in einer einsamen Burg unter Frauen und Eunuchen ist keine gute Schule in Sachen Romantik."

Du wirst nicht auf dich alleine gestellt sein. Ich habe einen geschmacklosen Trunk vorbereitet, du findest das Fläschchen auf dem Tisch hinter dir. Ein Tropfen wird ihn in die rechte Stimmung versetzen. Zwei Tropfen genügen, aus einem Eunuchen einen großen Liebhaber zu machen; drei würden ihn in Wahnsinn stürzen, und vier wären tödlich.

„Was schlägt Ihr vor, einen oder zwei?"

Nur einen, Liebchen. Wenn ein Tropfen nicht ausreicht, kannst du jederzeit einen zweiten dazutun.

„Schon gut, aber ich wünschte, Ihr hättet mir von dem Trick mit dem Eunuchen erzählt, bevor sie alle weggelaufen sind."

„Es gibt eine Zeit für Käseaufläufe und eine Zeit für Hühnerbraten", hatte sie dem Küchenchef gesagt. „Heute schlachten wir Hühner."

Für gewöhnlich verbrachte sie nicht viel Zeit in der Küche, doch heute musste alles perfekt sein. Hühner wurden geschlachtet, zerlegt, gebraten und mit einer pikanten Soße übergossen. Reis gewaschen und gedämpft, Gemüse gekocht. Die Köchin kreierte ihre Spezialität, mit Zucker glasierte Fruchtspieße. Der Speisesaal war bereits vorbereitet. Es gab fünfzehn Sitzplätze, der große Stuhl an der Spitze der Tafel für den General reserviert.

Das Bandelukenmädchen erschien zuerst. Sie trug immer noch das Lederjackett und die Hosen, die sie am Morgen getragen hatte. Sie hatte ihr Schwert abgelegt, nur ein Stilett steckte noch in ihrem Gürtel.

„Ich habe ein paar schöne Kleider, die ich dir leihen könnte", sagte Lamya.

„Ich bedanke mich für das Angebot."

Was geht hier vor?

„Der General sagte, deine Scharaden seien aufgeflogen."

„Ich bin so lange Soldat, bis er mich entlässt." Sie setzte sich auf den Stuhl des Generals und probierte alles auf seinem Teller. „Verzeihung, eine Vorsichtsmaßnahme", sagte sie kauend.

„Verständlich, in Anbetracht der Umstände."

Zum Glück wird der Wein noch gekühlt!

„Wie war gleich dein Name?"

„Raisha."

Raisha, falls das ihr richtiger Name war, stellte sich hinter den Stuhl rechts neben dem des Generals. Sie legte die Hände darauf, um andere davon abzuhalten, ihn in Beschlag zu nehmen.

„Ich hatte diesen Platz für Hauptmann Stewart reserviert. Deiner ist ganz hinten."

„Ich sitze lieber hier."

„Dann solltest du das mit Hauptmann Stewart ausmachen." Dieser kam gerade herein, ein dünner Mann mit einem hartgesottenen Gesicht, der den Raum nach versteckten Gefahren absuchte, bevor er vortrat. Er trug noch immer sein Wams und ein Schwert und nickte Raisha zu, bevor er zu dem Sitz des Generals ging und das Essen probierte.

„Das habe ich bereits gemacht", sagte Raisha.

Stewart grunzte nur. Als er fertig war, setzte er sich auf den Stuhl links vom General.

Nichts verläuft hier wie geplant.

Sie ging an Stewarts linke Seite, bevor jemand den Sitzplatz in Beschlag nehmen konnte. „Hauptmann Stewart! Ich hoffe, Ihr seid zufrieden mit unserer Gastfreundschaft. Ist alles nach Eurem Wunsch?"

Stewart nickte.

„Ich würde gerne während des Essens ein paar Punkte mit Eurem leitenden Offizier besprechen, besonders das Protokoll, wie Offizier und Mannschaften unterzubringen sind. Wir sind es nicht gewohnt, die…"

„Bandeluki nichts gut", sagte Stewart.

Verdammtes Pech!

In ihrer Not wandte sie sich an Raisha um Hilfe, die etwas in der barbarischen Sprache sagte. Stewarts Antwort war kurz.

„Er sagt, Ihr müsst mit Leutnant Ogleby sprechen. Ihr sollt den General nicht belästigen."

Alles geht schief, schief, schief!

Als nächstes kam ein hochgewachsener junger Offizier in einer adretten Uniform herein. Er begab sich sofort, wie die andern beiden vor ihm, an das Kopfende des Tisches. Stewart winkte ab.

„Herr Leutnant, das ist Lamya, eine Hausangestellte", sagte Raisha. „Sie bittet um Anweisungen hinsichtlich der militärischen Etikette."

„Ist viel geehrt, schön Weibsbild!", sagte Ogleby und nahm links neben ihr Platz. „Etiketts viel, viel Ding, viel wichtig!"

Lamya stand da mit einem gefrorenen Lächeln im Gesicht, während Ogleby zu einem wirren Monolog über die militärische

Rangordnung ansetzte, woran sie zu erkennen und wie jeder zu grüßen sei. Währenddessen kamen die anderen Barbarenoffiziere herein, wählten noch freie Plätze aus, und unterhielten sich in ihrer unverständlichen Sprache.

Schließlich kam der General herein, ohne seinen goldenen Helm, wie Lamya zu ihrer Zufriedenheit bemerkte. Er hatte ein Bad genommen und seine Uniform angezogen. Der silberne Tausendfüßler glitzerte an seinem linken Handgelenk. Die blauen Augen schienen ihr zuzuzwinkern, als ob sie sagen wollten: *Ich weiß, was du vorhast, du ungezogenes Gör!*

Der General nahm Platz, und jeder folgte seinem Beispiel. Vier Dienstmädchen brachten mit dem Wein herein. Sie trugen ihre besten Kleider und bemühten sich, gefällig zu sein. Ihre Angst, vergewaltigt zu werden, war verflogen; jetzt schienen sie eher darum besorgt, dass man sie nicht genug beachtete. Leutnant Ogleby hatte der Dienerschaft schon angeboten, ihnen Hallandisch beizubringen, und viele hatten den Wunsch geäußert, diese unbekannte barbarische Sprache zu lernen.

Lamya ging der Gedanke durch den Kopf, dass der Wein eine ganz unerwünschte Wirkung auf den General haben könnte, jetzt, da dieser neben Raisha saß.

Vielleicht kann ich es noch aufhalten!

Verzweifelt versuchte sie, Jessaminas Blick, des Mädchens mit dem Wein des Generals, auf sich zu ziehen. Das Glas hatte am Rand einen kleinen Kratzer, an dem es zu erkennen war, und Lamya hatte ihr aufgetragen, dieses Glas, und nur dieses, dem General zu geben.

Lamya konnte nicht aufstehen und Jessamina etwas anderes befehlen, das würde höchst verdächtig aussehen. Wenn das dumme Mädchen doch bloß bei ihr vorbeikäme! Aber sie ging in der verkehrten Richtung um den Tisch herum, und Lamyas gequälter Gesichtsausdruck schien sie nur zu verwirren.

Als Jessamina den versetzten Wein vor den General stellte, streckte Stewart seine Hand danach aus, aber Raisha war schneller. Sie erhob sich und hielt das Glas zu einem Spruch in die Höhe. Ihre Rede war ein Durcheinander fremder Worte, doch die anderen Offiziere waren ebenfalls aufgestanden und hatten die Gläser erhoben. Dann tranken sie auf das Wohl des Generals, der sitzengeblieben war und die Versammlung freundlich anschaute. Lamya stand ebenfalls und trank ihren Wein, nicht ohne noch einmal den Rand überprüft zu haben.

Nun werden wir sehen, wie das Mittel auf Frauen wirkt! Hoffentlich ganz grausig. Vielleicht wird ihr ein Bart wachsen!

Als die Offiziere wieder Platz genommen hatten, erhob sich der General und hielt eine Rede in derselben rauen Sprache. Schließlich machte er eine ausladende Bewegung zu Raisha hin, die errötete. Alle Offiziere applaudierten.

„Was hat er gesagt?", flüsterte sie Ogleby zu.

„Große Ehre ist Raisha. Neuer Flaggenträger für Armee!"

Standartenträger! Sie führt ihn an der Nase herum, wird vor der ganzen Armee entlarvt und entwürdigt, und er befördert sie zum Standartenträger?

Raishas Gesicht war erhitzt, wie Lamya bemerkte. Sie hatte den Kragen ihres Lederjacketts gelöst und den obersten Knopf aufgemacht. Als sähe sie sie mit ganz neuen Augen, schaute sie die Männer um sich herum an und zupfte zerstreut an ihrem kurzen Haar, als wollte sie es länger ziehen. Dann richtete sie den Blicke auf den General.

Sie ist nur ein dummes junges Mädchen, eine Transvestitin! Wie bringt sie es fertig, mich zu besiegen?

Raisha schien etwas Lustiges gesagt zu haben und hielt einen der Stäbe mit gerösteten Früchten in die Höhe, als ob er ein Banner wäre. Ein gewaltiges Gelächter brach aus. Der General lehnte sich vor und wedelte spielerisch tadelnd mit dem Finger. Er nahm sein Weinglas zurück, und Raisha war zu benebelt, um es zu verhindern.

Der General hob sein Glas auf Raishas Wohl, alle taten es ihm nach, sogar Lamya, die nur zusehen konnte, wie der General den versetzten Wein trank.

Die zwei haben nur sich selbst im Sinn, und nun habe ich ihnen auch noch einen Liebestrank gegeben!

Du hast versagt!

„Ich habe genau das getan, was Ihr befohlen habt!"

Du hast es ganz und gar falsch gemacht!

Sie hatten aus dem Fenster auf den Südwestturm geschaut, wo die Lichter im Quartier des Generals gerade ausgegangen waren. Lamya wusste, dass Raishas Zimmer heute Nacht leer sein würde.

„Ich habe Euch gesagt, dass ich von solchen Dingen nichts verstehe! Ihr macht nur Eurer eigenen Marionette Vorwürfe."

So lange habe ich dich gelehrt, und bei der ersten Prüfung lässt du dich von einem halbstarken Mädchen ausmanövrieren!

„Das liegt vielleicht daran, dass sie mehr von der Welt gesehen hat als ich. Menschlichen Umgang lernt man nicht in alten, verstaubten Büchern voller Zaubersprüche."

Uns bleibt nicht viel Zeit.

„Was hat Zeit denn damit zu tun? Die spielt doch überhaupt keine Rolle! Ihr seid eintausend Jahre alt!"

Der Stasiszauber verliert langsam an Stabilität!

„DER Stasiszauber? Wie konntet Ihr das bloß zulassen?"

Wie viele Male habe ich dir schon gesagt, dass ich den Schlüssel zu diesem Zauber nicht besitze? Ich kann ihn auch nicht im geringsten abwandeln, ich kann allenfalls seinen Zerfall verzögern. Er ist alt, genau wie ich. Es erfordert all meine Kraft, ihn bloß aufrechtzuerhalten!

„Warum habt Ihr mir vorher nichts davon gesagt?"

Weil du schon so nervös warst wie eine Katze im Hundezwinger! Und was hättest du auch tun können? Der General war unsere letzte Chance, und jetzt ist sie dahin!

„Das würde ich nicht unbedingt sagen. Noch ist der General unser Gast."

Das bedeutet gar nichts. Er könnte ebenso gut auf dem Mond sein!

„Ihr seid zu hinterlistig. Immer versucht Ihr, die Menschen mit einer List dazu zu bringen, Euch zu Willen zu sein. Sogar mich! Aber genau deshalb scheitert Ihr! Vielleicht gibt es eine andere Lösung."

Und die wäre?

„Überlasst das mir, Liebchen."

17: Erika

„Versucht Ihr, mich zu provozieren?", fragte Clenas. Er starrte auf ihre Brüste, die sich mit dem Schütteln der Kutsche auf und ab bewegten.

„Natürlich nicht", sagte Erika. „Warum sollte ich auch? Wir sind doch Partner!"

Die Fahrt, um die erste Lieferung Pamuk abzuholen, war für keinen von beiden ein Vergnügen. Prinz Clenas hatte darauf bestanden, ein wachsames Auge auf seine Investitionen zu halten, und Erika gehörte offensichtlich dazu. Trotzdem war er unruhig und verdrießlich geworden, und er ließ es Erika spüren.

„Warum habt Ihr Euch dann so angezogen?", wollte er wissen.

„Das ist mein Verhandlungskleid. Heute treffen wir uns mit einem Lieferanten, und ich habe gelernt, dass geschäftliche Verhandlungen besser verlaufen, wenn ich mich so kleide."

„Ihr Gatte würde dem mit Sicherheit nicht zustimmen."

„Lieber Clenas, Ihr müsst mich nicht an mein Gelübde zu erinnern. Wenn mein Mann aus Barbosa zurückkommt, werde ich all seinen Wünschen nachkommen."

„Das überrascht mich. Ich hatte Euch immer für störrisch und eigenwillig gehalten."

„Ihr seid ein königlicher Prinz, aber er ist mein Ehemann, und deshalb ist seine Autorität die höhere."

„Die Frauen, die ich kenne, scheinen da anderer Meinung zu sein."

„Dann solltet Ihr Euch vielleicht einen größeren Bekanntenkreis aussuchen. Eines Tages werdet Ihr um eine Heirat nicht herumkommen, wie Ihr selbst wisst."

„Eine beängstigende Vorstellung. Wenn meine Zukünftige wie Ihr ist, würde ich mir lieber das Leben nehmen."

„Wenn Ihr mich fragt, wäre eine Frau wie ich, die es versteht, mit Geld umzugehen, und ihrem Manne treu ist, genau die richtige für Euch."

„Ich weiß, wie man mit Geld umgeht."

„Mein lieber Prinz, Ihr werft mit Geld um Euch wie ein betrunkener Matrose!"

„Ich mache Euch darauf aufmerksam, dass ich über die Ausga-

ben zu diesem Projekt, die sich auf hohe Summen belaufen, genau
Buch geführt habe. Ganz zu schweigen von der Unannehmlichkeit,
Berichte und Gesuche zu fälschen, schnüffelnde Beamte zu beste-
chen, die Launen einer halsstarrigen Frau und eines anmaßenden
Bandeluken auszuhalten, und zu allem Überfluss auch noch auf
den Stand eines gewöhnlichen Händlers hinabzusinken!"

Erika sah ihn mit einem betörenden Blick an. „Ich darf wohl
hoffen, Ihr haltet mich nicht für undankbar! Ich weiß Eure Bemü-
hungen durchaus zu schätzen. Vergesst nicht, dass Eure Investitionen eine vielfache Rendite einbringen!"

„Das sagtet Ihr bereits. Aber ich würde gerne genauer wissen,
um welchen Betrag es sich hier handelt und wieviel davon in meinen Taschen landet."

Zeit für ein paar hübsche Hochrechnungen!

„Eigentlich rechne ich den genauen Profit nicht gerne im Voraus aus, aber Ihr habt zehn Thaler pro Tonne Pamuk investiert, und
sobald es gewebt, gefärbt und auf den Markt befördert ist, sollte es
mindestens zweihundert wert sein!"

„Zugegeben, das ist eine stattliche Summe für den Fiskus, aber
ein großes Vermögen ist es nicht. Dazu kommt, dass ich meine
Kosten abziehen muss, und dann Euren Anteil und Hikmets."

„Ha! Jetzt denkt Ihr wie ein gewöhnlicher Händler. Ein *gewöhnlicher* Händler wird nicht reich. Dafür müsst Ihr *ungewöhnlich* denken. Ihr könnt mit einem Profit rechnen, der Eure Inves-
tionen verzehnfacht, und das nur bei der ersten Lieferung. Dazu
kommen mindestens sieben weitere, alle rechtzeitig für die Som-
mersaison."

Clenas lehnte sich zurück und ließ sich ihre Worte durch den
Kopf gehen. „Alles in allem achthundert Thaler? In einem guten
Jahr bringen mir meine Ländereien mehr ein. Das macht mich noch
lange nicht zum ‚reichsten Prinzen Akaddiens'."

„Aber das ist nur die erste Saison! Dieses Pamuk ist ein besonders leichtes und starkes Gewebe, und es gibt keine Konkurrenz.
Wir können sicher damit rechnen, dass der Bedarf in der zweiten
Saison zunimmt, sich vielleicht sogar verdoppelt, und dadurch
auch die Preise steigen."

Clenas strich sich übers Kinn.. „Tausendsechshundert Thaler
jährlich reichen vielleicht nicht an Herzog Claudios Einkommen
heran, aber nahe kommen sie schon", gab er zu.

Dieser Narr! Er gibt das Geld schon aus, bevor er es hat!

„Wie gesagt, es lohnt sich nicht, die Profite vorher auszurechnen. Hundert Dinge können unserem Plan im Wege stehen, eine Schädlingsplage befällt die Pflanzen, ein Schiff geht unter, eine neue Modewelle kommt auf. Dennoch, ich übertreibe nicht, wenn ich sage, dass die *potentiellen* Gewinne enorm sind. Wer nicht wagt, der nicht gewinnt."

Sein Blick kehrte zu ihrem Busen zurück. „Ich kenne dieses Sprichwort."

Rajik wartete vor dem Haus Jasmin auf sie, wo er auf einem großen Haufen Säcke saß. Irgendwo hinter ihm hämmerte ein Schmied, Sägen kreischten, und ein Glöckchen zeigte an, wenn ein Kunde einen Laden betrat.

„Die sehen aus wie die Säcke, die wir für's Pferdefutter benutzen", sagte Clenas. „Seht, was er dazu sagt."

Als sie aus der Kutsche stiegen, kam Rajik von dem kleinen Berg Pamuk, den er aufgehäuft hatte, herunter und verbeugte sich ehrerbietig, wie er es schon einmal getan hatte. „Hier sind zwanzig Säcke, jeder enthält hundert Pfund Pamuk, gekämmt, aber noch nicht gesponnen, wie befohlen. Ihr könnt sie wiegen, wenn Ihr wollt."

„Das werden wir auch", sagte Erika. „Wo hast du die Säcke her?"

„Leutnant Pennesey sagte, sie wären überschüssig. Ohne die Kavallerie ist nicht mehr soviel Pferdefutter nötig."

Erika übersetzte für Clenas, dann fügte sie hinzu: „Das passt ausgezeichnet in unsere Pläne. Wenn die Wagen morgen kommen, brauchen wir ihnen nur den Frachtbrief vorzuzeigen, wonach sie Futter für die Königliche Leichte Kavallerie abliefern."

„Das lässt sich leicht arrangieren", sagte Clenas. „Leutnant Pennesey scheint dafür der richtige Mann zu sein, doch vorher möchte ich ihn besser kennenlernen. Statten wir ihm einen Besuch ab!"

Pennesey saß in seiner Amtsstube im hinteren Teil des Hauses Jasmin und zählte ein paar Stapel von Münzen ab. Als der Prinz eintrat, nahm er Haltung an.

„Rührt Euch, Herr Leutnant", sagte Clenas. „Dies ist keine Inspektion, sondern nur ein informeller Besuch."

„Dann bin ich beruhigt, mein Prinz", sagte Pennesey. „Ich bin gerade dabei, die wöchentliche Soldzahlung vorzubereiten. Wir sind im Begriff, unsere Unternehmen hier zu erweitern, so sind wir mit der Buchhaltung ein bisschen ins Hintertreffen geraten. Ihr wisst nicht zufällig, wo ich einen guten Zahlmeister finden kann?"

„Wie Ihr wisst, sind Zahlmeister in Waterkant leicht zu finden, aber hier im wilden Chatmakstan ist das sicher schwieriger", mischte Erika sich ein. „Wenn es Euch recht ist, sehe ich mich unter meinen Bekannten in der Bekleidungsbranche um. Für den Fall, dass ich jemanden finde, müsstet Ihr jedoch ein der Situation hier angemessen hohes Gehalt zahlen, dazu kämen die Kosten der Anreise."

„Da ich unbedingt jemand brauche, wäre ich gewillt, das doppelte Gehalt zu zahlen."

„Dann findet Ihr garantiert jemanden. Der Zweck unseres Besuches, um darauf zurückzukommen, war jedoch die Inspektion der Ladung draußen vor dem Haus. Hat Rajik es Euch erklärt?"

Pennesey nickte. „In der Tat, das hat er. Es handelt sich um... Pferdefutter. Rajik ist ein raffinierter Bursche. Er leistet hier beste Arbeit. Hauptmann Pohler gegenüber würde ich die Sache nicht erwähnen, wenn ich das so sagen darf.

„Ich werde Eurem Rat folgen", sagte Clenas. „Gibt es sonstige Fortschritte?"

„Bisher gibt es etwa sechshundert neue Rekruten für die Miliz. Sie stecken in der Grundausbildung und sind noch unvollständig ausgerüstet. Sie sind noch nicht ganz kampfbereit, aber ich kann mit Stolz bekanntmachen, dass das Banditenwesen scharf nachgelassen hat. Hauptmann Pohler kann Euch einen genaueren Bericht über unsere Unternehmungen geben. Wir Ihr seht, sitze ich hier hinten fest, schiebe Papier hin und her und zähle Münzen."

„Ich werde den guten Hauptmann beim Abendessen sprechen. Gibt es Neues von General Singer?"

„Leider nicht. Die letzte Nachricht traf vor fast einer Woche ein. Er befand sich in einem Lager in irgendwelchen Ruinen, während seine Leute eine Straße bauten. Es gab auch ein Scharmützel mit einem Dämon."

„Einem Dämon?", fragte Erika besorgt. „Wurde er verletzt?"

„Glücklicherweise nicht. Er erwischte den Dämon mit dem Schwert und schlug ihn in die Flucht."

„Das muss ein mächtiger Streich gewesen sein!", sagte Clenas.

„Ich weiß nicht, wie man es nennen soll. Nur sehr wenige haben einen Dämonenangriff überlebt, geschweige denn sie auch noch in die Flucht zu schlagen."

Das Abendessen bei Hauptmann Pohler entpuppte sich als eine langweilige Angelegenheit. Es gab Pökelfleisch mit hartem Zwieback und den unvermeidlichen weißen Bohnen. Das Getränk war ein dünner, saurer Tafelwein aus keinem bekannten Jahrgang.

„Ihr solltet Euch einen besseren Koch anschaffen," sagte Erika. „Die einheimische Küche hier ist wirklich vorzüglich. Ich bin sicher, Rajik findet jemanden für Euch."

„Ich lehne es aus Prinzip ab, besser als meine Leute zu essen."

„Ihr habt doch gar nicht viele Soldaten. Da würde es sicherlich nicht allzu viel kosten, auch ihren Speiseplan zu verbessern."

„Dieses Geld, wie viel oder wenig es auch sein mag, müsste von legitimen Zwecken abgezogen werden, und auch das erlauben meine Prinzipien nicht."

„Ich versuche, ohne zu viele Prinzipien auszukommen", warf Clenas ein. „Schließlich nimmt jeder seine schönen Prinzipien mit ins Grab. Was hat man davon?"

„Was zählt", sagte Hauptmann Pohler, „ist nicht, womit man begraben wird, sondern was man der Nachwelt hinterlässt. Zur Zeit bin ich dabei, die Chatmaken von wertlosem Pöbel in eine taugliche Streitmacht zu verwandeln. Als ich hier ankam, lagen sie in Ketten und wurden mit Peitschen geschlagen. Wenn ich von hier fortgehe, werden sie mit den besten Kriegern Akaddiens in Reih und Glied stehen!"

„Oder gegen sie, kommt ganz darauf an. Denkt Ihr, die Treue der Chatmaken ist uns sicher?"

„Das ist gleichgültig, solange das Bandelukenreich die größere Gefahr bedeutet."

„Was hoffentlich nicht ewig andauern wird. Eines Tages werden Leute wie Amir Qilij hinweggefegt sein. Wie rechtfertigen wir es dann, dass wir hier im Lande sind?"

„Das ist nicht mein Problem."

„Aber es ist meins."

„Die Geschicklichkeit des jungen Rajik hat mir sehr imponiert", ergriff Leutnant Pennesey, der bis jetzt recht freudlos in seinem Essen herumgestochen hatte, das Wort. „Junge Männer wie er sind die Zukunft dieses Landes."

„Deshalb ist es schade, dass er ein Bandeluke und kein Chatmake ist", sagte Pohler. „Die Bandeluken haben hier nicht mehr viel zu sagen."

„Da bin ich nicht ganz sicher. Das Bandelukenreich mag am Ende sein. Der Kaiser, so wird allgemein berichtet, ist ein wertloser und liederlicher Mensch, ganz den Lüsten des Harems ergeben..."

Clenas warf ihm einen vorwurfsvollen Blick zu.

Dieses Thema ist ein heißes Eisen. Hände weg!

„... das Militär ist veraltet, und die Regierung ist nichts weiter als eine despotische Gangsterkratie. Aber die Menschen sind intelligent, fleißig und handwerklich in vielen Bereichen ausgezeichnet ausgebildet. Ohne sie kämen die Chatmaken gar nicht zurecht, und wir auch nicht."

Pohler gab etwas widerwillig seine Zustimmung. „Feldwebel Ebrahim schätze ich sehr. Solche wie ihn würde ich gern in die Hallandkompanie stecken, wenn sie nur die Sprache lernen könnten."

„Fremdsprachen sind wirklich ein Problem", sagte Clenas.

„Wer die einheimische Sprache nicht beherrscht, ist ganz von seinem Dolmetscher abhängig."

„Mein Bandelukisch wird jeden Tag besser", sagte Pennesey, „und ich schnappe auch ein paar chatmakische Redensarten auf."

„Dankt den Göttern, dass es Euch leicht fällt!" Clenas ließ den Blick von einem der drei Hallander zum anderen wandern. „Ich habe nie eine andere Sprache gelernt als meine eigene, also muss ich mich denen anvertrauen, die Akaddisch sprechen."

„Für einen akaddischen Prinzen sollte das kein allzu großes Problem darstellen", sagte Pennesey.

„Das war es auch nicht, bis Erika in mein Hauptquartier stürmte und mir Anweisungen gab, was ich tun und lassen soll. Ihr stehen drei Sprachen zur Verfügung, während ich mich ihrer nur mit einer erwehren kann."

„Das kann, so sagt man, auch ohne die Komplikationen mit Fremdsprachen vorkommen", sagte Pennesey.

Pohler hatte Clenas die ganze Zeit ernsthaft betrachtet und den Gesprächen keine Aufmerksamkeit gewidmet. Nun ergriff er das Wort: „Darf ich Eurer Hoheit eine Frage stellen?"

Das klingt nicht gut.

„Bitte sehr."

„Was machen wir eigentlich hier am Arsch der Welt?"

Clenas schwenkte den sauren Wein in seinem Glas einen Augenblick lang hin und her, dann sagte er:

„Ihr könnt Euch gar nicht vorstellen, wie oft ich mich das selbst schon gefragt habe."

Erika wollte gerade zu Bett gehen, als es an der Tür klopfte. Sie warf sich einen Schlafrock über und ging zur Tür.

„Öffnet die Tür, ich bin's, Clenas!"

„Können wir uns nicht morgen sprechen?"

„Nein, ich muss Euch unbedingt JETZT sprechen!"

Sie öffnete die Tür. Clenas stand da in einer seiner fabelhaften Uniformen, der Inbegriff des gutaussehenden jungen Prinzen, der in den heißen Tagträumen einer jeden akaddischen Frau auftauchte.

„Ich kapituliere", sagte er. „Dieses Spiel kann ich nicht gewinnen. Heirate mich!"

„Wie bitte?"

„Du hast recht. Du bist genau das, was ich brauche. Wenn du

schon so widerspenstig deinem Ehemann die Treue halten muss, dann lass mich wenigstens dieser Mann sein."

„Das Wort Ehemann gibt Euch nicht zu denken?"

„Hör doch endlich mit diesem Quatsch auf. Du hast keinen Ehemann. Heirate mich."

„Ihr müsst wahrlich sehr schlecht von mir denken. Was würden die Leute sagen, wenn ich meine Verlobung auflöse, während mein Geliebter an der Front kämpft?"

„Das passiert doch andauernd. Du bist mit einem Mann verlobt, der in den Krieg gezogen ist, ohne jegliche Vorsorge für dich zu treffen, der dich hier nicht ein einziges Mal besucht hat, der dir nur einen Brief geschrieben hat, den du selbst als entmutigend bezeichnet hast, und möglicherweise mit einer anderen im Bett ist. Heirate mich."

Vielleicht habe ich Clenas zu eng an der Leine gehalten. Und er hat recht, die Leine zu Singer ist viel zu lang.

„Wenn Ihr endlich aufhört, ‚Heirate mich' zu sagen, werde ich darüber nachdenken. Warum seid Ihr so darauf besessen, eine Frau zu heiraten, die Ihr selbst störrisch und eigenwillig genannt habt?"

„Das sind gerade die Eigenschaften, die mir so an dir gefallen. Es sieht so aus, als wärest du auf Jahre in meine Angelegenheiten verwickelt. Du hast bereits die Verwaltung meiner Finanzen übernommen, du rügst mich dauernd für mein unbekümmertes Wesen, und wir streiten uns immer. Da können wir auch ein Ehepaar werden."

„Das ist wohl der unromantischste Heiratsantrag, den ich je gehört habe!"

„Romantik hat da gar nichts mit zu tun. Romantik bringt mir nur Ärger ein. Ich verstehe mich drauf, jeder kann das bestätigen. Aber es ist zu nichts nütze. Dadurch bin ich in Chatmakstan gelandet. Romantik füllt mir nur den Kopf mit Fantasien. Wenn mein Urteil so ganz verschwommen wird, kann ich eine halbe Minute mit dir reden, und schon verschwindet der ganze Zauber."

„Jetzt haben wir schon fünfzehn Minuten miteinander geredet, und Eure Worte sind so verschwommen wie eh und je. Wir werden morgen weiter darüber sprechen." Sie schloss die Tür.

Was mache ich jetzt nur?

Es dauerte lange, bis sie einschlafen konnte. Clenas' Heiratsantrag kam völlig unerwartet, aber die Versuchung war groß. Nicht jede Frau würde einen Prinzen abweisen, besonders einen, der so liebenswürdig, gutaussehend, reich und begehrt war. Und Clenas Schalkhaftigkeit brachte einen Reiz mit sich, der dem einfachen und ernsten Singer fehlte.

Clenas macht sich über all meine Schwächen lustig, und er erwartet geradezu, dass ich es mit seinen genauso mache. Freunde sind wir nicht, wir sind Komplizen! Deshalb gefalle ich ihm.

Aber war denn die Erika, die Clenas so charmant fand, dieselbe, der Singer einen Heiratsantrag gemacht hatte? Was lag hinter ihrem festen Entschluss, Singer zu heiraten? Ihre Gedanken gingen zu der Zeit zurück, als sie sich bei einem Tanz kennengelernt hatten. Er war nur eins von vielen Gesichtern in der Menge gewesen. Zugegeben, in seiner Leutnantsuniform sah er blendend aus, aber nicht besser als einige andere Offiziere, die ihr aufgefallen waren.

Er hatte sie aus einer Gruppe tratschender Frauen herausgeholt. Sie hatten alle herumgestanden in Samt und Seide und Juwelen, die Haare hochfrisiert, und er war auf sie zugekommen und hatte sie um den Tanz gebeten, und die anderen jungen Damen hatten voller Neid gekichert, als sie ja sagte.

Er wollte nur mich!

Deshalb konnte sie Singer nicht widerstehen! Sie war es leid, bei ihren Eltern zu wohnen, und er hatte ihr die Tür ins Freie geöffnet. Sein aufrichtiges Interesse an ihr war es, was ihn für sie so attraktiv machte. Und nun zeigte Clenas dasselbe Interesse. Aber er war hier, direkt vor ihrer Tür, und Singer war weit weg.

Das wird nicht leicht werden...

Sie fiel in einen unruhigen Schlaf voller Träume, die sie nie jemandem erzählen würde.

„Du tust es schon wieder!", sagte Clenas.

„Ich tue was?"

„Du provozierst mich!"

Sie saßen in der Kutsche und wurden auf der steinigen Hügelstraße regelrecht durchgeschüttelt. Hinter ihnen folgte eine Reihe von fünf Wagen mit als Pferdefutter getarntem Pamuk.

„Das fällt mir nicht im Traum ein. Wir haben einen Heiratsantrag besprochen, nichts weiter!"

„Das nennst du Besprechung? Das einzige, was du dazu beigetragen hast, sind Haarspaltereien!"

„Es ist keine Haarspalterei, wenn ich Euch darauf hinweise, dass Ihr ein Mitglied des Königlichen Hauses von Akaddien seid, und ich eine gemeine Bürgersfrau aus Halland."

„In Halland gibt's nur Bürger. Halland ist eine Republik. Und du stammst aus einer völlig respektvollen Familie. Ich habe Nachforschungen angestellt."

„Euer Bruder Vettius hat eine Bürgerliche geheiratet, und das gab einen riesigen Skandal. Er wurde enterbt!"

„Denkst du, das weiß ich nicht? Es handelt sich hier schließlich um meine Familie! Vettius war der mutmaßliche Erbe, und er hat die Tochter eines Gastwirts geheiratet. *Das* war der Skandal. Die Tochter eines Gastwirts kann nicht Königin von Akaddien werden. Aber enterbt wurde er nicht, er hat einfach seinen Anspruch aufgegeben. Ich selbst hatte nie einen Platz in der Erbfolge, denn niemand hält es überhaupt für möglich, dass ich jemals König werden könnte. Außerdem sind sie sowie alle auf der anderen Seite des Meeres und werden es erst herausfinden, wenn sie nur noch zustimmen können."

Werde ich ein Mitglied der Königlichen Familie oder werde ich hineingeschmuggelt?

„Und Euer Bruder? Habt Ihr mit ihm darüber gesprochen?"

„Krion? Nein. Er interessiert sich nur für Kriegsspiele. Seit über einer Woche schon versteckt er sich in seinem Zelt und heckt sicher irgendetwas Neues aus. Er wird kaum Einspruch erheben."

„Warum sagt Ihr mir nicht wenigstens, was ich tun soll? Wenn ich Euch heirate, bin ich dann eine Prinzessin? Welche Pflichten hat eine Prinzessin?"

„Du bewirbst dich ja hier nicht bei einem ausländischen Unternehmen. Durch die Heirat wirst du meine Frau, und ja, dein Titel ist Prinzessin. Die Pflichten sind die wie jeder Frau: den Haushalt unterhalten, die Kinder versorgen. Selbstverständlich werden dir viele Bedienstete dabei zur Seite stehen. Es wird eine große Hochzeit mit allen Offiziere geben, die ich zusammentrommeln kann, und du bekommst ein hübsches Diadem, wenn wir hier eins auftreiben können. Du wirst dich bei offiziellen Anlässen blicken lassen müssen, wenn wir nach Akaddien zurückkehren, aber das wird dir sicher sehr schnell langweilig. Den meisten geht es so."

Ist es wirklich so einfach? Verbirgt er mir etwas?

„Aber was wird aus unserem Geschäft, unserer Partnerschaft?"

„Die einzige Partnerschaft, die du wirklich brauchst, kommt mit dem goldenen Ring, ein viel festerer Vertrag als der, den du jetzt hast. Hikmet wird die Rolle unseres Geschäftsführers übernehmen, das sollte kein Problem darstellen, sobald alles wie am Schnürchen läuft. Er kann einfach ein Kontor in Kafra einrichten und uns ab und zu einen Sack Thaler schicken. Er ist reich, wir sind reich, jeder ist glücklich. An *eine* Regel musst du dich aber unbedingt halten: eine Prinzessin darf sich auf keinen Fall in geschäftliche Angelegenheiten einmischen. Das gäbe wirklich einen Skandal!"

Nie mehr über einen Ladentresen beugen? Damit könnte ich leben.

„Die Aussicht ist wirklich sehr attraktiv. Noch habe ich mich nicht festgelegt! Aber ich habe auch nicht nein gesagt. Ich werde Euch auch nicht lange auf die Folter spannen. Vielleicht wartet General Singer schon auf mich in Kafra oder er hat wenigstens einen zweiten Brief abgeschickt. Wenn das der Fall sein sollte, sieht alles anders aus. Wie dem auch sei, in ein oder zwei Tagen habt Ihr meine Entscheidung."

Wenn Singer herausfindet, dass ich in der Kaserne von Prinz Clenas gewohnt habe, ist es aus mit der Verlobung! Ich kann die Entscheidung nicht länger hinauszögern!

„Das Leben ist schon kurz genug", sagte Clenas. „Setzen wir den Tag unserer Hochzeit fest, und besser früher als später."

Er blickte wieder auf ihren Busen herunter. „Du trägst immer noch dieses verdammte Verhandlungskleid!"

„Wirklich? Ach, ich Dummerchen!"

General Singer wartete nicht auf sie in Clenas' Hauptquartier. Stattdessen hatte sich eine große Gruppe von Soldaten in der Uniform der Zwölfhundert Helden eingefunden. „Ihr seid Erika, die sogenannte Gattin des Generals Singer?", fragte einer, als sie aus der Kutsche stieg.

„Ich verbitte mir das ‚sogenannte', aber ja doch, das ist mein Name."

„Ich verhafte Euch wegen Hexerei und Hochverrat!"

Während Erika wie vom Blitz getroffen dastand, kam auch Clenas aus der Kutsche. „Einen Moment, Herr Hauptmann, was soll das heißen?"

Der Hauptmann salutierte und zog ein offiziell aussehendes Dokument hervor. „Erika, die sogenannte Gattin des Generals Singer, hat Prinz Krion vor Zeugen einen verzauberten Ring gegeben, worauf dieser in einen verhexten Zustand fiel. Auf Befehl von General Basilius, Führer der alliierten Streitkräfte, nehme ich sie in Haft!"

„Und wer hat General Basilius zum Führer der alliierten Streitkräfte ernannt? Will er sich etwa die Autorität des königlichen Hauses anmaßen?"

„General Basilius wurde gestern vom Kriegsrat zum zeitweiligen Kommandeur ernannt, angesichts der Tatsache, dass Prinz Krion dienstunfähig ist."

„Ein paar Sachen stimmen hier nicht. Punkt eins: Da mein Bruder nicht da ist, übe ich hier die Befehlsgewalt aus. Punkt zwei: Eine Ernennung tritt erst in Kraft, wenn sie von einem Repräsentanten des Königlichen Hauses beglaubigt ist. Die Lady Erika kann nicht des Verrats gegen Akaddien angeklagt werden, denn sie hat die Staatsbürgerschaft von Halland, und selbst wenn sie meinem Bruder einen verzauberten Ring gegeben haben sollte, wäre das noch kein Beweis für Hexerei."

„Das liegt außerhalb meines Kompetenzbereichs", sagte der Hauptmann störrisch. „Ich weiß nur, dass ich den Befehl habe, sie zu verhaften, und das werde ich tun. Bitte tretet zur Seite!"

„Und wer will mich dazu zwingen?"

18: Singer

Narinas Antlitz leuchtete mit himmlischer Herrlichkeit. Sie schaute auf Singer herab, ihr Blick zugleich voller Sorge und Heiterkeit, Freundlichkeit und Ferne, Reinheit und Weisheit.

„Du musst einiges für mich tun", sagte sie.

Singer kamen die Tränen, als er ihre melodische Stimme vernahm, jedes Wort wie eine Sinfonie. Er wollte auf die Knie stürzen, aber dann begriff er, dass er bereits vor ihr kniete.

„Für dich tue ich alles", sagte er.

„Es gibt Gebete, die erhört werden müssen, und kleine Wunderwerke, die getan werden müssen."

„Ich kann keine Wunder vollbringen."

„Ebenso wenig wie ich, und dennoch geschehen sie jeden Tag."

„Wie ist das möglich?"

„Du sagtest, du hast noch nie jemanden getötet. Ist das die Wahrheit?"

Eine Sünde. Es kam sich vor, wie mit der Peitsche geschlagen.

„Nein," sagte er, „ich gab den Befehl."

„Dann verstehst du."

„Was verstehe ich? Was soll ich tun?"

„Was sind die heiligen Tugenden der Narina?"

„Weisheit, Aufrichtigkeit und Mitgefühl."

„Dann verstehst du."

„Verstehe was? Sag mir, was ich tun soll!"

Narinas Antlitz wurde immer kleiner und entfernte sich von ihm, bis es nur noch ein winziger glühender Punkt war...

Er lag auf dem Rücken im Bett und starrte auf einen hellen Punkt an der Wand, ein schmaler Strahl Morgenlicht, der durch das Fensterschloss brach. Raisha lag schlafend neben ihm. Er schloss die Augen und versuchte, den schönen, goldenen Traum zurückzurufen, aber er verschwand, sobald er danach haschte. Tränen stiegen ihm in die Augen, ohne dass er zu sagen vermochte, warum.

Weisheit, Aufrichtigkeit und Mitgefühl, an mehr erinnere ich mich nicht.

Jahrelang, Tag für Tag hatten sie ihm diese Worte eingetrichtert. Kein Wunder, dass sie seine Träume beherrschten. Warum hatte er also das Gefühl, etwas besonders Wertvolles verloren zu haben?

Ich verstehe mich selbst nicht mehr. Ich werde wahnsinnig!

Im Bett liegend starrte er auf den winzigen Punkt Morgenlicht, der quer über die Wand wanderte. Er dachte über all das nach, was er in letzter Zeit unternommen hatte – und fand es völlig unverantwortlich.

Erst hatte er allen Kriegsregeln zuwider gefangene Bandeluken fürs Heer angeheuert, dann am hochheiligen Feiertag des Gottes Theros ein Sakrileg begangen und vor dem ganzen Heer eine aufrührerische Rede gehalten. Er hatte bei völliger Dunkelheit einen Dämon allein durch die Totenstadt gejagt und war bei einem unbedachten Versuch, über die Mauern von Barbosa zu klettern, fast ums Leben gekommen. Und schließlich hatte er ein junges Mädchen zum Standartenträger des Heeres ernannt und eine knappe Stunde später dasselbe Mädchen zu leidenschaftlichen Liebesspielen zu sich ins Bett genommen, obwohl sie eine Untergebene und er mit einer anderen verlobt war!

Mit kalter Vernunft betrachtet, war sein Verhalten völlig rücksichtslos und unentschuldbar. Er hatte die Wirklichkeit nicht mehr im Griff. Als befehlshabender Offizier hätte er sich selbst schon längst in die Wüste geschickt.

Was in aller Götter Namen kann ich jetzt tun?

Er konnte es nicht wieder gutmachen, noch nicht einmal einen Teil davon. Das einzig Ehrenhafte war die Niederlegung seines Amtes. Schließlich hatte er getan, was getan werden musste, er hatte seine Aufgaben erfüllt. Es wäre keine Schande, den Dienst zu kündigen und anderswo eine Beschäftigung zu finden.

Egal wo, Hauptsache woanders!

Aber was sollte mit dem Mädchen geschehen? Er konnte sie doch nicht in ihrem Amt als Standartenträger belassen, ein absurder Gedanke, unmöglich. Was sollte geschehen, wenn sie schwanger würde? Er musste irgendeine Entschuldigung finden, sie nach Haus Jasmin zurückzuschicken, weit genug weg, bis er sicher war, ob er Vater war oder nicht.

Natürlich musste er die Verlobung mit Erika auflösen. Sie hatte einem ambitionierten jungen Offizier die Ehe versprochen und nicht einer Niete ohne Arbeit. Dazu kam, dass er sie verlassen und mit einer anderen Frau betrogen hatte.

Raisha lag noch still neben ihm. Er streckte die Hand aus, um sie wachzuschütteln und ihr seine Entscheidung mitzuteilen, aber seine Finger stießen auf etwas Hartes. Voller Überraschung richtete er sich auf und schaute sie an. Sie lag zusammengekrümmt und schien zu schlafen, aber als er ihren Körper berührte, war dieser hart wie Stein.

Ist sie tot?

„Es wird ihr nichts passieren", ließ sich eine Stimme aus einer dunklen Ecke vernehmen. „Es ist nur ein Stasiszauber, damit ich ein paar Worte unter vier Augen mit Euch sprechen kann."

Blitzschnell zog er seinen Dolch unter dem Kissen hervor, sprang aus dem Bett und hielt dem Eindringling die Klinge an die Kehle. Erst jetzt erkannte er Lamya, die selbsternannte „Hausangestellte'.

„Lasst sie auf der Stelle frei!"

Lamya schien weder überrascht noch verängstigt. „Ihr solltet wissen, dass der Zauberspruch verschlüsselt ist. Niemand kann ihn ändern, der nicht den Schlüssel dazu besitzt, üblicherweise ein Wort oder ein Satz. Ich bin die Einzige, die den Schlüssel zu diesem Zauberspruch hat. Wenn Ihr mich tötet, wird sie jahrhundertelang in diesem Zustand bleiben."

Singer drückte ihr den Dolch fester an die Kehle. „Ich brauche Euch nicht *ganz* zu töten. Ein paar scharfe Kratzer sollten ausreichen."

„Während Ihr schlieft, habe ich Euren spirituellen Zustand überprüft", sagte Lamya, noch immer unbeeindruckt. „Eure egoistische Willenskraft ist minimal, Ihr werdet mich vielleicht mit dem Dolch bedrohen, aber benutzen werdet Ihr ihn nicht."

„An Eurer Stelle würde ich es nicht darauf ankommen lassen."

„Das habe ich bereits", sagte sie kühl. „Seid vernünftig. Eure Freundin ist nicht in Gefahr. Ich wollte nur verhindern, dass sie uns dazwischen redet. Sie kann ein bisschen zu überfürsorglich sein. Ich möchte nur mit Euch sprechen und Euch auf ein paar Dinge aufmerksam machen, die Ihr bisher übersehen habt. Euer Heer ist in großer Gefahr, so wie Ihr selbst und wir alle."

„Was wollt Ihr damit sagen?", wollte Singer wissen und senkte den Dolch.

„Am besten zeige ich es Euch."

Am Fuß der Treppe befand sich ein kleines Zimmer, das mit Steinplatten ausgelegt war. Wachtposten waren nicht zu sehen; sie waren auch nicht nötig, denn es gab keine Tür und das Zimmer war leer. Singer, der inzwischen Hemd und Hose angezogen hatte, beobachtete, wie Lamya mit der Fingerspitze ein Symbol auf einem der Steine nachzeichnete, woraufhin sich der Stein auftat wie eine Falltür und den Blick auf eine verdunkelte Treppe freigab.

„Tausende haben hier gelebt, ohne je zu ahnen, dass das Schloss auf einem anderen, viel größeren und wichtigeren Gebäude gebaut ist", sagte sie. „Schaut es Euch selbst an!"

„Nach Euch."

„Selbstverständlich."

Nach ein paar Stufen berührte sie eine Lampe an der Wand, und das Treppenhaus erhellte sich mit Licht. Singer sah, dass sie auf einem kleinen Absatz stand und wartend zu ihm heraufschaute. Hinter ihr führte die Treppe in die Dunkelheit hinab. Er hatte kaum einen Schritt getan, als die Falltür über ihm zuschlug.

„Verzeihung, dass ich das nicht vorher erwähnt habe, Herr General", sagte Lamya beschwichtigend. „Wir wollen verhindern, dass die Dienerschaft auf unser kleines Geheimnis aufmerksam wird. Bediente tratschen gern."

„Lasst mich einfach sehen, was Ihr mir zeigen wollt."

Die Stufen gingen immer weiter in die Tiefe, Stockwerk um Stockwerk. Manchmal hielt Lamya inne und zündete eine neue Lampe an. Singer hatte versucht, die Treppenabsätze zu zählen, aber bei zwanzig gab er es auf.

Es geht noch tiefer nach unten als das Schloss in die Höhe!

Inzwischen hielt Lamya ihm einen regelrechten Vortrag über die Geschichte dieses Ortes: „Wie Ihr wisst, sollen Burgen strategisch wichtige Orte schützen. Für Barbosa wählte man eine Passstraße an der Grenze zwischen dem Königreich Kano und dem Indoreich. Mitten im umstrittenen Gebiet. Mehr noch, die Indos wollten sich ganz Kano zu eigen machen. Sie behaupteten, sie hätten einen göttlichen Anspruch auf den ganzen Kontinent. Langweile ich Euch?"

„Noch nicht."

„Die Kanos waren zahlenmäßig weit unterlegen, aber ihre Berge und starken Seestreitkräfte, die es ihnen ermöglichten, barbarische Söldner von Übersee herbeizuschaffen, schützten sie. Einige von denen, kann ich mir denken, mögen Eure eigenen Vorfahren gewesen sein."

„Davon habe ich noch nie gehört."

„Verständlicherweise, denn sie konnten weder lesen noch schreiben. Kano war auch in den Zauberkünsten weit fortgeschritten, viel weiter als irgendjemand heutzutage. Deshalb konnten sie zu ihrer Verteidigung nicht nur Truppen einsetzen, sondern auch Ignomier, Dimidianer, Bellatoren und zahlreiche andere Dämonen."

„Wie die Kreischer und Aufspringer und diese verdammten *fui*-Dämonen?"

„Wenn Ihr sie so nennen wollt. Die Indos versuchten immer wieder, Kano zu erobern, aber es gelang ihnen nie. Letztendlich jedoch machten sie militärwissenschaftlich solche Fortschritte, dass es ihnen gelang, eine Waffe mit ungeheurer Zerstörungskraft herzustellen, den sogenannten Welleneffektgenerator. Ich weiß nicht, wie er funktioniert, aber den Effekt habt Ihr selbst gesehen."

„Ihr meint den Wirkungsbereich?"

„Er ist das beste Beispiel. Ihr ursprüngliches Ziel, Kano zu erobern, hatten sie aus den Augen verloren, und sie wünschten nun nichts mehr, als das Königreich zu zerstören, das für sie eine Existenzbedrohung hielten, und genau das ist es dann auch geworden. Verzweifelt suchten die Kanos nach Mitteln, sich der unversöhnlichen Indos zu erwehren, und so experimentierten sie mit bisher untersagten Zaubereien und beschwörten immer mächtigere Wesen, bis… nun, Ihr werdet es in Kürze sehen."

Sie waren auf der letzten Stufe angekommen und standen vor einer einfachen Holztür. Lamya zog einen gewöhnlichen Hausschlüssel aus ihrer Tasche und schloss auf. Das leise Klicken klang bedrohlich laut in der Stille. Mit einem vielversprechenden Lächeln öffnete sie die Tür.

Auf der anderen Seite befand sich eine Plattform aus Stein, etwa hundert Fuß breit. Jenseits davon herrschte völlige Dunkelheit. Lampen, fast so groß wie Singer selbst, hingen in einer langen Reihe an der Wand, und hinter jeder ein konvexer Spiegel. Lamya ging von einer zu anderen, und als sie berührte, leuchteten sie hell auf und offenbarten Dinge, die auf den ersten Blick unerklärlich schienen.

Singer glaubte, einen dunklen Abhang vor sich zu haben. In

Wirklichkeit stand er in einem riesigen Gewölbe, und vor ihm war eine gewaltiges Etwas ausgebreitet, schwarz wie die Mitternacht, so dass selbst die Lampen es nicht erhellen konnten. Er konnte es nicht als Ganzes in den Blick bekommen, nur allmählich begriff er, dass die dunklen, glatten Flächen vor ihm, rautenförmig und doppelt so groß wie er, nur Teil einer unendlich langen Reihe solcher Flächen waren, die übereinander lagen wie die Schuppen eines Drachen, und was er für den Abhang eines Berges gehalten hatte, war nur ein kleiner Teil eines gewaltigen Geschöpfs, das, in sich zusammengerollt, mehrere hundert Fuß in die Höhe ragte.

Was zum Teufel ist das? Es ist größer als die ganze Burg!

Lamya trat neben ihn. „Extinctor, die vergessene Wunderwaffe der alten Kanos. Seit eintausend Jahren liegt er hier und wartet auf den Befehl, herauszukommen und ganze Völker zu vernichten."

Lamya betrachtete den riesigen Dämon einige Augenblicke, dann fuhr sie fort: „Wenn Extinctor nur mit dem Schwanz zittert, bebt die Erde. Wenn er sich aufrichtet, zerstiebt die Burg wie eine Sandburg am Strand, wenn ein Kind sie mit Füßen tritt. Aber wenn Extinctor aus seiner Stasis entlassen wird, wird das Ausmaß der Zerstörungen unvorstellbar sein."

„Ist das eine Drohung, dass dieser Dämon gegen uns eingesetzt wird?"

„Nein, nein, ganz und gar nicht! Nur ein Narr würde Extinctor als Waffe gebrauchen. Leider wussten die Kanos das nicht, bis es zu spät war. Sie hatten das Ausmaß ihre Schöpfung nicht richtig begriffen. Die Indos hatten den Kanos ein Ultimatum gestellt, um sie zur Kapitulation zu zwingen. Sie hatten ihren Welleneffekt bereits in einer öden Gegend vorgeführt und drohten, das ganze Königreich zu zerstören. Kano war verzweifelt und unternahm eine Vorführung seiner eigenen Waffe, die es noch nicht getestet hatte. Deshalb beschworen sie einen kleineren Dämonen, sozusagen einen Nestling des wahren Extinctors. Eine Vorführung dieser kleinen Version sollte die Indos dazu bringen, ihr Ultimatum aufzugeben. Da dieser Dämon aus einer anderen Dimension kam und auf dieser Welt nicht lebensfähig sein würde, glaubten die Zauberer, er würde sich in einer großen Explosion selbst zerstören. Was geschah, war viel schlimmer. Der Dämon ließ sich nicht zerstören, im Gegenteil, er leitete aus seiner Dimension und allen dazwischen liegenden Dimensionen die Bedingungen für seine Existenz ab. Innerhalb einer Minute wurden Riesenmengen von Materie in das Zielgebiet geleitet, tief in das Land der Indos. Vieles davon war harmlos, aber dabei waren auch Elemente, die es hier nicht gab, ganz zu schweigen von den unzähligen Kreaturen verschiedener Arten, von denen einige selbst über immense Zerstörungsmacht verfügten. So wurde die dimensionale Struktur verdreht, zerrissen und aufgelöst. Oben wurde unten, links wurde rechts, Tag wurde Nacht. Der Zerstörungsbereich war viel größer als ursprünglich angenommen, reichte sogar weiter als der Wirkungsbereich und war viel radikaler. Das Indoreich wurde vernichtet. Es rächte sich, aber es lag in den letzten Zügen. Über Nacht verschwanden beide Zivilisationen."

„Was geschah mit den Kanos?"

„Ihre Macht war gebrochen, ihre großen Städte zerstört, von der Erde verschluckt oder im Meer versunken. Als Jahre später ein Nomadenstamm auftauchte, dem niemand viel Achtung geschenkt hatte, und sein eigenes Reich auf den Ruinen errichtete, konnten sie ihm nichts entgegensetzen."

„Ihr meint die Bandeluken, nicht wahr? Und die Kanos?"

„Ihr sprecht mit einer. Heutzutage nennt man uns Chatmaken. Nur wenige von uns erinnern sich noch an unser altes Erbe. Jahrhundertelang haben die Bandeluken uns mit Argusaufgen überwacht, so wie wir den Dämon bewachen, mit dem sie nichts zu tun haben wollten."

„Und die Indos?"

„Vielleicht gibt es Überlebende jenseits der Wahnlande, aber das geht uns nichts an. Noch niemand hat die Wahnlande durchquert."

„Das ist eine faszinierende Geschichte, aber was habe ich damit zu tun? Wo ist die Gefahr, von der Ihr spracht?"

„Ich habe Eure Freundin in Stasis versetzt, einerseits, wie ich sagte, damit sie sich nicht einmischen konnte, doch eigentlich wollte ich Euch demonstrieren, wie Stasis funktioniert. Extinctor steht unter einem ähnlichen Zauberspruch, der jedoch viel stärker ist. Dieser Spruch ist eintausend Jahre alt und mit der Zeit viel schwächer geworden. Wir tun, was wir können, um ihn zu festigen, aber es sind nur noch wenige von uns da, und wir können ihn nicht mehr lange bändigen. Extinctor wird sich bald befreien."

„Bald? Was meint Ihr damit?"

„Ich weiß es selbst nicht genau. In dieser Lage sind wir noch nie gewesen. Ich schätze, wir haben wenigstens ein paar Wochen, vielleicht sogar ein Jahr, mehr aber nicht."

„Was wird geschehen, wenn er ausbricht?"

„Auch das weiß ich nicht genau zu sagen. Der kleinere Dämon zerstörte das Indoreich und schuf die Wahnlande, die bis heute unbewohnbar sind. Ich würde sagen, die Zerstörungen werden um ein Vielfaches größer sein. Ich selbst rechne nicht damit zu überleben, und Ihr solltet es auch nicht."

„Was habt Ihr vor?"

„Ich kann gar nichts machen. Wenn ich den Schlüssel zu diesem Zauberspruch hätte, könnte ich Extinctor gefahrlos in seine eigene Sphäre zurückschicken. Leider ist dieser Schlüssel verloren gegangen. Die Zauberer, die Extinctor heraufbeschworen, riefen auch den kleineren Dämon herbei, und in dem darauf folgenden Chaos sind sie umgekommen."

„Also gibt es gar nichts, was wir tun können?"

„Eine Sache gibt es. Die Zauberer von Kano hatten alle möglichen Tricks, ihr irdisches Leben zu verlängern, und wir haben

Anzeichen, dass einer noch am Leben sein mag."

„Wie ist das möglich…?"

„Es gibt eine ganze Reihe von Zaubersprüchen, mit denen er sein Leben verlängern konnte. Das eigentliche Rätsel ist, wie er die Zerstörung des Indoreiches überleben und sich so lange in den Wahnlanden aufhalten konnte. Kommt, ich möchte Euch noch etwas zeigen."

Hinter ihnen, nahe der Tür, stand ein Tisch voller durcheinander gewirbelter Dinge, deren Zweck Singer unbekannt war. Darüber hingen sechs kleine Spiegel an der Wand. Fünf davon waren blind, aber einer glühte in einem blassblauen Licht. Lamya berührte ihn, woraufhin er für einen Augenblick aufleuchtete, nur um dann wieder wie zuvor schwach zu schimmern.

„Der Mann, um den es geht, hieß Shajan. Er trug einen Monitor, so ähnlich wie der an Eurem Handgelenk."

Monitor? Was soll das heißen? Werde ich etwa überwacht?

Er blickte auf den silbernen Tausendfüßler. Dessen blaue Augen zwinkerten ihm im Lampenlicht zu.

Ich muss dieses Ding loswerden oder zumindest die Edelsteine herausbrechen!

Die blauen Augen starrten ihn selbstzufrieden an. *Denk gar nicht erst dran*, schienen sie zu sagen.

„Er funktioniert immer noch", fuhr Lamya fort, „aber er scheint beschädigt zu sein, denn er liefert uns keine brauchbare Information mehr. Das einzige, was wir haben, ist die Tatsache, dass Shajan noch irgendwo am Leben ist."

Von den Dingen auf dem Tisch wählte sie einen kleinen hölzernen Stab aus, der an einem Ende mit einem blauen Edelstein besetzt war. Sie richtete ihn auf die gegenüberliegende Seite des Raums, dann schwang sie ihren Arm langsam nach links. An einer Stelle begann der blaue Edelstein zu glühen, dann pulsierte er. Etwa eine Minute lang hielt sie ihn in der angezeigten Richtung.

„Da ist Lord Shajan, irgendwo im Norden, tief in den Wahnlanden. Wir haben bereits über hundert Expeditionen nach ihm ausgeschickt. Keine ist je zurückgekommen."

„Ihr wollt noch eine losschicken? Das ist doch zwecklos."

„Möglicherweise habt Ihr da recht. Doch Ihr habt ein Heer durch den Wirkungsbereich geführt, eine ehrenwürdige Leistung, aber die Wahnlande sind viel gefährlicher. Mit militärischen

Mitteln sind sie nicht zu bezwingen. Da könnte man genauso gut
Pfeile in einen Wirbelsturm schießen oder versuchen, Blitze mit
einem eisernen Schild abzufangen. Wenn ein schweres Unwetter
das einzige wäre, was uns abhielte, bräuchten wir uns vor Extinctor
nicht mehr zu fürchten. Aber wir wissen nicht, welche Gefahren in
den Wahnlanden auf uns zukommen mögen. Wie ich schon sagte,
keine dieser Expeditionen ist je zurückgekehrt."

„Und dennoch sollen meine Männer und ich für so ein nutzlo-
ses Unterfangen unser Leben riskieren?"

„Nicht Eure Männer, nur Ihr selbst. Eine Armee wäre völlig
nutzlos. Doch wie ich sagte, seid Ihr und Eure Männer jetzt schon
in Gefahr. Wenn Ihr nichts tut, sterben ich, Ihr und alle anderen.
Ich würde sagen, Ihr habt nichts zu verlieren."

„Warum schickt Ihr nicht einfach ein paar Dämonen los?"

„Wir haben es versucht. Aber die Lage verändert sich andauernd. In den Wahnlanden wären die Dämonen Kräften ausgesetzt,
die sie unkontrollierbar machen könnten. Nur Männer, Männer von
großer Tapferkeit, haben Aussicht auf Erfolg."

Eben noch habe ich daran gedacht, wie ich mich entehrt habe.
Jetzt wäre der richtige Augenblick, meiner militärischen Karriere
ein Ende zu bereiten. Wenn ich nicht zurückkomme, ist wenigstens
dieses Problem gelöst.

„Warum glaubt Ihr, ich schaffe es, wenn hundert Expeditionen
schon gescheitert sind?"

„Zugegeben, Eure Chancen stehen nicht gut. Aber wir haben
Eure bisherige Karriere mit Interesse verfolgt, und ein paar Sachen
sprechen für Sie: Für Euren Heldenmut wurdet Ihr als einziger im
ganzen Barbarenheer ausgezeichnet, Ihr habt den Wirkungsbereich
durchquert, was für unmöglich galt, Ihr habt in der verloren Stadt
Iram, die seit Jahrhunderten niemand gesehen hat, Euer Feldlager
aufgeschlagen und Ihr habt die Mauern von Barbosa erklommen.
Ganz zu schweigen von dem eigentümlichen Umstand, dass Zauberei Euch nichts anhaben kann. *T'eal m'ey!*"

Lamya hatte gerade diese Worte gesprochen, da verspürte
Singer in seinem ganzen Körper einen Schlag. Das Tausendfüßler-
armband war plötzlich ganz warm gworden, und die blauen Augen
fingen an, wie vor Wut rot zu glühen. Sein Herz raste, als er nach
seinem Dolch griff, aber Lamya verhielt sich still. Ruhig wie zuvor
sah sie ihn mit ihren grünen Augen an.

„Was zum Teufel war das?"

„Das, verehrter Herr General, war eine Prüfung. Wie ich erwartete, habt Ihr sie bestanden. Es scheint, dass man Euch nicht zwingen kann. Deshalb bleibt uns nichts übrig, als zu bitten. Ihr folgt meinem Befehl nicht, also ist anzunehmen, dass niemand Euch etwas befehlen kann. Das erhöht Eure Überlebenschancen in den Wahnlanden beträchtlich. Außerdem wird Euch jemand als Unterstützung begleiten, der Euch vor vielen Gefahren beschützen kann und obendrein gute Ratschläge und angenehme Gesellschaft bietet."

„Und wer soll dieses Wunder wirken?"

„Ich, selbstverständlich."

19: Lessig

Von dem Turm, den er zu diesem Zweck errichtet hatte, warf Hauptmann Lessig prüfende Blicke auf den Damm; es war gute Arbeit geleistet worden. Sobald seine Männer auf seinen Befehl die Schleusentore niederließen, würde das Wasser steigen und die Lagune innerhalb von vierundzwanzig Stunden trockengelegt. Dann könnte der Angriff auf Kafra beginnen.

Die Arbeit am Abzweigkanal ging ebenfalls voran. Er hatte einen unnötig langen und tiefen Kanal geplant, der Wochen in Anspruch nehmen würde. Als seine Sappeure auf eine festere Steinschicht stießen, ließ er den Kanal mitten hindurch führen, was die Arbeiten erneut verzögerte. Er hätte sicherlich viel Zeit sparen und den Kanal außen herum führen können, oder das Wasser einfach in einen nahegelegenen Bach ablaufen und so die ganze Sache auf sich beruhen lassen können. So wäre zwar Ackerland überflutet worden, aber die Ernte war vorbei, wen kümmerte es also?

Das Wichtigste war, den Königstreuen einen leichten Sieg zu vereiteln.

Auf der Treppe waren Schritte zu hören. Leutnant Radburn trat herbei, gefolgt von vier Soldaten, die den in Ketten gelegten Leutnant Bardhof bewachten, und salutierte. Lessig erwiderte den Gruß. „Nehmt ihm die Ketten ab!", sagte er. „Leutnant Bardhof wird nicht mehr lange unser Gast sein."

Bardhof schien überrascht. Offenbar missfiel es ihm, die Ketten loszuwerden.

Er ist nicht dumm. Er ahnt eine Falle, aber er weiß nicht, wie sie aussehen wird.

Bardhof rieb sich ostentativ die Handgelenke. „Ist Euch endlich ein Licht aufgegangen, Lessig? Habt Ihr Eure Aristoduseleien abgelegt? Die alten Erbgüter abgeschrieben?" Er sprach bewusst im alten Eidbunddialekt, den die Aristos als unzivilisiert verachteten.

Bleib ruhig. Er will dich nur herausfordern.

„Das ist Schnee von gestern. Wir haben wichtigere und dringendere Sachen zu erledigen."

„Das wundert mich, es schien doch das Wichtigste und Dringendste zu sein, mich in einem Lagerraum einzuschließen. Ich frage mich, ist etwas geschehen?"

„Es ist sehr viel geschehen, aber die Hauptsache für Euch ist, dass Eure Nachforschungen nicht mehr relevant sind."

„Solange das Königshaus nicht gestürzt ist, sehe ich nicht ein, was daran *irrelevant* sein soll, wenn einer Eurer Männer das Hufeisen von Prinz Krions Pferd sabotiert!"

Lessig lächelte freundlich. „Das war einer von Basilius' Leuten in falscher Uniform. Was sagt Ihr dazu?"

„Ich würde sagen, das ist gelogen!"

Oho! Das ist waghalsig! Solche Leute könnte ich auch gut gebrauchen!

„Noch letzte Woche wäre das eine vernünftige Annahme gewesen, aber inzwischen habe ich Beweise für Basilius' Untreue. Er hat verkünden lassen, Prinz Krion sei unfähig, sein Amt als Heerführer auszuüben, und sich selbst zum Führer der alliierten Kräfte ernannt."

„Was?!"

So schlau Bardhof auch sein mochte, sein Schock war offensichtlich echt. Lessig reichte ihm eine Abschrift der Proklamation.

„Verzeiht den, wenn ich so sagen darf, aufgezwungenen Urlaub, aber ich durfte es nicht zulassen, dass Ihr mit Euren unbegründeten Vorwürfen die Loyalität der Eidbundtruppen in Zweifel zieht. Unsere Lage hier ist äußerst heikel. Wir hätten sehr leicht zwischen zwei akaddischen Parteien geraten können, wie es mit General Singer und seinen Freistaatlern passierte."

Bardhof sah von dem Dokument auf. „Ich verstehe nicht, wovon hier die Rede ist. Wer ist diese Hexe namens Erika?"

„Ihr erinnert Euch nicht an sie? Eine Frau dieses Namens hat vor zwei Wochen Prinz Krion in seinem Zelt besucht."

„Aha, ich erinnere mich. Aber das war keine Hexe, das war die Frau von General Singer!"

„Basilius behauptet, sie sei eine Hexe und habe Prinz Krion verhext. Er beschuldigt die Freistaatler des Verrats. Demnach soll General Singer vor einiger Zeit eine antiroyalistische Rede gehalten haben."

„Da stimmt etwas nicht. Der Prinz hat Singer gerade befördert, weshalb sollte dieser sich plötzlich gegen ihn wenden?"

„Das habe ich mich auch gefragt. Wer weiß, was er wirklich in dieser albernen Sprache gesagt hat? Singer ist noch grün hinter den Ohren und viel zu schwachköpfig, eine solche Intrige auszuklügeln. Wie dem auch sei, er belagert Barbosa wie befohlen, er kann sich also nicht zu diesen Anschuldigungen äußern. Dazu kommt, dass Prinz Clenas von Basilius' Männern verprügelt wurde und infolgedessen Basilius zum Rebellen erklärt hat."

„Was?!"

Bardhof war zum zweiten Mal sichtlich schockiert.

Gütige Götter, diese Abtrünnigen nehmen Beleidigungen des Königshauses so ernst!

„Prinz Clenas wies Basilius' Forderungen zurück und versuchte die Verhaftung der Lady Erika zu verhindern. Er wurde gepackt und in seinem eigenen Hauptquartier zusammengeschlagen."

„Unerhört!"

Clenas' blutige Nase bedeutet ihm mehr als eine Woche in Gefangenschaft!

„So kam es, dass Prinz Clenas Basilius zum Rebellen erklärt und die Königliche Leichte Kavallerie nach Norden abgezogen hat. Ich nehme an, Ihr würdet gerne zu ihm stoßen?"

„Wo ist Krion?"

„Das weiß ich selbst nicht. Seit Basilius die Befehlsgewalt an sich riss, hat niemand ihn gesehen oder von ihm gehört."

Jetzt zog Bardhof wieder eine schlaue Miene. „Wer garantiert mir, dass das auch alles stimmt? Dieses Stück Papier könnte genauso gut gefälscht sein!"

„Könnte es, ist es aber nicht. Sie hängen überall aus. Warum geht Ihr nicht zu Clenas und fragen ihn selbst? Ich hätte auch eine Nachricht für ihn. Wir waren oft verschiedener Meinung, aber das ist vorbei. Kein verantwortungsvoller Offizier kann solch eine eklatante Machtübernahme tolerieren. Ich habe jeden Eidbundbefehlshaber angesprochen, und jeder hat mir seine Unterstützung zugesagt, im ganzen drei Kompanien Pikeniere, zwei Armbrüster, die schwere Sturmtruppe und natürlich meine Sappeure. Alle haben einen Eid geleistet, Prinz Clenas in jeglicher Auseinandersetzung mit General Basilius zu unterstützen. Darauf könnt Ihr Euch verlassen."

„Das muss man Euch hoch anrechnen, aber ich wiederhole, es gibt keine Beweise."

„Ihr könnt sie selber fragen, wenn Ihr wollt. Niemand war so töricht, irgendetwas zu Papier zu bringen, und ich tue es auch nicht. Aber Prinz Clenas muss so schnell wie möglich über alles informiert werden. Jeder schätzt Euch als treuen Royalisten, Ihr wärt also der beste Mann, um ihm diese Nachricht zu überbringen."

Bardhof ging an den Rand der Brüstung, als wolle er sich im Anblick der fernen Festungen und Lager um die Lagune der Lage vergewissern. „Das ist ist sehr viel auf einmal in so kurzer Zeit. Eben war ich noch eingesperrt und in Ketten."

„Ich bitte nochmals um Verzeihung. Ich tat nur, was mir notwendig schien. Hätte ich anders gehandelt, wären wir jetzt vielleicht in noch größeren Schwierigkeiten. Eidbundoffiziere geben viel bessere Sündenböcke ab als die freistaatliche Bande."

„Selbst wenn der Eidbund schwört, Prinz Clenas zu unterstützen, was ändert das schon? Der Großteil des Heeres steht immer noch unter dem Befehl von General Basilius."

„Aber nicht in dem Grade, wie man denken könnte. Die Bruderschaft ist in ihren Baracken einquartiert und weigert sich, Befehle von Basilius entgegenzunehmen. Auch die Lumpenmänner hören nur auf Prinz Krion. Die Freistaatler werden höchstwahrscheinlich zu Clenas übergehen, wenn sie hören, welche Beleidigung die Frau des Generals ertragen musste. Auf jeden Fall *muss* das Königshaus wissen, wer ihm in dieser Krise zur Seite steht."

Bardhof hatte einen Entschluss gefasst. „Nun gut, ich werde tun, was Ihr verlangt. Ihr braucht mich auch nicht mehr aufzufordern, mit den anderen Eidbundbefehlshabern zu sprechen. Das werde ich tun, bevor ich mich bei Prinz Clenas melde." Er sprach nicht mehr in dem alten Dialekt, wie Lessig wohl bemerkte.

„Ich habe nichts Geringeres erwartet. Ein Pferd steht Euch zur Verfügung."

Bardhof salutierte.

„Mögen die Götter Euch rasch zum Sieg führen!", war Lessigs Antwort.

Als Bardhof davonritt, stand Lessig oben auf der Brüstung und sah ihm nach. Radburn trat herzu. „Ich habe nicht verstanden, warum Ihr diese royalistische Ratte verschont habt, aber jetzt sehe ich, dass Ihr ein noch komplizierteres Spiel im Sinn habt."

„Es ist das einzige, das uns noch übrig bleibt, jetzt, da die Attentäter versagt haben."

„Ihr hattet gesagt, es werde wie ein Unfall aussehen."

„Diesen Fehler mache ich nicht noch einmal."

„Glaubt Ihr wirklich, dass die Königstreuen sich gegenseitig angreifen werden?"

„Darauf könnt Ihr Gift nehmen. Clenas ist ein feiges kleines Milchgesicht, doch das übersehen die Königstreuen gerne, wenn sie nur seine Nase bluten sehen. Er ist schließlich ein königlicher Prinz! Hier und da ein zerstörtes Dorf ist ihnen egal, aber eine blutige Nase ihres Prinzen, das bedeutet Krieg. Und Hände weg von seinen Frauen, die sind ihm wichtiger als alles andere. Basilius dagegen ist ein brutaler alter Haudegen, der in hundert Gefechten gekämpft hat und damit noch nicht aufhören möchte. Seine Männer heißen aus gutem Grund die Zwölfhundert Helden."

„Was mir Rätsel aufgibt, ist diese Hexenintrige. Wie zum Teufel ist es dazu gekommen?"

„Ich weiß es nicht. Wahrscheinlich hat irgendein Prinzling zuhause in Akaddien damit angefangen. Uns passt das nur gut in den Kram. Jetzt bin ich der Führer einer royalistischen Fraktion, und sogar dieser Arschlecker Bardhof ist zu meinem Botenjungen geworden."

„Vergesst bei all dem nicht, dass wir für die Freiheit unseres Landes kämpfen."

„Haut mir eins über den Schädel, wenn ich's vergesse."

„Abgemacht."

20: Raisha

Raisha saß auf dem Boden und las den Brief. Sie gab sich Mühe, mit ihrem unzureichenden Hallandisch den Sinn der seltsam geformten Wörter zu verstehen.

An Hauptmann Pohler
Hauptquartier, Freistaat […]
Haus Jasmin, Chatmakstan
EILSACHE
    Prinz Krion zu informieren […] Folgendem: Barbosa ist gefallen. Kein […] unsererseits. Barbosa ist eine […] Festung, gut […] und leicht […] gegen Angriffe. Unsere Streitkräfte sind […] hier, erwarten weitere Befehle. Bericht folgt.
    Zu Eurer […]: Feldwebel Raisha ist Euch unter dem Namen „Rajik" bekannt. Sie kann nicht einfach […], denn […] Dienste, aber ihre Anwesenheit hier ist […] ihr leichte Dienste zuzuweisen. Bitte Meldung, falls sie […] wird. Sie […] Sold eines Feldwebels.
    Gen. Singer
    Befehlshaber, Freistaat […]

Raisha hatte den Brief mit einer bösen Vorahnung geöffnet. Sie wollte nicht den gleichen Fehler machen wie Umar. Der Inhalt des Briefes, soweit sie ihn verstand, flößte keine Zuversicht ein.

Sie war kurz vor Mittag in einem angenehm erotischen Dämmerzustand aufgewacht, als Singer, schon in Uniform, mit dem Brief in der Hand über ihr stand. „Dies ist eine sehr wichtige Meldung", hatte er brüsk gesagt. „Sie muss sofort ab zu Hauptmann Pohler im Haus Jasmin. Mach dich so schnell wie möglich auf den Weg."

Kaum hatte er das gesagt, war er verschwunden.

Und anscheinend aus ihrem Leben verschwunden, der glorreiche General, der sie noch gestern vor den versammelten Offizieren gelobt, zum Standartenträger befördert und dann mit in sein Bett genommen hatte…

Bloß nicht weinen!

Sie weinte trotzdem.

Wie kann er so etwas tun?

Die Hexe musste dahinterstecken. Trotz all ihrer Vorsichtsmaß-
nahmen hatte die Hexe Singer in ihre Macht bekommen, vielleicht
sogar während er noch in ihren Armen lag. Sie hatte ihn beschützen wollen, aber es war ihr nicht gelungen.

Sie konnte unmöglich nach Haus Jasmin zurückkehren. Es gab
dort nichts mehr für sie außer einer Matte auf dem Küchenfuß-
boden. Sie würde hierbleiben, bis sie Singer wiederhatte oder die
Hexe tot war.

Auf allen Vieren kroch sie an den Rand des Hügels, denselben
Ort, den Feldwebel Littleton mit seinen Wurfgeschützen vor Kur-
zem verlassen hatte. In der Ferne konnte sie die kleine Gestalt des
Feldwebels erkennen, der seine Kriegsmaschinerie zwischen den
Zinnen eines Turmes in Stellung brachte.

Den Dämonen war eine Stelle im Hof zugewiesen worden.
Hauptmann Stewarts Leute waren zum Schutz des Tores aufgestellt; sie hielten Neugierige zurück und ließen niemanden durch,
der keinen Befehl vorzeigen konnte. Auf der offenen Fläche um
die Burg herum war eine wahre Stadt aus Zelten entstanden, in der
sich tausende Soldaten die Zeit vertrieben.

Sie hatte die ganze Gegend erkundet und war sich sicher,
dass man nur durch das Haupttor ins Innere gelangen konnte. Die
Pflöcke, die Singer in die Mauer geschlagen hatte, waren entfernt
worden. Sie dachte darüber nach, welche Möglichkeiten ihr noch
offenstanden. An Stewarts Wachtposten vorbeizuschleichen war
nicht ratsam, noch weniger, die Mauer ohne Pflöcke hochzuklettern. Jemanden zu bestechen war höchstwahrscheinlich ebenfalls
aussichtslos, selbst wenn sie das Geld dafür gehabt hätte. Eine
Verkleidung würde auch nichts nutzen – ihr Gesicht war einfach zu
bekannt.

Also blieb ihr nichts anderes übrig, als abzuwarten und die
Lage im Auge zu behalten. Selbst die Hexe konnte den General
doch nicht einfach mitten aus seinem Heer verschwinden lassen!

Stunden vergingen, und nichts rührte sich. Die Wache wurde
abgelöst. Die Männer wurden zum Abendessen gerufen und versammelten sich zum Abendappell. Man zündete Fackeln an, setzte
sich ans Lagerfeuer und erzählte Geschichten. Und während sie die
fernen Lichter beobachtete, und Stimmen der Männer zu ihr her-

überwehten, spürte Raisha, einsam und verwirrt auf ihrem Hügel, wie ihr die Kälte in die Glieder kroch.

Wenn er aufbricht, dann wohl, wenn die Nacht am tiefsten ist. Wenn ich wach bleibe, kann ich ihn vielleicht abfangen.

Allmählich nahm die Dunkelheit zu. Die Männer rollten ihre Schlafsäcke aus. Schwaches Sternenlicht gab dem Gelände ein geisterhaftes Aussehen. Raisha warf sich ihre Decke um die Schultern und versuchte, das Tor, jetzt nur ein ein unscharfes schwarzes Quadrat in der Ferne, im Blick zu behalten.

Wenn er kommt, werde ich ihn überhaupt erkennen?

Es fiel ihr schwer, die Augen offen zu halten. Sie kaute ein bisschen von dem faden Trockenproviant, um bei Kräften zu bleiben, aber sie hatte kaum den ersten ekligen Bissen gegessen… da schien ihr die aufgehende Sonne ins Gesicht.

Ich bin eingeschlafen! Vielleicht ist er schon weg!

Wieder blieb ihr nichts anderes übrig als zu warten und zu hoffen. Die Männer dort unten erledigten ihre pflichtgemäße Routine, rollten ihre Schlafsäcke zusammen, wuschen sich, frühstückten und traten zum Morgenappell an…

Da ist er!

General Singer auf einem weißen Pferd durch das Tor. Auf einem zweiten Pferd hinter ihm saß eine schwarz gekleidete Gestalt, die nur die Hexe sein konnte. Einen Augenblick lang erwog Raisha, sie zu erschießen, aber die Hexe war außer Schussweite und Raisha würde das halbe Heer durchqueren müssen, um näher an sie heranzukommen.

Während sie alles beobachtete, wendeten die zwei Reiter ihre Pferde nach Norden und fielen in einen schnellen Trott.

Was wollen die da? Im Norden gibt's gar nichts außer… den Wahnlanden? Sie bringt ihn zu den Wahnlanden!

Niemand war jemals lebend aus den Wahnlanden zurückgekommen. Raisha kannte nur Gerüchte und Legenden darüber. Man sagte, es wimmele dort von grimmigen Dämonen, die Toten wandelten dort, und wer sich dorthin begebe, werde wahnsinnig.

Es bestand wenig Aussicht, Singer und die Hexe einzuholen. Fall sie durch das Lager ritt, würde sie bestimmt jemand aufhalten. Und Singer hatte sowieso einen Vorsprung. Es gab jedoch in der Nähe ein trockenes Bachbett. Wenn sie ihr Pferd dorthinführte, würde es ihr vielleicht gelingen, ungesehen am Lager vorbeizukommen und Singer den Weg abzuschneiden oder zumindest seinen Vorsprung zu verringern.

Das Bachbett war voller großer, glatter Steine, die es ihrem Pferd schwer machten, vorwärts zu kommen. Sie wollte es nicht wagen, es übermäßig anzutreiben, damit es nicht lahm würde. Das Bachbett hatte mehr Windungen, als sie in Erinnerung hatte, und so stieß sie erst am späten Morgen auf eine Furt mit frischen Hufspuren, die nach Norden zeigten.

Wenn ich sie noch erreichen will, muss ich mich wirklich beeilen!

Eine alte Pflasterstraße, hier und da mit Erde und vertrocknetem Gras bedeckt, führte bergauf durch einen Hohlweg mit beiderseits sehr hohen Steilhängen Richtung Norden und endete an einem engen Pass. Zuerst glaubte Raisha, auf dem Pass eine große Gestalt zu erkennen, aber als sie näher kam, sah sie, dass es bloß eine viereckige Steinsäule war, etwa zehn Fuß hoch und mit Inschriften bedeckt.

Das muss wohl ein Grenzstein sein.

Die Schriftzeichen waren einer Sprache, oder vielleicht sogar mehrerer, die sie nicht kannte. Sie waren hier und da schwer zu sehen, denn der Stein war so abgenutzt, dass sie auch Buchstaben in ihrer eigenen Sprache nicht hätte entziffern können.

Auf der ihr entgegen gerichteten Seite der Säule war etwas in den Stein geritzt, das ihr sofort bekannt vorkam: der Umriss eines Tausendfüßlers, so wie sie ihn in der zerstörten Stadt gesehen hatte. Als sie mit den Fingerspitzen darüber fuhr, sah sie, dass das Zeichen nicht mehr als ein oder zwei Tage alt war.

Ist das eine Einladung oder eine Warnung?

Es war unwahrscheinlich, dass die Hexe hier Halt gemacht hatte, um das Zeichen anzubringen. Eher war es für den General bestimmt. Trug er nicht ein Armband in der Form eines Tausendfüßlers? Welche Bedeutung es auch für ihn hatte, Raisha war es ein Rätsel. Sie drehte sich um und blickte über das Land.

Die Aussicht war eigentlich recht enttäuschend. Von hier oben unterschieden sich die Wahnlande nicht im geringsten von der gegenüberliegenden Seite: trostloses Hügelland voller trockener Wasserläufe, ohne jegliche Besonderheiten… außer einer großen, steinernen Burg, die den Weg versperrte…

Raisha zwinkerte und rieb sich die Augen, falls es sich hier nur um ein Trugbild handeln sollte, doch sie war immer noch da, größer als die Burg von Barbosa, aber eine Ruine. Eine Ecke war zerschmettert, als wäre der Himmel darauf gefallen. Der Rest war voller riesiger Risse und Löcher, so groß, dass man sogar zu Pferde durchkommen konnte. Die Türme standen besorgniserregend schief, und ein paar Mauern schienen jeden Moment umzufallen. Die Mauern waren zwar zwanzig Fuß dick, standen aber in unmöglichen Winkeln zueinander. Ein Wunder, dass das gesamte Konstrukt nicht tatsächlich schon eingestürzt war!

Wie konnte das nur eintausend Jahre lang stehenbleiben?

Vielleicht wurde die Burg durch einen Zauber aufrechterhalten, oder sie war ein Glanzstück der Baukunst der alten Indos. Die hatten offenbar auf lange Sicht geplant, vielleicht sogar für die Ewigkeit. Dennoch war sie wie eine Eierschale zerdrückt worden.

Raisha sah sich die Burg genauer an. Sie schien völlig verlassen. Da, eine rasche Bewegung im Turmfenster! Doch als sie die Öffnung beobachtete, blieb alles still. Nichts rührte sich.

Ein Vogel vielleicht?

In Barbosa war immer das Gurren von Tauben von den Dachrinnen zu hören, und im Wirkungsbereich kreisten die Bussarde in der Luft, aber hier in den Wahnlanden gab es keine Vögel, jedenfalls hatte Raisha bis jetzt noch keinen einzigen gesehen.

Wenn weil ich etwas nicht sehe, heißt das nicht, dass es nicht existiert. Besser weg von hier!

Die Straße bog nach links ab, führte an der Seite der Festung vorbei und dann nach rechts auf etwas zu, was einmal ein Tor gewesen sein musste, jetzt jedoch nur noch ein großer Steinhaufen war. Vorsichtig stieg Raisha vom Pferd und schaute um die Ecke…

Mitten auf dem Weg stand eine affenartige Gestalt, größer als ein Mensch und mindestens doppelt so schwer. Sie knurrte, das hässliche Maul voll scharfer Zähne, und hielt eine riesige Keule in die Höhe.

Vor Entsetzen blieb Raisha wie erstarrt stehen.

Aber auch der Dämon rührte sich nicht.

Als ihr pochendes Herz sich beruhigt hatte, bemerkte Raisha, dass der Dämon nicht ein einziges Mal geblinzelt hatte. Er schien in seiner drohenden Haltung wie festgefroren. Raisha warf einen Stein und traf den Dämon am rechten Knie. Keine Reaktion.

Langsam nahm sie ihren Bogen, legte einen Pfeil auf die Sehne und zielte auf seinen Kopf. Es gab ein dumpfes Geräusch, als hätte ihr Pfeil auf Stein getroffen. Dann fiel er zu Boden. Der Dämon hatte keine Miene verzogen.

Sie suchte auf dem Weg nach Spuren. War Singer hier vorbeigekommen? Er und die Hexe? Offenbar hatte der Dämon sie aus dem Hinterhalt angegriffen, und bevor Singer etwas Heldenmütiges vollbringen konnte, hatte die Hexe ihn in eine Statue verwandelt.

Die Hexe zu töten könnte schwieriger werden, als ich dachte.

Ihr Pferd wollte nicht näher an den Dämonen herangehen. Sanfter sprach sie ihm gut zu und streichelte es beruhigend, während sie es vorbeiführte und einen größtmöglichen Abstand zu der drohenden Keule hielt. Sie wagte es nicht, den Körper des Ungeheuers anzufassen oder auch nur den Pfeil vom Boden aufzuheben.

Als sie an der Burg vorbei war, trieb sie das Pferd zum Galopp an, um so weit wie möglich von etwaigen Gesellen des Dämonen wegzukommen. Die Straße war leer. Sie führte bergab und durch Hohlwege und an allerlei Steinhaufen vorbei.

Einmal musste sie durch einen Bach waten, weil die kleine Steinbrücke eingestürzt war. Sie ließ das Pferd trinken und probierte dann selbst das Wasser. Es war sauber und hatte nur einen leichten mineralischen Nachgeschmack. Sie wollte glauben, dass die Wahnlande an diesem Tag keine Überraschungen mehr für sie bereithielten.

Es wurde allmählich dunkel, und sie war bereits auf der Suche nach einem Lagerplatz, als hinter einer Biegung plötzlich eine befestigte Stadt auftauchte. Dieses Mal war es keine Ruine. In den Fenstern und Straßen gingen Lichter an, und von ihrem hohen Standpunkt waren acht Alleen und zahlreiche kleinere Straßen mit zwei- und dreistöckigen Gebäuden auszumachen.

Diese Stadt ist größer als Kafra! Hier müssen tausende Menschen leben! Aber wie ist das in den Wahnlanden überhaupt möglich?

Sie blinzelte und rieb sich die Augen: Die Stadt war noch da. Als sie alles in Augenschein nahm, erschien der Mond als dünner Strich am Horizont. Er gab nur wenig Licht, also stieg sie vom Pferd und führte es in Richtung der Stadt.

Der Weg dorthin nahm etwa zwei Stunden in Anspruch, und unterwegs kam sie an einigen dunklen, zerstörten Gebäuden vorbei, vielleicht Scheunen oder Bauernhäuser.

Seltsam. Warum ist die Stadt voller Leute und das Land wie ausgestorben?

Trotz der späten Stunde standen die Stadttore offen. Als sie näher kam, hörte sie die lieblichen Töne von Gelächter und Musik.

Welch seltsamer Ort! Und kein Wächter in Sicht! Fürchtet sich niemand vor den Dämonen?

Sie war nur noch dreihundert Fuß vom Stadttor entfernt, als sie die Zügel zog und mitten auf der Straße anhielt. Durch das offene Tor konnte sie Häuser mit bunten Fähnchen sehen, als wäre ein Fest im Gang. Sie hörte Gesang und Tanz, aber keine Seele war zu sehen, am Tor stand nicht ein einziger Wächter.

Eine Stadt ohne Einwohner, was ist hier los?

Sie schlug sich an den Kopf, aber die Szene änderte sich nicht. Sie befand sich in den Wahnlanden! Hier durfte man nicht damit rechnen, gastfreundlich aufgenommen zu werden!

Zu diesem Fest habe ich keine Einladung gekriegt, das steht fest.

Sie drehte um und ging denselben Weg zurück, den sie gekommen war. Als sie die Töne der Festlichkeiten nicht mehr hören konnte, suchte sie sich eins der verfallenen Gebäude am Straßenrand aus, ein zweistöckiges Haus ohne Dach, dessen Erdgeschoss aber noch benutzbar war. Sie führte ihr Pferd durch die offene Tür. Drinnen war es stockdunkel.

Dunkelheit ist gut, Dunkelheit gibt Schutz. Ich werde mich in der Dunkelheit verstecken, niemand wird mich hier finden.

Hinter dem Haus lag ein umzäunter, anscheinend verwilderter Garten. In der Mitte stand sogar ein Springbrunnen voll abgestandenem Wasser. Sie ließ das Pferd im Garten frei, striegelte und streichelte zur Beruhigung, dann entrollte sie ihren Schlafsack.

Am Morgen fand sie sich auf einem Haufen trockener Blätter wieder. Überall im Innern des Gebäudes sah es ähnlich aus, und hinterm Haus war ihr Pferd dabei, das reichliche Gras abzurupfen. Als sie es ins Freie führte, blickte sie in Richtung Stadt… aber da war keine Stadt, nur ein riesiger Haufen Geröll voller Unkraut und hier und da ein paar unscheinbaren Bäumen.

Das Fest ist vorbei. Bin ich froh, dass ich die Nacht nicht dort verbracht habe!

Die Hufspuren vom Vortage waren auf der Straße noch zu

erkennen und… ihr stockte der Atmen, als sie merkte, dass ihre eigenen Fußspuren unter einer großen Wellenlinie wie der einer riesigen Schlange verschwunden waren. Diese Spur kam aus der Geisterstadt und führte zu ihr zurück.

Ich war also doch eingeladen! Und als ich nicht erschien, kam der Gastgeber, um nach mir zu suchen. Zum Glück hat er mich nicht gefunden!

Von Singer und der Hexe war nichts zu sehen. Sie musste ihre Spuren verloren haben. Sie stieg aufs Pferd und ritt langsam zurück, wobei sie den Boden aufmerksam im Blick behielt.

Es dauerte eine Stunde, aber schließlich fand sie ihre Spur auf einem Pfad am Rand der Hügel nach Nordwesten. Sie musste sie in der Dunkelheit übersehen haben. Sie konnte sich nicht erklären, was an einem solchen Ort einen Pfad anlegen würde, doch die Hufspuren zweier Pferde waren deutlich darauf zu erkennen. Nahe der Kreuzung stand eine weitere Steinsäule mit dem Tausendfüßlersymbol.

Irgendjemand zeigt ihnen den Weg oder lockt sie vielleicht vorwärts.

Heute zeigten sich die Wahnlande von ihrer besten Seite. Der Himmel war blau, und es blies ein frischer, kühler Wind. Der Pfad wand sich zwischen den Hügeln hindurch, und es gab nichts Bedrohlicheres als ein eingefallenes Bauernhaus oder einen zusammengestürzten Wachtturm.

Nur ihr Pferd wurde immer unruhiger und schreckte vor jedem Schatten zurück. Zweimal verließ es den Pfad, als wolle es eine Bedrohung umgehen, die Raisha nicht sehen konnte.

Als wenn unsichtbare Kobolde es plagten.

Allmählich wurde ihr bewusst, dass ihr selbst ein bisschen schwindelig geworden war. Ab und zu glaubte sie aus dem Augenwinkel eine Bewegung zu entdecken, aber wenn sie genau hinschaute, war nichts mehr da.

Es muss etwas im Wasser gewesen sein. Kein Wunder, dass das Pferd sich so komisch benimmt.

Sie wollte gerade eine Mittagspause einlegen, da entdeckte sie eine bandelukische Kavalleriepatrouille.

Wieder ein verirrter Trupp, wie der von Olgun? Was machen die hier? Nur Mut! Reite einfach auf sie zu!

„Feldwebel Mertkan, Khuram Beys Palastwache", sagte der

Anführer, ein großer, bleicher Mann.

„Rekrut Rajik, Scheich Mahmuds Hausgarde", antwortete sie ohne nachzudenken.

Hat er Khuram Bey gesagt? Der ist doch schon lange tot! Soll das ein Witz sein?

„Es scheint als wären wir vom Wege abgekommen", sagte Mertkan mit rauer Stimme. „Von Scheich Mahmud habe ich noch nie etwas gehört."

„Das ist auch gut so", sagte Raisha etwas schnippisch. „Er würde dir nicht gefallen."

„Wer weiß, vielleicht gefällt er mir doch besser als Khuram Bey. Wir suchen die Straße nach Hillinei, doch wir müssen irgendwo die falsche Richtung eingeschlagen haben." Er löste seinen Schal und kratzte sich eine wunde Stelle am Hals.

Hillinei? Wer soll das glauben? Mal sehen, wohin das führt.

„Ich komme aus dieser Richtung, wo Kafra liegt." Sie zeigte nach Süden. „Hillinei ist dort", fügte sie hinzu und zeigte nach Osten.

Aber hunderte Meilen von hier!

„Ach du meine Güte, wenn wir in der Nähe von Kafra sind, dann sind wir wirklich in der falschen Gegend", sagte ein Soldat. Er hatte ebenfalls eine raue Stimme und ein Entzündung am Hals.

„Eine Gegend wie diese habe ich noch nie gesehen", sagte ein dritter, und ein vierter fügte hinzu: „Alles liegt in Trümmern. Wir haben den ganzen Tag keine lebendige Seele gesehen." Auch diese Männer hatte raue Stimmen und rote Flecken am Hals. Alle waren leichenblass.

Plötzlich lief es Raisha kalt den Rücken hinunter.

Das ist keine Entzündung, das ist Wundschorf von Seilen! Sie sehen wie Gehängte aus!

Blitzschnell zog sie ihr Schwert und schnitt Mertkan mit einem gutgeführten Schlag die Kehle durch… oder sie versuchte es wenigstens. Ihr Schwert stieß auf keinen Widerstand, es ging ohne ein Merkmal zu hinterlassen durch Mertkan hindurch.

Mertkan zeigte sich kaum verärgert. „Wofür war das denn?", fragte er.

Männer sind tapfer, aber in Grenzen!

„Hüaa!" Sie schlug ihrem Pferdes mit der blanken Klinge auf die Flanke, und es galoppierte wie von der Tarantel gestochen los.

Hinter sich konnte sie das Durcheinander von rauen Stimmen hören.

„He!"

„Wohin so schnell?"

„Komm zurück!"

Nach etwa dreihundert Fuß wagte sie es, sich umzusehen. Es war niemand da. Auf dem Weg konnte sie wieder die zwei Hufspuren erkennen, die sie schon kannte. Aber ansonsten gab es keine Anzeichen, dass hier jemand vorbeigekommen war.

Natürlich waren sie nie hier! Die haben ihre Knochen in Hillinei zurückgelassen!

Hatte die Hexe diese Phantome geschickt, um ihr Furcht einzuflößen und sie wegzujagen? Das konnte gar nicht sein, denn die Hexe wusste nichts von den Soldaten, die Khuram Bey gedient hatten. Irgendwie waren sie ihrer eigenen Fantasie entsprungen.

Dies sind wirklich die Wahnlande! Ich glaube, ich werde verrückt!

Nichts war schlimmer als ihre Furcht, wahnsinnig zu werden, nicht einmal ihre Furcht vor den Dämonen. Ihr wollte sich der Magen umdrehen, es rumorte darin vor Krämpfen.

Vielleicht begegne ich Umar als nächstes, oder der Kurtisane Samia. Wenn ich Singer finden sollte, werde ich ihn erkennen? Was, wenn ich die Hexe erschie-

ßen will und es in Wirklichkeit Singer war?

Sie sah sich um, aber alles war wie zuvor. Der Himmel war blau, die Luft frisch, und nichts Bedrohliches war zu sehen. Sie konnte nun entweder ihre Reise fortsetzen oder umdrehen. Einfach hier zu bleiben, war sinnlos. Wenn sie umdrehte, überließ sie Singer seinem Schicksal und würde ihn nie wiedersehen. Da wäre es besser, einfach wahnsinnig zu werden und nicht zu wissen, was sie verloren hatte. Sie trieb ihr Pferd an, und es trotte los.

Etwa eine Stunde später sah sie wieder einen Dämon am Straßenrand stehen. Dieser war mit Schuppen bedeckt, wie die Schoßhunde der Fremden, aber er war kleiner und gedrungen. Statt einer silbernen Maske hatte er eine große hässliche Schnauze voll scharfer Zähne. Seine Klauen streckten sich nach etwas Unsichtbarem aus.

Raisha betrachtete ihn eine Weile, doch auch er rührte sich nicht im geringsten. Sie spannte den Bogen und machte den Pfeiltest.

Klirr!

Die Hexe hatte sicherlich auch diesen Dämon in eine Statue verwandelt.

Ich hoffe, das waren alle. Noch mehr Dämonen und ich werde keine Pfeile mehr haben!

Ein paar Schritte weiter weg lagen Leichen auf dem Boden.

Singer!

Das Herz stand ihr einen Moment still, dann erkannte sie ein weißes Pferd; es war tot. Zwei weitere schuppenbedeckte Dämonen lagen in ihrem eigenen Blut. Den einen hatte ein Nackenhieb niedergestreckt, dem anderen ragte ein Dolchgriff aus der Augenhöhle. Weder von Singer noch von der Hexe war etwas zu sehen.

Vielleicht mache ich mir zu viele Sorgen um Singer. Er kann anscheinend gut auf sich selbst aufpassen.

Sie wollte gerade weiter reiten, als sie auf dem Boden etwas Kleines, Glänzendes entdeckte. Sie stieg vom Pferd und hob es auf. Es war ein Metallring von einer Rüstung. Er war zerbrochen und mit frischem Blut verschmiert.

„Hüaa!" Im Nu galoppierte sie auf der Straße davon, auf der hier und da frische Blutstropfen zu sehen waren.

Sie war kaum eine Meile geritten, als sie Singer am Straßenrand liegen sah. Seine Rüstung lag neben ihm auf dem Boden, und er hatte einen blutdurchtränkten Verband auf der Brust. Die Hexe kniete neben ihm. Raisha zog ihr Schwert und rannte auf die beiden zu.

„Ich kann die Blutung nicht aufhalten", sagte die Hexe geistesabwesend. „Wir können nicht mehr weiter. Es war alles umsonst."

„Was habt Ihr getan?"

Die Hexe warf ihr einen ernsten Blick zu. „Tritt bitte nicht auf den Pelikan!"

Im selben Augenblick jagte ein Schwarm riesiger Tausendfüßler über die Anhöhe auf sie zu.

21: Rajik

Was in Dreiteufelsnamen ist hier los?

Man wollte sein Pamuk beschlagnahmen! Er versuchte, dem
fremden Offizier zu erklären, dass die Säcke mit der Aufschrift
„Pferdefutter", die hinter Haus Jasmin lagerten, kein Pferdefutter
enthielten und auch nicht Eigentum der Armee waren, aber der
Mann sprach weder Bandelukisch noch Hallandisch. Anscheinend
hielt er Rajik bloß für einen zudringlichen Stalljungen. Er rief zwei
muskulöse Soldaten herbei, um ihn beiseite zu schaffen. Verzweifelt schlitzte Rajik einen Sack auf, nahm eine Handvoll Pamuk
heraus und hielt dem Offizier den faserigen Stoff vor die Nase.

Dieser starrte es erstaunt an, als hätte er so etwas noch nie
gesehen, dann hielt er seinem Pferd ein Handvoll hin. Das Pferd
schnupperte kurz daran, dann wandte es sich ab. Der Mann richtete in seiner unverständlichen Sprache ein paar scharfe Worte an
Rajik, die sich wie Vorwürfe anhörten, dann zog er sich, in einer
übertrieben martialischen Haltung seinen Stolz bewahrend, zurück.

*Jetzt habe ich gerade angefangen, die komische Sprache der
Fremden zu lernen, da haben sie schon wieder eine andere!*

Als er aufgewacht war, hatte er das Dorf voller fremder Soldaten vorgefunden. Auch von Prinz Clenas hatte er einen Blick
erhascht, als dieser offensichtlich schlecht gelaunt und mit Schwel-
lungen und Blutergüssen im Gesicht zum Tor hereinkam. Dann
wurde die silber-schwarze Fahne der Fremden heruntergeholt und
gegen eine goldgrüne ausgewechselt, die er noch nie gesehen hatte.
Die chatmakischen Wachtposten wurden weggeschickt und durch
neue ersetzt, deren Sprache er nicht verstand und die auch nicht im
geringsten daran interessiert waren, was er zu sagen hatte. Er war
zu dem Schuppen gegangen, um nach seinem Besitz zu sehen, und
war dabei auf die Soldaten gestoßen, die im Begriff waren, alles
wegzuschaffen.

Er saß ein paar Minuten auf einem Sack voll Pamuk und dachte
über seine Lage nach. Die *Lady* war nicht da und konnte ihm also
auch nichts erklären. Clenas war zwar hier, aber er saß im Haus
Jasmin fest, von Soldaten umgeben und zur Zeit wohl auch gar
nicht an Pamuk interessiert. Und sie sprachen sowieso nicht dieselbe Sprache. Also blieb ihm nur noch eine Möglichkeit, herauszu-

finden, was er wissen wollte.

Ganz in der Nähe stand eine Dattelpalme und daneben eine Leiter, wie sie bei der Ernte benutzt werden. Rajik lehnte sie gegen die rückwärtige Mauer von Haus Jasmin, stieg hinauf und warf einen Blick hinein. Er sah in den leeren Garten. So weit, so gut. Er kletterte auf die Mauer und wäre fast in einen Fischteich gefallen. Langsam kroch er weiter, bis er sicher in einen weichen Mulchhaufen hinunterspringen konnte. Von da aus waren es nur ein paar Schritte bis zu Penneseys Amtsstube.

Der Leutnant kratzte fiebrig mit Federkiel und Taschenmesser in einem Kassenbuch herum, löschte einige Eintragungen heraus und fügte andere hinzu. Er schien unangenehm überrascht, Rajik zu sehen.

„Diese verdammten Akaddier machen eine Inventaraufnahme", sagte er. „Ich konnte gerade zwei Stunden freischaufeln, um alles auf den letzten Stand zu bringen, aber wenn irgendetwas fehlt, ist der Teufel los! Und wenn sie das Silber finden, bin ich geliefert."

„Hinter dem Haus ist ein Haufen Mulch. Den prüfen sie bestimmt nicht nach. Versteckt es doch da."

„Keine schlechte Idee. Was willst du eigentlich?"

„Einem alten Freund behilflich sein", sagte Rajik und zog sein Messer hervor. „Wusstet Ihr, dass das Dach undichte Stellen hat und Wasser durchlässt? Gebet mir fünf Minuten und einen Wassereimer, dann mache ich ein Loch dahin, wo es Euch passt. Keiner kann Euch dafür haftbar machen, wenn die Papiere einen Wasserschaden haben."

„Rajik, du bist ein Genie! Wie hast du geahnt, dass gerade die Stelle dort in der Ecke bei der Wand mir die größte Sorge gemacht hat? Es wäre eine Schande, wenn die Requisitionspapiere nass würden! Und diese billige Tinte, die man uns gibt, verschmiert so schnell."

Fünf Minuten später tropfte Wasser von der Decke, möglicherweise von dem Regen der letzten Nacht, und Pennesey war viel besserer Laune. „Nun denn, was wolltest du wirklich? Nicht undichte Stellen im Dach reparieren, hoffe ich?"

„Ich möchte nur wissen, was vor sich geht."

„Ich verstehe. Das ist eine lange Geschichte, aber um es kurz zu machen: Erika wurde wegen Verrat und Hexerei verhaftet."

Rajiks riss die Augen auf.

„Ich weiß, es ist lächerlich. Doch anscheinend steht Prinz Krion unter einer Art Zauber, und General Basilius hat die Befehlsgewalt übernommen, woraufhin Clenas ihn zum Rebellen erklärt und seine Truppen zum Haus Jasmin zurückgezogen hat. Außerdem hat er die Masserabucht besetzt und der Armee den Nachschub abgeschnitten."

„Das ist schlimm, sehr schlimm. Wie soll der Krieg mit dem Kaiser nun weitergehen?"

„Ich habe keine Ahnung. Vielleicht kehren wir einfach in die Heimat zurück. Es hängt davon ab, was General Singer tun wird, doch der ist in Barbosa, und es wird Tage dauern, bis ihn eine Nachricht erreicht. Hauptmann Pohler hat inzwischen die Ausbildung der Miliz suspendiert, weil er sie aus all dem heraushalten will, aber die Glänzende Ritterschaft hat sich bereits öffentlich zu Clenas bekannt. Also, kurz gesagt, alles ist ein bisschen konfus, oder in anderen Worten, ein königliches Tohuwabohu."

Aber ich habe mein ganzes Geld in Pamuk investiert... wer soll das nun kaufen? Wenn die Fremden weggehen, muss ich mich ihnen anschließen, wenn sie mich auf eins ihrer Schiffe lassen... und dann muss ich mir in einem fremden Land eine Existenz zusammenkratzen, wo ich kein Wort verstehe!

Rajik dachte eine Weile darüber nach. „Heißt das, dass sie sich alle wegen einer Frau streiten?"

„So könnte man es sagen. Basilius hat sie ins Kittchen werfen lassen, Clenas will sie wiederhaben, und der arme Singer denkt immer noch, sie sei seine jungfräuliche Braut."

„Das ist eigentlich alles, was ich wissen wollte. Fragt Prinz Clenas, ob er hundert Thaler für die *Lady* bezahlen würde."

Pennesey war verwirrt. „Das würde er bestimmt, aber warum soll ich ihn fragen?"

„Fragt ihn einfach. Glaubt mir, Geld ist immer wichtig."

In der Nähe des Hauses Jasmin stand eine Baracke, in der die Ausbilder wohnten, sowie Ebrahim, Husam und andere, die von den Fremden rekrutiert worden waren. Als Rajik eintrat, saßen sie an einem mit Kupfermünzen beladenen Tisch und waren ein hitziges Kartenspiel vertieft. Mit dem Fuß stieß er den Tisch um.

„He! Ich hätte gewonnen!", rief Tariq, der noch vor der Schlacht desertiert war.

„In deinen Träumen!", sagte Ebrahim.

„Du solltest sowieso nicht mit Tariq spielen. Er mogelt", sagte Rajik.

„Nicht so gut wie ich!"

„Kameraden, Schluss mit diesem blöden Spiel um Kupfermünzen. Ich habe ein besseres Spiel für euch, ein Spiel um Gold und Ruhm... und eine schöne Frau!"

„Was steckt für uns drin?"

„Eine Gelegenheit zum Mogeln?", fügte Tariq hinzu.

„Von beidem so viel wie ihr wollt", sagte Rajik.

Ein paar Tage später führten ein paar als Chatmaken verkleidete Wagenknechte gegen Abend einige mit Pferdefutter beladene Nachschubwagen zum Jadeturm hinauf, einem bandelukischen Herrenhaus, das konfisziert worden war und nun den Zwölfhundert Helden als Hauptquartier diente. Einer der Knechte präsentierte einen zerknüllten und verdreckten Frachtbrief, der ihre Ladung als Pferdefutter auswies. Die Wachtposten am Tor versuchten, ihnen in lautem Akaddisch und ausladenden Gesten verständlich zu machen, dass sie die Ladung auf einer Wiese weiter unten und nicht im Hauptquartier selbst abzusetzen hatten. Die Wagenknechte nickten als hätten sie verstanden, und begannen, die schweren Säcke mit Pferdefutter direkt vor dem Tor abzuladen. Hektisch riefen die Posten den Wachoffizier herbei, der die Knechte in schlechtem Bandelukisch anschrie. Der verständnislosen Reaktion der Knechte nach zu urteilen, sprachen sie jedoch noch weniger Bandelukisch als er. Während der Offizier schrie und gestikulierte und die Knechte wirr herumliefen, hier Säcke aufhoben, um sie da wieder abzusetzen, war das Tor blockiert. Ein kleine Schar Neugieriger hatte sich angesammelt, und niemand bemerkte, wie vier der Knechte um die Ecke verschwanden.

Rajik ging voran, gefolgt von Tariq und Husam. Sie waren alle mit Dolchen bewaffnet. Ebrahim, der als letzter kam, trug ein Bündel mit verschiedenen Sachen.

„Woher wissen wir überhaupt, ob sie hier ist?", fragte Tariq.

„Weil Hikmet und der Diener, den wir bestochen haben, es gesagt haben. Also halt den Mund, bevor uns jemand hört", sagte Rajik.

Verdammte Bandeluken, unser ewiges Palaver wird uns noch alle ins Verderben stürzen!

Man hatte ihnen versichert, dass auf der Rückseite des Gebäudes ein Hof sei, von dem Stufen zu dem Keller hinunterführten, in dem die Gefangenen untergebracht waren. Leider befand sich all das auf der anderen Seite einer zehn Fuß hohen, glatten Mauer, und Dattelpalmen waren nirgends zu sehen.

Als sie um die nächste Ecke bogen, standen sie vor der rückwärtigen Mauer, die genauso hoch war wie alle anderen. Es schien unmöglich, sie zu erklettern. Rajik wählte eine Stelle in der Mitte und wies Tariq und Husam flüstern an, ihn auf ihre Schultern zu heben. Dann ließ er sich von Ebrahim seinen Bogen geben.

Der Grundriss des Gebäudes war anders als der von Haus Jasmin und den anderen Landgütern, die er kannte. Der Jadeturm war nicht aufgeteilt, jeder Teil mit seinem eigenen kleinen Hof, sondern bestand aus einem einzigen großen Hof, der das eigentliche Gebäude umgab. Das würde ihren Einstieg deutlich erschweren.

Auf der gegenüberliegenden Seite standen Wasserkrüge und Waschbecken neben einem Brunnen, sowie ein Gestell, auf dem frische Wäsche zum Trocknen ausgelegt war. Keine Menschenseele war zu sehen. Rajik wollte gerade die Entwarnung geben, als er Schritte hörte, die sich um die Ecke herum näherten. Er duckte sich so tief wie möglich und wartete, wer wohl kommen mochte.

Es war ein einzelner, sehr gelangweilt wirkender Wachtposten mit einer Hellebarde auf der Schulter. Rajik sah sofort, dass ein Pfeil die schwere Rüstung des Mannes unmöglich durchdringen konnte.

Ich habe nur eine Chance, es muss klappen!

Als der Mann nichtsahnend an Rajik vorbeiging, hörte er von oben eine Stimme: „He!" Er schaute auf und konnte gerade noch einen Bogen sehen, bevor ihn der Pfeil in den offenen Mund traf, den Hals durchbohrte und auf der anderen Seite am Nacken wieder heraustrat. Er drehte sich um, als wolle er fliehen, dann stürzte er, den Rücken zur Wand und die Hellebarde über den Knien. Seine Finger zuckten ein- oder zweimal, dann regte er sich nicht mehr.

Rajik gab Ebrahim den Bogen zurück und ließ sich das Seil reichen. Er suchte gerade nach einer passenden Stelle, an der er sich herunterlassen konnte, da hörte er einen zweiten Wachtposten kommen.

Zwei auf einmal! Die sind hier aber sehr misstrauisch!

Es blieb ihm nur, sich gegen die Mauerspitze zu drücken, das aufgerollte Seil in der Hand. Der Soldat kam näher. Er zögerte, als er seinen Kameraden an die Wand gelehnt sah und rief ihm zu. Als er keine Antwort bekam, trat er näher heran und beugte sich über ihn. Rajik hörte ihn erschrocken aufkeuchen, als dieser den Pfeil sah. Dann fiel dem Mann eine Schlinge um den Hals, die sich augenblicklich zuzog, als Rajik auf der anderen Seite von der Mauer sprang.

„Zieht! Zieht!" Seine Freunde folgten seinem Befehl, bis das Strampeln der Stiefel gegen die Mauer aufhörte, und dann, um sicher zu gehen, noch etwas länger. Rajik kletterte zurück auf die Mauer und hielt den Bogen bereit, aber es erschien kein dritter Wachtposten. Einer nach dem anderen ließen sie sich hinab und überuerten den Hof.

Die Tür war dort, wo es die bestochene Waschfrau gesagt hatte: hinter ein paar Stufen an der hinteren Ecke an der Nordseite des Gebäudes. Leise stieg Rajik die Treppe hinunter und drehte probeweise am Türknauf. Die Tür war nicht verschlossen.

Wenn sie nicht verschlossen ist, müssen Wachen da drin sein!

Einfach mit gezogenen Dolchen einzubrechen, wäre eine dumme Idee. Auch wenn sie die Wachen töteten, gäbe es viel zu viel

Lärm. Und sich einschleichen, war zu riskant. Was, wenn jemand die Tür von innen bewachte? Rajik ging zurück und füllte einen der Krüge mit Wasser aus dem Brunnen.

„Was hast du vor?", fragte Husam.

„Sei still und bleib von der Tür weg", sagte Rajik.

Eine Minute später sah der schläfrige Wächter, der hinter der Tür saß, einen Chatmakenjungen mit einem Wasserkrug hereinkommen. Er grunzte und zeigte auf ein paar Zellen, die man im hinteren Teil des Kellers erbaut hatte. Rajik sah den Helm des Soldaten auf dem Tisch vor ihm liegen.

Er lächelte, machte eine demütige Verbeugung und ging an dem Mann vorbei. Dann drehte er sich um und schlug dem Soldaten den Krug über den Kopf, der unter einem Wasserschwall bewusstlos zu Boden krachte. Rajik sah zu, wie er unter Zuckungen liegenblieb.

Habe ich das auch gemacht, als sie mir den Kopf zerbrachen? Ich hoffe, du überlebst das, mein Freund, denn ich habe heute Nacht genug Leute getötet.

Er öffnete den anderen die Tür, dann nahm er dem bewusstlosen Posten den Schlüsselbund ab und ging zu den Zellen. Sein Blick fiel zuerst auf eine hübsche, aber zerzauste Blondine in einem verschmutzten Kleid aus feinster blauer Seide.

„Rajik! Wie hast du…?"

„Schweigen Sie, Sie können mir später danken", entgegnete er. Er suchte nach dem passenden Schlüssel, dann machte er die Tür auf. Er wollte gerade gehen, da hielt sie ihn an der Schulter fest.

„Du musst noch jemand anderen befreien, der wichtiger ist als ich." Sie zeigte auf eine Zelle auf der anderen Seite des Kellers. Ein erbärmlicher, unrasierter Gefangener saß in Ketten gelegt auf dem Boden. Seine Uniform war zerrissen. Er schwankte hin und her und schenkte den Vorgängen im Keller nicht die geringste Beachtung.

„Das ist Prinz Krion", sagte die *Lady*. „Er hat völlig den Verstand verloren. Sie haben ihn in Ketten gelegt, weil er rasend wütend wurde, als sie ihm einen Finger abschnitten. Das war jedoch umsonst, denn der Zauber lag auf ihm, nicht auf dem Ring…"

„Ruhe!", befahl Rajik und probierte die Schlüssel aus, um den richtigen zu finden, der den Anführer der alliierten Streikräfte in Chatmakstan befreien würde.

Frauen plappern sogar noch mehr als Bandeluken!
Die Zellentür ging auf, aber das schien den Prinzen nicht im geringsten zu interessieren. Er blieb sitzen und schaukelte weiter hin und her. „Was ist mit ihm los?", wollte Rajik wissen.

„Ich bin mir nicht sicher", sagte die *Lady*. „Er war von meiner Schwester Rosalind wie besessen, aber es wird immer schlimmer, jetzt weiß man kaum, ob…"

„Schweigt!" Rajik hatte eine kleines Anzeichen von Aufmerksamkeit in dem Irren entdeckt. Bei der Erwähnung des Namens „Rosalind" hatte er kurz den Kopf gedreht.

„Sagt ihm, wir bringen ihn zu Rosalind."

Die *Lady* sagte etwas in der bizarren Sprache der Akaddier, das Rajik nichts bedeutete, aber der Prinz verstand. Als er das Wort „Rosalind" hörte, stand er auf und schaute seine Befreier an.

Rajik löste die Eisenfesseln, zeigte auf die Tür und sagte: „Rosalind!"

Zitternd und schwankend bewegte sich der Prinz in Richtung Tür. Hastig griff die Lady ihm unter die Arme.

Wieder war Rajik im Begriff, den Keller zu verlassen, als eine Stimme aus einer anderen Zelle ihn wie angewurzelt stehen bleiben ließ. „Hallo, mein Sohn!"

Der Mann in dieser Zelle hielt sich gekrümmt, als bereiteten ihm seine Gelenke große Schmerzen. Seine Finger waren gebrochen, und anstatt der Fingernägel hatte er blutige Schwären.

Sein Gesicht war so zerschlagen, dass er kaum zu erkennen war, aber Rajik wußte sofort, wen er vor sich hatte.

„Du verwechselst mich", sagte er. „Ich habe dich noch nie gesehen."

„Aber mich hast du doch gesehen?", kam eine Stimme aus einer weiteren Zelle.

Der Mann war dünn und bleich. Man hatte ihm den langen schwarzen Bart abgeschnitten, aber Rajik erkannte Husni, den ehemaligen Hauptmann der Wache seines Vaters.

„Das kommt darauf an", sagte Rajik.

„Spielst du Karten?", wollte Ebrahim wissen.

„Manchmal."

„Mogelst du auch?", fragte Tariq.

„Nur wenn es absolut notwendig ist", gab Husni peinlich berührt zu.

„Dann darfst du dich uns anschließen", sagte Rajik.
Als sie den Keller verließen, hörte Rajik einen unvorstellbaren
Laut, den er sein Leben lang nicht vergessen würde: das Schluch-
zen seines Vaters.

22: Lamya

„In einer Woche werdet Ihr tot sein", sagte der Greis mit dem Rumpf eines Tausendfüßlers.

Lamya lächelte und nickte höflich. Das sollte Lord Shajan sein? Er – oder es? – behauptete jedenfalls, Lord Shajan zu sein, und es schien angebracht, ihm nicht zu widersprechen. Ganz abgesehen davon trug er den Monitor, einen blauen Edelstein an einer silbernen Halskette.

Kein Wunder, dass das Ding nicht richtig funktioniert!

„Die Wahnlande sind mit einer ganzen Reihe von giftigen Stoffen kontaminiert", fuhr Shajan auf seine pedantische Art fort. „Aber hier gibt es eine ganz besondere Substanz, die einem Menschen zwangsläufig auf Dauer die Leber zerstört."

„Wir werden hoffentlich nicht so lange bleiben", sagte Lamya. „Aber sagt mir, verursachen diese Giftstoffe Halluzinationen?"

Wir haben auf dem Weg hierher in der Tat absonderliche Dinge gesehen!

Shajan runzelte die Stirn. „Das tun sie, oft sogar, aber in den Wahnlanden ist es manchmal schwer zu sagen. Hier nicht. Die einzige wirkliche Gefahr besteht für Eure Leber. Ich nenne diese Gegend Neu-Iram. Sie ist wunderschön, nicht wahr?"

Lamya ließ den Blick über das blaue Tal und den Fluss wandern, der, voller vielbeiniger Larven, zwischen birnenförmigen Gehäusen ohne Öffnungen hindurchfloss. Überall krochen die Tausendfüßler unter einer blauen Sonne herum.

Das soll also die Wirklichkeit sein, und die Vögel meiner Kindheit, die zu mir zurückkamen, nur Illusionen? Ich will die Vögel zurück!

„Sehr schön. Doch wenn mich meine Erinnerung nicht täuscht, war eine Frau bei mir."

Oder war auch die nur eine Illusion?

„Oh ja, jenes reizbare junge, weibliche Exemplar, das bedauerlicherweise mit dem Schwert um sich schlug. Ich musste ihr ein Beruhigungsmittel verabreichen, sie war ziemlich aufgewühlt."

„Wenn man von riesigen Tausendfüßlern verschleppt wird, ist das kein Wunder."

„Ich bitte um Verzeihung, Eure Ankunft hier war in der Tat

etwas voreilig. Der Armmonitor
übermittelte immer schwächere
Lebenszeichen, und da Ihr nicht
weit weg waren, ließ ich Euch
von ein paar Anamorphen hierher
bringen. Ihr selbst scheint nicht
sonderlich schockiert."

„Wenn man keine Hoffnung
mehr für die Zukunft hat, sieht
man alles in einem anderen
Licht."

„Das ist doch jetzt gar nicht
nötig. Darf ich Euch Tee anbie-
ten?"

Ein kleinerer Tausendfüßler
erschien mit einem Teeservice
mit Teekanne und zwei Tassen
sowie einem Teller mit Gebäck in
den vorderen Krallen. Neugierig
probierte Lamya ein Teilchen aus
süßem Blätterteig. Es hatte einen
leicht bitteren Nachgeschmack.

*Vielleicht reicht es, wenn ich
nur daran knabbere.*

„Dieser Tee ist meine Lieb-
lingssorte, und das Gebäck ist
von meiner Frau", sagte Shajan.
„Sie ist Vorsitzende unseres
Landwirtschaftskomitees."

„Was? Ihr habt tatsächlich
eine dieser... Kreaturen... geheiratet?"

Shajan gab einen Ton von
sich, der ein Kichern oder auch
nur ein Räuspern gewesen sein
konnte. „Ganz so befremdlich ist
es nicht. Dareia und ich haben
noch vor dem Populatorvorfall
geheiratet und wurden beide von

dem Unheil erfasst. Ohne sie hätte ich es nicht überlebt."

„Ich hatte keine Ahnung, dass es noch jemanden gibt!"

„Das ist auch kein Wunder. Sie hatte in dem Unglück ihren Monitor verloren, während ich meinen behalten konnte. Er sieht ganz nett aus, finden Sie nicht? Er erinnert mich an mein voriges Dasein. Ich stelle Euch Dareia vor, sobald sie Euren Mann versorgt hat."

„Wie geht es ihm?"

„Dareia sagte, er sei nicht mehr in Gefahr. Sie leitet unsere medizinische Abteilung. Er bekommt gerade eine restaurative Infusion. Er hat viel Blut verloren, aber ansonsten hat er keinen großen Schaden erlitten."

Lamya nippte vorsichtig an ihrem Tee. Was immer dieses Getränk war, Tee war es nicht.

Am besten trinke ich nichts mehr davon!

„Der Tee schmeckt Euch nicht?"

„Man muss sich an den Geschmack gewöhnen."

Auch von dem wenigen, was sie getrunken hatte, breitete sich ein angenehmes, ruhiges Gefühl in ihr aus. Shajan hatte seine Tasse bereits geleert.

„Ich bin stolz auf die Arbeit, die wir hier geleistet haben. Vielleicht darf ich Euch unser Museum zeigen. Wir haben es für unsere Besucher errichtet, leider haben wir nur wenige."

„Mit dem größten Vergnügen."

Das Museum war ein runder Steinbau mit einem Gewölbe und einem Oberlicht. Lamya erkannte den Baustil, sie hatte ihn in einem Buch über Kano-Architektur gesehen. In der Mitte stand eine Statue, die vermutlich Lord Shajan in jüngeren Jahren darstellte, in einer Pose, als wirke er gerade einen Zauber. Um ihn herum waren die Utensilien der alten Zauberkünste zur Schau gestellt und die Wände mit Malerei geschmückt.

„Gefällt es Euch? Dareia ist eine große Künstlerin. Die Figur schmeichelt mir ein wenig, aber sie wollte es nicht anders. Sie bewundert mich mehr als irgendjemand sonst. An den Wänden seht Ihr die Zeugnisse unserer Vergangenheit. Das erste Bild zeigt unser unbemerktes Eindringen ins Feindesland. Dann kommt die Anrufung des Populators. Das dritte Bild zeigt das große Unglück, als die unheilvolle Nebenwirkung der Waffe uns ins Elend stürzt. In der vierten Darstellung werden Dareia und ich in ein Realitätsloch geschleudert, eine der vielen Dimensionsanomalien, die in jener Zeit entstanden. Und hier ist unser schönes Neu-Iram, obwohl es anfänglich ein trostloses und unwirtliches Gebiet war. Es war auch höchst unbeständig und dauernd in Gefahr, zusammenzustürzen und uns in eine andere Dimension zu schleudern. In der fünften Szene ist abgebildet, wie wir dem Extinctor, dem das Unglück nichts anhaben konnte, Energie entziehen, um unseren Bereich zu stabilisieren und abzugrenzen. Im sechsten Bild sind wir von Anamorphen umgeben, die Ihr Tausendfüßler nennt. Am Anfang waren sie uns feindlich gesinnt, aber dann wurden sie recht friedlich, als wir ihre kleinen Geheimnisse herausfanden. Dareia nennt sie ihre Kinder. Im siebten Bild sind wir krank und verzweifelt, denn wir haben gemerkt, dass das überall verbreitete Gift in dieser Umgebung uns langsam tötet. Im achten stellen wir gewagte Experimente an, um uns zu retten. Wir dachten zuerst, wir bräuchten nur die Leber zu modifizieren, um das Gift herauszufiltern, aber dafür hätten wir sowohl in die Nieren als auch das Kreislaufsystem eingreifen müssen. Zu viele Veränderungen, zu wenig Zeit. Im neunten und letzten Bild, seht Ihr den Transferenzzauber, der uns die praktischen und gebrauchsfähigen Körper gab, derer wir uns heute erfreuen."

Lamya sah sich die neunte Bildtafel genau an, auf der sich der Körper eines Mannes mit dem eines riesigen Tausendfüßlers verband.

Schrecklich, aber auch faszinierend!

„Ich habe noch nie etwas gesehen, was dem gleichkommt", sagte sie.

„Na ja, Transferenz ist ein etwas esoterischer Zweig der Thaumaturgie und wird heutzutage wahrscheinlich nicht mehr sehr oft praktiziert. Vielleicht sollte ich mal eine Vorführung für Euch arrangieren. Im zehnten Bild werfen wir einen Angriff der Indos zurück, die dem Chaos außerhalb Neu-Irams zu entfliehen suchen. Dann folgt der Bau von Schanzen und Grenzposten, um ähnliche Angriffe zu vermeiden…"

Lord Shajans Vortrag ging noch fast eine Stunde weiter. Er beschrieb die zahlreichen Verbesserungen an seinem Haus, Werke der Zauberkünste und des Bau- und Landbauwesens, bei denen, wie Lamya bemerkte, Dareia anscheinend den Großteil der Arbeit geleistet hatte. Keine Köchin war so stolz auf ihren Schmorbraten wie Shajan auf seinen Inkubator für Tausendfüßlereier, obwohl es auch hier Dareia war, die die Sonnenreflektoren poliert hatte, ohne die das Ding nicht funktionieren würde.

Kein Wunder, dass all unsere Expeditionen fehlgeschlagen sind. Diese beiden haben sich in ihre kleine Welt eingeschlossen, in der sie Götter spielen können. Aber warum wollen sie jetzt auf einmal Besuch empfangen?

Ein beunruhigender Gedanke. Zu ihrer Überraschung schnitt Lord Shajan gerade dieses Thema an: „Wie Ihr wisst, gehörte ich zur ursprünglichen Gruppe, die Extinctor heraufbeschwor, und ich habe immer eine Verbindung zu ihm aufrechterhalten. In letzter Zeit hat es mich sehr beschäftigt, dass diese Verbindung immer mehr unglücklichen Schwankungen unterworfen ist, die unser Werk hier in Gefahr bringen könnten. Ich hatte gehofft, Ihr könntet zur Klärung dieser Lage beitragen."

Kein Grund, nicht die Wahrheit zu sagen. Deshalb bin ich hierhergekommen.

„Der Stasisspruch ist sehr alt und wird selbst unbeständig. Die Basis in Barbosa ist nicht mehr so, wie Ihr sie in Erinnerung habt. Es sind nur noch wenige von uns übrig geblieben, und wir können diesen machtvollen Zauberspruch nicht mehr erneuern. Deshalb schlage ich vor, den Schlüssel zu benutzen und Extinctor außer Kraft zu setzen, bevor er freigesetzt wird und noch mehr Zerstörungen bewirkt."

Lord Shajan schien nicht überrascht. „Etwas Derartiges hatte ich befürchtet. Dennoch, ich kann Extinctor nicht außer Kraft setzen, ohne die Fortschritte, die wir hier in tausend Jahren schwerer Arbeit gemacht haben, zunichte zu machen! Ich brauche etwas Bedenkzeit. Oh, seht, da kommt Dareia!"

Das Wesen, das nun das Museum betrat, sah Lord Shajan sehr ähnlich, aber in diesem Fall saß auf dem Körper des Tausendfüßlers der Kopf einer alten Frau mit strähnigen grauen Haaren. „Ich hoffe, mein Mann hat Euch nicht zu sehr gelangweilt", sagte sie schüchtern.

„Ganz und gar nicht. Was Ihr hier geleistet habt, ist wirklich erstaunlich! Darf ich fragen, wie es General Singer geht?"

„Ach, das ist sein Name? Er reagiert sehr gut auf die Behandlung. Er sollte schon morgen wieder auf den Beinen sein. Wäre

Euch ein kleines Abendessen angenehm?"

„Das wäre ich schon, aber Lord Shajan hat mich darauf hinge-
wiesen, dass hier alles von einem tödlichen Gift durchdrungen ist."

„Das stimmt, aber das Essen ist nicht gefährlicher als die Luft
oder das Wasser."

„Dann nehme ich gern einen Bissen zu mir."

„Ich hoffe, es wird Euch nicht stören, wenn wir hier im Museum unser Mahl einnehmen. Es ist das einzige Gebäude für Besucher. Ich fürchte, unsere eigenen Räume wären für Euch sehr
unpassend. Oder möchtet Ihr draußen essen?"

*Unter der blauen Sonne inmitten eines Schwarms von Tausend-
füßlern und herumkrabbelnden Larven.*

„Hier ist es mir recht."

„Ausgezeichnet, ich rufe die Kinder."

Ein paar Minuten später hatten ein paar Tausendfüßler einen
Tisch mit dampfenden Tellern und Weingläsern gedeckt. Lamya
betrachtete das Essen mit einer Mischung aus Besorgnis und Hunger. Es gab eine Art Reis, der jedoch klebrig war und eher nach Ei-
ern schmeckte, und dazu kleine Steifen Fleisch, die wie gebratene
Muscheln aussahen und auch so schmeckten, nur viel zäher waren.
Und schließlich etwas, das wie klein geschnittene Rübenblätter
aussah, aber von roter Farbe war.

Denk nicht darüber nach, iss einfach!

Der Wein war so stark wie Schnaps und schmeckte nach Gewürzen. Nach ein paar Schlückchen wurde ihr schwindlig, und ihr
rechtes Augenlid fing plötzlich an zu zucken.

Der Wein hat es in sich!

Sie warf ihren Gastgebern einen Blick zu, doch die schienen
nichts Ungewöhnliches zu merken und tranken den Wein mit Vergnügen.

*Ein paar Gläser von diesem Wein würde mich wahrscheinlich
umbringen! Entweder sind sie süchtig, oder ihre Monsterkörper
geben ihnen eine Art Schutz.*

Für Lord Shajan und Dareia war dies ein ganz gewöhnliches
Mahl, beide hantierten mit ihren Vorderkrallen und bedienten sich
reichlich. Sie hatten jedoch vergessen, für ihren Gast Besteck be-
reitzulegen.

Dafür sind wohl Finger da!

„Ihr seid eine ausgezeichnete Köchin!", sagte sie zu Dareia

nach dem Essen, während sie sich die Finger leckte.

„Wirklich?", fragte die alte Frau bescheiden. „Mein Mann sagt oft dasselbe, aber ich fürchte, er ist voreingenommen."

„Unsinn!", sagte Lord Shajan. „Du bist offensichtlich und objektiv gesehen die beste Köchin in ganz Neu-Iram! Warum rufst du nicht die Anamorphen und lässt den Tisch abräumen, dann können wir die Vorstellung geben, von der ich vorher sprach."

„Ja, mein Schatz", sagte Dareia und ging, um ihre „Kinder" zu holen.

Während die Tausendfüßler ihre Arbeit verrichteten, erklärte Lord Shajan sein nächstes Projekt: „Ich hatte versprochen, Euch zu zeigen, wie Transferenz funktioniert. Es lohnt sich, das zu wissen, uns zumindest hat es sehr geholfen. Und wie es der Zufall will, habe ich auch ein ausgezeichnetes Subjekt für den Zauberspruch."

„Und das wäre?"

Lord Shajan ignorierte ihre Frage und fuhr fort: „Der erste Schritt ist eine Ausräucherung, um widrige Umstände zu eliminieren, die den Vorgang stören oder das Subjekt kontaminieren könnten."

Er nahm ein Rauchfass aus der Sammlung der Zauberinstrumente heraus, zündete es an und schwenkte es im Zimmer herum. Der Rauch brachte Lamya zum Husten, und ihre Augen fingen an zu tränen.

Bin ich einer dieser „widrigen Umständen"? Ich glaube, er will mich austreiben!

Zufrieden mit der dicken, beißenden Rauchwolke klappte Lord Shajan das Rauchfass zu. „Der Raum ist jetzt gesichert, und wir können das Subjekt gefahrlos hereinbringen. Ah, da kommt es schon."

Schon kam Dareia herein, die eine Tragbahre vor sich herschob. Darauf lag der bewusstlose General Singer.

Vor Überraschung sprang Lamya auf. „Das ist doch…!"

„Rührt Euch nicht vom Fleck!" Lord Shajans Befehl wirkte sofort. Lamya fühlte, wie ihr ganzer Körper erstarrte. Sie konnte weder Finger noch Zehenspitzen bewegen. Lord Shajan trat näher, schaute sie scharf an und stupste sie hier und da mit seinen Klauen an.

„Nun, das lief sehr gut", sagte er. „Da wir beide Experten im selben Metier sind, sollte ich Euch sagen, dass Ihr Euch in einem

Zustand modifizierter Stasis befindet. Ich habe sie so proportioniert, dass Eure geistigen Fähigkeiten intakt bleiben und Ihr alles miterleben könnt. Genial, oder?"

Diese Kreatur ist wahnsinnig!

Lord Shajan zeigte auf General Singer, der in die Mitte des Museums, direkt unter die Statue, gerollt wurde. „Ich habe dieses Subjekt seit einiger Zeit beobachtet. Er ist für meine Pläne wie geschaffen. Es überrascht mich nicht, dass auch Ihr Euch für diesen Mann interessiertet, doch dass er noch zwei Begleiter mitgebracht hat, kann ich nur als einen glücklichen Zufall beschreiben. Es wird höchste Zeit, dass ich das Hauptquartier in Barbosa übernehme, es ist jahrhundertelang vernachlässigt worden. Dareia wird mich begleiten. Für sie befindet sich bereits ein passendes Subjekt in der Klinik."

Dareia, die hinter ihm stand, schien ihm gar nicht zuzuhören. Sie legte verschiedene Zauberinstrumente um Singer herum. Eins richtete sie auf die steinerne Statue, aber Lamya verstand nicht, wozu das alles führen sollte. Die Alte Frau hatte ihr nichts beigebracht, was sie auf eine solche Situation hätte vorbereiten können.

Sie sind beide total irrsinnig!

„Ich lege unser ganzes Unternehmen in Eure Hände", fuhr Lord Shajan fort. „Ausführliche Anweisungen findet Ihr in meinem Quartier. Achtet besonders auf Erzeugung des Fluxfeldes im gesamten Umkreis! Es muss mindestens einmal wöchentlich kalibriert werden, sonst könnte es bedauerliche Folgen geben. Wegen des Gifts braucht Ihr Euch keine Sorgen zu machen. Ich habe bereits einen gesunden jungen Anamorphen für Euch ausgewählt, dessen Körper zu Euch passt. Ich selbst werde die Tranferenz vornehmen, bevor ich abreise."

Er will mich in ein Monster verwandeln!

Lamya musste sich schnell etwas einfallen lassen. Sie versuchte, sich an all die Zauberlehren zu erinnern, die die Alte Frau ihr beigebracht hatte: Beschwörungen, Zauberformeln und -sprüche, Verwünschungen, Flüche und Gegenflüche. Zu allem waren Vorbereitungen nötig, aber im Moment konnte sie nicht einmal den kleinen Finger rühren. Was auch immer Shajan vorhatte, sie würde es nicht verhindern können.

Inzwischen hatte Lord Shajan seine Aufmerksamkeit auf Dareia gerichtet, die mit ihren Vorbereitungen fertig war. Die Zauberinstrumente summten leise und erfüllten die Mitte des Raumes mit einem blauen Licht.

„Ah, ausgezeichnet! Wir können mit der ersten Transferenz beginnen, und zwar mit meiner eigenen. Ich werde Euch vorübergehend die Zunge lösen, falls Ihr Fragen haben solltet. Aber sprecht keine Zauberformeln, sonst werde ich sie wieder lähmen müssen."

Er berührte kurz ihren Kopf, sie fühlte, dass sie ihr Gesicht wieder unter Kontrolle hatte.

„Ihr begeht einen großen Fehler!", sagte sie.

Lord Shajan blickte sie belustigt an. „Und der wäre?"

„Ihr könnt nicht einfach hineinspazieren und Barbosa einnehmen. Ein Heer von fünftausend Barbaren ist dort stationiert. Die werden sehr wütend, wenn Ihr ihnen ihren General nicht zurückgebt."

Lord Shajan kicherte. „Ihr scheint den Witz nicht zu begreifen. Ein bisschen Blendwerk wird sie überzeugen, dass *ich* ihr General bin."

„Aber Ihr sprecht die Sprache nicht! Und Ihr kennt die militärischen Förmlichkeiten nicht, die Etikette ist äußerst wichtig. Ihr werdet noch nicht einmal am ersten Wachtposten vorbeikommen, wenn Ihr die richtige Grußformel nicht kennt."

„Ich glaube, Ihr übertreibt. Wie dem auch sei, ich habe genug gehört. Wenn Ihr nichts Produktives zu sagen habt, dürft Ihr schweigen."

Er berührte sie noch einmal, und sie fühlte, wie ihr Gesicht mit dem Ausdruck reinsten Schreckens erstarrte. Wie in einem Alptraum musste sie zusehen, wie er kehrtmachte, auf seinen Krallen in die Mitte des Raumes krabbelte und sich neben Singer niederlegte.

„Du kannst jederzeit beginnen", sagte er.

„Ja, mein Schatz", sagte Dareia, und drückte auf einen silbernen Knopf. Das Summen, das von den Instrumenten ausging, wurde lauter, das Licht heller. Lord Shajans Tausendfüßlerkörper bewegte sich wellenförmig, wie ein Kräuseln auf dem Wasser. Ein dumpfer Ton war zu hören, als wäre etwas Schweres aus großer Höhe gefallen, und plötzlich wurde Lamya von einem hellen Blitz geblendet.

Als sich ihre Augen wieder an das Licht im Raum gewöhnt hatten, konnte sie sehen, wie Dareia die Instrumente abstellte.

Das Summen und das blaue Licht verschwanden. An der Stelle, an der eben noch Lord Shajan gelegen hatte, befanden sich nun der kopflose Körper eines Tausendfüßlers und ein Steinklotz, der einmal der Kopf der Statue gewesen war. Die Statue hatte einen neuen, fleischlichen Kopf, mit starrenden Augen und offenem Mund und einem Ausdruck von Überraschung und Panik.

„Nun denn, es ist getan!", sagte Dareia und schlug ihre Klauen wie im Applaus zusammen. „Endlich bin ich frei!"

Sie krabbelte an der Statue hoch und gab dem Kopf einen zarten Kuss. Dann berührte sie ihn mit einer Schere und sagte: „Sei, was du sein musst!", woraufhin der Kopf zu Stein erstarrte. Vom Boden hob sie die silberne Kette mit dem blauen Juwel auf und hängte sie der Statue um den Hals. Dann krabbelte sie zurück, um ihr Werk aus der Ferne zu bewundern.

„So werde ich dich in Erinnerung behalten, lieber Shajan, als der intelligente und liebe Wunderknabe, in den ich mich vor langer Zeit verliebte. Vergib mir, aber noch einmal tausend Jahre mit der Missgestalt, die du geworden bist, das könnte ich nicht ertragen. Ich hatte nur diese eine Chance, ich konnte sie mir nicht entgehen lassen."

Sie wandte sich Lamya zu und breitete die Klauen aus, als bitte sie um Mitgefühl. „Denkt nicht, dass es immer so war. Shajan war tapfer, unternehmerisch und erfinderisch, ein Meister seines Fachs, der alle anderen übertraf. Aber als die Jahrhunderte vergingen, verlor er seine Lebensaufgabe aus den Augen… Oh, ich habe ganz vergessen – Ihr könnt gar nicht sprechen!"

Sie streckte eine Klaue aus, berührte Lamya und sagte: „Sei, wie du warst!" Im Nu konnte Lamya sich wieder bewegen.

Frei!

Sie eilte zu Singer und fühlte seinen Puls; er war normal. Sein Atem ging schwer. Sie zog ein Augenlid hoch und sah, wie die Pupille auf das Licht reagierte.

„Macht Euch keine Sorgen um ihn", sagte Dareia. „Morgen ist er wieder auf den Beinen, und die andere auch. Je eher Ihr aus diesem vergifteten Tal herauskommt, desto besser. Bleibt nicht hier stecken, so wie ich."

„Und was wird aus Euch?"

Dareia sah traurig an ihrem riesigen Tausendfüßlerkörper hinunter. „Ich bin zu alt für einen Neuanfang. Hier gehöre ich hin.

Ich werde bei den Kindern bleiben und ihr Schicksal teilen, was es auch sein mag. Denkt nicht an mich. Aber wartet, ich habe etwas für Euch!"

Unter den Disponaten zog sie ein altes, in Leder gebundenes Buch hervor. Die Inschrift war in der alten Kanosprache: *Feldhandbuch für Übung und Einsatz von Kriegszauberei, 3. Ausg.*

„Nehmt es mit", sagte sie. „Es habe keine Verwendung mehr dafür. Es enthält mächtige Beschwörungen, die nur wenigen kannten, auch in den alten Tagen nicht, und ich selbst habe noch ein paar Notizen dazu gemacht."

„Das ist ein wunderbares Geschenk", sagte Lamya. „Ich werde es immer zu schätzen wissen. Aber was ich wirklich wissen muss, ist der Schlüssel zu dem Spruch, der auf Extinctor liegt."

„Ja, ja, natürlich. Wie ging der noch, es ist so lange her…" Dareia dachte eine Minute nach, dann erhellte sich ihr Gesicht. „Jetzt erinnere ich mich, er war ganz einfach, nur drei Wörter: Nicht um unseretwillen. Das ist alles, was Ihr wissen müsst."

23: Erika

Der Gestank sagte eindeutig, dass dem Prinzen die Windeln gewechselt werden mussten.

Ich weiß nicht, wie lange ich das noch aushalte.

Erika war mit den Kräften am Ende. Da Clenas niemanden entbehren konnte, hatte er sie gebeten, sich um seinen völlig hilflosen,
verzauberten Bruder „zu kümmern". Dieser lag zusammengerollt
auf seinem behelfsmäßigen Bett und reagierte auf nichts mehr,
nicht einmal auf das Wort „Rosalind". So musste sie ihn füttern
und umdrehen, damit er keine Liegeschwären bekam, und ihm
regelmäßig die Windeln wechseln.

Hat niemand bemerkt, dass er doppelt so groß ist wie ich?

Unter normalen Umständen hätte sie einen muskulösen Soldaten herbeigerufen, aber alle waren draußen im Felde mit Schar-
mützeln beschäftigt, ein Manöver, wie Clenas ihr erklärte, bei dem
jede Seite die Stärke der anderen abzuschätzen versucht. („Wie das
Vorspiel vor der Hauptveranstaltung.") Die meisten der im Haus
Jasmin verbliebenen Soldaten waren die Verwundeten, und Erika
sollte auch ihnen behilflich sein, wenn sie sich nicht gerade um den
Prinzen kümmerte.

Man hatte zwei Matratzen mit Bettzeug nebeneinander auf den
Boden gelegt, dazu Decken und Kissen. An Windeln hatte jedoch
niemand gedacht, also musste sie aus den Betttüchern selbst welche herstellen. Und dann mussten sie selbstverständlich gewechselt
werden.

*Ich bin also Expertin im Windelnwechseln, weil ich eine Frau
bin?*

Da sie den Prinzen unmöglich hochheben konnte, legte sie ein
Handtuch auf die Matratze und versuchte, ihn darauf zu rollen.
Der Arzt hatte ihr gezeigt, wie es gemacht wurde: niederknien,
Hände auf seine Hüften legen und schieben. Der Arzt war jedoch
viel stärker als sie und brauchte seine Hände nicht auf beschmutzte
Windeln zu legen.

Ich brauche Handschuhe!

Der Prinz wehrte sich nicht, doch er war auch keine Hilfe. Er
war nichts als ein schweres Gewicht auf dem Boden. So sehr sie
sich auch anstrengte, sie konnte ihn nicht umdrehen.

Ich muss seine Beine irgendwie grade kriegen.

Sie zog feste an einem Bein, bis es gerade ausgestreckt war, aber sobald sie das andere ergriff, hatte er das erste wieder angezogen. Frustriert setzte sie sich hin und überlegte, wie dieses Problem zu lösen sei.

Dieser Prinz ist ein königliches Ärgernis. Was würde Rosalind dazu sagen?

Vielleicht könnte einer der Verwundeten ihr helfen? Aber welcher? Da war einer, der einen Schuss durch die Brust bekommen hatte und Blut hustete. Der Arzt hatte wenig Hoffnung für ihn. Einem anderen war eine Lanze in den Schenkel gefahren. Der konnte nicht einmal mehr gehen. Ein Dritter hatte die rechte Hand verloren, lag nur bleich da und starrte so grimmig an die Decke, dass sie sich kaum traute, ihm seinen Tee zu bringen. Von denen würde ihr keiner helfen können.

Neben den Soldaten gab es nur zwei Wachen, denen es untersagt war, ihren Posten zu verlassen. Auch die Bedienten in der Küche durften ihren Raum nicht verlassen. Hauptmann Pohler hatte die Hallander in eine neues Hauptquartier abgeschickt. Selbst die Bandeluken standen ihr nicht zur Verfügung, denn Clenas hatte sie angestellt und auf Kundschaft geschickt.

Was würde eine Prinzessin tun? Einer Prinzessin würde gar nicht erst mit einer solchen Aufgabe betraut werden. Nein, es war noch schlimmer, eine Prinzessin würde *freiwillig* einspringen, wo Hilfe nötig war. Ein Prinzessin tat, was eine Prinzessin tun musste.

Jeder tut, was er tun muss...

Sie ging zurück in das Zimmer, in dem die Verwundeten lagen. Der Mann ohne Hand hatte seit Tagen kein Wort gesprochen, aber außer der verlorenen Hand hatte er keinen Schaden erlitten. Er gehörte zu der Glänzenden Ritterschaft von Tremmark und sprach einen archaischen hallandischen Dialekt. Die Tremmarker verachteten die Hallander und alle anderen, die sich ihrer Meinung nach einer unschönen und heruntergekommenen Sprache bedienten.

Sie ging zu ihm hin, räusperte sich und sagte: „So höre er mich an!"

Er sah sie neugierig an. „Gnäd'ge Dame?"

Wunderbar, er spricht!

„Der gute Prinz Krion lieget in großer Pein, und mein ist nicht die Kraft, ihm beizustehen."

„Was fehlet dem guten Prinzen?"

„Gott sei's geklagt, ein böser Zauberspruch hat ihn seines Verstandes beraubt, er kann sich nicht bewegen und rein halten, und seine mächtige Gestalt widerstehet all meiner Müh'."

Der Soldat verzog das Gesicht, als er aufstand. „Lasset die Sorgen fahren, teure Magd, Sir Gladwood bleibt nicht auf dem Faulbett liegen, wenn die Pflicht rufet."

Das ist ein rechter Ritter! Was für ein Glück!

Zehn Minuten später waren die Windeln gewechselt, und Sir Gladwood überstürzte sie mit allerhand Fragen über die militärische Situation, die sie unmöglich beantworten konnte. „Ach, es ist mir nicht kund, wo Singer weilet. Seit Wochen vernahmen wir kein Wort!"

„Das ist schlechte Botschaft. Mir deucht, Prinz Clenas fehlet es an der Kraft, Basilius und seine Gesellen in den Staub zu werfen."

Ist das Hufgetrampel?

„So höret, Prinz Clenas kehret mit großer Heerschar heim!"

Sie rannte zum Eingangstor und wäre fast mit General Singer zusammengestoßen.

„Den Göttern Dank, du kehrest wieder. Ich wähnte mich bereits verloren ohne dich. Bist du unversehrt?"

Singer runzelte die Stirn. „Es geht mir gut, und ich freue mich, dich wiederzusehen. Aber was soll dieses eigentümliche Gerede?"

Es ist zum Verrücktwerden, jetzt hält er mich für eine Idiotin!

„Verzeih mir, ich habe gerade mit einem Ritter von Tremmark gesprochen."

„Ich verstehe", erwiderte Singer, der offenbar rein gar nichts verstand. Als er vom Pferde stieg, ritt eine dunkelhaarige Frau in einem Reitanzug aus schwarzem Leder herein.

Auf diesen Augenblick habe ich so lange gewartet, und jetzt hat er eine Frau bei sich, und ich stehe hier in einem dreckigen, stinkenden Rock und meinem Haar in einem Knoten! Und Clenas kann jeden Moment zurückkommen! Soll ich ihm jubelnd in die Arme fallen?

Singer traf die Entscheidung für sie, nahm ihre Hand und küsste sie förmlich ohne eine Spur der Zuneigung. Er wechselte ins Bandelukische und sagte: „Erika, ich möchte dir Lamya vorstellen, eine Zauberin, die uns mit Prinz Krion helfen kann."

„Sie ist eine Hexe!", rief eine junge Bandelukin dazwischen, die zu Erikas Überraschung ein Banner trug.

„Der Unterschied ist mir nie recht klar geworden", sagte Singer. „Wie dem auch sei, wer mit Dämonen freundschaftlich umgeht, kann nicht wählerisch sein. Wir sollten uns glücklich schätzen, dass sie uns ihre Dienste angeboten hat. Tatsächlich bin ich ihr bereits großen Dank schuldig."

„Im Gegenteil, ich stehe in Eurer Schuld!", widersprach Lamya errötend.

Erika bemerkte, dass die Bandelukin ihr einen eifersüchtigen Blick zuwarf.

Ich bin ganz durcheinander. Habe ich eine Rivalin, und welche von den beiden ist sie? Was hat Singer angestellt?

„Wenn Ihr Prinz Krion helfen könnt, wären wir Euch alle zutiefst verpflichtet", sagte Singer. Dann wandte er sich an Erika: „Wo ist der Prinz? Und wo ist Prinz Clenas? Und was hat es mit diesem Bürgerkrieg auf sich?"

Hinter der Bandelukin ritt ein hochgewachsener Mann, unter dessen blondem Bart ein blanker Brustschild mit einer goldenen Sonne hervorlugte.

„Ich werde in der Küche Tee kochen lassen", sagte Erika.

Es dauerte nicht lange, da saßen sie im Garten und tauschten Neuigkeiten aus. Es überraschte Erika nicht, dass die Bandelukin, die jetzt anscheinend die Standarte der Armee trug, eine Frau namens Raisha war.

Die Ereignisse überstürzen sich schon jetzt, da kann ich so etwas getrost unkommentiert lassen.

Es war sehr zufriedenstellend, wie wütend Singer wurde, als sie ihm erzählte, man habe sie in einen Käfig eingesperrt.

Vielleicht liebt er mich nicht, aber er empfindet es als eine tiefe Beleidigung, wenn man ihn und seinen Befehlshaber nicht respektiert. Singer wird tun, was er tun muss.

Das Gespräch verlief hauptsächlich auf Bandelukisch, aber ab und zu mussten sie es unterbrechen, um für Baron Hardy, den blonden Kavallerieführer, zu übersetzen. Der Rest von Singers Armee befand sich noch weit auseinandergezogen auf der Straße und würde erst in den nächsten zwei Tagen vollständig angekommen sein.

Nachdem sie über eine Stunde geredet hatten, erschien Prinz Clenas mit zwei Offizieren, Leutnant Bardhof und dem Kommandanten aus Tremmark, Oberst Sir Rendel, Freiherr von Haus Syndor. Alle Neuigkeiten mussten nun noch einmal berichtet werden, diesmal auf Akaddisch. Oberst Sir Rendel redete manchmal in seinem archaischen Hallandisch dazwischen, während die anderen versuchten, ihren Verdruss zu verbergen.

„Wenn ich es richtig verstehe", sagte Clenas schließlich, „habt Ihr uns vor einer Gefahr gerettet, derer wir uns gar nicht bewusst waren."

„Er sagt, wir haben die Welt vor etwas gerettet, von dem wir selbst nichts wussten", übersetzte Singer für Lamya.

„Was meint er mit damit? Natürlich haben wir es gewusst. Ihr habt es selbst gesehen!"

„Ich hätte sagen sollen, *sie* haben es nicht gewusst."

„Natürlich nicht. Warum erzählt er uns das?"

„Was sagt sie?", wollte Clenas wissen.

„Nichts Wichtiges. Vielleicht erlaubt mir Oberst Sir Rendel ein paar Worte?"

„Wie es Euch beliebt", sagte Rendel auf Hallandisch.

„Es beliebt mir, auf Akaddisch zu sprechen", sagte Singer in dieser Sprache. „Seit fast einem Monat sind keine Berichte von Euch eingegangen. Was habt Ihr die ganze Zeit gemacht?"

„Dasselbe könnte ich Euch auch fragen."

„Ich habe gerade meine Handlungen der letzten paar Wochen zusammengefasst. Mehr ist für Euch nicht von Bedeutung. Als Euer Vorgesetzter verlange ich einen Bericht."

„Seid versichert, Ihr werden einen erhalten, sobald etwas Wichtiges geschieht."

Singer lief rot an.

Die zwei schlagen sich gleich noch die Köpfe ein!

„Ihr haltet also weder die Pazifizierung einer unruhigen Provinz noch Euren Eingriff in einen Bürgerkrieg ohne ausdrücklichen Befehl für erwähnenswert?"

Rendel schien seine lange Nase hinab auf Singer herunterzuschauen, den er offensichtlich für einen gemeinen Emporkömmling hielt. „Ich habe nicht mehr und nicht weniger getan als meine Ehre erforderte."

„Und soll ich etwa raten, was das bedeutet? In Zukunft werdet Ihr einen Verbindungsoffizier ernennen, der mir regelmäßig Bericht erstattet!"

„Für eine solch nebensächliche Aufgabe kann ich keinen einzigen Ritter entbehren. Wie Ihr vielleicht wisst, sind wir tagtäglich auf Feindberührung, und es kann jederzeit zu einem entscheidenden Kampf kommen."

Angesichts dieser Gehorsamsverweigerung sprang Singer wütend auf, und Rendel tat es ihm nach. Als befürchte er, die beiden würden handgreiflich werden, drängte Clenas sich zwischen sie.

Schnell! Tu was!

„Meine Herren!!"

Alle Köpfe drehten sich nach ihr um.

„Ich denke, ich habe eine Lösung. Einer der Ritter von Tremmark, Sir Gladwood, hat im Kampf eine Hand verloren, ist aber sonst genesen. Er könnte als Liaison fungieren."

Einen Augenblick herrschte Stille, als sie darüber nachdachten.

„Er war mir gänzlich entfallen", sagte Rendel. „Ein wackerer Ritter, aber nicht mehr fähig, Lanze oder Schwert zu halten."

„Ich nehme ihn", sagte Singer.

„Dann schlage ich vor, dass wir die Sitzung aufheben", sagte Erika. „Prinz Krion bedarf unserer Fürsorge."

Sieben Personen hatten sich in das kleine Zimmer hineingezwängt, in dem Lamya Prinz Krion untersuchte, und noch mehr drängten herbei, um vom Flur her zuzusehen, bis Bardhof die Tür schloss. Die Hexe betrachtete Krion durch einen grünen Edelstein, den sie auf verschiedene Stellen seines Körpers drückte, während sie besorgt vor sich hinmurmelte.

Schließlich stand sie auf und verkündete: „Es scheint sich hier um einen einfachen Liebeszauber zu handeln, jedoch mit ein paar ungewöhnlichen Eigenschaften. Einerseits ist der Zauberspruch verschlüsselt, deshalb kann ich nicht viel tun, bis ich den Schlüssel habe. Andererseits hat der Spruch keine Begrenzungen, weder zeitlich noch räumlich oder der Stärke nach, was bedeutet, dass der Zauber anhalten wird, bis das Opfer tot ist."

„Mit anderen Worten – Mord?", fragte Singer.

„Eher stümperhafte Zauberei. Ein erfahrener Magier würde kaum zu einem Liebeszauber greifen, um jemand zu töten. Da gibt es bessere Mittel."

Besorgt blickte Erika auf ihren eigenen Ring.

Wo hatte Tante Gwyn ihn wohl her?

„Woher habt Ihr diesen Ring?", wollte Lamya wissen.

„Von meiner Schwester Rosalind, die ihn als Geschenk von meiner Tante Gwyneth erhalten hat. Sie war mit einem Zauberer aus Westenhausen verheiratet."

Lamya runzelte die Stirn. „Also hat dieser Zauberer in Westenhausen den Schlüssel?"

„Das bezweifle ich. Sie sind nicht gerade im besten Einvernehmen auseinandergegangen. Um es kurz zu sagen, sie verschwand eines Tages in einer Rauchwolke und wurde nie wieder gesehen."

„Das klingt so, als wäre sie auf eine andere Ebene geschickt worden."

„Wie ein Dämon?"

„Nicht ganz. Dämonen werden von fernen Ebenen herbeigerufen, und wenn sie entlassen sind, kehren sie dahin zurück. Eure Tante Gwyneth wurde weder herbeigerufen noch entlassen, sondern projiziert. Und wir müssen herausfinden, wohin."

„Ihr meint, sie könnte noch am Leben sein?"

„Das hängt davon ab, was Euer Onkel mit ihr vorhatte. Eine Liste mit allen Ebenen, die den Zauberkünsten bekannt sind, würde viele Bände füllen, aber nur auf wenigen ist menschliches Leben möglich. Wenn sie zur Ebene der Feuerdämonen ge-

schickt wurde, hat sie nicht länger als eine Minute überlebt. Wenn es aber ein Ort war, der unserer Ebene gleicht, lebt sie möglicherweise heute noch."

„Wie können wir sie finden?"

„Zunächst muss ich mehr über sie wissen. Ihren Namen, zum Beispiel. Falls Ihr außerdem etwas besitzt, das ihr gehörte, würdet Ihr mir sehr weiterhelfen."

„Diesen Ring habe ich von ihr. Er sieht genauso aus wie der Ring, den sie Rosalind gegeben hat."

„Legt ihn auf den Tisch, ich will ihn nicht anfassen. Besteht Konsanguinität?"

Besteht was?

„Hm, mein Bandelukisch ist recht gut, aber nicht *so* gut."

„Ist Eure Tante Gwyneth Eure Blutsverwandte?"

„Sie ist die Schwester meines Vaters."

„Dann brauche ich ein paar Tropfen von Eurem Blut."

„Die sollt Ihr haben."

„Ich habe meine Instrumente nicht bei mir, also werde ich improvisieren müssen. Ich brauche einen Gegenstand, der irgendwie geweiht ist. Das heißt, dass er nach seiner Herstellung beiseite gelegt und nicht tagtäglich benutzt wurde. Er braucht nicht wertvoll zu sein, aber erwartet nicht, ihn wiederzusehen."

„Ich glaube, da haben wir etwas", sagte Singer.

„Außerdem brauche ich ein leeres Zimmer."

Während Singer sich nach einem geweihten Gegenstand umsah, fasste Erika die Unterhaltung für diejenigen zusammen, die nur Akaddisch sprachen. Dann zeigte sie Lamya Hauptmann Pohlers altes Zimmer, womit Lamya zufrieden war, solange die Möbel ausgeräumt würden. Als Singer mit einem hölzernen Kästchen zurückkam, malte sie gerade mit Kreide Kreise auf den Boden.

„Wäre das hier in Ordnung?", fragte er und öffnete das Kästchen. Darin lag eine vergoldete Therosfigur.

„Ist das einer Eurer Götter? Was wird er wohl davon halten, wenn er für Zaubereien verwendet wird?"

„Er ist unser Kriegsgott, Schutzpatron der Soldaten. Seine Tugenden sind Mut, Treue und Standhaftigkeit auch im Unglück. Wir sind tapfer, treu und standhaft. Theros wird seinen Segen geben."

„Dann sind alle Schwierigkeiten behoben. Wir können beginnen."

Sie nahm die Figur ehrfurchtsvoll mit beiden Händen und setzte sie in den Kreis. Den Ring hielt sie am Ende eines Stabs, um ihn nicht zu berühren, und legte ihn neben die Figur.

„Jetzt das Blut. Ich brauche nur ganz wenig. Lasst es auf die Figur tröpfeln."

Aua!

Mit einem Messer piekste Erika sich in den Daumen, und ein paar Tropfen fielen auf die Figur.

„Genug. Lasst mich allein, ich darf nicht gestört werden."

Sie gingen auf den Flur und schlossen die Tür. Dort tauschten sie unsichere Blicke aus, wagten es aber nicht, miteinander zu sprechen. Ein leichter Weihrauchgeruch wehte zu ihnen herüber, und ein Gesang ertönte, aber die Worte waren unverständlich. Einmal glaubte Erika, mehr als nur eine Stimme zu hören.

Das ist unmöglich! Ich muss mich irren!

Nach ein paar Minuten war ein *Plopp!* zu hören, und kurz darauf öffnete Lamya die Tür. Die Figur und der Ring waren verschwunden. Sie hielt den grünen Edelstein in der Hand und betrachtete ihn gedankenverloren.

„Ich habe eine Sonde losgeschickt. Sie wird eine Ebene nach der anderen auf einem festengelegten Kurs durchqueren, bis sie die erreicht, die deine Tante hält, falls sie noch am Leben ist. Wenn das geschieht, werde ich es sofort wissen. Bis dahin können wir nur abwarten."

„Wie lange wird das dauern?", wollte Singer wissen.

„Vielleicht Stunden, oder sogar Tage. Die Sonde geht zuerst zu den näherliegenden und bekannten Ebenen, dann zu den entfernteren. Falls wir allerdings innerhalb von zwei Stunden keine Antwort haben, können wir davon ausgehen, dass sie tot ist."

„Und was machen wir, wenn wir sie finden?"

„Dann werde ich versuchen, sie herbeizurufen… Oh!"

Der grüne Stein in ihrer Hand hatte zu glühen begonnen. Lamya musterte ihn aufmerksam. „Das ging schneller als ich dachte. Die Sonde ist nicht weit gereist, also muss diese Ebene Zauberern, und somit auch ihrem Mann, recht bekannt sein. Ich muss nun die Vorbereitungen treffen, um Eure Tante Gwyneth herbeizurufen. Keine Störungen, bitte! Dieser Zauber wird länger dauern als der vorige."

Wieder warteten alle draußen auf dem Flur, rochen Weihrauch

und hörten einen langgezogenen Gesang, der immer lauter zu werden schien. Erika kam es so vor, als höre sie Lamya mit jemandem streiten.

Da ist eindeutig noch jemand im Zimmer!

Der Streit, falls es denn einer war, nahm weiter an Lautstärke zu. Auf dem Flur schaute man sich unruhig an und zog in Erwägung, die Tür zu öffnen, als plötzlich ein lautes *Plopp!* ertönte, gefolgt von einem noch lauteren Schrei. Singer riss die Tür auf.

Lamya kniete auf dem Boden, als müsse sie sich von einer übergroßen Anstrengung erholen. Neben ihr stand eine alte Frau in zerrissenen Kleidern mit einem Besen in der Hand. Völlig verwirrt sah sie sich um. Anscheinend war sie es gewesen, die den Schrei ausgestoßen hatte.

„Nun hier ist eine Hexe, wie sie im Buche steht", sagte Clenas.

„*Bsss, bsss bsss bsss?*", sagte die alte Frau.

„Sie hört sich wie einer der verdammten *fui*-Dämonen an!", sagte Singer.

Lamya richtete sich langsam wieder auf. „Ich würde sagen, die hat sie gerade hinter sich gelassen."

Erika trat vor. „Tante Gwyn, ich bin's, Erika. Erkennst du mich nicht?", fragte sie auf Hallandisch.

„Erika!", rief die Greisin. „ Du bist so groß geworden. Eine richtige, erwachsene Dame. Wie bist du hierhergekommen?"

„Ich bin nicht zu dir gekommen, Tante Gwyn. Du bist uns wiedergegeben worden."

„Uns? Was soll das bedeuten? Wer sind all diese fremden Menschen? Und warum tragen sie Rüstungen?"

„Das sind meine Freunde, und du sollst sie alle kennenlernen, aber erst möchte ich wissen, wie es dir ergangen ist, wo du gewesen bist und was du all die Jahre gemacht hast."

„Das sind eine Menge Fragen. Ich glaube, ich muss mich hinsetzen."

„Anfänglich dachte ich, man würde mich umbringen, aber sie sagten, das wäre inkorrekt", sagte Gwyneth und nippte an ihrer Teetasse. Da sie die akaddische Sprache fast vollständig verlernt hatte, redete sie auf Hallandisch, sodass viele Pausen zum Dolmetschen nötig waren.

„Das passt zu den *fui*-Dämonen", sagte Singer.

„So heißen sie hier? Sie nennen sich selbst *Bsss bsss*. Das bedeutet ‚die Brillanten'."

„Aufmüpfiges Ungeziefer", grummelte Rendel.

„In der Tat, es ist nicht leicht, wenn man es mit arrogantem Gesindel zu tun hat", meinte Singer.

„Zu mir waren sie sehr nett. Ich fragte sie, was ich tun solle, und sie sagten, ich solle ausfegen. Das habe ich jahrein, jahraus gemacht… Es ist schön, wieder zu Hause zu sein."

„Wir sind noch nicht ganz zu Hause", sagte Erika. „Wir sind in Chatmakstan, einer Provinz des Bandelukenreiches."

Gwyneth schaute sich verwirrt um. „Was machen wir denn hier?"

„Das ist eine lange Geschichte", sagte Erika. „Es gibt so viel, worüber wir noch sprechen müssen, aber eine Sache kann nicht warten. Erinnerst du dich an die beiden Ringe, die du Rosalind und mir gegeben hast?"

„Natürlich. Ihr habt sie doch nicht verloren? Ihr Mädchen hattet ständig die Köpfe in den Wolken."

„Weißt du noch, wo du sie herhast?"

„Von einem Juwelier natürlich!"

„Wie wurden sie verzaubert?"

„Oh, das war meisterhaft von mir, wenn ich das so sagen darf. Mein Mann war wieder einmal schlechter Laune, da bin ich in seine Bibliothek gegangen und habe ein Buch gefunden mit dem Titel *Universalcompendium der Zauberkünste*. Ich schlug nach und folgte den Anweisungen. Es ist gar nicht so schwer, wie man meinen möchte."

„Und du hast einen Schlüssel hinzugefügt."

„Ja, das schien mir sehr wichtig. Die Ringe waren für die Personen bestimmt, die euch, und nur euch, auf ewig lieben sollten."

„Kannst du dich an den Schlüssel erinnern?"

„Du meine Güte, den könnte ich nie vergessen, er war auch ganz einfach: Nur für Mich."

24: Hisaf

Kein echter Bandeluke hasste Pferde, aber Hisaf hatte von diesen die Nase voll. Jeder einzelne von den dreißig verwöhnten Hengsten in Amir Qilijs Ställen fraß täglich mehr Getreide als seine ganze Familie und musste dazu Auslauf bekommen, gestriegelt, gewaschen und geschoren werden. Als unterster Stallbursche hatte er die Pflicht, die Ställe zu reinigen, was darin bestand, täglich einen Berg von Stallmist vor dem Tor abzulagern, der dann von hungrigen Kinder nach unverdauten Getreidekörnern durchsucht wurde. Der Rest wurde getrocknet, um als Brennmaterial zu dienen, eins der wenigen, das den Einwohnern von Kafra noch zur Verfügung stand.

Die Stellung im Palast hatte ihn einen Batzen Bestechungsgeld gekostet, aber es hatte sich gelohnt. Er erhielt nun eine doppelte Portion und soviel Tee, wie er trinken wollte, und zusätzlich konnte er noch etwas Getreide für seine Familie hinausschmuggeln. Er hatte auch das Privileg, wenn man es so nennen konnte, auf dem Heuboden zu schlafen, der viel weicher war als die Matte zu Hause, wo er ein kleines Zimmer mit vier jüngeren Brüdern und Neffen teilen musste.

Jeder im Palast ließ sich bestechen. Die Hälfte seines Lohn ging an den Stallmeister, der ihn angestellt hatte, ein weiterer Teil an die Wachtposten, die nicht so genau hinschauten, wenn er mit einem kleinen Beutel Getreide unter dem Rock den Palast verließ. Jeder Beamte, hochgestellt oder niedrig, musste einen Teil der Bestechungsgelder an seinen Vorgesetzten abgeben, so dass der Großteil von allem schließlich in den Taschen von Amir Qilij selbst landete, Hisafs Meinung nach der größte Dieb der Stadt.

Er hätte einen kleinen Nebenverdienst für sich einrichten können, indem er den Pferdemist pfundweise verkaufte. Vielleicht hätte ihm das eine stattliche Summe eingebracht, aber der Gedanke, dem hungernden Volk seine Münzen zu entziehen, widerte ihn an. Auch wenn ihm niemande dafür dankte, wollte er lieber ein freundlicher Helfer sein. In einer Stadt, in der es fast nichts gab, war wenigstens der Pferdemist noch umsonst zu haben.

Er war nun über eine Woche hier und hatte immer noch keinen Plan, wie er Amir Qilij töten sollte. Dieser saß in seiner stark gesicherten Residenz, und der einzige Eingang war Tag und Nacht von Posten bewacht. Niemand durfte hinein außer ein paar alten Weibern, die schon lange im Dienste seiner Familie standen, Essen brachten und die Wäsche wuschen. Seinen Frauen, den Kurtisanen und kleinen Kindern im Harem war es verboten, das Gebäude zu verlassen.

Außer der Residenz gab es in dem ummauerten Palast noch vier andere größere Gebäude: den Tempel der Justiz mit dem weitläufigen unterirdischen Kerker (aus dem manchmal gedämpfte Schreie zu hören waren), die Baracken für die Palastwache, die Küchen und natürlich die Stallungen. In den Ställen konnte er sich frei bewegen, aber in die Residenz zu schleichen war unmöglich.

Wie das restliche Kafra war der Palast auf den Ruinen einer alten Kanostadt erbaut, die vor langer Zeit in der Lagune versunken war. Der Palast jedoch stand auf dem höchsten Punkt, einschließlich des einzigen Bauwerks, das von den alten Zeiten noch übrig geblieben war: die Residenz des Amirs, ein rundes, kuppelüberwölbtes Gebäude mit einem Oberlicht in der Mitte. Dieses Oberlicht war offen, doch die Außenseiten des Gebäudes waren mit vergoldeten Fliesen bedeckt, die so steil und glatt waren, dass selbst eine Eidechse sie nicht erklimmen konnte.

Hisaf hatte die für den Nachmittag fällige Ladung Mist abgeschüttet und kam mit seinem Karren in den Stall zurück. Es war Zeit, die Dinge in einem anderen Licht zu betrachten.

Denk nach! Was gibt es hier, das ich gebrauchen kann?

Natürlich gab es all die Werkzeuge und Gegenstände, die in einem Pferdestall notwendig waren: Sattel, Zaumzeug und Zügel, Halfter, Striegel, Bürsten, Decken, Schaufeln, Eimer, Rechen, Scheren und sonstige Utensilien zur Pflege der Hufe und zum Beschuhen… Mit diesem aufgerollten Seil könnte er sich vielleicht durch das Oberlicht herunterlassen… wenn er nur wüsste, wie er da hinaufkommen sollte…

Wenn das alles ist, sieht es schlecht aus!

Er kletterte auf die Bodenkammer, um sich die Residenz noch einmal anzusehen.

Was haben wir denn da? Die Leiter!

Doch die war fest an die Mauer genagelt. Jeder Versuch, sie loszureißen, würde alle im Stall, wenn nicht sogar im ganzen Palast, warnen.

Denk nach! Was gibt es hier oben?

Auf dem Heuboden lagerte eine Menge Heu, ebenso gab es Flaschenzug und Seil, um es hinaufzuziehen. Als er aus der Heuluke schaute, konnte er eine Seite der Residenz sehen, die höher als die Stallungen und etwa zwanzig Fuß entfernt war.

Ich bin weder hoch noch nah genug... und nichts ist höher als die Residenz... nur die Fahnenstange...

Als er sich aus der Luke lehnte, konnte er die Fahnenstange neben den Baracken sehen.

Wenn ich da hochklettere, sieht mich jeder, und ich bin immer noch nicht nah genug heran.

Er sah einen Trupp Soldaten, der zu Fuß von einer Patrouille zurückkehrte. Der Offizier schloss die Rüstkammer auf, sodass sie ihre Waffen ablegen konnten. Niemand durfte im Palast eine Waffe größer als ein Messer tragen, es sei denn, man war im Dienst.

All die schönen Waffen, und so nah: Schwerter, Speere, Bogen... Ich hab's! Aber wie komme ich in die Waffenkammer?

Mittlerweile kannte Hisaf die Männer, die in den Stallungen arbeiteten, recht gut. Wie er selbst kamen einige aus wohlhabenden Familien und hatten ihre Stellung durch Bestechung erhalten. Einer davon war Munib, der beleibte Sohn eines Gewürzhändlers, der körperliche Arbeit nicht gewohnt war und morgens gern lange schlief. Hisaf übernahm manchmal seine Aufgabe, den Pferden ihren Auslauf zu geben, denn so konnte er sich in Ruhe im Palast umsehen.

Früh am nächsten Morgen führte er Amirs schwarze Rekaihanerstute herum, als eine Fußpatrouille die Tür zur Waffenkammer öffnete, um ihre Waffen zu erhalten. Der Schlüssel, den der Offizier von seinem Schlüsselbund nahm, war von alter Art, wie sein Onkel Davoud ihn für seinen Weinkeller benutzte.

Wie kann ich mir das zunutze machen? Ich bin kein Schlosser, und Onkel Davouds Schlüssel würde nicht passen. Wie nehme ich dem Offizier seine Schlüssel weg?

Dieser Gedanke ging ihm durch den Kopf, als er das Pferd durch die zweite Runde führte, doch ihm fiel kein Weg ein, wie er sich dem Offizier nähern könnte. Die waren viel zu hochmütig, um sich mit einem Stallburschen abzugeben, und für kein Bestechungsgeld der Welt würde einer seine wertvollen Schlüssel aus der Hand geben.

Noch einmal ging Hisaf an der Waffenkammer vorbei und sah sich alles genau an. Das Gebäude war kleiner als die anliegenden Baracken, zwar alt, aber fest gebaut aus mit Mörtel verputzten Steinen, mit kleinen, eisenvergitterten Fenstern und einer schweren Holztür. Das Dach war mit einfachen Lehmziegeln bedeckt. Hinter dem Gebäude lag ein großer Haufen Müll, der seit der Belagerung immer größer geworden war.

Das Dach sieht interessant aus, aber ich müsste näher herankommen, ohne gesehen zu werden.

Im Laufe des Tages waren von Westen Wolken heraufgezogen, und am späten Nachmittag sah der Himmel dunkel und bedrohlich aus. Als Hisaf seine Ladung Mist auflud, fielen die ersten dicken Tropfen, und als er am Tor ankam, regnete es bereits in Strömen.

Ein paar Leute warteten am Tor, um einen Arm voll Mist zu erlangen und damit nach Hause zu rennen, bevor er sich in Jauche verwandelt hatte. Weiter hinten auf der Straße stellten Frauen Töpfe und Pfannen raus, um das kostbare Regenwasser aufzufangen, das für reiner und ungefährlicher galt als das Brunnenwasser. Auf dem Weg zurück zum Stall konnte er sehen, wie die Wachtposten die Kapuzen ihrer Filzgewänder hochzogen, um sich vor dem Regen zu schützen.

Jetzt sehen und hören die nichts, was weiter als zehn Fuß weg ist. Wenn ich in die Waffenkammer einbrechen will, dann jetzt. Wer weiß, wie lange es regnet oder wann der nächste Schauer kommt?

Als er an der Waffenkammer vorbeikam, schlüpfte er um die Ecke und stieg auf den Müllhaufen hinter dem Gebäude. Der Palast produzierte eine Menge Müll, wahrscheinlich genauso viel wie die restliche Stadt zusammengenommen. Da waren Haufen von Eierschalen, Knochen, Teeblättern, vertrockneten Blumen, Lumpen, zerbrochenen Töpfen, Obstschalen und eine Menge Dinge, die er nicht näher bestimmen wollte. Trotz der Belagerung ließ sich der Amir sein luxuriöses Leben nicht einschränken.

Eine Ratte flüchtete quiekend, als er einen unsicheren Halt unter der Dachrinne fand. Um den Palast herum fehlte es nie an Ratten, nur in der Stadt waren sie eine Seltenheit geworden.

Sogar die Ratten sind am Verhungern... oder enden in einem Topf!

Die Konstruktion des Dachs war ihm bekannt: Tonziegel über einer einfachen Holzplatte. Man hatte auf dieses Gebäude kein

Geld verschwendet, weil sich selten jemand dort aufhielt. Er versuchte, einen Ziegel loszubrechen. Zunächst schien dieser sehr fest zu sitzen, doch als er stärker daran zog, brach er plötzlich los, und Hisaf landete rücklings auf dem Müllhaufen.

Er drehte seinen Karren um und setzte ihn auf den Müllhaufen, um besseren Halt unter den Füßen zu haben. Er besah sich die Stelle mit dem abgerissenen Ziegel, unter dem nun ein dünner Streifen des hölzernen Daches sichtbar wurde.

Ich muss mich beeilen, bevor der Regen aufhört.

Kräftig riss er einen Ziegel nach dem andern ab, bis er eine breite Fläche planierten Holzes freigelegt hatte.

Wenn ich das auch noch wegkriege, bin ich drin!

Er fasste ein Brett am Ende und versuchte, es hochzuziehen, aber es gelang ihm nicht. Das Holz war alt und gespalten, aber wer auch immer es auf die Balken genagelt hatte, hatte gute Arbeit geleistet.

Ich brauche eine Brechstange.

Dieses Werkzeug gab es im Stall nicht, und Hisaf hatte nicht genug Zeit, eins zu suchen. Der Regen konnte jederzeit aufhören, und er durfte auf keinen Fall gesehen werden. Verzweifelt durchwühlte er den Müllhaufen nach etwas Brauchbarem. Mit dem Fuß stieß er den Müll beiseite, bis sein Schuh auf die Pflastersteine darunter traf.

Die brauche ich, die Antwort liegt mir zu Füßen!

Die Pflastersteine waren groß, rau, vierkantig und im Sand eingebettet. Mit einer Tonscherbe kratzte er den Sand fort, bis er einen Stein mit Fingern ergreifen konnte.

Der ist verdammt schwer!

Der Stein wog mindesten zwanzig Pfund. Unter dem Gewicht schwankend kletterte Hisaf zurück auf den Karren und hob den Stein hoch in die Luft.

Jetzt oder nie!

Er schleuderte ihn nieder.

KNACKS!

Der Lärm war so laut, dass er glaubte, jemand müsse ihn gehört haben. Eine Minute lang wagte er es nicht sich zu rühren, sein Herz pochte wie verrückt, aber niemand kam.

Der Regen lässt nach! Beeil dich!

Im Dach war jetzt ein Lock, das er noch vergrößerte, indem er das aufgesplitterte Holz zu allen Seiten abriss. Drinnen war es dunkel. Ein leichter Regen fiel ihm noch auf den Kopf, als er sich vorsichtig durch das Loch zwängte.

Mit den Füßen berührte er eine glatte Fläche. Er sah hinunter und erkannte, dass er auf einem Stapel Schilde stand, der mit jeder Bewegung gefährlich hin- und herschwankte.

Wenn das umfällt, wird mich jeder hören!

Mit einer Hand hielt er sich an einem Sparren fes, dann ließ er sich zu Boden fallen. Als er sich an die Dunkelheit gewöhnt hatte, erkannte er, dass er zwischen zwei Waffenschränken stand, einem mit Krummschwertern und einem mit Speeren. Wäre er nur ein bisschen weiter rechts gelandet, hätten die ihn mit Sicherheit aufgespießt!

Wahrlich, die Götter schützen mich!

Die Waffenkammer war eine wahre Fundgrube an Waffen für aufstrebende Helden. Es gab Unmengen an Schwertern, Schilden, Speeren und Streitäxten, manche waren aufgestapelt oder gebündelt, andere hingen an den Wänden oder waren – die wertvollen, wie er annahm – in Schränken oder Truhen verschlossen.

Doch er hatte keine Zeit, sie zu bewundern. Der Regen auf

dem Dach ließ allmählich nach. Jederzeit konnte jemand hereinkommen. Im Handumdrehen hatte er gefunden, was er suchte: einen Bogen und einen Köcher mit Pfeilen. Er warf sie durch das Loch im Dach. Dann schwang er sich auf einen Sparren und kletterte hinterher.

Der Regen hatte aufgehört. Das Loch im Dach musste unbedingt verdeckt werden, sonst würde es jeder, der den Gang oder die Waffenkammer betrat, sofort entdecken und Alarm schlagen. Rasch legte Hisaf die zerbrochenen Bretter über die Sparren und bedeckte diese mit Fliesen. Es war nur eine notdürftige Lösung, aber hoffentlich würde niemand zu genau hinsehen.

Nun musste er Bogen und Köcher verstecken. Ein bisschen Müll würde dazu genügen. Als Hisaf gerade den Abfallkarren wieder umdrehte, hörte er plötzlich Schritte um die Ecke. Es gab kein Entkommen – kurzentschlossen drehte er den Karren abermals um, als sei er im Begriff, den Kehricht zu entladen. Die Küchenmagd, die ihn in dieser Pose entdeckte, rümpfte die Nase, leerte ihren Abfalleimer und eilte davon.

Hisaf, du stinkender Mistkäfer, nicht einmal die Spülmägde schauen sich nach dir um!

Aus der Küche hatte er ein Messer gestohlen, eins mit einer langen, geraden Schneide ohne Spitze. Mit Messern dieser Art wurden Schafe geschlachtet, und dieses war scharf wie ein Rasiermesser – er hatte es an seinem eigenen Bart ausprobiert.

Ein Messer wie dieses eignet sich nur zum Halsabschneiden – genau das brauche ich.

Es musste heute Abend geschehen. Er durfte nicht länger warten. Jederzeit konnte das Loch im Dach oder das Fehlen von Bogen und Köcher entdeckt werden. Dazu kam, dass tagtäglich Menschen auf den Straßen und auf dem Heldenplatz starben. Es würde nur schlimmer werden, je länger er wartete.

Heute Nacht stirbt er – oder ich!

Es fiel ihm sehr schwer, den Rest des Tages seine Arbeit zu verrichten, als wenn nichts geschehen wäre. Er war schrecklich nervös. Jedes Mal, wenn ihn jemand schief ansah, glaubte er, aufgeflogen zu sein. Glücklicherweise kümmerte sich niemand um die Pferdeknechte und Stallburschen, solange sie ihre Arbeit machten, und Hisaf tat sie heute besonders eifrig.

Gegen Abend aß er seinen Brotlaib und trank dazu sechs Tassen Tee. Dann stieg er auf den Heuboden, wo die anderen Burschen lagen, erschöpft von den Mühen des Tages. Eine weile unterhielten sie sich noch über die Belagerung und über ihre Familien in der Stadt, die ihnen Sorgen bereiteten. Hisaf schwieg, behielt sein dunkles Geheimnis für sich und wartete darauf, dass sie einschliefen.

Er wachte auf, weil er dringend pissen musste. Es war dunkel. *Warum habe ich bloß so viel Tee getrunken?*

Er fühlte um sich und berührte den Knauf des Messers, das er neben sich im Heu versteckt hatte.

Aha, darum!

Eine Weile blieb er still liegen und horchte auf die ruhigen Atemzüge der anderen. Als er sicher war, dass sie alle fest schliefen, stand er auf und steckte seinen Kopf aus der Dachluke. Draußen war es dunkel und still. In der Ferne konnte er das Zirpen der Zikaden hören. Am Tor und am Eingang zur Residenz standen Wachposten, und sie würden noch bis zum Morgengrauen dort stehen.

Eine wunderbare Nacht für einen Mord.

Nachdem er sich erleichtert hatte, lief er los, um Bogen und Köcher zu holen. In der Gasse hörte er die Ratten umherkrabbeln, aber sie rannten quietschend fort, als er sich ihnen näherte. Er durchsuchte den Müll, bis er Bogen und Köcher fand. Die Ratten hatten das Leder angeknabbert, aber der Bogen war heil. Der Schaden am Köcher kümmerte ihn nicht weiter, er würde ohnehin nur einen einzigen Pfeil brauchen.

Zurück im Stall öffnete er die Box, in der er eine Rolle Bindfaden versteckt hatte, die er zuvor von den Heuballen gesammelt hatte. Er hatte die Box einer sanften alten Stute gewählt, die nun leise wieherte, als er eintrat.

Ganz ruhig!

Er streichelte ihr den Rücken und flüsterte ihr mit seiner vertrauten Stimme ins Ohr. Das Pferd beruhigte sich schnell.

Anschließend versteckte er Bogen und Köcher hinter dem Waschbecken in der Ecke, nahm das Seil und kletterte auf den Dachboden zurück. Niemand rührte sich. Geschwind band er das Seil an den Flaschenzug. In der Hoffnung, der Knoten würde halten, ließ er das Seil nach unten auf die Erde fallen.

RUMMS!

Der Aufschlag des schweren Seils machte größeren Lärm als er erwartet hatte. Einer der Stalljungen rührte sich. Schnell legte Hisaf sich hin und gab vor zu schlafen.

Der Stalljunge richtete sich auf. Es war Azad, ein kleiner Junge mit Pickeln im Gesicht, der seine Stellung seinem Onkel, einem Hofbeamten, verdankte.

Wenn er das Seil sieht, muss ich ihn töten!

Das Seil hing jedoch vor der Luke, und Azad konnte es von seiner Bettstelle aus nicht sehen. Er gähnte, rieb sich die Augen und schlief wieder ein. Hisaf wartete zwei Minuten ab, dann kroch er zur Leiter.

Jetzt wurde es schwieriger. Er band das Seil an das eine Ende des Bindfadens, dann löste er die Rolle, sodass der Faden in großen, losen Ringen lag.

Hoffentlich verwickelt sich das nicht!

Er zog einen langen, geraden Pfeil aus dem Köcher und band den Faden vor die Befiederung. Dann legte er den Pfeil an und zog die Bogensehne zurück.

Verdammt! Ich hab' den Daumenring vergessen!

Im Stall gab es keinen, und er hatte auch keine Zeit, einen zu suchen. Also zog er den Bogen so weit zurück, wie es ging, wobei er sich vor Schmerzen auf die Zähne biss. Er zielte auf einen Punkt hoch über der Mitte der Residenz, dann schoss er. Der Pfeil verschwand geräuschlos in der Dunkelheit und zog den Faden hinter sich her. Dann war ein schwaches *Klink* von der anderen Seite der Residenz zu hören – die Pfeilspitze musste etwas Hartes getroffen haben.

Er wartete ab, ob jemand etwas bemerkt hatte, aber der Palast blieb still. Vorsichtig schlich er zum Müllhaufen zurück und versteckte Bogen und Köcher.

Jetzt können die Ratten daran knabbern. Guten Appetit, ihr kleinen Freunde!

So still wie möglich musste er nun auf die Rückseite der Residenz gelangen und nach dem Pfeil suchen. So kam er in die Nähe der Küche, die so dunkel und still wie ein Mausoleum war. Auch die letzte müde Küchenmagd war wohl zu Bett gegangen. Wenn alles in der Küche seinen gewohnten Lauf nahm, würde niemand erscheinen, bis die Bäcker vor Morgengrauen die Öfen anheizten.

Am Himmel standen nur wenige Sterne. Mit ausgestrecktem Arm tastete er in der Dunkelheit über die vergoldeten Ziegel der Residenz. Bald hatte er fast den Tempel der Justiz erreicht, aber noch immer nichts gefunden.

Ist der Pfeil fehlgegangen? War alles umsonst?

Er drehte um und ging denselben Weg zurück. Diesmal hielt er seine Hand so hoch wie möglich an die Mauer. Es dauerte nicht lange, da berührten seine Finger etwas Kaltes und Scharfes: die Pfeilspitze.

Der Pfeil flog richtig, geradewegs über die Residenz. Er hängt nur ein bisschen höher und weiter zur Seite als ich dachte!

Langsam holte er den Faden ein. Nach ein paar Minuten lag ihm ein ganzer Haufen Faden zu Füßen und seine Finger ergriffen das Seil. Er zog es fest und zurrte daran, um sicher zu sein, dass der Knoten hielt. Dann schnitt er den Faden ab, rollte ihn auf und steckte ihn in seinen Bund.

Es war gelungen! Er hielt das Seil in den Händen, und die dunkle, hohe Residenz stand vor ihm. Prüfend tastete er nach seinem Messer; es steckte sicher in seinem Gürtel. Eine andere Waffe hatte er nicht.

Nun wollen wir mal sehen, ob ich alles richtig eingefädelt habe!

Es war nicht leicht, an der steilen, glatten Fläche hochzuklettern, selbst mithilfe des Seils. Er schüttelte seine Schuhe ab, um einen besseren Halt zu bekommen, doch trotzdem kam er kaum vorwärts. Schließlich wickelte er sich das Seil um ein Fußgelenk. Jetzt hatte er einen besseren Halt, doch. es kostete ihn immer noch große Mühe, sich Zoll um Zoll hochzuziehen. Es dauerte lange, bis er den Punkt erreichte, an dem die Kuppel flach genug war, dass er hinaufkriechen konnte.

Ich habe kaum angefangen und bin schon erschöpft!

Er erlaubte sich eine kurze Pause. Vor ihm tat sich ein tiefer, tintenschwarzer Abgrund auf – das Oberlicht. Langsam kroch er bis an den Rand und schaute hinunter. In der Dunkelheit, wie sehr er seine Augen auch anstrengte, war nichts zu sehen.

Er war noch nie in der Residenz gewesen und hatte nicht die geringste Vorstellung, was unter dem Oberlicht liegen mochte. War es ein Innenhof, ein Brunnen, ein Fischbecken, ein Waffen-

schrank… er wusste es nicht. Möglicherweise schlief jemand
genau dort, wo er seinen Fuß aufsetzen wollte.

*Ich war mir der Gefahr bewusst. Die Götter haben mich bis
hierhin beschützt, ich werde ihnen auch weiterhin vertrauen.*

Langsam ließ er das Seil in die Öffnung hinunter. Falls jemand
da unten war, würde er es bald bemerken. Wenig später zog er das
Seil stramm, der Knoten hielt, und niemand hatte Alarm geschlagen. Er ließ sich in die Dunkelheit hinunter.

Einen Moment lang hing sein ganzes Gewicht an seinen Händen, und er fürchtete, jeden Augenblick zu fallen, doch dann wen-
dete er wieder den alten Trick an, sich das Seil um einen Fußknö-
chel zu wickeln. So konnte er sch langsam herunterlassen. Das Seil
schwankte hin und her, und er sah überhaupt nichts. Er glaubte,
eine Wand vor sich zu haben, direkt vor der Nase, aber als er den
Arm ausstreckte, bekam er nichts zu fassen. Die Dunkelheit selbst
war wie eine undurchdringliche Mauer.

Ich hätte eine Kerze mitnehmen sollen!

Plötzlich stieß sein Fuß auf etwas Weiches. Vor Überraschung
stockte ihm der Atem, aber nichts geschah. Bestimmte hatte er
nur eine Pflanze berührt. Auf einmal war er auf allen Seiten von
Pflanzen umgeben, die ihn sanft streichelten. Der Mittelpunkt des
Gebäudes musste voller Büsche und kleiner Bäume sein, die sich
nach der Lichtquelle ausstreckten.

*Beruhig dich! Pflanzen sind nicht gefährlich! Nur keinen Lärm
machen!*

Als er nach oben schaute, konnte er sehen, wie Äste und Blätter
hier und da die Sterne verdeckten. Er stand auf weicher, feuchter
Erde, vielleicht in einen Blumenbeet, und um sich herum fühlte er
ein Gebüsch, aber sehen konnte er nichts.

*So ist es also, blind zu sein. Wie werden die Blinden bloß damit
fertig?*

Er streckte den Arm aus, fand einen biegsamen Ast, der ihm
lang genug schien, und schnitt ihn ab. Anschließend schälte er die
kleinen Zweige und Blätter ab, bis er eine etwa vier Fuß lange Rute
hatte. Damit tastete er um sich, bis er auf etwas Hartes stieß.

*Das muss der Pflasterstein sein, der den Garten abgrenzt. Dort
muss ich hin.*

Vorsichtig bahnte er sich seinen zwischen den Pflanzen hindurch, um keine trockenen Äste abzubrechen, bis seine Füße auf

eine kalte, glatte Fläche traten.

Was jetzt? Ich sehe immer noch nichts!

Wie sollte er in der Dunkelheit überhaupt etwas finden? Er würde sich bloß verlaufen und stundenlang herumirren.

Ha! Der Faden!

Er band das eine Ende des Fadens an einen Ast und bahnte sich einen Weg mit der Rute. Wieder stieß er auf etwas Hartes, eine Steinsäule. Er wand den Faden um die Säule und ging geradewegs, wie er hoffte, weiter.

Er meinte, einen großen, leeren Platz überquert zu haben, aber es waren nur ein paar Fuß, bevor er gegen eine Wand stieß. Er strich mit der Hand darüber. Anscheinend war sie genauso mit Fliesen verkleidet wie die Außenwand.

Wahrscheinlich auch vergoldet!

Die Wand war nach rechts und nach links leicht gebogen. Er ging nach links. Ein paar Schritte weiter berührten seine Finger eine hölzerne Fläche, eine Tür. Vorsichtig drehte er den Türknauf – die Tür war unverschlossen.

Soll ich sie öffnen? Was mache ich, wenn sich der Harem dahinter befindet? Vielleicht wäre es besser, weiterzusuchen.

Er band den Faden an den Türknauf und ging weiter. Kurze Zeit später stand er vor einer anderen, ebenfalls unverschlossenen Tür. Er merkte sie sich als Tür Nummer 2 und ging weiter.

Tür Nummer 3 war anders als die ersten beiden. Ihr Rahmen war fester und aus Eisen gefertigt. Und die Tür war verschlossen.

Wenn er da drin ist, ist er sicher. Durch diese Tür komme ich niemals durch!

Er ging weiter. Tür Nummer 4 war anscheinend die Gleiche wie die Türen Nummer 1 und 2, und unverschlossen. Danach kam eine Strecke der gekachelten Wand, bevor er wieder am Faden angelangte, den er an Tür Nummer 1 befestigt hatte.

Gar nicht so einfach! Wenn ich die falsche Tür aufmache, merkt es vielleicht jemand, und ich muss mir selbst den Hals abschneiden, bevor ich von der Wache gefasst werde!

Tür Nummer 3 ging ihn nichts mehr an. Die konnte er sowieso nicht öffnen, und vielleicht befand sich dahinter nur die Schatzkammer. Jedermann wußte, wie reich Amir Qilij war, und hier war wohl der richtige Ort für sein Geld.

Eine Tür führte sicher in den Harem, die andere in die Empfangshalle. Und dann war da die Tür zu Qilijs Zimmer. Aber welche war es?

Er drückte sein Ohr an Tür Nummer 1, hörte aber nichts. Er ging zu Tür Nummer 2 und horchte dort. Ebenfalls nichts. An Tür Nummer 3 ging er vorbei und erreichte Tür Nummer 4. Dort war es genauso still wie bei den anderen.

Als er sich von der Tür abwandte, berührten seine Finger das Holz, und er bemerkte einen Unterschied in der Oberfläche. Vorsichtig kratze er mit den Fingernägeln daran. Anscheinend gab es hier einige Unebenheiten, kleine Rillen und Erhöhungen.

Das begreife ich nicht. Das Holz sollte glattpoliert sein! Warum ist diese Tür anders?

Hisaf brauchte eine Weile, bis er begriff, dass es sich hier um eine Einlegearbeit handeln musste. Die hölzerne Tür war mit Gold, Elfenbein oder anderem wertvollen Schmuck besetzt, was sicher ein dekoratives Muster ergab, das er nicht sehen, sondern nur fühlen konnte.

Qilij, deine Hochmut kommt vor deinem Fall! Du hast deinem Mörder deine eigene Tür gekennzeichnet!

Er öffnete die Tür. Drinnen war Licht… und ein Mann mit einem Messer stand ihm im Wege! Er schritt vorwärts, das Messer bereit… und der Fremde tat dasselbe…

Ein Spiegel! Ich hätte mich fast verraten… wegen eines Spiegels!

Der Raum war voller Spiegel. Er konnte sich selbst sehen – einen wilden Wüstling –, der ihn von jeder Wand her anschaute, aber sonst war niemand da. Er schloss die Tür hinter sich.

In dem Raum stand ein schöner, polierter Tisch mit mehreren Stühlen. Ein Stuhl war größer und vergoldet, zweifelsohne für Qilij selbst. An den Wänden zwischen den Spiegeln hingen Porträts von Qilij, auf denen er jünger und besser aussah, als er wirklich war: Qilij der Held mit erhobenem Schwert, Qilij der Fromme betend auf den Knien, Qilij der Großzügige, der Almosen verteilte, und viele mehr.

Die Spiegel, das konnte er erkennen, waren so arrangiert, dass sich die Bilder vervielfachten. Qilij hatte hundert Gesichter und sah ihn aus allen Richtungen an.

Qilij ist überall in diesem Zimmer. Hier empfängt er wohl seine Gäste!

Es gab nur noch eine andere Tür, und dieses Mal konnte Hisaf das Muster der Einlegearbeit erkennen. Es war ein Mosaik von Qilij, das ihn besonders ernst und gebieterisch zeigte.

Es schaut mich an, als wüsste es, was ich vorhabe!

Doch Hisaf war nicht so weit vorgedrungen, um sich jetzt von einem Bild Angst einjagen zu lassen! In dem Zimmer gab es viele Kerzen, aber nur eine brannte. Er ergriff sie und näherte sich der letzten Tür… und dachte an etwas, das ihn innehalten ließ.

Was mache ich, wenn er eine Frau bei sich hat?

Wenn sie ihn sähe, würde sie schreien, und wenn sie schrie, würde die Wache herbeigerannt kommen. Wenn sie schliefe, könnte er sie einfach töten… aber das könnte Qilij aufwecken.

Was auch geschieht, ich muss Qilij töten! Ihn zuerst, dann werde ich sehen, was mit der Frau ist.

Er öffnete die Tür. Das Zimmer war mit Seide und Samt ausstaffiert. Er konnte ein leises Atmen hören, aber er konnte nicht erkennen, woher es kam. Wohin er auch schaute, da hingen Vorhänge in Himmelblau, Rosa, Elfenbeinfarben und Gold und verpserrten ihm den Blick. Hinter welchem Vorhang war Qilij verborgen?

Er muss seine Privatsphäre wirklich lieben! Sogar die Dienerin, die ihm morgens den Tee bringt, wird ihn nicht im Bett liegen sehen. Aber wenn der Teetisch hier ist, wo ist das Bett? Es muss ganz in der Nähe sein!

Er steckte das Messer weg und zog die Rute hervor. Einige Vorhänge gaben nach, sie hingen frei von der Decke, andere waren an der Wand befestigt. Ein großer, roter Samtvorhang ließ sich nur wenig eindrücken, dann stieß die Rute auf etwas Festes.

Das muss das Bett sein!

Mit dem Messer schlitzte er den Samt auf und spähte durch das Loch. Eine große, fette Masse lag dort unter den Bettbezügen, und die Atemzüge kamen von dort. Von einer Frau war nichts zu sehen.

Du liebst dein Eigenleben zu sehr, Qilij. Du hast deine Kurtisane fortgeschickt, als du mit ihr fertig warst.

Er vergrößerte das Loch im Vorhang und sah den großen Amir vor sich, dessen Hintern aus den Bezügen hervorschaute. Qilij lag mit dem Rücken zu ihm.

Was nun? So komme ich nicht an ihn heran. Vielleicht sollte ich ihn wachschütteln: „Wach auf! Zeit zum Sterben!"

Qilij lag so friedlich da, dass er geradezu harmlos aussah, ein

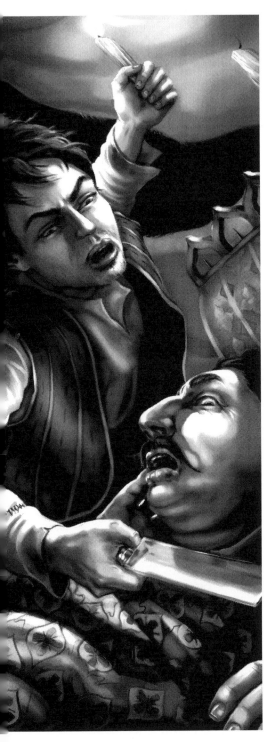

großer, fetter Mann, der niemandem etwas zuleide tun könnte. Es schien grausam, ihn im Schlaf zu töten. Aber es war zu gefährlich, ihn aufzuwecken.

Qilij würde mich nie am Leben lassen, wenn er wach wäre. Verdammt nochmal, töte ihn, egal wie!

Am einfachsten wäre es, ihn bei den Haaren zu packen, seinen Kopf zurückzuziehen und ihm die Kehle aufzuschlitzen. Bevor er überhaupt aufwachen konnte, wäre Qilij bereits tot. Dazu würde Hisaf allerdings beide Hände brauchen, und er hatte das Messer in einer Hand, die Kerze in der anderen.

In einem Kerzenhalter über dem Kopf des Schlafenden steckte eine halb niedergebrannte Kerze. Als Hisaf sich vorbeugte, um sie anzuzünden, bildete sich ein Wachstropfen am Rand seiner Kerze. Schnell zog er die Hand zurück, aber der Tropfen fiel und traf den Amir mitten im Gesicht. Als das heiße Wachs seine Wange berührte, wachte Qilij abrupt auf und tastete mit dem Finger nach der Stelle. Dann drehte er sich um, und für einen Augenblick sahen sie einander in die Augen.

Hisaf hatte nur einen Gedanken:

Ich wusste gar nicht, dass er blaue Augen hat.

25: Krion

Meine Offiziere sind solche Vollidioten!

Warum drängten sie sich so in sein Zelt? Er hatte sie nicht herbeibefohlen! Clenas und Singer erkannte er sofort, aber ein bewaffneter Bandeluke war eine Überraschung... und dann waren da diese Frauen!

Er stand auf und zeigte auf Erika. „Ich hatte befohlen, dass keine Frauen..." Er hielt inne. Er hatte plötzlich bemerkt, dass der Ringfinger seiner rechten Hand nicht mehr da war. Wie betäubt starrte er auf seine verunstaltete Hand.

Sein Adjutant, Leutnant Bardhof, trat vor. „Wir befinden uns nicht mehr im Lager vor Kafra, mein Prinz, wir sind im Haus Jasmin. Ihr standet unter dem Einfluss von Zauberei. General Basilius hat das Heer in der Hand. Nur unter großen Schwierigkeiten ist es uns gelungen, Euch aus der Zelle zu befreien, in dem er Euch gefangen hielt."

Eine Zelle?

Er strich sich über den Bart. Offenbar hatte er sich seit Tagen nicht rasiert.

„Wie ist die militärische Lage?"

„Uns bleiben die Königliche Leichte Kavallerie und zwei Schwadronen des Freistaats. Die Freistaateninfanterie ist von Barbosa hierher auf dem Marsch, aber sie wird nicht vor den Spitzen von Basilius' Streitmacht antreffen, die mindestens zehntausend Mann zählt. Er zieht auf der Küstenstraße heran. Hauptmann Lessig und die anderen Eidbundbefehlshaber haben uns inoffiziell ihre Unterstützung zugesagt, aber sie befinden sich noch in den Belagerungsanlagen bei Kafra, ebenso die Bruderschaft und die Lumpenmänner. Eine Kompanie der Chatmakenmiliz steht uns auch zur Verfügung, aber dabei handelt es sich um frischgebackene Rekruten, die gegen Basilius nicht von Nutzen wären."

Das klingt alles nicht gut!

Er stand auf – und bemerkte, dass er nur Windeln trug.

Windeln?

Egal, es war an der Zeit, die Führung zu übernehmen!

„Alle raus hier außer Clenas und Singer. Bardhof, schafft eine

Uniform herbei und ein Rasiermesser. Ich verlange einen ausführlichen Bericht von Prinz Clenas, dann einen von General Singer."
Jetzt weiß ich wenigstens, auf wen ich mich verlassen kann. Ich wünschte nur, es gäbe mehr davon!

Eine halbe Stunde später stand er in voller Uniform und rasiert vor einer Landkarte von Chatmakstan.
„Basilius benutzt die Küstenstraße. So hat er mehr Spielraum, seine Übermacht gegen uns einzusetzen", sagte Clenas gerade. „Wenn wir die Landroute einschlagen, kann sich die Freistaaten-infanterie uns anschließen, und wir können in Kafra sein, bevor Basilius kehrtmachen kann. Wenn wir mit unseren Freunden in Kafra vereint sind, können wir ihm mit gleichwertigen Kräften entgegentreten."
Nicht schlecht. Clenas ist nicht so dumm, wie ich dachte.
„Was haltet Ihr davon, General Singer?"
„Meiner Meinung nach würde diese Vorgehensweise Basilius zu viele Chancen geben, unsere Bewegungen zu entdecken und uns den Weg zu versperren. Es gibt Stellen, wo die engen Straßen in dem hügeligen Gelände von einer einzigen Kompanie Pikeniere blockiert werden können. Wenn wir einmal festsitzen, wird Basilius keine Zeit verlieren und uns ohne Umschweife umzingeln."
„Stattdessen würdet Ihr lieber...?"
„Die Große Treppe besteigen, und zwar *hier*. Sie lässt sich mit einer Handvoll Männer verteidigen, wie stark die Angreifer auch sein mögen. Das gibt uns die Möglichkeit, den Wirkungsbereich *hier* zu durchqueren und dann Kafra von Norden her anzugehen. Basilius ist auf einen Angriff aus dieser Richtung nicht vorbereitet."
Noch besser. Singers Ernennung war ein Glücksfall. Jetzt wollen die beiden sicher meine Entscheidung hören, aber sie müssen sich noch eine Weile gedulden.
„Wie spät ist es?"
„Kurz nach Mitternacht."
„Legt Euch ein paar Stunden zur Ruhe, aber verschlaft nicht. Ich erwarte Eure Männer bereit zum Aufbruch und zu Pferde bei Sonnenaufgang."
„Und die Miliz?"
„Die wird nicht nötig sein."

Meine Lieblingszeit: Ich bin wach, und meine Feinde schlafen noch.

Die ersten Lichtschimmer des Morgengrauens erhellten die östlichen Berge. Haus Jasmin war von zweitausend Kavalleristen umgeben, schläfrige Reiter und schläfrige Pferde reihten sich in ihre Formation ein. Die Offiziere riefen zum Appell. Vögel, die der Tumult aufgeschreckt hatte, zwitscherten aufgeregt in den Bäumen. Krion hatte seine Befehlshaber beim Tor versammelt.

„Habt Ihr einen einheimischen Führer?"

„Jawohl", sagte Singer.

„Er soll zu mir kommen."

Der Einheimische war derselbe Bandeluke, den er schon einmal gesehen hatte. Krion hob die Augenbrauen, als er erfuhr, dass es sich tatsächlich um eine Frau namens Raisha handelte, die Standartenträgerin der Freistaatler war.

Bei Gelegenheit muss ich mit Singer über die Wahl seiner Untergeordneten sprechen. Jetzt wollen wir erst mal hören, was sie uns berichten kann.

„Was liegt genau südlich von hier?"

Nachdem Singer die Frage übersetzt und die Antwort gehört hatte, sagte er. „Hauptsächlich flaches Ackerland. Es gibt keine Straßen, nur Wege durch die Felder. Ein Dorf namens Kranich liegt etwa fünf Meilen südlich von hier, und jenseits davon noch andere Dörfer."

„Da die Ernte schon eingebracht ist, hindert uns nichts daran, quer durch die Felder zu reiten. Also sind Straßen irrelevant. Wir reiten in Reih und Glied. Hardys Kompanie führt an, gefolgt von der Königlichen Leichten Kavallerie und der Glänzende Ritterschaft. Ist das allen klar?"

Rendel war rot angelaufen. „Ich muss Protest erheben..."

„Später. Meine Geduld mit Offizieren, die vor lauter Ehrgefühl meine Befehle nicht befolgen können, ist am Ende. Ich reite voran, Leutnant Bardhof begleitet mich als Standartenträger. General Singer, Ihr und Eure Bandelukin bleiben in meiner Nähe."

Ungefähr eine Stunde später erreichten sie Kranichdorf. Sie fanden einen Steg vor, der über einen Bach führte. Hundegebell verkündete ihre Ankunft. Raisha deutete auf den Bach und sagte etwas auf Bandelukisch.

„Was plappert sie da?"

„Sie sagt, die Bäche hier dienen auch als Wege, wenn man nicht gesehen werden will. Es ist ein alter Bandelukentrick."

Vorsichtig ritt Krion zum Bachbett hinunter. Das Ufer war acht Fuß hoch, aber die Wassertiefe betrug nicht mehr als einen Fuß, und auf dem Grund des Baches lag Kies.

„Fragt sie, wohin dieser Bach führt."

„Sie sagt, er führt zu dem Ort, an dem Ihr ursprünglich gelandet seid, die Südliche Landungszone."

Ja, ich erinnere mich an einen kleinen Fluss abseits meiner Flanke. Das passt gut in meine Pläne.

„Sagt ihr, sie ist ein kluges Mädchen, und wenn sie noch mehr Bandelukentricks auf Lager hat, so möchte ich sie hören. Wir folgen diesem Bach. Befehlt den Standartenträgern, ihre Flaggen einzurollen!"

Während sie durch das Bachbett stapften, kamen sie zwar nur langsam voran, aber sie brauchten sich nicht zu beeilen. Nach zwei Stunden bemerkte Krion im Südwesten eine Staubwolke. Er hielt die Kolonne an und stieg die Böschung hinauf, um sie näher in Augenschein zu nehmen.

In der Ferne konnte er eine große Kavallerienschar ausmachen, die im Trott die Straße entlangritt. An ihren roten Uniformen konnte er sie als die Zwölfhundert Helden bestimmen. Das Morgenlicht blitzte auf ihren Rüstungen und Waffen.

Welch ein herrlicher Anblick, diese Zwölfhundert. Es war dumm von mir, sie Basilius zu unterstellen.

Es gab kein Anzeichen, dass sie seine Kolonne, die immer noch im Bachbett verborgen war, entdeckt hatten. Basilius würde wohl erst die Masserabucht in seine Gewalt bringen wollen, bevor er seine Verfolgung aufnahm. Wenn das Glück ihm hold war, hatte er dadurch einen Tagesmarsch und einen großen taktischen Vorteil gewonnen.

Zukünftige Historiker werden meinem Geniestreich berichten, die Rebellen in einem Bachbett zu überflügeln! Ein Bandelukmädchen muss dabei nicht unbedingt erwähnt werden.

Krions Kolonne setzte sich wieder in Bewegung. Nach weiteren zwei Stunden waren die Staubwolke der Zwölfhundert Helden und einer weiteren Reitertruppe nach Norden verschwunden, und Krion erreichte eine Brücke. Das Rauschen des Meeres und das

Geschrei von Möwen war zu hören. Eine dritte Staubwolke näherte sich von Süden.

Jetzt habe ich Basilius' Vorhut von seiner Hauptmacht abgetrennt. Seine besten Truppen sind zweifellos in dieser Kolonne. Jetzt wollen wir raus aus dem Bach und uns den Rest einmal ansehen.

„Lasst mein Banner wehen, und die von General Singer und Baron Hardy. Die anderen bleiben eingerollt. Wir ziehen auf der Straße nach Süden."

Falls der Führer des sich nähernden Verbandes durch das plötzliche Erscheinen der Kavallerie direkt vor ihm in Erstaunen versetzt wurde, dann ließ er es sich nicht anmerken. Krion konnte sehen, wie die Reiter sich nach rechts und links ausbreiteten und sich zum Kampf formierten.

Prompt und präzise, wie auf einer Parade. Ist das die Königliche Hausgarde? Die Helme kommen mir bekannt vor.

„Sollen wir uns zum Kampf aufstellen?", fragte Singer.

„Nein, wie bleiben in Kolonne. Die Waffen werden nicht gezogen!"

Die Königliche Hausgarde war eine Elitetruppe, deren Aufgabe der Schutz der königlichen Familie war. Sie erschienen oft zur Parade in ihren auf Hochglanz polierten Rüstungen. Ihr Kommandeur war Oberst Grennadius, ein alter Graubart, der zu Basilius' Kumpanen gehörte, früher einmal aber Krions Reitlehrer gewesen war.

Eliteveteranen, aber die meisten haben bessere Tage gesehen und seit Jahren nicht an einer Schlacht teilgenommen. Es wäre eine Schande, sie hinzuschlachten. Mal sehen, wie es ihnen gefällt, die königliche Familie anzugreifen und anstatt sie zu beschützen.

Unter der Garde breitete sich Unruhe aus, als Krion sich ihr näherte. Die Standarten, die sie vor sich sahen, hatten sie nicht erwartet. Besonders Krions Standarte erregte große Bestürzung. Viele reckten die Hälse, um zu sehen, ob es auch wirklich der Prinz war und keine Falle.

Ich werde die Spannung noch ein bisschen in die Länge ziehen.

Krion ritt weiter gemächlich vor, aber hinter ihm erhoben sich mehr und mehr Truppen aus dem Bachbett.

Gleich werden sie sehen, dass sie zahlenmäßig unterlegen sind. Wenn Grennadius angreifen will, dann muss er es bei sechshundert Fuß machen. Bei kürzerer Distanz wäre es zu spät.

Bei eintausend Fuß konnte Krion sehen, wie die Gardisten aufgeregt miteinander redeten und auf ihn zeigten. Die ordentliche Reihe aufgerichteter Lanzenspitzen kam wie eine Meereswelle ins Wogen, als jeder Soldat sich zu dem einen und zu dem anderen Nachbarn herüberlehnte.

Wo bist du, Grennadius, mein alter Lehrer? Versteckst du dich hinter deiner Truppe? Das sieht dir gar nicht ähnlich! Willst du etwa Distanz zu mir wahren?

Krion nahm seinen Helm ab, sodass jeder seinen goldenen Lockenschopf sehen konnte, der seit Wochen nicht geschoren und deshalb besonders üppig war. Der Wind spielte effektvoll mit seinen Haaren und ließ seinen grüngoldenen Rock flattern. Er glaubte, ein allgemeines Ausrufen zu hören, lauter als das Rauschen des Meeres.

Jetzt wird nicht mehr spekuliert, sie wissen Bescheid. Die Frage ist nur, was wird Onkel Grennadius tun?

Bei sechshundert Fuß war immer noch kein Befehl zum Angriff ertönt. Krion konnte die aufgeregten Stimmen der Hausgarde hören, Worte wie „Der Prinz ist da!" und dergleichen. Hinter der Kampflinie wehte das Banner der Garde, und daneben stand eine massive Gestalt, die nur Grennadius sein konnte. Er saß auf einem großen Zugpferd, das er seinen „Destrier" nannte. Es war das Einzige, der seinen gewichtigen Körper tragen konnte. Krion lenkte sein Pferd in diese Richtung.

Bei dreihundert Fuß hob Krion eine Hand und winkte, als wäre er auf Parade und grüßte seine treuen Untertanen. „Macht Platz für den Prinzen!", brüllte Bardhof, und die Männer gehorchten, traten beiseite, ohne auf einen Befehl ihrer eigenen Offiziere zu warten. Krion ritt geradewegs auf Grennadius zu, Hardys Kompanie auf den Fersen, sodass die Garde in zwei Teile getrennt wurde. Viele wendeten ihre Pferde, um zu sehen, was geschehen würde. So verwandelte sich ihre ordentliche Formation in ein wirres Durcheinander.

Grennadius saß völlig verwirrt auf seinem Pferd. Er bewegte die Lippen, als wolle er etwas sagen, doch brachte er kein Wort zustande.

„Hallo, Onkel! Den militärischen Gruß vergessen?"

Grennadius salutierte. Noch immer hatte er keinen Laut von sich gegeben.

„Ich will Euch nicht schelten, Onkel, ich will nur wissen, warum Ihr Eure angewiesene Stellung bei der Belagerung verlassen habt. Ich kann mich nicht erinnern, Euch je den Befehl dazu gegeben zu haben."

Endlich fand Grennadius die Sprache wieder: „Auf Befehl von General Basilius und dem Kriegsrat sind wir auf dem Weg zur Masserabucht, um das dortige Depot in Besitz zu nehmen."

„Um es wem abzunehmen? Doch hoffentlich nicht mir?"

Grennadius, der feuerrot geworden war, rang nach Worten. „General Basilius war zum Kommandeur auf Zeit ernannt worden, weil Ihr dienstunfähig wart", brachte er schließlich hervor.

„Dienstunfähig? Sehe ich dienstunfähig aus?"

Ohne eine Antwort abzuwarten, zog er seinen Panzerhandschuh ab und hielt seine verstümmelte Hand in die Höhe, so dass jeder sie sehen konnte. Die ganze Garde hielt den Atem an.

„Ich habe in der Tat eine Verletzung erlitten, und so wahr ich hier stehe, die Verantwortlichen werden ihre gerechte Strafe erhalten! Ihr gehört doch hoffentlich nicht dazu, Onkel?"

„Auf keinen Fall! Ich war sehr dagegen!" Nun, da Grennadius seine Sprache wiedergefunden hatte, kam ein ganzer

Schwall von Ausflüchten und Entschuldigungen aus seinem Mund. „Basilius sagte, Ihr seiet durch einen Zauberspruch unfähig gemacht worden. Diomedos hat es bestätigt! Ich habe nur das Dokument unterschrieben, das man mir vorlegte. Jeder hat unterschrieben…"

Krion nickte verständnisvoll. „Genug davon! Ich sehe, Ihr tragt keine Schuld, Onkel. Der Befehl hinsichtlich der Masserabucht ist hiermit aufgehoben. Ihr werdet augenblicklich zu ihrer Position vor Kafra zurückkehren! Die Ehre, die Vorhut anzuführen, gebührt Euch. Los geht's, Herr Oberst!"

Grennadius salutierte und gab den Befehl: „IN ZWEI KOLONNEN! MIR NACH!" Er drehte sein Pferd nach Süden, und seine Männer reihten sich wieder ordentlich in ihre angewiesenen Plätze ein und folgten ihm.

Sie sehen wirklich adrett aus, diese Paradetruppen! Mit der Königlichen Hausgarde auf unserer Seite wird der Rest uns keine Schwierigkeiten bereiten. Eine Beförderung für Grennadius darf ich nicht vergessen… und bei der ersten Gelegenheit geht er in den Ruhestand. Er verdient beides.

Bei Sonnenuntergang hatte Krion vier neue Kompanien seiner Streitmacht hinzugefügt, die nun über sechstausend Soldaten zählte. Er schickte schnelle, berittene Boten aus mit schriftlichen Befehlen, die den Rest von Basilius' Truppen zur sofortigen Umkehr aufforderten. Diese Nachricht würde Kafra bis zum folgenden Morgen erreicht haben.

Von Basilius selbst war nichts zu sehen. Ob er überhaupt wusste, was mit dem Rest seiner Truppen geschehen war? Inzwischen musste er sich wohl wundern, warum die Königliche Hausgarde noch nicht an der Masserabucht angekommen war.

Basilius' Vorhut befand sich vermutlich immer noch irgendwo im Norden, doch eigentlich war es auch nicht mehr wichtig, was seine Pläne waren. Die Rollen waren vertauscht: Jetzt war es Krion, der zahlenmäßig überlegen war und sich zwischen Kafra und Basilius befand.

Ich habe gewonnen, und das, ohne einen Blutstropfen zu vergießen!

Er ließ sein Zelt auf einem der niedrigen Hügel errichten, von denen es in der Ebene reichlich gab. Anschließend stellte er sich an den Eingang seines Zelts, den treuen Bardhof an seiner Seite, und sah auf die vielen Lagerfeuer seiner Männer hinab.

Das ist für mich das Beste auf der Welt: mein Sieg, Tausende von Schwertern um mich herum, und kein Feind in Sicht. Ich bin unantastbar!

Zugegeben, das entsprach nicht völlig der Wahrheit. Etwas *hatte* ihn angetastet, mitten in seinem Lager, umgeben von Soldaten, und zwar in Gestalt einer Frau.

Zeit, diese Rechnung zu begleichen!

„Bardhof, sucht diese Erika. Ich möchte mit ihr sprechen, allein."

Sie sieht nervös aus. Sie hat Angst, dass ich ihr etwas antun könnte. Zu Recht.

„Es wird allgemein angenommen, dass Ihr die Liebhaberin meines Bruders seid. Andererseits behauptet Ihr, General Singers Ehefrau zu sein. Was ist es denn nun? Oder seid Ihr vielleicht beides?"

Erika errötete. „Ich bitte um Verzeihung, mein Prinz. Ich habe Euch etwas vorgemacht, aber mit der besten Absicht. Ich wollte nur…"

„Beantwortet meine Frage."

„Die Wahrheit ist, dass weder meine Liebschaft noch meine Ehe je vollzogen wurden."

„Und dennoch wurde mir gesagt, der ehrenwerte General betrachte Euch als seine Braut, und mein wollüstiger Bruder folge Euch wie ein braver Schoßhund. Wie soll ich das verstehen?"

„General Singer und ich sind verlobt. Eurem Bruder bin ich bei einem Projekt behilflich, die Wirtschaft der Provinz anzukurbeln. Ich habe einen… ich meine, er hat einen Bericht geschrieben…"

„Ich habe ihn gelesen. Unter diesem Vorwand lauft Ihr also in einer Gegend herum, die sich im Kriegszustand befindet, und mischt Euch dabei in militärische Angelegenheiten ein?"

„Es ist kein Vorwand. Chatmakstan ist eine der ärmsten Provinzen im Bandelukenreich, aber sein wirtschaftliches Potential ist enorm. Es gibt riesige, bisher ungenutzte Reichtümer. Ihr habt dieses Land doch nicht erobert, nur um es dann als trostloses Hinterland links liegen zu lassen?"

Oho, sie ist clever. Für eine Frau.

„Es gibt noch andere Provinzen, die ich erobern möchte, und dazu kann ich weder General Singer noch meinen Bruder entbehren. Ich brauche sie für meine Pläne, und zwar dringend."

„Ihr sollt meinetwegen nichts entbehren, mein Prinz."

„Dennoch ist es Euch gelungen, mich zum Narren zu halten und eine Revolte gegen mich anzuzetteln."

„Wofür mich General Basilius in einen Käfig gesperrt hat!"

„Das einzig Lobenswerte, was er in dieser Angelegenheit getan hat. Madame, Ihr richtet überall Unheil an! Wo Ihr auch erscheint, da folgen Chaos und Aufruhr auf dem Fuße. Aus Respekt vor Eurem künftigen Gatten und irregeführten Liebhaber gebe ich Euch zwei Wochen Zeit, Eure Geschäfte abzuwickeln. Danach werdet Ihr eine Kabine auf dem nächsten Schiff zurück nach Halland buchen."

„Aber mein Prinz…"

„Genug! Ihr seid begnadigt, und ich rate Euch, mich nicht auf die Probe zu stellen, bevor ich es mir noch anders überlege! Geht!"

Bedrückt machte Erika einen Knicks und zog sich zurück.

Warum habe ich ihr zwei Wochen gegeben? Eine wäre durchaus genug! Theros, ich flehe dich an, dass sie nicht noch mehr Unheil anrichtet!

Vor dem Lager war ein wahrer Fahnenwald errichtet worden. Die Verkäufer hatte man alle fortgeschickt, und stattdessen waren die Truppenführer und ihre Standartenträger entlang der Straße angetreten, um ihren heimkehrenden Prinzen willkommen zu heißen. Es war ein beeindruckendes Schauspiel.

Ausgezeichnet. Es scheinen alle versammelt zu sein, außer den Zwölfhundert und den Geflügelten Reitern… und Singers Infanterie.

Er erwiderte jeden Salut auf dem Weg zum Lagertor, wo Leutnant Mopsus auf ihn wartete.

„Mein Prinz, es ist mir eine außerordentliche Freude…"

„Später. Nachrichten von General Basilius?"

„Ihr habt es noch nicht gehört? General Basilius stieß nördlich der Großen Treppe auf Freistaateninfanterie. Er versuchte, auf einer Straße in den Bergen durchzubrechen, doch er wurde zurückgeschlagen und erlitt große Verluste. General Basilius hat sich selbst erstochen. Der Rest seiner Truppe wartet auf Euch, sie wollen sich ergeben."

Tot? Basilius ist tot? Wie ist das möglich?

Basilius war der älteste und vertrauenswürdigste Offizier seines Vaters gewesen. Er überragte alle anderen. Seit seiner Kindheit hatte Krion zu ihm aufgeschaut. Es schien unmöglich, dass er Selbstmord begehen würde. Das Schlimmste, was ihm passieren konnte, war Gefangennahme, aber er hätte immer damit rechnen können, dass der König ihn begnadigen würde.

Er war ein Freund meines Vaters, aber meiner war er bestimmt nicht!

Er rief sich das Bild ins Gedächtnis zurück, wie er vor langen Jahren Basilius zu Pferde neben dem König gesehen hatte, als sie von einem siegreichen Feldzug zurückkehrten. Er konnte sich an jede Einzelheit erinnern, an die Uniformen, die Banner, die Blumensträuße. Sogar an den Braunen, den Basilius an jenem Tage geritten hatte, konnte er sich erinnern. Aber der Mann selbst war ihm entglitten, sein Gesicht war nur ein verschwommener Fleck. Basilius blieb ihm ein Rätsel.

Ich muss herausfinden, wer in der Hauptstadt auf seiner Seite stand. Ohne mächtige Helfershelfer hätte Basilius so etwas nie unternommen! Es muss jemand aus der königlichen Familie gewesen sein, oder ihr nahestehend. Und mit seinem Freitod wollte er wohl etwas Wichtiges vertuschen.

Doch das musste warten. „Sagt Hauptmann Lessig, er soll sich bei mir melden."

Vor dem Zelt wartete einer der Lumpenmänner. Er folgte Krion hinein und nahm in der Ecke seinen gewohnten Platz ein, ohne ein Wort zu sagen.

Im Zelt sah es wüst aus. Der Kiste mit den Karten war umgestürzt und der Inhalt am Boden zerstreut. Auch seine Kleidung lag auf der Erde. Der Geldkasten und das Kästchen mit den Spiegeln waren verschwunden, höchstwahrscheinlich hatte Basilius sie mitgenommen. Sein Bett war verdreckt, Lederriemen waren am Bettgestell festgebunden, und die Bettdecke war von Blut durchnässt.

Er zog seinen rechten Panzerhandschuh ab und betrachtete seine verstümmelte Hand.

Hier also haben sie es gemacht, in meinem eigenen Zelt, mitten unter meinen Soldaten! Eine Scheinlösung für ein echtes Problem!

Diomedos ist entweder unfähig oder mitschuldig, auf alle Fälle muss er verschwinden, und die anderen auch. Aber wo soll ich hier einen Zauberer finden? Hatte Singer nicht eine Hexe bei sich?

Lessig stand im Zelteingang, im Gesicht den Ausdruck größter Zufriedenheit. Krion winkte ihn herein.

„Mein Prinz, im Namen der gesamten Eidbundstreitkräfte möchte ich Euch…"

„Später. Ich brauche einen Bericht über den Damm."

„Der Damm ist fertig, aber der Abzweigkanal …"

„Spielt keine Rolle. Schließt die Schleusen. Es ist mir egal, wenn die halbe Provinz unter Wasser steht. Tut es noch heute!"

Lessig schien verwirrt. „Ist das notwendig, mein Prinz?"

„Was soll das heißen?"

Ich dachte, er wäre treu. Warum zweifelt er meinen Befehl an?

„Hat Euch niemand etwas gesagt? Ich dachte, Ihr wüsstet…"

„Wüsste was? Heraus mit der Sprache!"

Lessig drehte sich wortlos um, ging zum Eingang des Zeltes und bedeutete Krion, er möge ihm folgen.

Ich hoffe, das bedeutet etwas Gutes!

Lessig zeigte nach Süden über die Lagune hinweg, wo in der Ferne die Dächer Kafras zu sehen waren. An der Stelle, wo Krion üblicherweise das rot-silberne Bandelukenbanner sah, flatterte eine Fahne von reinstem Weiß.

26: Raisha

„Ich brauche einen Freiwilligen."

Keiner rührte sich. Die Blauen Bandeluken schwiegten und starrten auf ihre Füße.

Raisha knirschte vor Enttäuschung mit den Zähnen. Es waren *ihre* Männer. Sie hatte sie angeworben und durch den Wirkungsbereich den ganzen langen Weg bis nach Barbosa geführt. Sie hatten zusammen die Ruinen erkundet und mit einem Dämon gekämpft. Sie hatte sie unversehrt durch alle Gefahren geleitet – und jetzt wollten sie ihr nicht einmal ins Gesicht schauen.

Wie dumm Männer sein können!

Und das alles nur, weil sie eine Frau war. Als Mädchen hatte sie sich als klüger erwiesen und die Männer vor der Welt lächerlich gemacht. Man hatte ihnen aufgetragen, Raisha zu fangen, doch Raisha hatte sie an der Nase herumgeführt. Sie glaubten sich in ihrer Ehre und Männlichkeit gekränkt und fürchteten den Hohn ihrer Kameraden. Einige hätten sie sicherlich sogar nur zu gerne dafür umgebracht. Nur Blut wusch von einer solchen Schande rein.

Sie versuchte es noch einmal: „Dies ist ein wichtiger Auftrag. Ich brauche eure Hilfe."

Niemand schaute auf.

Viel lieber würde ich an die Dämonen appellieren! Denen ist es völlig gleichgültig, dass ich eine Frau bin!

„Es muss getan werden. Das ganze Heer verlässt sich auf uns!"

Olgun sah sie voller Zorn an. „Dann hätten sie mich fragen sollen! Ich bin hier der Anführer!"

„Aber für diesen Auftrag bist du nicht der richtige Mann."

„Bist du's vielleicht?"

„Ja. Zu dieser Aufgabe gehört Finesse."

„Finesse habe ich wie jeder andere Dreckskerl im Heer!"

„Wie dem auch sei."

Er würde mich am liebsten auf der Stelle niederschlagen.

Sie zog ihren ledernen Beutel hervor und ließ die Münzen klingen. „Es gibt eine Belohnung."

„Wie viel?", wollte Lufti wissen.

„Dieses kleine Ding?", fragte Lufti und warf einen skeptischen Blick auf das Boot. Seinem Tonfall war deutlich anzuhören, dass er erwartete, nicht dieses, sondern ein viel größeres Boot läge irgendwo für sie bereit.

„Tut mir leid", sagte Raisha. „Das ist alles." Ihre Begeisterung hielt sich genau wie die Luftis in Grenzen.

Bandeluken waren zwar die geborenen Reiter, dafür jedoch unbeholfene und furchtsame Seeleute, die das Steuern lieber anderen überließen. Zu allem Überfluss sah dieses Boot nicht gerade vertrauenserweckend aus. Chatmakische Fischer hatten es aus Schilfbündeln hergestellt, wollten aber selbst nicht damit fahren.

„Bist du schon einmal mit einem Paddelboot gefahren?", fragte Raisha.

„Nein."

„Dann kannst du zuerst einsteigen."

Vorsichtig setzte Lufti einen Fuß in das Boot, das sich augenblicklich zur Seite neigte.

„Setz den Fuß in die Mitte, nicht an die Seite", sagte Raisha.

Wenn ich die Wahl gehabt hätte, Lufti wär's nicht gewesen.

Lufti war jung, draufgängerisch, voller ungerechtfertigter Zuversicht und begierig auf neue Abenteuer. Das machte ihn zwar zu einem guten Freiwilligen, aber gleichzeitig zu einer Gefahr im Boot. Gerade bohrte er versehentlich Löcher in den schilfbewachsenen Boden.

„Sind das hohe Absätze an deinen Reiterstiefeln? Zieh sie aus!"

„Dann kriege ich nasse Füße", murrte er.

„Die werden später auch wieder trocken."

Sie hielt das Boot gerade, während Lufti, der vorne saß, ungeschickt seine Stiefel auszog.

„Warum kriege ich immer die schlimmsten Aufträge?"

„Weil du dich freiwillig meldest? Halte das Boot gerade, ich steige ein."

„Wie denn? Ich habe nichts zum Festhalten!"

„Nimm ein Paddel und steck es so weit es geht in den Schlamm, dann halte es fest."

Bisher stelle ich mich ganz gut an. Hoffentlich merkt er nicht, dass ich noch nie mit einem Boot gefahren bin!

Sie setzte ihr Gepäck in der Mitte des Bootes ab und nahm selbst im Heck Platz. Dann befahl sie Lufti, das Paddel aus dem

Wasser zu ziehen. Sie stieß sich vom Ufer ab, und das Boot setzte sich bereitwillig in Bewegung.

Mit etwas Übung kriegen wir das schon hin.

Sie tauchte das Paddel ins Wasser und zog es durch, so wie sie es bei den Schiffern beobachtet hatte. Das Boot glitt schneller dahin, drehte sich aber gleichzeitig nach rechts. Sie nahm das Paddel auf diese Seite, und das Boot drehte sich nach links.

„Warum paddelst du nicht?", fragte sie.

„Ich weiß nicht wie!"

„Es ist ganz einfach, mach es mir nach!"

Wenn ich auf dieser Seite paddele und er auf der anderen, dann kommen wir voran.

Kaum hatte Lufti ein paar mal das Paddel eingetaucht, hielt er sich schon für einen erfahrenen Seemann. Mit Begeisterung brachte er das Wasser zum Spritzen.

„Pass auf, das Gepäck wird nass! Du musst ein bisschen vorsichtiger sein!"

„Warum haben wir es überhaupt mitgeschleppt?"

„Das geht dich nichts an. Du wirst nicht bezahlt, Fragen zu stellen."

„Wie wär's anders herum, ich werde bezahlt, bestimmte Fragen *nicht* zu stellen... Was war das denn?"

Das Boot war gegen etwas Ekliges, Gelbes gestoßen, das aufgebläht und stinkend im Wasser trieb.

„Hast du noch nie eine Leiche gesehen?"

„Nicht so eine", sagte Lufti voller Abscheu. Er stieß sie mit seinem Paddel aus dem Weg.

„Gewöhn dich lieber dran."

Bei näherem Hinsehen waren Dutzende von Toten auszumachen, die in der Lagune auf der Wasseroberfläche lagen. Sie würden bestimmt noch mit vielen zusammenstoßen, bevor sie Kafra erreichten.

„Ich werde wirklich nicht genug bezahlt!"

„Dann solltest du dich zu Unternehmungen melden, bei denen der Feind lebendig ist und dir an den Kragen will. Die werden besser bezahlt."

„Was passiert, wenn wir in Kafra ankommen?"

„Das hängt davon ab, ob die weiße Flagge ernst gemeint ist."

„Und wenn nicht?"

„Halt's Maul und paddele!"

Der Ort, an dem die Wäscherinnen ihre Arbeit verrichteten, stand voller Zelte. Bis auf eine alte Frau in einer Waschwanne war niemand zu sehen. Bei näherem Hinsehen entpuppte sie sich als Leiche, um die ganze Schwärme von Fliegen schwirrten.

„Wer hat alle diese Leute umgebracht?", fragte Lufti.

„Hunger und Krankheiten, höchstwahrscheinlich. Einige sind wohl ertrunken. Und Qilij der Grausame hat wohl auch einige hinrichten lassen."

Lufti starrte auf die tote Frau, die seinen Blick mit leeren Augen erwiderte. „Da gehe ich nicht hin!"

„Das brauchst du auch nicht. Lass mich aussteigen, dann kannst du zurückkehren und dem General mitteilen, dass es keinen Widerstand gab."

„In den Zelten können sich Krieger verstecken, oder in den Häusern."

„Ich werde ein paar Zelte umwerfen und die Straße zwischen den Gebäuden hinuntergehen. Wenn dort Krieger herauskommen und mich töten, sag dem General, es war eine Falle."

„Wie viel zahlen sie *dir* dafür?"

„Viel zu wenig."

In den Zelten war niemand zu finden außer einem toten Kind. Es hatte sich wie zum Schlaf eingerollt. An der Straße entlang standen weitere Zelte. Dem Gestank und den Fliegen nach zu urteilen, sah es in diesen ähnlich aus.

In den Häusern liegen wahrscheinlich auch Tote, aber ich brauche nicht nachzusehen. Von den Toten habe ich nichts zu befürchten.

Und dann:

Wenn ich vor ein paar Wochen so viele Leichen gesehen hatte, wäre mir schlecht geworden. Was ist nur aus mir geworden?

Alles hatte sich verändert. Die gewohnte, friedliche Welt vom Haus Jasmin, die einzige Welt, die sie kannte, gab es nicht mehr. Die Wellen des Krieges hatten sie davongetragen und an fremden Gestaden abgesetzt. Es gab keinen Weg zurück.

Auch zu Singer kehre ich nicht zurück. Er hätte mir sagen sollen, dass er mit einer anderen Frau verlobt ist!

Das einzige, was sie beunruhigte, war die Tatsache, dass ihre Regel bisher ausgeblieben war.

Sie winkte dem davonfahrenden Boot nach, um zu zeigen, dass alles in Ordnung sei. Sie nahm ihr Gepäck auf die Schultern und machte sich auf den Weg zwischen den Zelten hindurch, die überall auf der Straße herumstanden. Der Gestank war fürchterlich, Abfall und Dreck lagen überall herum, und keine Menschenseele in Sicht.

Weiter hinten, jenseits von hastig aufgestellten Schutzplanen und Kehrichthaufen, konnte sie das Murmeln menschlicher Stimmen hören. Sie ging um die Ecke – und sah sich einer große Menschenmenge gegenüber, die sich auf dem Heldenplatz versammelt hatte. Unter ihnen waren Chatmaken zu erkennen sowie ein paar Fremde, aber die meisten waren Bandeluken. Alle waren in Bewegung und sprachen aufgeregt miteinander. Es mussten mindestens eintausend sein.

Was ist hier los? Wer hat hier das Sagen?

Ihr gegenüber, auf der anderen Seite des Platzes, stand ein Pfahl, auf dessen Spitze ein Menschenkopf mit Turban steckte.

Den kenne ich doch!

Sie machte sich zwischen den Zelten auf die Suche, bis sie einen der großen Weidenkörbe

fand, in denen normalerweise Wäsche getragen wird. Sie stürzte ihn um und stellte sich einen Augenblick darauf. Das Ding war wackelig, aber es hielt ihrem Gewicht stand.

Das muss gehen.

Sie ergriff den Korb und ging auf den Platz hinaus auf den Pfahl zu. Man drehte sich nach ihr um und starrte sie an. Die Menschenmenge zwischen ihr und dem Pfahl war groß.

Sie zog ihr Schwert. „AUS DEM WEG!"

Angesichts des Schwerts kam Bewegung in die Menge, sie zog sich zurück wie das Wasser bei Ebbe. Raisha fuchtelte mit dem Schwert, um die Menschen zur Eile anzutreiben.

„AUS DEM WEG!"

Sie befand sich nun mitten in der Menge, tausend Stimmen flüsterten untereinander, doch die Leute hielten Abstand.

Was geht hier vor? Nur ich allein! Wer hat hier das Sagen? Ich!

Sie war bis an den Pfahl herangekommen. Wie sie es geahnt hatte, steckte darauf der Kopf von Amir Qilij mit intaktem Schnurrbart und auf dem Scheitel einen feinen Turban aus Leinen mit einem glitzernden Edelstein und drei Pfauenfedern. Vor dem Pfahl hing ein Schild mit sorgfältig gemalten Buchstaben: „Ich war ein Tyrann."

O, mein Verlobter! Welch ein Freude, dich hier wiederzusehen!

Sie steckte ihr Schwert in die Scheide zurück, setzte den Korb ab und stellte sich darauf. Dann holte sie Singers Proklamation aus dem Gepäck und begann zu lesen:

„BÜRGER VON KAFRA!

EUER TEIL IN DIESEM KRIEG IST VORBEI! TRUPPEN DER ALLIIERTEN ARMEEN WERDEN KAFRA EINNEHMEN UND FRIEDEN UND GERECHTIGKEIT HERSTELLEN! WIR KOMMEN ALS SIEGER, ABER NICHT ALS UNTERDRÜCKER!

PRINZ KRION VON AKADDIEN VERSPRICHT EUCH FOLGENDES, UND ER LEISTET DARAUF EINEN SCHWUR BEI ALLEN GÖTTERN:

RAUB UND PLÜNDERUNG SIND UNTERSAGT! VERSTÖSSE WERDEN AUS STRENGSTE BESTRAFT!

RACHEAKTE AN BÜRGERN, DIE EHRENVOLL FÜR IHR LAND WAFFEN TRUGEN, SIND EBENFALLS UNTERSAGT!

ALLE GEFANGENEN DER EHEMALIGEN REGIERUNG WERDEN FREIGELASSEN.

ES WIRD EINE ALLGEMEINE VERTEILUNG VON GETREIDE STATTFINDEN. ÄRZTLICHE HILFE WIRD DENEN ZUKOMMEN, DIE SIE BENÖTIGEN! FLÜCHTLINGEN UND HEIMATLOSEN WIRD SCHUTZ GEWÄHRT!

GEHT IN EURE HÄUSER! MIT EUCH FÜHREN WIR KEINEN KRIEG! VOM HEUTIGEN TAGE AN HERRSCHT FRIEDEN IN KAFRA!"

Sie drehte sich um, um die Proklamation an den Pfahl zu heften...

Ich hab' die Nägel vergessen!

Stattdessen zog sie ihre Misericordie hervor und bohrte sie so tief wie möglich ins Holz. Dann wandte sie sich zum Gehen...

Aber die Menge hatte sich nicht aufgelöst. Sie kam näher, und Fragen erschallten.

„Ist das wirklich die Wahrheit?"

„Wann bekommen wir das Getreide?"

„Kann ich wieder nach Kleewiese?"

„Mein Vater liegt im Sterben. Kannst du einen Arzt holen?"

Sie blickte in all die besorgten Gesichter, aber sie wußte nicht, was sie ihnen sagen sollte. Singer hatte ihr die Proklamation gegeben, und sie hatte sie verlesen. Ob die Fremden ihr Versprechen halten würden, oder wie und wann, lag nicht in ihrer Hand. Prinz Krion hatte die Proklamation unterzeichnet, aber es war Singer, der sie geschrieben hatte.

„Krieg basiert auf Betrug", das hat er doch gesagt.

Für alle diese Menschen, die so dringend Hilfe brauchten, konnte sie nichts tun. Als hilflose Geste hielt sie ihnen ihre leeren Hände entgegen. Da bemerkte sie etwas aus dem Augenwinkel. Sie blickte die Hafenstraße hinunter und entdeckte etwas Weißes, Flatterndes.

Ein Segel!

„SCHAUT! DIE FREMDEN KOMMEN! GEHT! LASST EUCH NICHT AUF DEN STRASSEN BLICKEN! GEHT NACH HAUSE!"

Plötzlich verwandelte sich die hilfesuchende Menge in eine verängstigte. Was würde geschehen, wenn die Fremden sie auf offener Straße erwischen würden? Wahrscheinlich etwas Grässliches!

Die Menge verlief sich in alle Richtungen, und im Handumdrehen war der Heldenplatz wie leergefegt.

Manchmal ist es besser, gefürchtet als geliebt zu werden.

Als sie erneut die Hafenstraße hinunterblickte, sah sie nur etwas Wäsche in der Brise flattern. Die Schiffe waren nirgends in Sicht, und sie wusste nicht, wann sie ankommen würden.

Hinter ihr räusperte sich jemand. „Das war eine amüsante Vorstellung", sagte Hisaf.

Onkel Davoud stand in der offenen Tür und schaute auf sie herab, als hätte er eine Unbekannte vor sich.

„Schau mal, wen ich auf dem Heldenplatz gefunden habe", sagte Hisaf.

Raisha nahm ihren Helm ab, und Onkel Davoud fuhr zurück, als hätte er ein Gespenst gesehen. „Raisha? Du siehst so anders aus!"

„Was mich betrifft", sagte Hisaf, „so nehme ich sie, wie sie ist. So viele Tote, und sie lebt! Sie war verloren und ist wiedergefunden worden!"

Er zog Raisha in die Empfangshalle und rief laut: „Schaut mal, wer hier ist. Raisha ist wieder da!"

Sie hörte viele Schritte auf der Treppe, und dann waren sie alle um sie herum, ihre Schwestern, Tanten und Kusinen, in unordentlichen Kleidern und wirrem Haar. Sie hatte geglaubt, sie alle nie wiederzusehen. Jede Frau, die herunterkam, zögerte vor Erstaunen, als sie Raisha in ihrer Rüstung und mit Waffen sah. Im Halbkreis standen sie um sie herum und blickten sie still an, bis als letzte die kleine Shirin, nicht älter als sechs Jahre, herbeirannte und Raisha in die Arme stürzte.

Die Spannung war gelöst, und alle Frauen redeten gleichzeitig drauf los.

„Raisha, wo warst du?"

„Was ist mit dir geschehen?"

„Wir haben uns solche Sorgen gemacht!"

„Du musst uns alles erzählen!"

„Das ist eine lange Geschichte", sagte Raisha. „Gehen wir doch ins Wohnzimmer. Ich habe euch etwas mitgebracht."

Im Wohnzimmer breitete sie den Inhalt ihres Beutels aus. Da waren vier große Laib Kommissbrot, ein dickes Rad Käse, eine

Tüte Datteln und ein paar kleinere Packungen mit Tee, Zucker, Salz und Gewürzen. Und obendrauf gab es einen Beutel Tabak für Onkel Davoud.

Alles wurde von eifrigen Händen ergriffen, betastet, berochen, kommentiert und schließlich auf dem Tisch ausgebreitet. Dann hörte Raisha erneut Schritte auf der Treppe.

Das wird Mutter sein!

Plötzlich fühlte sie sich ganz schwach.

Wenn jetzt ein grimmiger Dämon die Treppe hinunterkäme, wüsste ich, was zu tun ist... aber was tue ich mit Mutter?

Ihre Mutter sah hager und gebrechlich aus. Sie trug ihr feinstes Kleid und hatte sich die Haare zurechtgemacht.

Selbst wenn das Haus in Flammen stünde, sie wurde nicht erscheinen, ohne sich vorher feingemacht zu haben.

Im Zimmer herrschte Stille. Alle warteten, bis Mutter sprechen würde. Aber Mutter sagte kein Wort, sie ging nur auf Raisha zu und küsste sie auf die Wange, wie sie es viele Jahre lang tagtäglich getan hatte.

Als wäre ich nie weg gewesen.

Nun kamen die Jungen aus dem Hinterzimmer und machten sich über das Essen her. Der kleine Jabah ergriff gleich die Tüte mit Datteln und wollte sie aufmachen.

„Warte!", sagte Onkel Davoud. „Bevor wir essen, müssen wir den lieben Göttern danken, dass sie uns durch so viele Nöte und Gefahren erhalten haben."

„Ja", sagte Raisha. „Lasst uns beten."

Anmerkungen

Namen

Alle Namen sind erfunden oder entlehnt und beziehen sich nicht auf historische oder literarische Figuren. Jegliche Ähnlichkeiten sind rein zufällig.

Freistaatler haben nordeuropäische Namen, Akaddier südeuropäische, um kulturelle Unterschiede zu suggerieren. Es erübrigt sich, diese aufzuzählen. Eidbundnamen kommen nur dort vor. Die Einwohner des Bandelukenreichs haben nahöstliche Namen. Bezüge zu bestimmten Völkern oder Kulturen sind nicht beabsichtigt.

Sprachen

Akaddisch ist die Sprache des Königreichs Akaddien. Die meisten Einwohner sprechen keine andere Sprache. Im Eidbund wird ein Dialekt gesprochen, den andere Akaddier als archaisch empfinden und kaum verstehen. Die gebildete Klasse des Eidbundes spricht aber auch Akaddisch.

Hallandisch ist die Sprache Hallands, wird aber auch rein oder als Dialekt in allen Freistaaten gesprochen. Hallandische Dialekte mögen sonderbar oder grob klingen, sind aber allen verständlich. Gebildete Freistaatler sprechen ebenfalls Akaddisch und gegebenenfalls Bandelukisch.

Bandelukisch ist die Landessprache des bandelukischen Reiches. Außerhalb des bandelukischen Kernlandes werden verschiedene Sprachen gesprochen, die nichts gemeinsam haben und deshalb Fremden unverständlich sind. Regionalsprachen wie Chatmakisch sind außerhalb ihrer Region fast unbekannt.

Religion

Die im Text beschriebenen Religionen sind reine Erfindungen; eine Beziehung zu gegenwärtigen Glaubensvorstellungen ist nicht beabsichtigt. Assoziationen zum Islam wurden vermieden, zum Beispiel indem die Bandeluken als götzendienerische Säufer dargestellt werden.

Die meisten Religionen sind polytheistisch. Akaddien, der Eidbund und die Freistaaten haben ein gemeinsames Pantheon, darunter Narina, die Göttin der Barmherzigkeit, und Theros, den

Kriegsgott. Die Bandeluken verehren andere Götter, unter anderem Savustasi, den Kriegsgott, und Paralayan, den Sonnengott.

Den geistigen Bedürfnissen der Bevölkerung dienen Tempel, die auch gesellschaftlich eine große Rolle in der Gemeinde spielen. In Kriegszeiten mag die Beteiligung am Gottesdienst spärlich werden; den Kämpfenden bleiben allein Eide, Flüche und Gebete in der Not. Der Glaube unter den Gebildetetn ist oft geschwächt.

Militärorganisation

Diese ist bei weitem nicht so geordnet wie auf der Erde im 21. Jahrhundert. Die kleinste Formation ist der Trupp, der aus acht bis zwölf Soldaten besteht, angeführt von einem Feldwebel. Zehn Trupps bilden gewöhnlich ein Gruppe, geführt von einem Leutnant. Die Größe einer Kompanie variiert, im Allgemeinen zählt sie etwa tausend Mann, angeführt von einem Hauptmann. Kompanien in der Kavallerie sind gewöhnlich kleiner als in der Infanterie und werden auch als Schwadron bezeichnet. Die größte permanente Formation ist das Regiment, das für gewöhnlich aus drei bis fünf Kompanien unter dem Befehl eines Obersten besteht. In einer Armee werden die verschiedenen Teile auf Zeit zusammengestellt, je nachdem wie viele Streitkräfte zur Verfügung stehen. Die Armee wird dann der Befehlsgewalt eines Generals oder eines Adligen unterstellt.

Die Sache wird dadurch verkompliziert, dass Offiziere für Tapferkeit vor dem Feind befördert werden können, ohne vorher eine größere Einheit übernommen zu haben. So mag es oft vorkommen, dass ein Oberst eine Kompanie oder ein General ein Regiment befehligt. (Dennoch ist Singers Beförderung vom Leutnant zum General etwas höchst Außergewöhnliches.) Stabsoffiziere (wie Singer einer war) sind für gewöhnlich nicht in der kämpfenden Truppe eingesetzt, sondern fungieren, welchen Rang sie auch haben mögen, als Assistenten des Kommandeurs.

Dämonen

Diese sind nicht die Höllengeschöpfe der christlichen Vorstellungswelt, sondern oft unfreiwillige Besucher aus anderen Dimensionen. Sie werden durch Zauberei herbeigerufen und überredet oder gezwungen, dem Zauberer zu dienen, der sie sogar verkaufen oder ausleihen kann.

Dämonen sind nicht von dieser Welt, und deshalb empfinden sie das Klima als hart, die menschliche Kultur als fremdartig, die Sprachen als unverständlich und die Nahrung als fast ungenießbar. Ihnen werden oft Pflichten übertragen, die Menschen unangenehm oder gar gefährlich sind.

Einige Dämonen stammen aus Bereichen mit solch radikal anderen Verhältnissen, dass sie in Flammen ausbrechen oder sogar explodieren, wenn sie aus ihrer Stasis gelöst werden. Deshalb können sie zu militärischen Zwecken verwendet werden.

Außer den Berufszauberern wissen nur wenige etwas von Dämonen oder möchten mit ihnen zu tun haben. Natürlich grassieren alle möglichen Aber- und Irrglauben.

Personen

In Chatmakstan, einer Provinz des Bandelukenreiches:
Scheich Mahmuds Familie:
Scheich Mahmud, Familienoberhaupt und bestrebt, Amir Qilijs
    Schwiegervater zu werden
Raisha, seine rebellische Tochter
Rajik, ihr jüngerer Bruder; Raisha nimmt gelegentlich seinen
Namen an
Umar, ihr älterer, etwas dümmlicher Bruder
Alim, ein älterer Bruder, seit der Schlacht von der Massera-
bucht vermisst

In Kafra, der Hauptstadt Chatmakstans:
Amir Qilij, Tyrann von Kafra und Raishas Verlobter
Davoud, Raishas Onkel, Weinhändler
Hisaf, einer von Raishas älteren Brüdern
Shirin, eine von Raishas jüngeren Schwestern
Jabah, ein jüngerer Vetter
Ferran, ein Bäcker
Munib, Stallbursche bei Amir Qilij
Azad, Stallbursche bei Amir Qilij
Nazif, Stallbursche bei Amir Qilij, verstorben
Samia, Kurtisane bei Amir Qilij, verstorben

Andernorts in Chatmakstan:
Husni, Wachoffizier bei Scheich Mahmud
Harim, ein Bauer in dem Dorf Fallstein
Faisal, ein Bauer in dem Dorf Siebenkiefern
Rahat, Pfeilmacher bei Scheich Mahmud
Abdul-Ghafur, Stallknecht bei Scheich Mahmud
Ebrahim, ein Geächteter
Tamira, seine Frau
Javid, ein Hausierer
Hikmet, ehemaliger Tuchhändler, jetzt Diener bei Prinz Clenas
Husam, ein bandelukischer Deserteur
Tariq, ein bandelukischer Deserteur
Mubina, Ladenbesitzerin

Nabil, ein Schmied
Khalid, ein Töpfer
Seewind, Scheich Mahmuds Pferd

Im Wirkungsbereich:
Olguns Trupp:
Olgun, Feldwebel in der Leichten Kavallerie Kafras
Yusuf, ein Soldat
Navid, ein Soldat
Lufti, ein Soldat
Arif, ein Soldat

In Barbosa:
Die Alte Frau, eine Zauberin, die legendäre Hexe von Barbosa
Lamya, bei der Alten Frau in der Lehre
Deva, ein Dienstmädchen
Jessamina, ein Dienstmädchen
Extinctor, ein schrecklicher vorzeitlicher Dämon

In den Wahnlanden:
Shajan, ein Zauberer
Dareia, seine Frau
Populator, ein vorzeitlicher Dämon und Schöpfer der Wahnlande
Mertkan, ein Soldat bei Khuram Bey

Eroberer:
Akaddier:
Prinz Krion, Kommandeur der Alliierten Streitkräfte, dritter Sohn von König Diecos
Prinz Clenas, sein jüngerer Bruder, Befehlshaber der Königlichen Leichten Kavallerie
Nikandros, ein Pseudonym, dessen sich Prinz Clenas manchmal bedient
Basilius, Befehlshaber der Zwölfhundert Helden
Grennadius, Befehlshaber der Königlichen Hausgarde
Diomedos, ein Zauberer
Mopsus, ein Ordonanzoffizier bei Prinz Krion
Parsevius, ein Hauptmann

In Akaddien:

König Diecos, der greise König Akaddiens

Prinz Vettius, sein ältester Sohn, unpolitisch, ins Privatleben
    zurückgezogen

Prinz Chryspos, Diecos' zweiter Sohn, ein notorischer Päderast

Herzogin Thea, die Schwester der Prinzen

Herzog Claudio, Theas Ehemann

Eroberer:

Hallander, mit Akaddien verbündete Freistaatler:

Hinman, Befehlshaber der Hallandkompanie

Singer, sein Adjutant

Pohler, ein Leutnant

Fleming, ein Leutnant

Osgood, ein Leutnant

Beecher, ein Leutnant

Ogleby, ein Leutnant

Pennesey, der Quartiermeister

Littleton, ein Ingenieur

Pater Leo, der Feldprediger

Murdoch, der Feldarzt

Blaine, ein Armbrustschütze

Halverson, ein Armbrustschütze

Eckhard, ein Armbrustschütze

Kyle, ein Hornist im Knabenalter

In Halland:

Erika, Singers Verlobte

Rosalind, ihre jüngere Schwester

Wartfield, ihr Vater, ein Tuchhändler

Houghton, ein Vetter Wartfields, aber auch sein Konkurrent

Brandworth, Houghtons Sohn, ein notorischer Säufer

Eroberer:

Andere mit Akaddien verbündete Freistaatler:

Stewart, Befehlshaber der Donnerwerfer aus Kindleton

Baron Hardy, ein Söldnerführer in Diensten des Freistaats von
    Dammerheim

Sir Rendel, Befehlshaber der Glänzenden Ritterschaft aus
  Tremmark
Sir Gladwood, ein Ritter aus Tremmark
Dreiundzwanzig, ein Sprecher der *fui*-Dämonen in Diensten
  von Westenhausen

Eroberer:
  Bürger des Eidbundes, eines Protektorats von Akaddien:
  Lessig, Befehlshaber der Sappeure des Eidbundes, Aristokrat
  Radburn, Lessigs Leutnant, ebenfalls Aristokrat
  Bardhof, ein Ordonanzoffizier bei Prinz Krion, zum bürgerli-
  chen Stand gehörig

Im Eidbund:
  Moullit, ein Tuchhändler

Andernorts:
  Gwyneth, Wartfields Schwester, die Tante von Erika und Rosa-
  lind
  Khuram Bey, Tyrann, verstorben

Printed in Poland
by Amazon Fulfillment
Poland Sp. z o.o., Wrocław

49929350R00177